양기화의
Book 소리−외전

양기화의
Book 소리-외전

양기화 지음

인문학적 책 읽기의 네 번째 이야기

이담북스

목 차 ---

들어가는 글...9

제1부

1. 동물을 먹는다는 것에 대하여...15
　(조너선 사프란 포어, 민음사)

2. 과학의 변경지대(마이클 셔머, 사이언스북스).....................19

3. 암으로 고통받는 사람들을 위한 독서치료.............................24
　(이운우, 한국학술정보)

4. 선택의 과학(리드 몬터규, 사이언스북스)...........................29

5. 농담(밀란 쿤데라, 민음사)..34

6. 신은 아무것도 쓰지 않았다(이브 파칼레, 해나무)..................39

7. 생명이란 무엇인가(에르빈 슈뢰딩거, 한울)........................45

8. 니체극장(고명섭, 김영사)...50

9. 선비를 따라 산을 오르다(나종면, 이담북스).......................55

10. 죽어가는 자의 고독(노르베르트 엘리아스, 문학동네).............61

11. 신이 절대로 답할 수 없는 몇 가지(샘 해리스, 시공사)...........66

12. 세계 최고의 여행기, 열하일기(박지원, 그린비)....................72

13. 세상은 어떻게 끝나는가(크리스 임피, 시공사)....................78

제2부

1. 감각의 박물학(다이앤 애커먼, 작가정신) 87

2. 한국건축의 모든 것 죽서루(이희봉, 한국학술정보) 93

3. 이매진(조나 레러, 21세기북스) 99

4. 슬픈 열대(C. 레비-스트로스, 한길사) 105

5. 배신의 식탁(마이클 모스, 명진출판) 111

6. 건축의 일곱 등불(존 러스킨, 마로니에북스) 117

7. 느리게 읽기(데이비드 미킥스, 위즈덤하우스) 123

8. 나를 바꾸는 글쓰기(송준호, 살림출판사) 129

9. 거짓의 미술관(랄프 이자우, 비룡소) 135

10. 차마 울지 못한 당신을 위하여(안 앙설렘 등, 민음인) 141

11. 지식생산의 글쓰기(송창훈, 이담북스) 147

12. 감시와 처벌(미셸 푸코, 나남) 153

13. 행복을 선택한 사람들(숀 아처, 청림출판) 159

제3부

1. 독서사락(임석재, 이담북스) 167

2. 아랍문화사(전완경, 한국학술정보) 173

3. 기억의 집(토니 주트, 열린책들) 180

4. 100년의 기록(버나드 루이스, 분치 엘리스 처칠, 시공사) 186

5. 20세기를 생각한다(토니 주트, 열린책들) 192

6. 사라짐에 대하여(장 보드리야르, 민음사) 198

7. 이슬람은 그렇게 말하지 않았다(서정민, 시공사) 204

8. 더 나은 삶을 위한 철학의 다섯 가지 대답 211
   (뤽 페리와 클로드 카플리에, 더퀘스트)

9. 마테오 리치, 기억의 궁전(조너선 D. 스펜스, 이산) 217

10. 발칸의 역사(마크 마조워, 을유문화사) 223

11. 종이약국(니나 게오르게, 박하) 229

12. 드리나 강의 다리(이보 안드리치, 문학과지성사) 235

13. 판탈레온과 특별봉사대 242
    (마리오 바르가스 요사, 문학동네)

제4부

1. 루미너리스(엘리너 캐턴, 다산책방) 251

2. 내 안에서 나를 만드는 것들(애덤 스미스, 세계사) 258

3. 파묻힌 거인(가즈오 이시구로, 시공사) 264

4. 사라예보의 첼리스트(스티븐 갤러웨이, 문학동네) 270

5. 황금가지(제임스 조지 프레이저, 한겨레신문사) 276

6. 과학한다, 고로 철학한다(팀 르윈스, MID) 282

7. 슬픈 불멸주의자(셸던 솔로몬 등, 흐름출판) 288

8. 기억이 사라지는 시대(애비 스미스 럼지, 유노북스) 294

9. 세 길이 만나는 곳(샐리 비커스, 문학동네) 300

10. 로마제국 쇠망사(에드워드 기번, 민음사) 306

11. 공간의 시학(가스통 바슐라르, 동문선) 312

12. 보르헤스, 문학을 말하다(호르헤 루이스 보르헤스, 르네상스) 317

13. 리씽크(스티븐 풀, 쌤앤파커스) 323

부록 제국의 위안부(박유하, 뿌리와이파리) 333

초등학교에 다닐 무렵 살던 동네에는 화방이 있었습니다. 유화를 그리는 화방이었습니다. 화가는 여러 장의 화포(畫布)를 늘어놓고 같은 장면의 그림을 그려냈습니다. 여름 바닷가나 단풍이 든 가을 산 등 풍경화를 그렸는데, 주로 이발소에서 사갔던 것 같습니다. 지금은 사라져 많이 없는 그 무렵의 이발소에서는 유화로 그린 풍경화를 많이 볼 수 있었습니다. 동네 화방에서 대량 생산된 유화도 걸렸지만 명화를 모사한 그림이 걸리기도 했습니다. 기억에 남는 그림 가운데 장프랑수아 밀레의 「이삭 줍는 여인들」이 있었습니다. 저도 오르세 미술관에 갔을 때 보고 감동을 받았던 그림입니다.

요즈음에는 농촌에 일손이 모자라서 가을걷이가 끝난 논이나 밭에서 이삭을 줍는 일이 거의 없어진 듯합니다. 기계화 영농이라 해서 기계로 벼를 수확하기 때문에 이삭이 많이 떨어질 것 같은데도 그렇습니다. 제가 초등학교에 다닐 무렵에는 추수 때가 되면 할머님 댁에 일손을 거들러 가곤 했습니다. 벼를 베는 논에 심부름을 나갈 때면 벼 베기가 끝난 논에서 이삭도 줍고 우렁이도 잡았습니다. 해가 저물어 컴컴해질 무렵 집에 돌아오면 할머니께서 우렁이를 손질해서 된장국을 끓여 주셨습니다.

이삭줍기에 관한 이야기를 끄집어낸 이유는 『양기화의 BOOK소리』와 관련된 이야기를 해보기 위해서입니다. 2011년 10월 4일 창간한 보건의료전문 누리망신문 〈라포르시안〉에 같은 제목으로 된 고정란에서 독후감을 주 1회 연재하기 시작하였습니다. 처음에는 의료윤리를 비롯한 인문학 분야의 책을 주로 읽었지만, 시간이 흐르면서 다양한 분야의 책들을 읽었습니다. 연재는 2017년 3월 13일까지 이어지면서 모두 284편의 독후감을 독자들과 함께하였습니다.

2020년에는 이담북스의 배려로 의학윤리, 철학, 역사, 문학 등의 범주의 책들을 묶어서 『양기화의 BOOK소리』를, 2021년에는 예술, 심리학, 수필 그리고 평전 등의 범주의 책들을 묶어서 『아내가 고른 양기화의 BOOK소리』를, 그리고 2022년에는 의학, 여행, 사회학 그리고 인문 등의 범주의 책들을 묶어서 『독자가 고른 양기화의 BOOK소리』를 각각 세상에 내놓았습니다. 매주 한 편씩의 독후감을 1년 동안 읽어보겠다는 취지로 각각의 『양기화의 BOOK소리』에는 52편의 독후감을 담았습니다. 그렇게 해서 284편의 독후감 중에서 156개의 독후감을 책으로 엮었고 128편의 독후감이 남았습니다.

남아 있는 128편의 독후감들 가운데는 여러 가지 이유로 기왕의 범주에 포함되지 못한 것도 있었고, 13편이 되지 못해서 하나의 독립된 범주를 구성할 수 없었던 것도 있었습니다. 그래서 나머지 128편의 독후감들 가운데 꼭 책으로 묶어냈으면 좋겠다 싶은 것들을 골라서 『양기화의 BOOK소리』 연작을 마무리해 보려 합니다. 기왕에 나온 『양기화의 BOOK소리』 연작과는 다른 점이 있는 까닭에 『양기화의 BOOK소리-외전』으로 제목을 정했습니다.

지난해에는 군포로 직장을 옮기면서 원고를 정리할 여유가 없었습니다. 다행히 금년 초에 입원하여 수술을 받고 잠시 요양을 하게 되어 짬을 낼 수 있었습니다. 병원에서 숙소를 마련해 준 것도 도움이 되었습니다. 『양기화의 BOOK소리』의 원고를 준비할 때마다 느끼는 점인데 〈라포르시안〉에 이미 발표된 글이지만 오랜 세월이 흘렀기 때문에 손을 보아야 하는 부분이 적지 않았습니다. 특히 시점을 현재로 맞추어 수정하였습니다. 전작들과 같이 13편씩 묶어 4부로 나누었습니다만, 각각의 묶음에 들어 있는 글들은 발표 순서에 따른 것으로 서로 연관성은 없습니다.

박유하 교수의 『제국의 위안부』를 부록으로 붙인 것이 지금까지의 『양기화의 BOOK소리』와는 다른 점입니다. 이 글은 누리망신문 〈라포르시안〉의 [양기화의 북소리]에서 소개하려고 준비했던 원고였습니다. 하지만 안타깝게도 기사화되지 못하였습니다. 『양기화의 BOOK소리』에서도 빠트릴 수 없어서 외전 편의 부록으로 소개합니다.

『양기화의 BOOK소리-외전』편의 초고를 만들어 아내에게 일독을 부탁했습니다. 특히 윤리나 철학 부문의 책들이 어렵게 읽힌다고 해서 걱정입니다. 그리고 오래전에 출간된 책들이 있어서 독자 여러분들이 찾아 읽으시는 데 어려움이 있다는 말씀도 들었습니다. 하지만 뜻이 있으면 길이 있다고 하였습니다. 『양기화의 BOOK소리』를 읽으시고 원저를 읽어보시고자 하신다면 도서관 등에서 찾아보시는 방법도 있겠습니다.

그동안 『양기화의 BOOK소리』에 관심과 응원을 보내주신 독자 여러분들께 깊은 감사를 드립니다. 또 다른 형식의 책 읽기를 통하여 만날 수 있으면 좋겠습니다.

2023년 6월 8일
책의 도시 군포에서
양기화 배상

제1부

1

동물을 먹는다는 것에 대하여

(조너선 사프란 포어, 민음사)

환경과 사람 건강을 위협하는 축산공장에 관한 보고서

소설 『모든 것이 밝혀졌다』(2002)로 주목을 받으며 등단한 조너선 사프란 포어의 『동물을 먹는다는 것에 대하여』(2009)를 소개합니다. 이 책을 고른 것은 두 가지 이유 때문입니다. 반덕진의 『히포크라테스 선서』에서 '현대의학이 섭생의 중요성을 외면하고 있다'고 지적한 것이 마음에 걸린 바 있습니다. 그리고 포어가 『동물을 먹는다는 것에 대하여』에서 비판하고 있는 공장식 축산의 문제점 가운데, 대량의 항생제사용에 따른 항생제 내성균의 문제가 심각하다는 지적이 눈길을 끌었기 때문입니다. 반덕진의 『히포크라테스 선서』는 누리망신문 〈라포르시안〉에서 연재를 시작한 책이기도 하며, 『양기화의 BOOK소리』에서 맨 앞에 소개한 책입니다.

『히포크라테스 선서』를 보면 "나는 나의 능력과 판단에 따라 환자를 돌보기 위해 섭생법을 처방할 것이며, 환자들을 위해나 비행으로부터 보호하겠습니다."라면서 환자치료와 관련하여 섭생을 가장 먼저 거론하였습니다. 히포크라테스 이전의 의사들은 배설, 절개, 소작과 같은 침습적 치료를 우선적으로 고려했다고 합니다. 히포크라테스는 이러한 전통의학의 접근방식에서 탈피하여 환자의 몸 상태를 살핀 후 환자의 몸을 정상화시키기 위해 먼저 일정 기간 동안 식이요법과 운동요법 등을 처방하였던 것입니다.

하지만 식이요법-약물요법-수술요법 등의 순서로 미리 정해진 틀에 따라 처방하기보다는 질병의 성격에 따라서 우선 적용하는 치료법을 달리하는 것이 옳겠습니다. 즉, 요즈음에 빠르게 늘고 있는 고혈압, 당뇨병과 같은 만성질환은 생활습관을 적절하게 관리하는 식이요법과 운동요법을 우선적으로 고려하는 것이 좋습니다. 히포크라테스 의학에서는 치료과정에서 환자가 생활하는 기후와 환경까지도 고려하였다는 점도 주목해야겠습니다.

포어는 『동물을 먹는다는 것에 대하여』에서 고기를 멀리하는 채식이 최선의 섭생법이라는 입장을 내세우지는 않습니다. 다만 서양 식문화의 주류인 고기 중심의 식탁을 풍성하게 하는 축산사업이 어떤 방향으로 발전해 왔는지, 그 과정에서 어떤 문제들이 드러났는지, 그리고 이런 문제들을 해결하기 위한 방법은 무엇이었는지를 체험적으로 살펴보았습니다.

산업혁명 이후 모든 분야에서는 투입된 자본의 효과를 극대화하기 위하여 다각적인 노력을 기울여 왔습니다. 축산 분야도 예외가 아닙니다. 품종개량은 그러한 노력의 시작이었습니다. 양털을 많이 얻을 수 있는 스페인의 메리노 품종이나 양고기를 좋아하는 영국 사람들을 위한 서포크 품종을 개발한 과정을 예로 들면, 우수품종을 혈통 내에서 반복해서 교배시키는 방식을 적용하였습니다. 그 부작용으로 스크래피가 발생하여 유럽의 목양사업이 몰락하게 되었습니다.

사료 혁명의 예를 하나 더 들어보면, 젖소가 우유를 많이 생산하도록 식물성 단백질사료를 늘렸지만 이내 한계에 이르렀습니다. 그 한계를 넘기 위하여 도축장 폐기물이나 목장에서 폐기되는 동물 사체로부터 추출한 단백질을 사료에 투입하였습니다. 동물단백질을 사료로 사용하여 우유 생산을 획기적으로 늘릴 수 있었습니다. 하지만 광우병이라는 치명적인 인수공통질병이 대대적으로 확산되는 비극을 초래한 바 있습니다.

공장식 축산업에서는 생산성을 극대화하기 위하여 사료뿐 아니라 가축의 생활환경을 인공적으로 통제하기 시작했습니다. 동물의 입장에서 본다면 비도덕적이랄 수밖에 없는 밀집사육이 대표적입니다. 공장식 축산을 통하여 인간이 얻게 된 이익은 '단지 고기를 최대한 싸게 많이 먹을 수 있게 되었다는 것'일 뿐입니다. 단백질과 지방을 충분히 섭취하지 못해 영양상태가 열악해지고, 질병에 대한 저항력을 제대로 갖추지 못하던 환자를 안타깝게 생각하던 것이 불과 몇 세대 전이었습니다. 따라서 공장식 축산을 통하여 고기의 공급을 늘림으로써 이런 안타까움을 해결할 수 있어 다행이라고 하는 사람도 있습니다.

하지만 '스님이 고기 맛을 알게 되면 절간에 빈대가 남아나지 않는다'는 우리네 속된 말처럼 육식에 익숙해진 사람들의 고기 욕심은 쉽게 누를 수 없게 되는 모양입니다. 결국은 과잉섭취된 지방과 단백질이 체내에 쌓여 지방간이 생기고 죽상경화증으로 동맥이 탄력을 잃는 결과가 초래되었습니다. 그 후유증으로 생기는 급성심근경색이나 뇌졸중으로 창졸간에 목숨을 잃게 되었으니, 좋은 게 꼭 좋은 것은 아닌 듯합니다.

포어의 심층취재를 따라가다 보면 의료인이 미처 깨닫지 못했던 점도 있습니다. 즉, 축산단지가 밀집되어 있는 지역에서 나오는 동물의 배설물을 포함하여 성장과정에서 도태되는 동물사체와 같은 축산폐기물이 환경을 오염시키고 이로 인하여 환경관련 질환이 발생하게 되었습니다. 또한 공장식 축산업에서는 동물들을 단위면적당 허용되는 한도까지 입식합니다. 당연히 동물들이 받는 압박이 커지면서 면역력이 저하되어 감염이 생길 수 있습니다. 감염을 예방하고 성장을 촉진하기 위하여 엄청난 양의 항생제를 투입합니다. 항생제는 축산 분야뿐 아니라 양식장에서도 운동공간이 비좁아 물고기들이 서로 부딪혀 입는 상처 부위의 감염을 막기 위해서도 사용합니다.

포어의 조사에 따르면 미국에서 사람이 사용하는 항생제의 양이 연간 1,300톤 수준인 데 반하여 축산 분야에서 사용하는 항생제의 양은 8,000톤에 이른다고 합니다. 항생제는 인간이나 동물의 체내에서 분해되지 않습니다. 그래서 환경으로 흘러든 항생제는 자연에 존재하는 각종 세균들에서 항생제에 대항하는 내성을 키우는 결과를 초래합니다.

2000년에 우리 정부는 의약분업제도를 도입하면서 보건의료 분야에서 항생제를 무분별하게 사용한 결과 항생제내성세균이 빠르게 확산되고 있다는 점을 명분으로 내세웠습니다. 그럼에도 불구하고 당시 농축수산 분야에서 엄청난 양의 항생제를 사용하고 있다는 사실에는 누구도 주목하지 않았습니다.

포어의『동물을 먹는다는 것에 대하여』로 돌아가 보겠습니다. 제목으로부터 목차에 있는 작은 제목들을 보면 어떤 내용이 담겨 있는지 감을 잡기가 어렵습니다. 저자는 일단 제2차 세계대전의 소용돌이에서 살아남으신 할머니께서 차려주시던 식탁에 대한 기억으로부터 어렸을 적 채식주의자 보모로부터 받았던 영향 등으로 차분하게 이야기를 시작합니다.

이야기는 한밤중에 가축공장에 잠입하여 불쌍하게 쓰러져 있는 칠면조 새끼를 안락사시키는 대담한 조사과정 등 극적인 행동주의를 거쳐 공장식 축산업의 대안을 내놓기까지 적극적인 삶을 이야기합니다. 그동안 제레미 리프킨의『육식의 종말』, 게일 A. 아이스니츠의『도살장』등과 같이 공장식 축산업의 끔찍한 실상과 이로 인하여 앞으로 겪을 수도 있는 불행한 일을 예측하는 책들도 소개되었습니다만, 포어는 소설가다운 글솜씨로 공장식 축산의 문제점을 이해하게 합니다.

최근 들어 기능성식품이나 영양학 분야 등에 관심을 가지고 연구하는 의사들도 늘고 있습니다. 그동안 현대의학의 주 관심 대상이었던 약물치료나 수술 등과 같은 중재적 치료뿐 아니라 식이요법과 같은 대체보완요법에 대한 관심이 커지고 있는 것도 바람직한 일입니다. 『동물을 먹는다는 것에 대하여』를 읽으면, 공장식 축산이 환경과 인간의 보건에 주는 피해의 정도에 대한 경각심을 얻게 되는 기회가 될 것입니다. (라포르시안 2011년 10월 10일)

② 과학의 변경지대

(마이클 셔머, 사이언스북스)

사이비과학을 가려내는 방법

미국의 대표적인 회의론자 마이클 셔머는 '과학과 비과학의 경계에서 과학의 본질을 탐구한다'는 부제를 단 『과학의 변경지대』에서 과학과 비과학, 과학과 의사과학을 구분하는 방법을 다루었습니다.

지리학적으로는 산 혹은 강과 같은 지표상에 존재하는 것들의 도움을 받아 어느 정도 경계선을 그을 수 있습니다. 과학이 발달한 요즘은 GPS의 도움으로 보다 정확하게 선을 그을 수 있게 되었습니다. 하지만 지식의 세계는 가장자리가 모호할 수 있어서 항상 명료한 경계선을 그릴 수 없는 경우가 더 많습니다. 어제까지 과학적으로 인정받았던 사실이 새로 나온 증거에 의하여 전면 부정되는 사례가 다반사이기 때문입니다. 이처럼 경계가 모호한 경우에 퍼지논리를 적용하면 경계문제를 해결하는 데 도움을 받을 수 있다고 셔머는 주장합니다.

퍼지논리는 1960년대 중반에 로프티 자데(Lofti Zadeh)가 처음으로 기술하였습니다. 퍼지집합의 개념을 바탕으로 한 수학적 논리입니다. 퍼지집합의 구성요소는 확률이나 참의 정도로, 즉 0에서 1 사이에 분포하는 연속적인 값들로 표현됩니다. 퍼지논리 체계에서는 사건 발생 가능성을 다양한 참 또는 거짓의 정도(즉, 일어날 것이다, 필시 일어날 것이다, 일어날 수 있다, 일어나지 않을지도 모른다 등등)로 나눔으로써 사건의 결과를 확률로 나타낼 수 있습니다.

셔머가 경계탐지장치라고 부르는 검증체계는 '어떤 과학적 주장'의 타당성을 판단할 때 유용한 열 가지의 질문을 사용합니다. 대표적인 것을 들어보면, 주장하는 사람이 얼마나 신뢰성이 있는가?, 다른 사람에 의하여 입증된 바 있는가?, 우리가 알고 있는 세계와 어떻게 맞아 들어가며, 어떻게 작동하는가? 대안을 제시하는가 아니면 기존 설명을 반박만 하는가? 등이 있습니다.

그의 기준에 따르면 태양중심설, 진화론, 양자역학, 대폭발 우주론, 판구조론 등은 정상과학으로 분류됩니다. 반면 창조론, 원격투시, 점성술, 프로이트 정신분석이론, 기억회복 등은 비과학으로 분류됩니다. 그런가 하면 초끈이론, 의식이론, 최면, 척추지압, 침술 등은 정상과학과 비과학의 경계에 걸쳐 있는 변경지대과학이라고 합니다. 변경지대과학은 원저의 제목이기도 한 'The Borderlands of science'를 우리말로 옮긴 것 같습니다. 이를 중립적 시각에서 본다면 '회색지대과학'이라고 불러도 좋을 것 같습니다.

셔머는 전작 『왜 사람은 이상한 것을 믿는가』에서 그가 사이비과학 혹은 미신으로 치부하는 임사체험, 외계인, 마녀사냥 등을 비롯하여 진화론과 창조론, 제2차 세계대전 기간 중에 벌어졌던 유대인 대학살의 진위문제 등을 냉철하게 비판한 바 있습니다. 인간이 이성적으로 이해되지 않는 것들을 믿는 이유를 그는 진화론으로 설명합니다. 즉, 인간은 우연하고 불확실한 것으로 가득한 세상에서 유형을 추적하고 인과관계를 찾을 수 있도록 진화해 왔다고 하였습니다. 불행하게도 인간의 뇌가 의미 있는 유형뿐 아니라 덤으로 찾아낸 의미 없는 유형도 믿게 된다는 것입니다. 과학적 사고방식의 역사가 아직 짧기 때문입니다. 그리고 이상한 것을 믿게 만드는 사고의 오류 25가지를 설명하여 이를 경계하였습니다.

『과학의 변경지대』는 세 부분으로 구성되었습니다. '1부 변경지대의 과학'에서는 과학적 진리를 찾아내는 기준으로 사용하는 '지식거름장치'를 비롯하여 변경지대과학에서 많이 사용되는 '만물이론'을 설명합니다. 또한 과거 변경지대과학에 속했던 유전학이 정상과학인 유전공학으로 발전하게 되는 과정 등을 다루었습니다. '2부 변경지대의 사람들'에서는 생존 당시 과학계의 변경지대 사람으로 분류되었던 천문학자 코페르니쿠스, 진화론의 다윈과 윌리스, 정신분석학의 프로이트, 그리고 우리 시대의 과학자 세이건 등을 다루었습니다. 그들이 살던 시대의 사회적 배경을 살펴 과학적, 문화적 이동이 어떻게 일어나게 되었는지 살펴보았습니다. '3부 변경지대의 역사'에서는 역사과학의 일종인 우주론, 역사지질학, 고생물학, 고고학 등에서 채택하는 과학적 방법을 설명하였으며, 진화론의 창시에 관하여 다윈과 윌리스의 관계를 분석하였습니다.

지식거름장치에 관하여 조금 상세하게 설명할 필요가 있을 듯합니다. 셔머는 '주어진 착안의 진위를 판별하는 정신 기준을 지식거름장치라고 하면, 지식거름장치는 새로운 사실과 생각을 경험에 비추어 판단한다.'라고 정의하였습니다. 의학이나 과학 영역에서의 대표적인 지식거름장치로는 전문가 동료들에 의한 심사제도가 있습니다. 새로운 학설을 담은 논문을 학술지에 발표하려면 관련 분야의 전문가가 익명으로 심사하게 됩니다. 이 과정에서 오류가 제거되고 잘못된 추론이 드러나며, 부적절한 결론이 걸러집니다. 최근 폭발적으로 확대되고 있는 누리망에서는 적절한 지식거름장치가 없기 때문에 걸러지지 않은 주장들이 엄청난 속도로 확산되고 있습니다.

셔머는 특히 의학 분야에서 드러나고 있는 문제의 심각성을 우려합니다. 일부를 인용해 보면, "제도권의 의학 논쟁이 지식거름장치를 안개처럼 흐려놓는다면, 대체의학의 주장들은 지식거름장치를 모호한 구름으로 감싼다. 대체의학 운동의 중심지를 보고 싶다면, 홀 라이프 엑스포(Whole Life EXPO)에 가보라. 에이즈와 암에서부터 대머리와 발기불능까지 모든 병을 고친다는 치료법이 여기에 다 있다. 마사지, 척추지압, 오라 해독, 동종요법, 최면, 약초, 향기요법, 산소요법, 전생퇴행, 심지어 후생을 미리 보는 치료법도 있다.(65쪽)" 등입니다.

셔머는 "내가 이제까지 조사해 본 모든 대체의학은 완전히 헛소리였다. 그러나 의료체계의 혜택을 제대로 받지 못한 사람들과 시한부 인생이라는 선고를 받은 사람들이 이런 현혹적인 제안에 매달리는 것을 나는 이해한다.(67쪽)"라고 단호하게 말합니다. 최근에 근거중심의학(Evidence Based Medicine ; EBM)이 부상하고 있습니다. 근거가 미약한 대체의학 치료법에 환자들이 피해를 받지 않도록 의료계도 나서서 적극적으로 이해시키는 노력을 기울여야 하겠습니다.

1부에서 의학과 관련된 재미있는 주제를 볼 수 있습니다. 바로 '3장 신만이 할 수 있다'는 제목으로 된 인간복제에 관한 내용입니다. 복제를 통하여 생명을 얻은 인간이 세포 제공자와 쌍둥이인가 하는 문제를 두고, 셔머는 "유전체가 완전히 동일하다고 해도, 우발적으로 일어나는 모든 이력이 같아야 동일한 개성이 보장된다.(113쪽)"라고 잘라 말합니다. 동일한 일란성 쌍둥이의 경우에도 성장환경의 차이에 따라서 유사한 점도 있지만 분명 차이를 보인다는 점을 근거로 들었습니다. 생명의 탄생과 죽음이 신의 영역이라는 전통적 사고와 맞물려 인간의 복제 역시 신의 영역을 침입하는 것이라는 주장이 있습니다. 이러한 주장에 대하여 과학은 과학일 뿐이므로 과학자들에게 맡기라는 셔머의 주장은 충분히 타당하다는 생각입니다.

『과학의 변경지대』에는 다윈과 월리스에 대한 이야기를 많이 다루었습니다. 셔머가 월리스에 대하여 깊이 연구해 왔기 때문인 듯합니다. 월리스의 영성주의에 대한 비판과 진화론에서 다윈과 월리스의 관계 등에 관한 내용은 다소 생소한 정보라는 느낌이 들었습니다. 당시 유럽에서는 다양한 생물종의 표본을 다루는 박물학에 관심이 많았습니다. 가난했던 월리스도 아마존과 말레이 지역으로 채집여행을 떠나 학문적 기반을 쌓게 되었다고 합니다. 월리스는 말레이에서 채집하면서 연구를 계속하여 "모든 종은 기존의 밀접한 관련이 있는 종들과 시간과 공간을 공유하면서 나타난다"는 결론을 『새로운 종의 형성을 조절하는 법칙에 관하여』에 담아내게 되었습니다. 진화론의 핵심이 되는 내용입니다. 이로써 진화론의 핵심이론은 다윈과 월리스 중 누가 먼저인가 하는 논쟁이 일었던 것입니다.

하지만 과학은 1947년 수학자 요한 폰 노이만의 영합모형(零合模型, zerosum model)으로 설명하기 어려운 분야입니다. 영합승부(zerosum game)는 한쪽이 승자가 되면 다른 쪽은 패자가 된다는 개념입니다. 그런데 과학은 상호의존적이며 때로는 협력적이고 항상 사회적일 수밖에 없는 특수성이 있습니다. 미분의 발명을 두고 뉴턴과 라이프니츠의 분쟁에서는 서로 상대방을 깎아내리는 것이 이득이라고 생각했다고 합니다.

하지만 다윈과 월리스의 경우는 영합모형을 거부하고 협력적 관계를 유지함으로써 서로에게 유리한 국면을 만들었다는 평가를 받았습니다. 셔머 교수는 다윈과 월리스가 상생하게 되는 과정을 많은 자료를 가지고 설명하였습니다. 영합승부를 위해 진력을 쏟아붓기보다는 양의 승부를 통하여 아낀 힘을 다른 영역에 사용하는 현명함을 배울 수 있겠다 싶습니다.

의학을 포함한 과학 영역에서 새로 나오는 엄청난 정보에 더하여 사이비과학이 쏟아내는 정보는 과학적 소양을 갖춘 사람들까지도 혼란스럽게 만들었습니다. 특히 근거가 미약한 대체의학이 범람하고 있는 상황이므로 우리는 과학을 더 많이 그리고 더 잘 알아야 합니다. 우리의 지식거름장치가 사실 여부를 정확하게 판단할 수 있도록 갈고 닦아야 하기 때문입니다. 그런 점에서 마이클 셔머의 『과학의 변경지대』는 우리의 지식거름장치가 보다 정교하게 작동될 수 있도록 도와줄 것으로 생각합니다. (라포르시안 2012년 1월 2일)

3

암으로 고통받는 사람들을 위한 독서치료

(이운우, 한국학술정보)

암환자를 위한 독서치료 지침서

선친께서 교편을 잡고 계셨던 인연 때문에 일찍부터 책 읽기를 즐겨왔습니다. 생각해 보면 책 읽기의 관심 분야도 세월이 흐르면서 변하는 것 같습니다. 젊어서는 소설을 즐겨 읽었고 한때는 역사서적에 빠졌던 적도 있었습니다. 수년 전부터는 전공을 따라 건강을 중심으로 한 주제로 좁혀졌다가 최근에는 인문학에도 관심이 많아지고 있습니다.

고등학교 다니면서 잠시 독후감을 열심히 썼던 적이 있습니다. 그러나 본격적으로 책을 읽고 그 느낌을 적기 시작한 것은 7년 전에 누리사랑방을 열고부터입니다. 우연히 읽게 되는 책도 있습니다만, 주로 의학 분야에서 치매, 파킨슨병과 같은 퇴행성 뇌질환, 노화, 죽음 등에 관한 책들을 많이 읽었습니다. 이와 같은 책 읽기는 저의 첫 번째 책『치매 바로 알면 잡는다』를 쓰는 데 많은 도움이 되었습니다.

요즘에는 누리망에 건강과 관련된 정보가 넘쳐나고, 의학을 전공하지 않은 일반인들도 쉽게 이해할 수 있는 내용을 담은 책들도 많이 소개되고 있습니다. 그런데 정보들이 넘쳐나면서 왜곡된 정보가 적지 않게 섞이고 있어 이제는 정보의 진위를 가리는 일이 쉽지 않게 되었습니다. 정보를 만들어내는 사람들이 의도적으로, 혹은 사실확인이 충분하지 않아 생기는 현상입니다.

필자가 1996년에 치매에 관한 정보를 정리한 책을 낼 때, 운동요법, 회상요법, 음악요법, 미술요법, 원예요법 등 다른 영역이 결합된 치료법을 소개한 바 있습니다. 이런 분야는 이제 그 이론적 바탕도 탄탄하게 구축되고 치료효과에 대한 증거들이 축적되면서 임상에서 적극적으로 활용되고 있습니다. 정보에 목말라 하는 환자에게 관련 분야의 책은 좋은 공부 재료입니다. 하지만 이운우의 『암으로 고통받는 사람들을 위한 독서치료』를 읽기 전까지는 책 읽기를 체계화하여 환자치료에 응용할 수 있겠다는 생각은 미처 하지 못하였습니다.

저자에 따르면 '독서치료(bibliotherapy)'라는 용어는 사무엘 맥코드 크로더스(Samuel AcChord Crothers)가 1916년 처음 사용했다고 합니다. 우리나라에는 1964년 유중희가 마가렛 핸니건(Magaret Hannigan)의 『도서관과 비브리오세라피』를 번역하여 국회도서관보에 실어 소개하였습니다. 저는 이제야 용어를 알게 되었으니 정보에 많이 어두웠던 것 같습니다.

특정질환에 대한 정보, 예를 들면, 원인, 증상, 예방법 그리고 치료법과 같은 내용을 쉽게 설명하여 환자들이 자신의 병을 제대로 이해할 수 있도록 도와주는 정도로는 독서치료가 가지는 잠재적인 힘을 제대로 활용하지 못하는 것이라 합니다.

저자가 암질환을 목표로 한 독서치료를 설명하고 있는 것은 아주 다양한 방향에서 암환자에 접근할 필요가 있기 때문입니다. 이제 암은 조기에 발견할 수 있는 기회가 많아졌고, 암질환 치료방식도 수술, 항암치료, 방사선치료 등으로 다양화되면서 완치율이 높아졌습니다. 그럼에도 불구하고 암진단이 환자에게 주는 영향은 여전히 클 수밖에 없습니다. 암선고를 받을 때의 충격을 이겨내는 과정으로부터 죽음에 이르기까지 환자는 변화무쌍한 심리변화를 경험하게 됩니다.

일단 암환자에게 적용할 수 있는 독서치료법을 쉽게 이해하실 수 있도록 이 책의 얼개를 소개합니다. 『암으로 고통받는 사람들을 위한 독서치료』는 크게 4

개의 장으로 구성되었습니다. '1장 이야기를 펼치며'에서는 저자가 독서치료라는 독특한 분야를 만나게 되기까지의 과정을 소개하였습니다. '2장 암으로 고통받는 사람들에 대한 이해'에서는 암질환의 특성, 그리고 암환자와 그 가족에 대하여 이해할 점을 소개하고 있고, '3장 암으로 고통받는 사람들을 위한 독서치료'에서는 독서치료법을 설명하고 암환자에게 독서치료법의 적용이 가능한 이유를 설명하였습니다. 그리고 '4장 암환자와 가족들을 위한 상황별 독서목록'은 암환자를 진료하고 있는 임상 영역에서 암환자 치료에 활용할 수 있는 도서를 선별하여 그 내용을 간략하게 요약하였습니다.

1966년 미국도서관협회는 "정신의학 분야에서 치료적인 보조수단으로서 선정된 독서 자료를 이용하는 것, 개인적인 문제와 직접 관련이 있는 책을 읽음으로써 해결책을 안내하는 것"이라고 독서치료의 정의를 내렸습니다. 저자는 학자들마다의 다양한 독서치료의 정의와 목적을 소개하였습니다만, 저는 "책의 이용은 사람의 전반적인 발달에 영향을 주며, 독자와 문헌 사이의 상호작용과정은 독자의 성격을 평가하고 적응과 성장, 정신적 건강을 위한 목적으로 이용된다. 그리고 선택된 독서 자료에 내재된 생각이 독자들의 정신적 또는 신체적질병에 치료적인 효과를 줄 수 있다."라고 한 베스 돌과 캐롤 돌의 주장이 크게 마음에 와 닿았습니다.

이 책을 읽으면서 우선 독서치료에 대한 개념을 정리할 수 있었고, 4장에서 소개되고 있는 무려 130여 권의 책에 담긴 내용을 간략하게 요약한 글을 통하여 환자의 상황에 맞는 책을 고를 수 있겠다는 생각이 들었습니다.

사실 전통적인 치료 영역에서도 새로 개발되는 시술들이 적절한 보상을 받기까지의 과정이 아주 복잡합니다. 따라서 독서치료를 임상에 적용할 여건을 마련하기 어려울 수도 있습니다. 독서치료 역시 전문적인 소양을 갖춘 사람이 광범위한 자료를 검색하여 걸러내는 작업이 선행되어야 합니다. 하지만 환자마다의 특성에 맞도록 책을 고르는 작업도 수월치 않을 것입니다. 또한 저자의 주장대로 책을 읽는 것만으로 치료가 성립되는 것이 아닙니다. 따라서 환자가 책을 읽은 느낌을 말하고 그 느낌이 구체화되어 치료에 상승작용을 할 수 있도록 하는 전문적인 상담과정이 뒤따라야 합니다.

문헌정보학을 전공한 저자가 책 읽기를 치료로 발전시켜 나가는 과정을 공부하는 데 있어 의학에 대한 충분한 자료검토가 부족하지 않았나 싶습니다. 특히 통계는 가급적이면 최근의 자료를 인용해야 함에도 상당히 오래된 통계를 인용하였습니다. 주로 환자 중심의 자료를 많이 인용하고 있어 의료계의 시각으로는 불편할 수도 있겠다 싶기도 합니다. 한편으로는 의료계 역시 환자나 가족들이 의료진을 어떻게 생각하는지 이해하는 계기가 될 수 있겠다 싶기도 합니다.

"40세 된 남자환자인데 폐암으로 진단받고 수술 후 1달 만에 반대쪽에서 재발했다. 이번에는 항암치료를 해보자고 해서 치료를 받았는데 주치의에게 치료될 확률을 물으니 1% 정도라 했다. 절망적인 상황에서 도중하차하고 그 이후에 본원에서 면역요법을 받아 상태가 많이 호전되었다. 그 후 외래로 다니면서 진료를 받았는데 폐사진과 환자를 번갈아 보면서 '이런 상태에서 아직도 살아 있느냐'는 듯이 마치 죽을 사람 대하듯 하는 태도가 너무 부담스러워서 그 자리에서 외래도 그만 다니기로 결심했다고 한다. 본인은 의도하지 않았겠지만 그의 표정에서 '왜 안 죽고 또 왔느냐'는 느낌을 강하게 받았다고 한다. 정확한 것도 좋지만 도대체 희망적인 이야기는 한 번도 해주지 않는 교만함이 싫었다고 한다.(19쪽)"라는 부분을 참고합니다.

이 글은 대체의학이라고 주장하는 치료법과 관련된 자료에서 인용한 것으로 보입니다. 이런 종류의 자료들은 대개는 현대의학의 전통적인 치료방식을 부정적으로 매도하는 경향이 있습니다. 환자에게 근거 없는 희망을 주어 환자의 부담을 늘리고, 환자 자신의 삶을 정리할 기회마저도 빼앗는 것이 오히려 비윤리적이라고 해석하는 경향입니다.

"암환자들은 암 진단 통고를 받은 이후부터 수술, 화학요법과 방사선요법 등을 통한 치료와 치료 후의 전 과정을 통해 궁금한 것이 많지만 이러한 정보요구를 설명해 주는 전문의를 찾아보기는 힘들다. 의사나 간호사들이 나중에 그런 문제들을 차분하게 설명해 줄 것으로 기대하지만, 대부분의 의료진들은 꼭 필요한 질문에도 제대로 대답해 주지 않는 것이 일반적인 관례이기 때문에 환자들은 수술을 앞두고 보통 걱정이 더 많아진다.(37쪽)"라는 저자의 설명을 저로서도 이해하기 어려웠습니다. 정말 이럴까요?

하지만 기본적으로 독서치료가 가지는 잠재적 힘을 이해하는 데 많은 도움을 얻을 수 있고, 또한 일목요연하게 정리된 도서목록들도 독서치료에 관심을 가지고 암환자의 독서치료에 적용할 기본 틀을 만드는 데 도움이 될 것이라 생각합니다.

관련 학회가 중심이 되어 질환별 독서치료 지침서를 만들면 일선에서 환자를 진료하는 임상의들에게 큰 힘이 될 수 있겠다는 생각이 들었습니다. 저도 기회가 된다면 저의 관심 분야에서 그동안 제가 읽은 책들을 활용한 독서치료 지침서를 만들어볼 욕심이 생겼다는 말씀으로 마무리하겠습니다. (라포르시안 2012년 2월 13일)

4

선택의 과학

(리드 몬터규, 사이언스북스)

로미오와 줄리엣이 사랑과 죽음을 선택한 이유?

최근에 저는 오랫동안 사용해 왔던 휴대전화를 바꾸었습니다. 그동안 계약의 무사항을 포함해서 무료로 휴대전화를 제공하겠다는 제의를 여러 번 받았습니다. 하지만 사용하던 휴대전화의 의무사용기간이 마음에 걸리는 바람에 교체가 늦어졌습니다. 주변에서는 초기 구매자(early adapter)일 것으로 보이는 사람이 너무 늦었던 것 아니냐고들 했습니다.

새로운 기기가 나오면 바로 사서 이용하는 사람을 초기 구매자라고 합니다. 주변에서도 신기해하며 또 부러워하는 시선을 보내기 마련입니다. 초기 구매자의 반대말은 무엇일까요? 나름대로 얻어들은 바에 의하면 말기 구매자(late adapter), 느린 구매자(slow adapter) 심지어는 게으른 구매자(lazy adapter)라고 부르기도 한답니다. 요즘 느린 삶(slow life)이 각광을 받는다는 점에서 느린 구매자라는 말이 마음에 듭니다.

초기 구매자와 느린 구매자는 각각 좋은 점과 나쁜 점이 대비될 것 같습니다. 초기 구매자의 경우 남들보다 일찍 새로운 기기를 이용하는 즐거움을 맛볼 수 있다는 장점이 있습니다. 하지만 사용법을 스스로 깨우쳐야 하기 때문에 시간과 노력이 많이 드는 점은 단점이겠습니다. 당연히 느린 구매자는 반대가 되겠지요? 그러고 보니 초기 구매자가 될 것이냐 아니면 느린 구매자가 될 것이냐

하는 것은 개인의 특성에 따른 선택의 문제입니다.

직장에 다니는 사람들의 하루 일과 중 점심시간에 무엇을 먹을 것인가를 결정하는 일이 가장 어렵다고 합니다. 잠자리에 들어 하루를 되돌아보면 하루 일과가 선택의 연속이었다는 것을 깨닫게 됩니다. 사람들은 하루에 150번이 넘는 선택을 한다고 합니다. 그런 선택이 어떻게 이루어지는지 궁금해집니다. 바로 그 궁금증에 대하여 과학적 자료에 근거한 답을 주는 책을 소개합니다. 버지니아 공과대학 물리학과의 리드 몬터규 교수가 쓴『선택의 과학』입니다.

저자의 이름을 보자마자 셰익스피어의 비극『로미오와 줄리엣』이 떠올랐습니다. 몬터규가의 로미오가 가문의 적 카풀렛가의 축제에 가지 않았더라면 줄리엣을 만나지 않았을 것입니다. 그리고 아름다운 두 젊은이가 생명을 잃는 불행도 없었을 것입니다. 그날의 선택이 두 젊은이의 죽음이라는 비극을 초래한 것이지요. 하지만 궁극적으로는 피의 보복이 반복되어 오던 두 가문이 화해하게 되었으니 가문의 입장에서는 다행한 일이라고 볼 수도 있지 않겠습니까? 그렇다면 두 젊은이가 선택한 사랑과 죽음은 우연이었을까요? 아니면 운명으로 결정되어 있던 필연이었을까요?

어떤 종류의 개미는 종족을 위한 방어기전으로 자폭을 선택합니다. 몇 마리 개미의 죽음을 통하여 해당 종족은 생존을 얻게 됩니다. 일반적으로 로미오와 줄리엣의 경우에는 종족보존보다는 사랑을 위하여 죽음을 선택한 것으로 해석합니다. 하지만 인간의 유전자에도 개인보다는 종족보존이 우선한다는 암호가 숨겨져 있는 것은 아닐까요?

저는 새 휴대전화를 고르면서 다양한 의견을 들었습니다. 생각해 보면 의견을 주신 분들은 대체적으로 자신이 사용하는 휴대전화를 추천하는 것 같았습니다. 아이폰을 사용하는 분은 아이폰을, 갤럭시폰을 사용하는 사람은 갤럭시폰을 추천하면서 각각 장점을 중점적으로 설명하였습니다.

몬터규 교수에 따르면 우리의 삶을 결정하는 모든 선택은 대뇌에서 이루어지는 가치판단을 토대로 이루어진다고 합니다. 선택과정에서 이루어지는 대뇌의 가치판단은 어떤 행위를 할 때 드는 비용과 그로 인해 얻을 수 있는 보상을 비교하여 이루어진다고 정의합니다. 여기에서 말하는 비용과 보상에는 유상, 무상의 범위까지 포괄합니다. 선택을 통하여 최소한의 투자로 최대한의 수익을 거두는 문제는 단순한 일상의 문제에 머물지 않습니다. 궁극적으로는 생명계에서 살아남을 수 있느냐의 문제로 확장되는 것입니다. 따라서 선택의 비용과 장기적 이득을 정확하게 계산할 수 있는 생명체가 살아남을 확률이 높을 것입니다. 선택은 분자 수준에서부터 사회적 교환의 전략에 이르기까지 생물계의 모든 층위에서 가치를 판단하는 과정을 통하여 일어나고 있습니다.

생물체의 의사결정과정에는 강화학습이라고 하는 일종의 자연적 정보반복 주기가 마련되면서 행동의 선택을 이끌어냅니다. 이 과정에는 목표탐색, 학습, 의사결정에 대한 접근 방식에 따라 네 가지 기본단계가 있습니다. 생명체의 선택이 치열한 생존경쟁에서 살아남기 위한 것이 되어야 합니다. 그럼에도 불구하고 약물중독처럼 생존에 적합하지 않은 선택이 일어나기도 합니다. 우연한 선택에 의하여 시작한 약물이 정상적으로 일어나야 할 과정의 안내신호를 교란시키기 때문입니다. 일종의 무른모(software)의 갱신이 비정상적으로 일어나서 오는 현상입니다.

도박의 경우는 다소 다르게 설명합니다. 인간은 자신의 가치판단 및 의사결정기구를 활용하기 위하여 도박을 발전시켜 왔다는 것입니다. 실제로는 인간의 도박실력은 대체적으로 시원치 않습니다. 따라서 가치판단 및 의사결정기구를 자연스럽게 확인하고 대조하는 작업을 제대로 수행하지 못하는 경우가 많습니다. 결정적인 이유는 인간이 이길 가망성과 질 가망성 등을 포함하여 갖가지 통계적 가망성을 감지하는 능력이 형편없기 때문입니다. 즉, 현실적 가망성이 전혀 없는 곳에서도 희망적인 가망성을 추론해 내는 데 선수라는 것입니다.

그렇다면 인간만이 선택을 하게 될까요? 아닙니다. 다른 동물, 심지어 세균조차도 과거의 가치와 단기적 미래를 따질 수 있다고 합니다. 다만 그 과정이 인간처럼 복잡하지 않고 단순하게 구성되어 있는 차이가 있습니다. 최근에 재조명을 받고 있는 다윈의 진화론에서는 생물진화의 동력은 자연선택이었다는 점을 강조합니다. 저자는 "변이는 생물계로 하여금 대안적인 해결책을 탐색하게 만들었고, 선택은 되먹임을 제공했으며, 저장은 체계적으로 이루어져 그중 성공적인 해결방법을 유지하게 만들었다.(315쪽)"라고 설명합니다. 다윈의 진화론은 100년 뒤에 앨런 튜링에 의하여 정보처리에 관한 계산과정으로 발전하게 되었습니다. 진화생물학이 자리를 잡고, 뇌과학이 발전하면서 나온 계산 신경과학의 연구 결과입니다.

저자는 생물체의 구조와 기능이 사실상 생물학적 분자, 세포, 세포망 등을 통해 이용 가능한 물리적이고 화학적 특성으로 구현된 정보처리를 위한 것이라고 주장합니다. 이는 생물학 전반에 널리 퍼져 있는 계산에 대한 개념에서 나온 설명입니다. 그동안 계량과학의 핵심도구들이 발전해 온 것이 과학혁명의 첫 번째 조짐이었습니다. 그런데 이처럼 발전해 온 과학의 영역들도 그 경계가 해체되고 교차되어 앞으로는 경제학, 사회학 등의 영역으로 확산될 것이라고 예견합니다. 에드워드 윌슨이 주장한 통섭의 개념에 잘 부합합니다.

저자는 "당신은 왜 하필 이 책을 선택했는가?" 묻고는 "표지 모양 때문에, 또는 서평 때문에, 또는 일찍이 당신의 인생을 바꿔 놓았던 과거의 어떤 경험과 같은 무언가 더 상당한 이유 때문에 이 책을 선택했을 것이다.(9쪽)"라고 짐작합니다. 그러고 보니 마치 전철노선도처럼 보이는 표지 모양은 선택의 문제를 상징적으로 나타내고 있는 것 같습니다. 서울의 지하철 체계가 복잡해지면서 이제는 목적지에 가기 위하여 아주 다양한 철도노선을 선택할 수 있게 되었습니다. 짧은 시간에, 환승을 최소화해서, 아니면 덜 붐비는 노선을 선택할 수 있게 된 것입니다. 선택결과에 따라서는 복잡하더라도 목표지점에 빨리 도착할 수도 있습니다. 그리고 늦게 도착하더라도, 앉아서 독서도 하면서 쾌적하게 갈

수도 있습니다.

이 책에 대한 추천사를 쓴 정재승은 이 책에 대한 전문가들의 반응을 소개합니다. 인상적인 반응 몇 개를 소개하면, "선택에 대한 근본적인 접근이 돋보인다." "의사결정과정에 대한 인지과학과 신경철학적인 내용이 흥미롭다." "너무 추상적이고 모호하다."(6쪽) 등이 있습니다. 저는 이런 반응들이 모두 일리가 있다고 생각했습니다. 완벽한 뇌는 느리고, 잡음 많고 부정확해야 한다는 조건을 충족해야 한다는 설명을 쉽게 이해할 수 있겠습니까? 뇌과학으로부터 물리학, 경제학에 이르기까지 광범위한 영역을 아우르다 보니 아무래도 전부를 이해하는 데 어려움이 따를 수밖에 없습니다. 즉, 합리성과 효율, 후회와 실망, 신뢰와 배신 등 행동경제학의 여러 주제를 신경과학의 최신 이론으로 설명하고 있어 단숨에 이해하기에는 한계를 느꼈다는 점에서 후자의 반응에 가까운 느낌이 남았다고 고백합니다.

거침없이 읽히되, 읽다가 자꾸 덮게 되는 책이 좋은 책이라는 법정 스님의 말씀대로라면 거침없이 읽히지는 않지만 자주 멈춰 생각하게 만든다는 점에서는 역시 좋은 책이라 생각합니다. 살아가면서 선택을 해야 되는 순간, 내가 왜 이런 선택을 하게 되는지 한 번쯤 생각해 볼 필요가 있다고 보기 때문입니다. (라포르시안 2012년 2월 20일)

5

농담

(밀란 쿤데라, 민음사)

농담조차 용납되지 않는 사회에서 산다면…

밀란 쿤데라는 1929년 체코의 브르노에서 태어났습니다. 그는 야나체크 음악원 교수이자 피아니스트인 부친의 영향으로 그 음악원에서 작곡을 공부하였습니다. 그리고 프라하의 공연예술아카데미(AMU, Akademie múzických umění)에서 시나리오작가와 영화감독 수업을 받았습니다. 그는 1963년부터 1968년 소련군이 탱크를 앞세우고 프라하에 진주하면서 '프라하의 봄'이 좌절될 때까지 '인간의 얼굴을 한 사회주의운동'을 주도하였습니다.

1960년대에 『농담』과 『우스운 사랑』을 체코에서 발표하였습니다. 그 가운데 『농담』이 1968년 프랑스 갈리마르(Gallimard)출판사에서 프랑스어로 번역되어 출간되면서 단숨에 프랑스 문학계의 주목을 받았습니다. 초현실주의 작가 아라공(Louis Aragon)은 『농담』의 프랑스어 번역판 서문에서 "금세기 최대의 소설가들 중 한 사람으로 소설이 빵과 마찬가지로 인간에게 없어서는 안 되는 것임을 증명해 주는 소설가"라고 격찬을 아끼지 않았습니다.

『농담』을 통해 체코의 사회주의 체제를 비판했다는 이유로 쿤데라는 저술활동을 금지당합니다. 하지만 고통의 시간은 오히려 새로운 기회가 되었습니다. 『농담』을 통하여 쿤데라를 알게 된 프랑스 문화계의 도움으로 쿤데라는 1975년 프랑스로 망명하여 작품활동을 계속할 수 있게 되었습니다. 체코에서 작품활동이 금지된 것이 전화위복이 된 셈입니다.

밀란 쿤데라의 작품들에서는 다양한 모습의 사랑을 볼 수 있습니다. 『참을 수 없는 존재의 가벼움』에서는 4인 4색의 사랑을, 『느림』에서는 절차가 생략된 즉석 사랑을, 『향수』에서는 고국을 떠난 사람들에서 뿌리가 없는 사랑을, 『정체성』에서는 우연에 흔들리는 사랑을 읽을 수 있습니다. 『농담』은 젊은 시절에 암울한 사회적 분위기에서 쓰인 작품으로, 불안한 느낌을 주는 젊은이의 좌충우돌식 사랑이 느껴집니다.

『농담』의 전체 줄거리를 요약하면 다음과 같습니다. 루드비크는 대학에서 만난 마르케타에게서 사랑을 느끼게 됩니다. 그런데 봉사활동을 떠난 마르케타의 마음을 얻으려 보낸 엽서에 루드비크가 쓴 농담이 꼬투리가 되어 사상을 의심받게 됩니다. 평소 친하게 지낸 제마네크는 도움을 줄 것이라는 기대와는 달리 출당과 퇴교라는 최악의 결정을 내리는 데 앞장서기까지 합니다. 사태는 퇴교로 끝나지 않고 군 입대와 탄광 노역으로 이어집니다. 그곳에서 만난 여인 루치에게 마음을 주지만 헌신적 사랑을 보이던 그녀는 결정적 순간에 홀연히 사라지고 맙니다. 고통스럽던 탄광 노역도 끝나고 프라하로 복귀한 루드비크는 우연히 만나게 된 제마네크의 아내 헬레나를 유혹하여 제마네크에게 복수하려 합니다. 하지만 그의 의도와는 다른 결말에 이르게 됩니다.

작가는 전체의 줄거리를 7개의 작은 이야기로 쪼개놓았습니다. 작은 이야기들은 주인공 루드비크를 비롯하여 조연으로 등장하는 헬레나, 야로슬라프, 코스트카가 화자(話者)가 되어 이끌어 갑니다. 다만 마지막 이야기는 루드비크와 헬레나 그리고 야로슬라프가 중심이 되어 진행되는데, 현재 시점의 사건은 루드비크의 고향 모라비아에서 진행됩니다. 헬레나는 앞서 이야기한 대로 루드비크가 대학에서 쫓겨나는 데 앞장선 제마네크의 아내이고, 야로슬라프는 고향 모라비아에서 루드비크와 함께 전통음악 지킴이 활동을 같이한 친구이며, 코스트카는 대학 시절부터 여러 차례 위기에 빠졌을 때 루드비크로부터 도움을 받은 친구입니다. 코스트카는 현재 모라비아에 정착하고 있어 루드비크의 계획을 도와주고 있으며 한편으로는 루드비크의 여인 루치에와도 관련이 있는 인물이기도 합니다.

사건들이 오랜 세월에 걸쳐 일어나고, 소소하게 묻힌 사건들도 적지 않습니다만, 눈길이 가는 쟁점들을 들여다보겠습니다. 먼저, 큰 줄거리의 발단이며 이 책의 제목이기도 한 '농담'입니다. 진실만 이야기하는 세상이라고 한다면 일단 재미가 없고, 혹은 곤혹스러운 상황을 맞을 수도 있습니다. 듣는 이의 입장을 고려하여 말을 지어내도 선의의 거짓말(white lie)이라고 옹호받기도 합니다. 하지만 농담은 예상치 못한 상황으로 발전하는 경우를 많이 봅니다. 그렇기 때문에 삶에 윤활유가 될 수 있는 농담도 상황을 보아 적당하게 해야 한다는 교훈을 얻게 됩니다.

루드비크의 비극은 사랑하는 여성 마르케타가 여름방학을 이용하여 산간지방에서 봉사활동을 하는 동안에 보낸 엽서 한 장에서 시작됩니다. 평소 장난기가 상당한 루드비크와 달리 마르케타는 진지함 그 자체였다는 것이 문제의 발단입니다. 1948년 2월 이후 진행된 사회주의 운동으로 체코 사회는 해학이나 모순이 용인되지 않는 사회가 되어 있었습니다. 루드비크는 내밀한 슬픔 같은 것이 많지 않아 사회변화를 심각하게 느끼지 못하고 있었다고 고백합니다. 루드비크는 마르케타가 산간지방에서 하는 봉사활동의 즐거움에 빠져 자신이 보내는 절절한 사랑의 전갈에 감동을 느끼지 못하는 것이라 생각했습니다. 이런 마르케타에게 충격을 던져 혼란스럽게 할 요량으로 "낙관주의는 인류의 아편이다! 건전한 정신은 어리석음의 악취를 풍긴다. 트로츠키 만세! 루드비크"라고 적어 보낸 엽서가 당의 감시망에 걸려든 것입니다.

만약 여러분이 쓴 편지를 누군가 감시하는 사회에서 살고 있다고 한다면 어떤 느낌이 들겠습니까? 그렇습니다. 문제는 우리가 살고 있는 사회가 그렇게 변할 수도 있다는 위협에 오랫동안 노출되어 왔다는 점입니다. 북한 사회가 바로 그런 사회라는 사실을 우리는 잘 알고 있습니다. 그럼에도 불구하고 북한 사회를 동경하는 사람들이 빠르게 늘어나고 있음을 경계합니다. 우리 사회가 당면하고 있는 일부 사회적 문제점들이 자신이 바라는 방향으로 해결되지 않는다는 것이 이유가 될 수는 없습니다. 그럼에도 불구하고 이런 현상이 일어나고 있는 것은 남과 북이 대치하고 있는 분단상황이 너무 오랫동안 지속되어 왔기 때문이 아닐까 싶습니다. 북한이 그토록 살기 좋은 사회라면 그곳을 떠나는 사람들이 급증하고 있는 까닭은 무엇이겠습니까?

두 번째는 루드비크의 사랑에 대한 생각입니다. 전편을 통하여 그의 애정공세를 받는 여성은 세 사람입니다. 철없던 시절 연모했던 마르케타는 그의 삶을 탄광의 막장으로 몰아넣고서 홀연히 그의 삶에서 사라집니다. 인생의 막장과도 같았던 탄광에서 만난 루치에는 그에게 헌신적인 사랑을 안겨 캄캄하기만 하던 삶에 한 줄기 빛이 되는데, 그는 과연 루치에를 사랑하기나 한 것일까요?

"루치에를 발견하고서 나도 나의 운명을 다시 움직이게 만들었다.(123쪽)"라고 적었을 뿐 아니라, "사랑이 발전해 가는 과정에서 결정적 계기들이 언제나 극적인 사건들로부터 나오는 것은 아니며, 처음에는 전혀 아무것도 아닌 것 같아 보이던 상황들이 그런 계기가 되는 수가 종종 있는 법이다.(139쪽)"라고 고백하고 있는 것으로 보아 그녀에 대한 그의 사랑이 진심이었을 것 같습니다. 하지만 저자는 루치에를 신비로운 존재로 감추어 두는 편을 택한 것으로 보입니다.

그리고 마지막 여인 헬레나와 그녀의 남편 제마네크와의 결혼이 파경에 이른 껍데기에 불과하다는 사실을 루드비크는 알지 못했습니다. 그녀를 유혹하여 제마네크에게 타격을 주겠다는 루드비크의 어쭙잖은 계획은 오히려 제마네크에게 들통이 나면서 루드비크를 비참하게 만들었습니다. 그뿐만 아니라 자신이 이용당했다는 사실을 알게 된 헬레나의 자살소동을 희극적으로 마무리한 것은 루드비크의 사랑놀음이 치기에 가까운 것임을 암시한 듯합니다.

쿤데라는 코스트카의 목소리를 통하여 이런 루드비크의 인생이 잘못되었다고 정리합니다. "당신의 영혼은 하나님을 모르기 때문에, 용서를 모릅니다. 당신은 복수를 열망하지요. (…) 하지만 증오는 또다시 증오를 낳고 복수의 복수를 계속 불러올 뿐, 대체 무엇을 가져다주나요? 루드비크 당신은 지옥에서 살고 있어요. 다시 말하지만, 지옥에서요. 그래서 나는 당신이 가엾습니다.(407쪽)"

『농담』은 쿤데라가 프랑스로 망명하기 전에 체코에서 쓴 작품입니다. 그래서인지 모라비아 토속음악과 '왕들의 기마행렬' 등으로 대표되는 체코의 토속문화에 대한 작가의 자부심과 그것들이 변질되어 가고 있음을 안타까워하는 것을 알 수 있습니다. 모라비아는 와인과 전통공예로 유명한 지역입니다. 남부 모라비아의 중심이 되는 브르노(Brno)는 체코에서 두 번째로 큰 도시로 슬라브코프(Slavkov) 성을 중심으로 한 전쟁과 승리의 역사를 간직하고 있습니다. 밀란 쿤데라를 비롯하여 에드문트 후설, 지그문트 프로이트, 그레고르 요한 멘델과 같이 우리에게 익숙한 이름들이 바로 모라비아 출신입니다.

쿤데라가 그의 작품에서 고향의 모습을 자주 그리고 있는 것은 고향에 대한 자신의 향수를 담고 싶어서가 아닐까요? 『농담』에서 그리고 있는 다음 장면, "그때부터 나는 작은 들판들이 이어진 들길로 나가곤 하는 일이 점점 잦아졌다. 비탈 위로 홀로 들장미가 피어나는 그 들길로…(『농담』, 271쪽)"에 나오는 들판 길은 『향수』의 "상사와 이야기하고 있는 도중에 그녀는 갑자기 섬광처럼 들판으로 난 길을 보았다. (『향수』, 21쪽)"라는 대목에 나오는 들판 길과 묘하게 겹치는 느낌이 듭니다. (라포르시안 2012년 8월 20일)

6

신은 아무것도 쓰지 않았다

(이브 파칼레, 해나무)

우주가 만들어질 때 신(神)은 없었다

2012년 6월 우리 과학계는 과학잡지 〈네이처〉에 실린 '한국이 창조주의자의 요구에 굴복하다(South Korea surrenders to creationist demands)'라는 제목의 서울발 기사로 시끄러웠습니다. 기사는 우리나라 일부 고등학교 과학교과서에서 시조새 부분이 삭제된 이야기를 다루었습니다. '교과서 진화론 개정 추진위원회'라는 단체가 압력을 가해서 생긴 일이라고 합니다. 교육과학기술부가 교과서의 개정을 출판사에 맡기는 바람에 생긴 일입니다.

시조새는 파충류와 조류의 중간에 해당하는 존재로 진화론의 상징입니다. 시조새의 화석을 바탕으로 한 조류의 진화에 대하여 몇 가지 주장이 제기되어 왔습니다. 창조주의자 혹은 지적설계론자들은 진화의 상징이라는 시조새 화석은 믿을 만한 것이 아니므로 진화론 역시 논란이 많은 이론이라고 주장합니다.

과학철학을 전공하는 마시모 피글리우치는 『이것은 과학이 아니다』에서 2000년대 초반 펜실베이니아 도버시 법정에서 벌어진 진화론과 창조론과 지적설계론의 격돌상황을 정리했습니다. 사건은 2004년 10월 펜실베이니아 도버시 교육위원회에서 "학생들에게 다윈의 이론 및 이에 국한되지는 않지만 지적설계론을 포함한 기타 진화에 관한 이론들의 허점/문제를 알게 할 것"이라고 결정한 데서 발단되었습니다.

피글리우치는 "지적설계론에 관해 간략히 분석해 보니, 이 이론이 초자연적 원인을 끌어들여 베이컨과 아리스토텔레스까지 그 기원이 거슬러 올라가는 과학의 방법론적 자연주의 접근법을 위반하므로 과학이 아님이 드러났다."라고 요약하였습니다. 마이클 셔머는 『과학의 변경지대』에서 사이비창조론 혹은 이를 변형한 지적설계론을 과학적 근거가 불충분한 사이비과학으로 분류하고, 『왜 사람들은 이상한 것을 믿는가』에서는 진화론과 창조론을 대비하여 과학적 타당성을 검증하였습니다.

창조론이 과학계에 제기하는 핵심적인 문제는 '생명의 탄생과 우주의 시원에 관하여 분명한 과학적 증거가 있는가?'입니다. 저는 이 문제에 관한 다양한 견해를 담은 책들을 읽어왔습니다. 최근 읽은 책으로는, 리처드 도킨스가 『눈먼 시계공』에서 바이오모프 모델을 이용하여 진화의 핵심을 설명한 것을 기억합니다. 유전체에 담긴 생물체의 형질에 나타나는 사소한 변화가 자연에 의하여 선택되어 살아남게 되고 그러한 변화의 누적된 결과가 종의 차이로까지 발전할 수 있다는 것입니다. 그런가 하면 미생물학자 제럴드 캘러헌도 『감염』에서 인간의 DNA의 반 이상은 감염에 의하여 인간염색체에 삽입된 것이라고 주장합니다. 감염을 통하여 인간의 유전자에 삽입된 미생물의 유전자가 인류의 진화에 기여했을 가능성을 생각하게 합니다.

우주의 시원과 생명체의 진화를 같이 다룬 대표적인 사람은 칼 세이건입니다. 『과학적 경험의 다양성』이나 『잊혀진 조상의 그림자』에서 태양계의 탄생에까지 거슬러 올라가 지구상에 생명체가 탄생하는 순간을 거쳐, 지금에 이르기까지 지구상의 생명체들이 진화해 온 과정을 정리하였습니다. 천문학을 비롯하여 물리학, 분자 생물학, 진화 생물학, 진화 심리학, 인류학 등 다양한 분야에서 오랜 세월 쌓아 올린 연구 성과를 바탕으로 현생인류에 이르기까지 우주와 지구상에서 일어난 일을 뒤쫓았습니다.

지금까지 제가 읽은 우주의 시원과 지구생명체가 진화하는 과정을 다룬 책들은 대부분 과학자들이 쓴 것들이었습니다. 저도 그렇습니다만, 자연과학을 전공한 분들의 책은 대체적으로 전공용어에 집착하는 경향이 있어 글이 어렵고 딱딱한 편입니다. 그런데 여기 소개하는 『신은 아무것도 쓰지 않았다』는 다른 점이 있습니다. 소르본 대학에서 철학을 공부한 이브 파칼레가 쓴 이 책은, 자연과학자가 아닌 인문학자의 시각으로 본 우주의 시원과 생명체의 진화에 대한 사유의 결과인 것입니다. 따라서 전혀 색다른 책 읽기였습니다.

파칼레는 시선을 태양계 넘어 우주의 시원으로까지 넓혔습니다. 빅뱅으로부터 시작된 우주 속에 태양계가 자리를 잡고 지구가 만들어지기까지 천문학을 비롯하여 우주물리학 등 다양한 이론을 바탕으로 설명합니다. 137억 년 전 우주의 시원으로부터 인류의 현재에 이르기까지 다루려면 원고의 분량이 지나치게 방대해질 것입니다. 그래서인지 5억 4,200만 년 전 캄브리아기까지 지구상에 등장한 지구생명체를 소개합니다. 저자는 "우주는 어디에서 왔는가?"와 "생명은 어디에서 왔는가?" 하는 두 가지 질문에 대한 답변을 『신은 아무것도 쓰지 않았다』에서 설명하고, 마지막 질문 "인간은 어디에서 왔는가?"에 대한 답변은 후속작인 『인간의 장편소설』에서 다룰 예정이라고 합니다.

파칼레는 서문에서 시적이고 반어적 유물론의 관점에서 이 책을 쓸 것임을 천명하였습니다. 흥미롭게도 그는 기원전 1세기 로마의 시인이자 철학자인 티투스 루크레티우스가 쓴 『사물의 본성에 관하여』의 영향을 받아 이 책을 집필하게 되었다고 합니다. 스스로가 생명에 대하여 성찰할 수 있는 생명체이기는 하지만 누구에게 군림하는 존재가 아니라 하잘것없는 물질 덩어리에 불과하다는 점도 깨달았다고 밝혔습니다. 파칼레는 우주가 인간의 모태 혹은 활동무대로 쓰이기 위해 창조되었다는 견해를 거부합니다. 즉, 창조론은 지구상에 나타난 생명체들 가운데 하나에 불과한 인간이 자기중심적으로 쌓아 올린 오만의 극치에 불과하다는 것입니다. 그러기에 우주의 기원이라고 할 137억 년 전 빅뱅이 일어나는 시기에 "태초에는 말씀도 없고 신도 없었다.(37쪽)"라고 일갈하고 있는지도 모릅니다. 오히려 "도는 비어 있으나 다함이 없구나."라고 『도덕경』에 적은 노자의 사상에 대하여 "하늘보다 앞서 있었으나 비어 있었고, 아무도 그것이 무엇에서 나왔는지 알 수 없다니 정말 기가 막힌 직관(66쪽)"이 아닐 수 없다고 탄복합니다.

파칼레는 각 장의 글머리에서 루크레티우스의 『사물의 본성에 관하여』의 내용을 인용하고 현대적으로 해석합니다. 루크레티우스의 『사물의 본성에 관하여』는 그리스 철학자 에피쿠로스의 원자론과 유물론을 계승한 책입니다. 원자가 무한하고 영원한 우주 공간에서 상호작용하여 모든 사건이 발생한다는 원자론적 우주관을 담은 고전입니다. 그뿐만 아니라 본문의 중간에는 두세 줄의 짧은 시를 넣어 본문을 요약하는 독특한 방식을 취합니다. 빅뱅에 관한 시는 "신 없는 신 / 전부이자 무(無) / 말할 수 없는 빅뱅(38쪽)"이라고 적었습니다.

우주의 시원에 일어난 빅뱅으로부터 소립자들의 작용으로 빛이 생기고 원시원자가 만들어지는 과정과 우주가 확산되는 과정을 요약하였습니다. 이 부분은 레너드 서스킨드의 『우주의 풍경』에서 상세하게 읽을 수 있습니다. 다소 어렵다는 느낌이 들지만, 이렇게 시작된 우주에 물질, 별, 태양, 태양계가 만들어지는 과정에 대한 설명이 이어지고, 지구에 생명이 등장하여 진화하는 과정이 손에 쥘 듯 그려집니다.

고대 원자론을 확립한 그리스 철학자 데모크리토스는 "우주에 존재하는 모든 것은 우연과 필연의 산물이다."라고 말했습니다. 이처럼 지구라는 행성에 우리가 살 수 있게 된 가장 큰 이유는 태양계가 은하의 변두리에 위치하고, 지구가 지금의 위치에 만들어진 우연(偶然)이 함께하였기 때문이라고 할 수 있습니다.

원시지구에서 생명의 원천이 되는 유기물질이 만들어지고 이들 물질이 생명체로 발전해 나오는 과정에 대한 설명은 지금까지 읽은 어떤 책보다 구체적입니다. 유기물질로부터 유전물질이 만들어지고 유전물질이 단세포동물이 되고 단세포동물이 다세포동물로 발전하는 과정에는 우연도 작용하였을 것입니다.

하지만 지구환경이 급변하는 과정에서 생명체들이 생존을 위하여 마련한 자구 책의 결과였다는 설명도 충분히 이해할 수 있습니다.

정리해 보면, 지구상에 인간이 출현하게 된 몇 차례의 전기가 있었습니다. "첫 번째는 137억 년 전 빅뱅과 함께 우리는 물질과 에너지로서 한 번 태어났고, 40억 년 전에 리보자임과 핵 없는 세포로서 다시 한 번 태어났으며, 10억 년 전 진핵세포와 성(性)의 출현으로 세 번째 태어났고, 5억 3,000만 년 전에 척삭 동물 계열이 출현하면서 네 번째 태어났는데, 그리고 지금으로부터 300만 년이 조금 못 되었을 때, 호모(Homo)속이 등장하면서 우리는 다섯 번째로 태어났다(550쪽)"고 할 수 있다는 것입니다.

앞서 설명한 것처럼 인간 중심의 사고를 벗어던진 저자는 진화가 특정한 목표를 향하여 나아가는 것이 아니며 인간의 존재가 진화(進化)에서 '정점'을 찍거나 '궁극'이라고 할 수 없다고 인식하였습니다. 따라서 현재 지구생물들의 정점에 서 있는 인간도 고생대 혹은 중생대에 일어난 대규모 멸종을 통하여 사라진 생명체들처럼 어느 순간 지구를 떠나게 될 운명을 맞을 수 있음을 경고합니다.

583쪽이나 되는 방대한 분량에서 보면 태양계에 속하는 위성에 대한 설명이나 캄브리아기에 나타난 생물들에 대한 설명은 어떻게 보면 사족처럼 느껴지기도 합니다. 특히 캄브리아기를 전후해서 등장한 생물들에 대한 설명은 명칭부터 생소한 탓인지 모습조차 떠올리기 어렵습니다. 하지만, 화석연구를 통하여 밝혀진 캄브리아기에 살았던 생물 가운데 상당수는 현존하는 어떤 동물과도 닮은 점이 없는 것으로 밝혀졌습니다. 즉 유전자변이로 진화가 일어난 생물이 살아남지 못한, 즉 지구 생태계로부터 진화를 승인받지 못하고 폐기된 생물일 것이라는 스티븐 제이 굴드의 설명에 공감할 수 있습니다.

유물론 철학자인 저자는 아이들에게 자연과학을 가르치는 민주주의 국가에서조차 창조론이 여전히 권세를 부리고 있다는 사실을 우려합니다. 모든 것이 창조주의 의지에서 나왔고, 하느님의 법은 인간이 다 이해할 수 없는 것이라고 주장하는 교권정치사회에서는 창조론 이외의 다른 이론은 설 자리조차 없기 때문입니다. 무신론자인 데이비드 밀스의 『우주에는 신이 없다』에서도 천지창조에 신의 의지가 개입된 바 없다는 주장을 읽은 바 있습니다. 이브 파칼레의 『신은 아무것도 쓰지 않았다』에서는 물리학, 천체물리학, 화학, 생물학, 지질학, 유전과학 등 자연과학의 연구 성과를 바탕으로 한 우주와 생명의 기원을 이해할 수 있습니다.

특히 우주와 물질, 생명이 탄생하고 진화하는 장대하고 웅장한 대서사시를 철학과 과학 그리고 문학을 자유롭게 넘나드는 필치로 펼쳐내고 있어 자연과학을 전공하지 않은 독자들도 쉽게 이해할 수 있을 것 같습니다. (라포르시안 2012년 8월 27일)

7

생명이란 무엇인가

(에르빈 슈뢰딩거, 한울)

물리학으로 풀어보는 생명현상

진화론을 거슬러 올라가다 보면 생명의 기원이 무기물에까지 이르게 되는데 과연 무기물로부터 생명체가 탄생할 수 있을까 하는 의문이 들게 됩니다. 이런 의문에 어렴풋한 해답을 얻을 수 있었던 것은 리처드 도킨스의 『이기적 유전자』였습니다. 자외선이 넘치고 전기 방전이 잦던 원시지구에서 단순한 구조의 화합물이 서로 작용하여 복잡한 분자들이 만들어지고 이러한 유기물이 들어 있는 원시수프에서 어느 날 스스로를 복제하는 능력을 가진 분자, 즉 자기 복제자가 생겨났다는 것입니다.(리처드 도킨스, 『이기적 유전자』, 58쪽, 을유문화사, 2010년) 최초의 자기복제자는 발전을 거듭하여 오늘날의 DNA가 되었다는 것입니다. 후쿠오카 신이치는 『생물과 무생물 사이』에서 바로 DNA가 생물인가 혹은 무생물인가를 아주 흥미롭게 논의하고 있습니다.

쉔 하이머는 『신체 구성 성분의 동적인 상태』에서 "생물이 살아 있는 한 영양학적 요구와는 무관하게 생체 고분자든 저분자 대사물질이든 모두 변화하지 않을 수 없다. 생명이란 대사의 계속적인 변화이며, 그 변화야말로 생명의 진정한 모습이다."라고 하였습니다. 신이치는 쉔 하이머의 이러한 생명관을 인용하여 DNA보다는 세포 내에서 만들어지는 단백질에 의하여 결정되는 것이 실제적인 생명현상이라는 자신의 관점을 밝혔습니다. 그는 바이러스를 생물로 보지 않습니다. 그 이유는 '생명이란 자기 복제를 하는 체계이다.'라고 정의하는 것으로는 불충분하다고 생각하기 때문입니다.

서두가 길어졌습니다. 여기 소개하는 책은 '물리학자의 관점에서 본 생명현상'이라는 부제가 달린『생명이란 무엇인가』입니다. 바로 신이치가『생물과 무생물 사이』에서 많은 부분을 인용한 책이기도 합니다.『생명이란 무엇인가』를 쓴 에르빈 슈뢰딩거는 오스트리아의 물리학자입니다. 위키백과는 "원자 구조론, 통계 역학, 상대성 이론 등, 여러 방면에 걸쳐 이론 물리학적 연구 업적이 있다. 그중에서도 드 브로이의 전자의 파동 이론을 발전시켜 슈뢰딩거 방정식을 수립함으로써 파동 역학을 수립했으며, 하이젠베르크의 행렬 역학과의 형식적 동등성을 1926년에 증명하여 양자 역학이 발전할 수 있는 길을 텄다. 이러한 업적으로 1933년에는 노벨 물리학상을 받았다"고 설명합니다.

DNA의 이중나선구조를 밝혀낸 공로로 1962년 의학생리학 부문의 노벨상을 수상한 제임스 왓슨, 프랜시스 크릭 그리고 모리스 윌킨스 등은 생명의 비밀을 탐구해 보려는 결정적 계기가 되었던 책이 바로 에르빈 슈뢰딩거가 쓴『생명이란 무엇인가』였다고 합니다. "현재의 물리학이나 화학이 그러한 생물학적 사건들을 분명히 설명할 수 없다고 해서 앞으로 이들 과학이 그 문제들을 해명할 것이라는 사실을 결코 의심할 수 없다는 점이다.(28쪽)"라는 슈뢰딩거의 예언에서 영감을 얻었던 것이었을까요?

『생명이란 무엇인가』를 출간하고 10년의 세월이 흐른 뒤 나온 중판에서는 "(이 책의) 발간 이후 지난 60년 가까운 세월 동안 생명에 관해 엄청나게 많은 새로운 사실이 발견되고, 또 실험을 통해 확인되었다. 그러나 '생명이란 무엇인가'라는 질문에 대한 대답은 크게 나아진 것 같지 않다. 오히려 새롭게 발견된 사실에 파묻혀 더욱 미로(迷路) 속을 헤매는 느낌이 들기도 한다.(6쪽)"라고 해서 아리송한 느낌이 들었습니다.

이 책의 주제는 "물리학으로 생명현상을 설명할 수 있을까?" 하는 것입니다.

물리학자와 생물학자 양쪽 모두에게 근본적인 것이면서도 생물학과 물리학 사이에서 해결이 되지 않은 개념들을 분명하게 하려는 의도였다면, 슈뢰딩거는 최근에 화두가 되고 있는 학문 간의 통섭 혹은 융합에서의 전형적인 모형을 이미 60년 전에 제시한 셈입니다. 스스로를 낮춰서 '유기체에 대한 물리학자의 소박한 개념'이라고 하면서도 유기체가 행동하고 기능을 수행하는 방식에 대하여 자신이 공부한 것(물리학), 즉 단순하고 명백하며 그리고 변변치 않은 자기의 과학적 관점이 그 문제 해명에 어떤 적절한 기여를 할 수 있을까 고민을 해보았던 것이고, 결론은 "해낼 수 있다는 결론에 도달했다(31쪽)"는 것이었습니다.

1부의 '주제에 대한 고전물리학자의 접근'에서는 생명현상을 설명하는 물리학적 방법론을 예시하였습니다. 원자의 크기가 얼마나 되는지 독자들을 일깨운 다음, 유기체의 작용은 물리법칙을 정확하게 따르고 있다는 것을 설명합니다. 그 물리법칙들은 원자통계학에 의존하고 있으며 다만 근사적일 수 있다고 설명하면서 상자성(常磁性), 브라운 운동과 확산 그리고 정확한 측정의 한계를 보기로 들었습니다.

부록으로 더해진 영국의 철학자 로버트 올비 교수의 글에 따르면 슈뢰딩거는 이 책을 통하여 생명현상에 대한 다음과 같은 근본적인 문제를 설명하였습니다. 첫째, 생명은 스스로의 구조를 파괴하려는 경향에 대해 어떻게 저항하는가? 둘째, 생명체의 유전물질은 어떻게 불변인 채로 유지되는가? 셋째, 이 유전물질은 어떻게 그리고도 충실하게 그 자체를 재생산해 낼 수 있는가? 그리고 넷째, 의식과 자유의지의 본질은 무엇인가? 등입니다.

저자는 원자의 크기를 예시하면서 유전물질은 원자들로 구성되었을 것이라는 점, X선 조사 등에 의하여 생기는 돌연변이가 구성원자의 변이로 나타날 것이라든가 단일사건 혹은 국소성으로 일어나기 때문에 이를 차단하려는 노력이 필요할 것이라는 점도 지적하였습니다. 유전물질을 구성하고 있는 분자들의 상호작용은 양자론으로 설명할 수 있다는 자신감을 보이기도 합니다.

저자는 "수정란의 핵과 같이 그렇게 작은 물질 속에 어떻게 유기체의 발달에 관한 비밀이 담겨 있는 정교한 부호가 들어 있을까 하는 의문이 자주 제기되어 왔다.(129쪽)"라면서 모스 부호의 예를 들었습니다. "25개 기호의 조합만을, 그리고 가정한 다섯 가지 유형들을 각각 정확히 5개 갖는 5점, 5선 등의 조합만을 채택하면 조합의 수는 62조 330억이 된다.(130쪽)" 즉 경우의 수가 엄청나기 때문에 매우 복잡하고 특수한 발달계획에 정확하게 대응할 수 있을 것이라고 설명합니다.

　생명의 특징인 살아 있다는 것을 설명하기 위하여 저자는 열역학적 평형상태, 즉 '최대 엔트로피' 상태라는 개념을 도입하였습니다. 무생물체는 통상적으로 아주 빠르게 이런 상태에 도달합니다. 반면 살아 있는 물체, 즉 생물체는 평형으로 이행되는 것을 피해야 한다는 것입니다. 생물체는 계속해서 자체 내의 엔트로피를 증가시키는데 그 결과 최대 엔트로피의 위험한 상태에 접근할 수밖에 없게 되므로 이런 상황을 피하기 위하여 외부로부터 섭취하는 음의 엔트로피로 평형을 유지할 수 있다고 저자는 설명합니다.

　이와 같은 설명에 대하여 신이치는 슈뢰딩거의 오류라고 지적하였습니다. "생명은 음의 엔트로피를 위해 음식물에 함유된 유기 고분자의 질서를 섭취하는 것이 아니다. 생물은 소화 과정에서 단백질이든 탄수화물이든 유기 고분자에 함유되어 있을 질서를 잘게 분해하여 거기에 함유된 정보를 아낌없이 버린 후에야 흡수한다. 왜냐하면 그 질서란 것은 다른 생물의 정보에 들어 있던 것이며 자기 자신에게는 잡음이 될 우려가 있기 때문이다.(후쿠오카 신이치, 『생물과 무생물 사이』, 132쪽, 은행나무, 2008년)" 신이치의 설명에 의하면 섭취를 통하여 엔트로피의 증대를 되돌리는 기전을 설명한 슈뢰딩거의 생각은 훌륭한 것입니다. "질서는 유지되기 위해 끊임없이 파괴되지 않으면 안 된다."라고 했던 루돌프 쉰 하이머의 주장을 인용한 신이치는 "생명이란 동적 평형상태에 있는 흐름이다."라고 정의할 수 있었습니다.

한울문고에서 나온『생명이란 무엇인가』는 1943년 2월 더블린의 트리니티 대학에서 슈뢰딩거가 행한 몇 차례 강연의 원고를 묶어 1944년에 발간된 판본에 영국 리즈 대학교 철학과 교수 로버트 올비가 1971년 생물학사학회지에 발표한 논문「슈뢰딩거의 문제점-생명이란 무엇인가?」를 부록으로 덧붙였습니다. 슈뢰딩거가 논의한 내용의 의미와 의의를 이해하는 데 도움이 될 것으로 생각하였기 때문입니다. 하지만 올비의 지적은 수긍할 만한 것도 있고, 지나치다 싶은 점도 있습니다. 올비는 엔트로피의 문제에 있어서는 신이치처럼 비판적인 논지를 펼쳤습니다. 하지만『생명이란 무엇인가』의 중심인 유전물질의 영속성을 설명하기 위하여 화학적 부호를 고안해서 설명한 점에는 공감하였습니다. 현재까지 이 분야에서의 발전을 보면 슈뢰딩거의 착안이 탁월함을 엿볼 수 있는 부분입니다.

올비는 세포의 생물학을 화학과 물리학으로 환원하고 있는 분자생물학에 대하여 지나치게 분석적이라는 점을 지적합니다. 올비가 분석한『생명이란 무엇인가』에 담고 있는 슈뢰딩거의 참된 목적은 "세포의 특별한 계층적인 조건들에서 '질서로부터 질서' 법칙을 발견하겠다는 것(233쪽)"이었습니다. 그런데 왓슨과 크리크와 같은 물리학자들에게 흥미의 대상이 되지 못했던 것은 모순이 아닐 수 없다고 했습니다. 하지만 결과적으로는 분자생물학의 발전에 기여했다는 것입니다. 끝으로 물리학에 대한 앎이 일천한 까닭에 슈뢰딩거의 심오한 물리학적 설명을 제대로 이해하지 못했다는 고백을 덧붙입니다. (라포르시안 2012년 11월 12일)

8

니체극장

(고명섭, 김영사)

니체의 정신세계에 들어가는 편승객을 위한 안내서

『양기화의 북(BOOK)소리』에서 '현대의학과 다시 만남을 모색하는 철학'이라는 제목으로 김선희의 『철학자가 눈물을 흘릴 때』를 소개한 바 있습니다. '철학한다는 것이 바로 사유를 통하여 물음을 던지는 일이자 던져진 물음에 답을 구하는 일'이며, 철학적 탐구의 목적은 지식과 진리, 현실, 이성, 의미, 가치에 대한 통찰을 얻는 것이라고 합니다. 그러다 보니 철학이 형이상학적 문제를 추구하는 방향으로 조금씩 기울어져 온 듯합니다. 우리가 살면서 느끼는 실질적인 삶의 문제와는 거리가 있어 보입니다. 결국 철학이 일반대중의 관심에서 벗어나 전공하시는 분들만의 영역에서 고립된 학문으로 자리하게 되고, 대중에게는 '철학은 어려워'라는 선입관이 자연스럽게 남겨진 것 같습니다.

그레일링은 "의학기술이 계속 발전하면서 생명윤리학의 주제가 철학과 의학, 법학, 사회학, 공공정책, 교육 및 관련 분야에서 일하는 모든 사람에게 갈수록 현실적으로 중요한 문제가 되고 있다."라고 했습니다. 의학 영역에서 철학적 사유의 필요성이 대두되고 있는 것처럼 철학 영역에서 역시 마음의 철학 혹은 신경철학과 같이 인간의 심리 혹은 인간의 사고체계에 대하여 사유하는 사조가 생겨난 것입니다. 인간의 삶에 대한 고민을 해결하기 위한 철학적 실천방안을 구체화하려는 움직임도 있다고 합니다.

치료자로서의 철학자의 역할을 자리매김하기 위한 방법을 구하는 과정에서 쇼펜하우어와 니체에 주목하게 되었다는 김선희의 설명을 마음 한구석에 갈무리해 두었던 모양입니다. 스탠리 큐브릭 감독의 영화「2001 스페이스 오딧세이」의 도입부에 장엄미를 더해 준 리하르트 슈트라우스의「차라투스트라는 이렇게 말했다」를 들으면서 역시 니체를 떠올리기도 했습니다. 그래서인지 고명섭의『니체극장』을 만나게 된 인연이 특별하게 다가왔습니다.

제목에 대하여 저자는 다음과 같이 설명합니다. "니체의 철학 작품들은 하나의 독특한 공간을 구성한다. 그 공간은 극장이라고 이름 붙일 만한 공간이다. 니체의 예외적인 삶이 떠받치고 그의 특별한 문체가 만들어내는 한없이 낯선 분위기의 공간, 그 극장의 무대에서 니체는 독백을 한다.(23쪽)" 한국방송공사(KBS)에서 방영하는 기록영상,『인간극장』이 떠오릅니다. 우리 주변에서 흔히 보는 보통 사람들의 평범한 삶을 있는 그대로 영상으로 담아내기 때문에 쉽게 공감하는 영상입니다. 우리네 삶이라는 것이 바로 각자가 주인공으로 연기하는 한 편의 연속극인 셈이라면 니체가 주인공으로 등장하는 연속극을 공연하는 극장이 바로『니체극장』이라고 할 수 있겠습니다.

보통 사람의 책 읽기는 작가의 단편적인 생각을 읽는 데 그치는 경우가 대부분입니다. 그런 점에서 본다면 고명섭의『니체극장』이야말로 1844년 10월 15일 태어난 프리드리히 니체의 출생에서 죽음에 이르기까지 전 생애를 뒤쫓는 한편 그가 발표한 작품에 담겨 있는 그의 정신을 분석해서 담았다고 할 수 있습니다. 작가는 니체의 작품과 니체가 가족 친지들과 주고받은 편지 등을 바탕으로 니체의 삶과 정신을 재구성하는 독특한 형식을 만들어냈습니다.

니체의 사상에 커다란 영향을 미친 것은 기독교와 쇼펜하우어, 그리고 바그너였습니다. 선조 대대로 루터파 신도였던 집안에서 목사가 된 할아버지와 아버지, 그리고 외할아버지의 영향을 받아 소년 시절 니체는 '꼬마 목사'라는 별명으로 불릴 정도로 신앙심이 깊었습니다. "나는 이미 너무나 많은 것을 경험했다. 기쁨과 슬픔, 즐거운 일과 슬픈 일들을, 하지만 이 모든 것 속에서 신은 아버지가 자신의 약하고 어린 아들을 인도하듯이 안전하게 나를 이끌어 주셨다. 나는 내 마음속에서 영원히 그분의 종이 되겠다고 확고하게 결심했다.(45쪽)" 라고 첫 번째 글『나의 삶』에 적었습니다.

하지만 이 약속은 청소년기가 끝나기도 전에 깨졌을 뿐만 아니라 종국에는 차라투스트라의 목소리를 빌려 신이 죽었다고 선언하게 됩니다. "지난날에는 신에 대한 불경이 가장 큰 불경이었다. 그러나 신은 죽었고 그와 더불어 신에게 불경을 저지른 자들도 모두 죽어갔다.(366쪽)" 심지어는 인간이 신의 작품이 아니라 신이 인간의 작품이라고 단언하고 "저편의 또 다른 세계를 꾸며낸 것은 고통과 무능력, 그리고 더없이 극심하게 고통스러워하는 자만이 경험하는 그 덧없는 행복의 망상이었다.(368쪽)"라고 그 이유를 설명하였습니다. 저편의 또 다른 세계는 사제의 주도에 따라 각자가 만들어내는 허상이라는 해석도 있습니다.

두 번째는 쇼펜하우어였습니다. 니체는 본 대학을 거쳐 라이프치히 대학에서 고전문헌학을 전공하였습니다. 라이프치히의 고서점에서 우연히 마주친 쇼펜하우어의『의지와 표상으로의 세계』를 읽고 빠져들었습니다. 당시 독일에서는 쇼펜하우어가 문화적 유행이었습니다. 이 무렵 외롭게 방황하고 있던 니체는 쇼펜하우어의 세계인식, 즉 염세주의에 사로잡힐 수밖에 없었을 것입니다. 니체는 "삶이란 치유할 수 없을 정도로 비참하며, 이런 사태를 깨닫는 자가 할 수 있는 일은 '부정'이다. 곧 그는 '의지를 부정하며', 모든 노력을 포기하고, 욕망의 굴레에서 벗어나, 오직 삶에서 해방되기만을 기다리는 수행자나 성자가 된다.(69쪽)"라고 요약되는 쇼펜하우어의 염세주의철학을 사상적 지주로 삼았습니다. 하지만 10년 뒤에는 이를 뛰어넘게 되었습니다.

세 번째는 리하르트 바그너였습니다. 니체는 1868년 바그너의『니벨룽의 반지』,『트리스탄과 이졸데』,『뉘른베르크의 마이스터징거』등을 들으면서 크게 감동을 받았습니다. 특히 쇼펜하우어에 대한 두 사람의 경외심이 서로를 이끌리게 만들었는지도 모릅니다. 삶이 치유를 필요로 할 때 예술과 철학의 역할을 논한 쇼펜하우어를 두고 바그너는 음악의 본질을 이해하는 철학자라고 평했습니다. 니체 역시 공감했던 것 같습니다. 하지만 니체와 바그너의 이런 긴밀한 관계도 결국에는 끝이 나고 말았습니다. 평생을 독신으로 외롭게 지낸 니체의 독특한 개인적 취향이 두루 원만한 인간관계를 유지하는 데 어려움이 있었던 것 같습니다. 결국 니체는 자신의 사유세계에 크게 영향을 미쳤던 세 가지 요소 모두를 뛰어넘으면서 나름대로의 세계를 구축하였습니다. 사실 틀을 뛰어넘는다는 것은 참으로 어렵고도 중요한 일입니다.

바그너와의 만남이 있고서 니체는 바젤 대학에서 문헌학자로서 입지를 마련했습니다. 첫 번째 작품『비극의 탄생』은 그의 전공이라고 할 고전문헌학적 탐구의 범주를 넘어섰다는 평가를 받았습니다. 이 작품의 핵심내용은 쇼펜하우어 철학의 세계관에 입각해 그리스 비극의 본질을 해명하고, 이어 바그너 예술을 그리스 비극의 부활로 해석하고 찬양한 것으로 찬사와 비판을 동시에 받았습니다. 어쩌면 자신이 숭배하는 쇼펜하우어와 바그너를 위한 헌사를 쓰다 보니 객관적인 입장을 견지하지 못했던 것은 아닐까요?

니체는 '모순의 철학자', 2000년 서양철학사 중 '가장 위험한 철학자'로 일컬어지기도 합니다. 그것은 니체가 새로운 인식을 깨닫기 위하여 치열하게 사유한 결과를 공격적으로 쏟아냈기 때문에 생긴 별명이었을 것입니다. 니체의「즐거운 학문」에는 "우리는 대지를 떠나 출항했다! 우리는 건너온 다리를 태워버렸다. 게다가 우리는 뒤에 남아 있는 대지까지도 불살라버렸다! 자, 작은 배여, 조심하라. 대양이 너를 도처에서 둘러싸고 있다.(302쪽)"라는 대목이 있습니다. 니체의 사유가 얼마나 치열했는지 알 수 있는 대목입니다.

저자가『니체극장』에 정리한 니체의 저술에 대한 방대한 분량의 해설 가운데 한 가지만 인용합니다. 바로 귀족주의를 바탕으로 한 민주주의 비판입니다. 귀족주의 옹호자라는 시각에서 니체는 플라톤과 맥을 같이합니다. 니체는 자신의 조상이 폴란드의 귀족이었다고 했다는데 근거가 분명하지는 않다고 합니다.

저자는 "(니체는) 기독교에 반대하고, 민족주의, 민주주의, 사회주의 여성해방, 심지어는 휴머니즘과 같은 모든 근대적 이념을 부정하였다.(564쪽)"라고 했습니다. 그 이유로 "인간의 가장 커다란 위험은 병자다. 악인이나 '맹수'가 아니다. 처음부터 실패한 자, 유린당한 자, 좌절한 자, 가장 약한 자들인 이 사람들은 인간 삶의 토대를 허물어버리고 삶과 인간과 우리 자신에 대한 우리의 신뢰를 의심 속으로 몰아넣고 그 신뢰에 아주 위험하게 독을 타는 자들이다.(627쪽)"라는 「도덕의 계보」 제3논문의 글을 인용하였습니다.

니체의 이런 주장은 자유민주주의의 시각으로 보면 당연히 위험한 사상이 아닐 수 없습니다. 자유민주주의 국가에서는 자유, 평등, 복지, 약자에 대한 보호와 사회적 정의를 기반으로 보편적 복지를 추구하고 있습니다. 따라서 현대에 들어 더욱 치열해진 국가들 사이의 경쟁에서 살아남지 못할 수 있다고 해석되지 않을까 하는 걱정도 들었습니다. 저자가 보충자료로 인용한 박찬국의 주장을 일부 인용합니다. "국가가 개인의 노후 생활을 비롯해, 질병, 실업 등 인간다운 삶에 책임지는 경향의 주요한 동기도 니체는 그것이 표면적으로 내세우는 인도주의에서 찾지 않고 국가가 모든 것을 해주기를 바라는 허약한 인간들의 의존 성향에서 찾을 것이다.(588쪽)"

니체의 사상이 역사상 그 어떤 철학자보다 넓은 범위에 걸쳐 있고, 그의 저서는 보는 사람의 시각에 따라 극단적일 정도로 다양하게 해석될 수 있다는 점을 지적하는 사람들이 많습니다. 따라서 그의 작품을 직접 읽고 나름대로의 생각을 정리할 필요가 있겠다는 결론에 이릅니다. 그렇다면 니체가 남긴 다양한 자료를 토대로 구축한 그의 삶과 사상의 줄기를 정리한 『니체극장』이야말로 니체의 정신세계에 들어가는 안내서로 사용하기에 안성맞춤이라는 생각을 하게 됩니다. (라포르시안 2012년 11월 19일)

9

선비를 따라 산을 오르다

(나종면, 이담북스)

조선의 선비를 따라 산을 오르다

에베레스트산에 최초로 도전했던 영국의 산악인 조지 맬러리는 1924년 필라델피아에서 강연을 하게 되었습니다. 강연회에서 어느 부인이 "당신은 왜 위험하고 힘들어 죽을지도 모르는 산에 갑니까?"라고 질문하였고, 그는 "산이 그곳에 있어 오른다(Because it is there)."라고 대답했습니다. 그리고 보니 산에 가는 일을 '등산', 높은 산에 오르는 일을 '정복'했다고 말합니다. 하지만 산을 좋아하시는 분들은 '산을 무서워할 줄 알아야 한다'고도 말씀합니다. 어느 쪽이 맞는지는 모르겠지만, 가까운 야산의 작은 오솔길을 즐겨 찾는 수준에 만족하고 있는 저는 '산에 든다.'라고 적기도 합니다.

산수를 즐기셨다는 우리네 선조들은 산에 대하여 어떻게 생각하셨을까요? 이미 8세기 초에 혜초 대사께서 천축국까지의 여행길을 『왕오천축국전』에 기록하셨던 것을 보면, 보고 들은 것을 기록으로 남기는 전통이 우리의 핏속에 면면히 이어져 왔을 터입니다. 마침 한국학을 연구하는 나종면이 쓴 『선비를 따라 산을 오르다』를 통하여 산에 대한 조선 선비들의 생각을 엿볼 수 있었습니다.

부안문화원이 발간한 『유봉래산일기』를 읽을 기회가 있었습니다. 임진왜란 직후인 17세기 초 문인 심광세의 「유변산록(遊邊山錄)」과 17세기 문인 김서경의 「송송사상유변산서(送宋士祥遊邊山序)」 그리고 19세기 말 소승규의 「유봉래산일기(遊蓬萊山日記)」를 묶어 엮은 책입니다. 『유봉래산일기』를 읽으면 조선 선비들의 유람이 어떠했는지 알 수 있습니다. 나종면의 『선비를 따라 산을 오르다』는 조선 선비들의 유람에 대한 이해를 더하는 계기가 되었습니다.

조선 시대 선비들의 산수유람은 독서를 중심으로 정진하던 수양방법론에서 발전하여 몸으로 직접 경험하는 것을 중요하다고 생각한 결과였습니다. 조선의 선비들은 머리를 쥐어짜서 상상의 날개를 펼쳐 글을 짓는 것과는 달리 직접 산천을 유람하면서 사물을 눈으로 보고 느낀 바를 글로 적어내는 훈련이 훨씬 효과적이라는 것을 깨닫게 되었던 것입니다.

한자문화권에서는 기행문을 유기(遊記)라는 이름의 산문형식으로 남겼습니다. 글쓴이가 자신의 여행일정을 중심으로 하여 행로에서 보고 들은 것을 기록하고, 산천경계를 묘사하는 내용입니다. 이와 같은 기행문은 그곳을 찾아가 보려는 사람들에게는 안내서가 되고, 찾아가기 어려운 사람들에게는 읽을거리가 됩니다. 소승규는 『유봉래산일기』에서 "뒷날 누워서 산수를 유람하는 읽을거리로 삼고자(와유; 臥遊)" 변산기행을 글로 남긴다 하였습니다.

『유봉래산일기』를 우리말로 옮긴 허경진은 각주에서 송서(宋書) 종병전(宗炳傳)을 인용하였습니다. "(종병이) 병이 들자 강릉으로 돌아와서 탄식하며 생각했다. '늙음과 질병이 함께 이르렀으니, 이름난 산들을 두루 구경하기 어렵겠구나. 이제는 마음을 맑게 하고 도를 살피며, 누워서 즐기는 수밖에 없겠다.' 그러고서는 자신이 다니며 노닐었던 산들을 모두 방 안에 그려 놓았다.(『유봉래산일기』, 115쪽)" 사실은 저 역시 외국을 여행하게 되면 출발 전부터 여행과 관련된 일들을 정리하고, 여행하면서 보고 들은 이야깃거리를 정리해 오고 있습니다. 꼭 누군가에게 읽히고 싶다기보다는 훗날 다시 꺼내 읽으면서 기억을 되살려보면 좋겠다는 생각입니다.

나종면은 『선비를 따라 산을 오르다』에서 백두산과 금강산을 포함하여 조선의 명산이라 할 만한 스물세 곳의 산에 대한 조선 선비들의 유기(遊記)를 살펴

보았습니다. 그리고 산에 드는 선비들의 마음가짐과 그분들이 산수를 그려낸 솜씨를 우리 시대에 맞게 옮기고 설명하였습니다. 정조 때 문인, 문무자 이옥이 「중흥유기(重興遊期)」에 적은 산행에 관한 재미있는 계율도 있습니다. "도성의 문을 나서며 삼장의 법을 세웠다. 첫째, 시에 대한 규율이다. 둘째, 술에 대한 규율이다. 셋째, 몸가짐에 대한 규율이다.(30쪽)" 조선 선비들의 산수유람은 단순히 산을 오르내리는 일에 그친 것이 아니라 산수 속에서 심성을 도야하고, 관리 생활을 하면서도 동경했던 은일의 세계를 즐기기 위한 것이었습니다. 속리산 문장대에 오른 정조 때 문인 지암 이동항은 "천 리를 바라볼 수 있는 시야를 한껏 다 바라보아서 속세의 티끌과 먼지들이 가득했던 가슴을 씻어내었으니, 이것이 내가 대에 올라온 목적이다.(109쪽)"라고 소감을 남겼습니다.

　뜻이 통하는 선비 몇몇이서 술과 음식을 챙겨 종자에게 지우고 집을 나섭니다. 그리고 산수가 좋은 곳에 머물면서 술과 음식을 즐기는 가운데 돌아가면서 시를 지어 부릅니다. 선비들이 돌아가며 짓는 시는 미리 띄워둔 운을 맞추어 지었습니다. 시를 지을 때나 산수를 묘사할 때도 고금의 예를 인용하는 것을 보면 좋은 글쓰기는 예나 지금이나 다를 것이 없다는 생각입니다. 이런 모습이 산수유람입니다.

　문무자 이옥의 설명에 따르면 조선의 선비들의 유람길 준비도 만만치 않았던 모양입니다. "나귀나 말 한 필, 행구를 가지고 갈 종자 한 명, 짚는 척촉장 하나, 호리병 하나, 표주박 하나, 반죽 시통 하나, 통 속에는 우리나라 사람의 시권 하나, 채전축 하나, 일인용 찬합 하나, 유의 한 벌, 이불 한 채, 담요 한 장, 담뱃대 하나, 길이가 다섯 자 남짓한 담배통 하나를 준비했다. (…) 오리쯤 가서 다시 생각해 보니 잊은 것이 붓과 먹과 벼루였다.(16쪽)"

　주영숙은 연암 박지원의 산문 「붉은 깃발을 세우라」는 제목의 글에서는 '병법을 이해하는 사람이 글을 잘 지을 것'이라는 대목을 인용하였습니다. '글자는 군사요, 글 뜻은 장수요, 제목은 적국이다.'라고 시작하는 짧지 않은 비유는 물론 '글 짓는 자의 걱정은 항상 갈피를 잃고 헤매거나 요령을 얻지 못하는 데에 있다.(주영숙,『눈물은 배우는 것이 아니다』, 197쪽, 북치는 마을, 2012년)'라고 정리한 점까지도 쉽게 공감할 수 있습니다. 그런데 '단 한 토막의 말일지라도 정곡 찌르기를, 눈 오는 밤 채주에 처들어가듯이 할 수 있어야 한다'거나, '또한 딱 한마디 말로 핵심 뽑아내기를, 세 번 북을 울리고 관문을 빼앗듯 할 수 있어야 한다'는 말은 당나라 현종 때 장수 이소의 전략이나 춘추시대 노나라 장공 때 사람 조귀의 전략을 모르는 독자라면 어리둥절할 수밖에 없습니다. 당연히 독자를 위하여 설명을 더하는 친절을 베풀어야 할 것입니다. 우리 고문학이 어렵다는 일반의 생각은 인용하고 있는 고사에 대한 이해가 부족하기 때문입니다.

그러면 조선의 선비들의 산수유람에 따라나서 볼까요. 요즈음이야 산에 든다고 하면 복장과 각종 장비를 갖추고 걸어 올라갈 생각을 합니다만, 조선의 양반님네들은 걸어가는 법이 없고 종자나 승려가 들어주는 남여(藍輿; 덮개가 없고 의자형으로 생긴 탈것)를 타고 가기 마련이었습니다. 그래서 양반들의 고상한 취미는 종자나 승려들의 위태롭고 힘든 노동이 뒷받침되어야 했습니다. 그래도 산세가 험해지기 전까지는 어려움이 크지 않을 수 있습니다.

옛사람의 산행기는 요즈음 사람들과는 달리 산의 초입에서부터 상세하게 그려나갑니다. 옥오재 송상기는 「유계룡산기(遊鷄龍山記)」에서 동학사의 초입을 이렇게 설명합니다. "처음에 동구에 들어서자, 한줄기 시냇물이 바위와 수풀 사이에서 쏟아져 나와, 혹은 바위에 부딪혀 격하게 튀어 뿜어 나오듯 흩어지기도 하고, 혹은 널찍하게 깔려서 잔잔하게 흐르기도 하며, 빛깔은 하늘처럼 푸르다. 바위 빛깔도 역시 창백하여 사랑스럽다. 좌우의 단풍나무 붉은색과 소나무의 비췻빛은 그림처럼 점철되어 있다.(101쪽)"

산의 초입에 대한 옛사람들의 관심이 지금과 다른 이유를 나중면은 이렇게 설명합니다. "옛사람들의 입산은 산의 입구에서부터 이루어진다. 평지와 산이 만나는 접점, 즉 산의 입구를 초도(超道)라 부르는 것도 의미심장하다. 저 현실세계[속세]의 넝쿨처럼 질기게 얽힌 인연[반연(攀緣)]을 뛰어넘어야만 올바른 수양이 시작된다고 본다. 보이는 것, 들리는 것, 냄새나는 것, 느껴지는 것을 억지로 차단하지 않아도 초도를 지나는 것 자체가 외부를 차단하며 끊는 것이다.(18쪽)" 당연히 산의 초입에서부터 마음을 다듬어 산에 서려 있는 신령한 기운을 온몸으로 받아들일 준비를 하였을 것입니다.

느린 구매자라고 할 수 있는 저는 아직까지도 금강산 구경을 해보지 못했습니다. 그래서 어당 이상수의 「동행산수기(東行山水記)」를 더욱 꼼꼼히 읽어 보았습니다. 금강산을 돌아 배를 띄우고 해금강까지 돌아본 어당이 해금강의 수려한 풍광을 세세하게 묘사한 끝에 "하늘의 신기한 기운이 세차게 달려 동으로 모여들어 만 이천 봉우리를 크게 벌이어 놓고 바다에 닿아서 끝이 나며 그 나머지로 기교를 베풀어 놓은 것이 의당 이와 같다(172쪽)"고 하였으니 그저 읽는 것만으로는 양에 차지 않음을 절감하게 됩니다.

여기 더하여 저자는 어당이 산수를 오래 관찰하여 사색하여 내린 다음과 같은 결론을 전합니다. "산수란 자신의 마음에 따라 만 가지 모습으로 보일 수가 있다. 이미 자신의 칠정(七情)이 변한 상태에서 산수를 보면, 산수도 칠정에 따라 변한다. 산수는 미추(美醜)가 없으므로, 자신의 감정을 개입하지 않는 평정 상태를 가져야 한다. 그러므로 산수는 스스로 신령해질 수 없다. 산수는 사람이 신리(神理)로 만나는 것이다. 산을 온전히 보고자 한다면, 다가가서 그 골체(骨體)를 보고 떨어져서 그 신리를 보아야 한다. 마주 보고 등짐에 따라 취(趣)와 태(態)가 모두 다르니, 높은 안목과 세심한 마음으로 품평을 정밀히 해야 한다. 또 부족한 점을 알아야 하고, 빼어난 곳을 지날 때면 그 요점을 터득해야 할 뿐이다. 갑자기 매우 장대한 것을 보았다고 마음을 빼앗겨서는 안 된다.(173쪽)" 어떻게 공감이 되십니까?

제가 미국에서 공부할 때 사우스다코타주에 있는 배드랜드(Badland) 국립공원을 세 차례나 가보았습니다. 구경할 곳이 많은 탓에 같은 곳을 두 번 볼 여유가 없던 시절인데 유일하게 반복해서 찾은 곳이기도 합니다. 맑은 날 황혼 무렵에 배드랜드를 처음 찾았는데, 넓게 펼쳐진 초원 한복판에서 황량한 풍경이 갑자기 드러나는 바람에 많이 놀랐기 때문입니다. 그리하여 근처를 지나는 여행 일정을 짤 때마다 길을 돌아서라도 갔습니다. 한번은 맑은 날 아침 무렵에, 그리고 한번은 안개가 자욱한 날에 이곳을 더 찾게 되었습니다. '산수란 자신의 마음에 따라 만 가지 모습으로 보일 수 있다'고 한 어당의 말씀과는 달리 배드랜드는 다양한 분위기를 스스로 연출한다고 느꼈던 것 같습니다. 다시 배드랜드를 찾게 된다면 어당의 말씀을 이해하게 될까요? (라포르시안 2013년 1월 28일)

10

죽어가는 자의 고독

(노르베르트 엘리아스, 문학동네)

죽음에 대한 인식의 변천사

데이비드 실즈가 쓴 『우리는 언젠가 죽는다』라는 책의 제목처럼 모든 생명체는 언젠가 죽음을 맞게 됩니다. 심지어는 밤하늘에서 반짝이는 별들까지도 언젠가는 소멸될 운명입니다. 김열규는 『메멘토 모리, 죽음을 기억하라』에서 우리네 선조들이 높게 쳐준 '갖추어진 삶'의 맺음, 즉 죽음을 맞는 장면을 이렇게 설명합니다. 안채 안방 혹은 안사랑에서 이른바 '와석종신'해야 하고, 임종 자리에는 자식이 빠짐없이 지키고 앉아 있어야 한다고 되어 있습니다. 요즈음 현대 의학이 발달해서 가족들이 도착할 때까지 심장이 뛰도록 할 수도 있습니다. 그럼에도 돌아가시는 분의 마지막 말씀을 들을 수 있는 임종의 순간을 지키는 일이 점점 어려워지고 있는 것이 현실입니다.

최근 들어 우리나라에서도 일본처럼 고독사(孤獨死)에 대한 기사를 심심치 않게 볼 수 있습니다. 일본에서 유래한 용어 '고독사'는 정의가 분명한 것은 아니지만 임종을 지켜보는 사람 없이 쓸쓸하게 생을 마감하는 경우를 말합니다. 세태가 변해 1인 가구가 증가하면서 자신이 죽어가는 것을 외부에 알리기를 원치 않거나, 알릴 수 없는 상황에서 죽음을 맞기 때문입니다. 이는 죽은 이가 경제적으로 어렵거나, 사회 또한 이들을 제대로 챙기지 못한 결과입니다.

현대의학의 발전으로 기대수명이 지난 세기에 비하여 획기적으로 늘었습니다. 역설적으로 '산다는 것은 언제가 될지 모르는 죽음을 향해 나아가는 것'이라고 말할 수 있습니다. 독일의 철학자 노르베르트 엘리아스는 『죽어가는 자의 고독』에서 죽음을 '임종의 순간'에서 '노화가 일어나는 과정'으로 확대하였습니다. 많은 이들이 나이 들어가면서 병약해지고 노쇠해집니다. 서서히 쇠락해 가다 보면 점차 사람들과 잘 어울리지 못하게 됩니다. 정작 당사자는 여전히 사람들이 주위에 남아 있기를 바라지만 뜻대로 되지 않는 것이지요. 죽어가는 이들이 절실하게 원하는 도움과 사랑을 얻지 못하는 이유가 있습니다. 사람들은 그들의 죽음으로부터 자신의 죽음을 떠올리기 때문에 죽어가는 이들을 멀리하는 것입니다. 저자는 현대를 사는 사람들이 고독한 가운데 죽음을 맞는 경우가 늘고 있는 것은 문명화 과정에서 나타난 현상이라고 보았습니다.

저자는 시대에 따라 변해 온 죽음에 대한 사람들의 인식을 세 가지의 유형으로 나누었습니다. 첫째는 종교의 영향을 받은 지옥이나 천국 같은 내세적 관념을 통해 죽음 이후에도 삶이 계속된다는 연속성의 신화가 만들어진 시기입니다. 사람들이 죽음에 대처하는 가장 오래되고 보편적인 방법입니다. 둘째는 종교적 영향이 줄면서 죽음은 피할 수 없는 것이란 것을 깨닫게 된 시기입니다. 이 시기에는 두려운 죽음을 가능한 한 멀리하고 죽음에 대한 생각을 억압하거나 회피함으로써 자신의 불멸성에 대한 환상을 갖게 되었습니다. 심지어는 타인의 죽음을 지켜보면서도 타인의 죽음과 나를 분리시킴으로써 자신은 다를 것이라고 믿어버립니다. 셋째는 죽음을 생물학적 사실로 인정하면서 타인과 나의 죽음을 편안하게 받아들이는 방식입니다. 가장 최근에 생긴 죽음을 적극적으로 수용하는 새로운 태도입니다.

죽음의 본질을 모르던 시절, 죽음은 사람들에게 공포의 대상일 수밖에 없었습니다. 그렇기 때문에 종교에 의지하여 죽음에 대한 공포를 해결하려고 했습니다. 기독교에서는 태초의 낙원에서 영생하는 존재였던 인간이 신과의 약속을 깨뜨렸기 때문에 죽음을 피할 수 없는 존재가 되고 말았다고 합니다. 따라서 살아가는 동안 신과의 약속을 지켜야만 내세가 보장된다는 교리를 세웠습니다.

중세 유럽사회에서는 대규모 전염병이 돌아 많은 사람들이 희생되는 등 사람들의 삶은 고단하고 짧았습니다. 삶을 위협하는 이러한 위험요소들은 통제가 불가능했기 때문에 종교가 사람들에게 중요한 위안 요소가 되었을 것입니다. 저자는 중세 유럽사회의 분위기를 이렇게 적었습니다. "도시가 성장하고 전염병이 강력한 힘으로 전 유럽을 휩쓸었다. 사람들은 주변을 포위하고 있는 죽음에 대해 두려워했다. 성직자와 탁발승이 이 공포를 더 강화시켰다.(21쪽)"

아주 오랜 옛날 평화롭던 왕국시대의 이스라엘 백성이 믿던 유대교의 신 야훼는 힘과 기쁨과 희망의 상징이었고, 신을 숭배하는 것은 민족의 강성함과 계절의 변화, 농장에서 얻은 모든 복에 감사하는 것이었습니다. 그런 이스라엘이 아시리아인의 침공으로 혼란에 빠지고 말았습니다. 나라는 황폐해지고 모든 희망이 사라지게 되자 유대교의 성직자들은 '모든 행복은 신의 은총이며, 모든 불행은 신을 믿지 않은 데 따른 벌이다.'라고 신도들에게 설명하기 시작하였습니다. '조건 없는 사랑을 베풀어온 신'을 '조건에 의하여 제약된 신'으로 바꿔치기한 것입니다.

중세에는 다른 신앙을 가졌다는 이유로 종교재판에서 추방, 투옥, 고문 그리고 화형과 같은 끔찍한 처벌이 일상적이었습니다. 하지만 현대에 들어 사회가 발전하면서 초자연적인 믿음에 기대어 죽음에 대한 공포를 해소하려는 경향은 많이 누그러졌습니다. 과거에는 질병으로 인한 갑작스러운 죽음도 보이지 않는 운명의 힘이 작용한다고 믿었습니다. 하지만 현대의학의 발전으로 질병의 원인이 밝혀지고 예방과 치료가 가능해졌습니다. 이러한 변화에 따라 종교의 영향력이 지속적으로 줄어들게 된 것입니다.

그러나 종교적 신념이 다르다는 이유로 종교집단 간의 충돌은 점차 심화되어 가는 것 같습니다. 특히 기독교와 이슬람교의 갈등은 지구상의 여러 곳에서 동시다발적으로 일어나고 있습니다. 엘리자 그리즈월드는 『위도 10도』에서 특히 남북 위도 10도 사이의 지역에서 일어나고 있는 종교적 갈등은 영토문제, 물과 석유와 같은 자원을 둘러싼 이해의 충돌, 그리고 상대 종교의 공격적인 포교에 맞대응한 포교로 일어나는 것이라 하였습니다. 다만 나이지리아의 종교지도자들이 공존의 가능성을 모색하고 있는 모습에서 지구상의 종교 갈등을 해결하는 방안을 도출할 수 있으리란 희망을 보았습니다.

죽음에 대한 종교의 영향이 줄어들게 된 데는 두 가지 요소가 작용하였습니다. 하나는 현대의학의 발전으로 죽음의 본질이 밝혀지기 시작한 것이며, 다른 하나는 현대국가의 체제가 확고하게 자리 잡으면서 국가가 폭력을 효율적으로 독점할 수 있게 됨에 따라 개인의 삶의 안전성이 높아진 것입니다. 이와 같은 변화는 두려움의 대상이던 죽음이 꺼리는 대상으로 변환되고, 자기불멸성에 대한 환상이 만들어지는 결과를 가져온 것입니다. 이 두 가지는 서로를 강화시키는 되먹임효과를 가져왔습니다.

현대의학의 발전은 죽음에 대한 인식이 변화를 일으키는 데 있어 중요한 역할을 한 것은 분명하지만 또 다른 문제를 불러왔습니다. 죽음의 본질에 대한 사람들의 이해가 커지면서 죽음은 사람들의 주요 관심사에서 밀려나게 된 것입니다. 그럼에도 불구하고 죽음에 관한 사람들의 인식에 새롭게 등장한 문제점에 저자는 착안하였습니다. "우리 시대에 죽어가는 사람 곁에서 살아 있는 사람들이 느끼는 각별하다고 할 당혹감은 죽음과 죽어가는 사람이 사회생활에서 최대한 배제되어 있다는 점, 그리고 죽어가는 사람을 다른 이들로부터 철저히 격리한다는 사실과 밀접하게 연관되어 있다.(31쪽)"

마지막 길을 떠나는 사람에게 에누리 없는 애정을 보여주는 것, 그것은 신체적 고통을 완화시켜 주는 것과는 별도로, 남아 있는 사람이 해줄 수 있는 다른 어떤 것보다 중요한 일입니다. 하지만 실제로는 그렇지 못하는 경우가 많다고 합니다. 사람들이 점차로 죽어가는 사람들로부터 물러서 있게 되고 죽음에 대하여 침묵하는 경향이 심화되고 있는 것입니다. 앞에서 짧게 요약한 것처럼 타인과의 죽음에 거리를 둠으로써 죽음에 대한 연상이 자신의 죽음으로까지 확대되는 것을 막으려는 잠재적 의식이 생겨났기 때문입니다.

저자는 죽어가는 사람이 외로울 수밖에 없는 사회적 현상을 둘러싸고 있는 산 사람들을 중심으로 한 심리적 현상으로 설명하였습니다. 사회의 발전에 따라 등장하게 된 개인화와 자아인식의 발전이 기여한 바도 적지 않을 것이라고 해석하였습니다. 즉, 죽어가는 과정은 누구와도 공유할 수 없다는 인식을 가지게 된 사람들이 많아지고 있다는 것입니다. 나 자신만의 세계, 그것과 연결된 독특한 기억, 나만의 감정과 체험, 나 자신의 지식과 소망 등을 오롯이 지키겠다고 생각하는 사람들 말입니다.

죽어가는 자의 고독에 대한 논의를 마무리하면서 저자는 이렇게 적었습니다. "죽음 자체는 위협적이지 않다. 사람들은 기나긴 꿈속으로 떠나가고 세상은 사라진다. 두려운 것은 죽어가는 고통이며, 또 사랑하는 사람이 죽었을 때 산 자의 상실감이다.(73쪽)" 어떻게 보면 죽은 자에게 죽음은 문제가 되지 않을 뿐이며, 오히려 산 자에게 더 문제가 될 수 있다는 생각입니다. 남아 있는 사람들의 슬픔을 헤아릴 줄 아는 사람은 절대로 스스로의 생명을 끊지 못할 것입니다. 남은 자의 마음을 헤아릴 줄 모르는 사람의 죽음으로 살아 있는 사람이 마음의 상처를 입는 것은 안타까운 일입니다.

앞서 저자가 역사의 흐름에 따라 변해 온 죽음에 대한 사람들의 인식 유형 가운데 마지막, 죽음을 생물학적 사실로 인정하면서 타인과 나의 죽음을 편안하게 받아들이는 방법을 모색하는 것에 대해서 본격적인 논의가 충분히 이루어지지 않은 점이 많이 아쉽습니다. 그리고 현대사회에서 쟁점으로 떠오르고 있는 고독사에 대한 사회적 대응방안 마련을 위한 구체적인 고민으로 발전시킬 필요가 있겠습니다. (라포르시안 2013년 4월 1일)

신이 절대로 답할 수 없는 몇 가지

(샘 해리스, 시공사)

도덕적 진리, 과학의 영역으로 들어오다

"과학의 진화는, 상상 가능한 이론적 구성물 가운데에는 어떤 경우에서나 다른 구성물에 대해 결정적 우월성을 보여주는 하나의 구성물이 언제나 존재한다는 사실을 우리에게 보여주었다. 이 문제에 대해 천착했던 사람들은 우리의 지각세계가, 한 치의 오류도 없이, 어떠한 이론적 체계를 선택해야 할지를 실질적으로 결정한다는 사실을 부정하지 못할 것이다. 그럼에도 불구하고 이론의 모든 원리로 이끄는 논리적 방법은 존재하지 않는다."

1918년 아인슈타인이 막스 프랑크의 회갑에서 이야기한, 인식에 대하여 과학의 대표적 분야인 물리학의 한계에 관한 내용입니다.(호세 오르테가 이 가세트, 『철학이란 무엇인가』에서 인용) 가세트는 물리학으로 대표되는 과학의 흥성으로 퇴조되고 있는 철학이 본연의 소명으로 회귀해야 할 것이라고 주장하면서, '과학적 진리는 비록 정확하기는 하지만 궁극적이며 완전한 진리는 아니다.'라고 설파한 바 있습니다. 그렇다면 사유와 존재의 상호 동화라고 정의되고 인식의 영역에 속하는 도덕적 진리를 과학적으로 판단할 수 있을까요?

샘 해리스는 『자유의지는 없다』에서 인간의 사고와 행동을 지배하는 자유의지의 허구성을 설파하였습니다. 이어 발표한 『신이 절대로 답할 수 없는 몇 가지』에서는 발전된 뇌과학의 증거들은 도덕적 진리를 과학적으로 판단할 수 있다고 주장하였습니다. 비록 "과학은 사실에 관한 것이지 규범에 관한 것이 아니다. 과학은 우리가 누구인지 알려줄 수 있다. 그러나 우리의 존재 양태에 대해 무엇이 잘못인지는 알려줄 수 없다. 인간의 조건에 관한 과학은 있을 수 없다(23쪽)"고 한 철학자이자 심리학자인 제리 포더와 같이 반대하는 과학자들이 여전히 있는데도 말입니다. 선과 악에 대한 연구결과를 공론화하지 못하고 있지만, 적어도 도덕과 행복에 대한 과학적 연구는 꾸준하게 이어지고 있습니다.

저자는 도덕과 행복에 관한 과학적 연구에서 얻어진 것들을 도덕적 진리, 선과 악, 믿음, 종교, 행복의 미래 등으로 나누어 설명하였습니다. 그리고 원저의 제목인 '도덕의 풍경(The moral landscape)'이라는 개념을 제시하였습니다. 도덕의 풍경을 "가설적 공간이지만 실제적, 잠재적 결과의 공간으로, 봉우리의 높이는 잠재적 행복의 높이에 해당하고, 계곡의 깊이는 잠재적 고통의 크기에 해당한다. 서로 다른 사고와 행동방식, 즉 다양한 문화적 관습, 윤리 규정, 정부의 양태 등은 이 풍경에서 지점 사이의 좌표이동으로 표현되고, 이것은 또한 인간 번영의 정도 차이로 나타난다.(17~18쪽)"라고 설명합니다. 다양한 변수를 객관적으로 평가가 가능한 삼차원공간으로 구현하려는 시도로 보입니다.

우리가 높은 산에 올라 사방을 살펴보면 다양한 높이의 산들이 펼쳐지는 풍경을 볼 수 있습니다. 도덕적 가치 또한 하나의 정답만이 있는 것은 아니라는 의미입니다. 또한 도덕적 진리를 주관적으로 해석하는 경우에 오류를 저지를 수 있음을 의미합니다. 어떤 행동의 결과가 좋은지 아니면 나쁜지를 판가름하기 어려운 경우가 많다는 점을 '스리마일섬 효과'로 설명합니다. 미국 펜실베이니아주에 있는 스리마일섬은 1979년 원자로 노심 용융사고가 일어난 곳입니다. 원자력의 평화적 사용에 부정적 영향을 미친 나쁜 일의 대표적 사례로 꼽힙니다. 하지만 이 사고를 통하여 핵안전을 보다 강화하는 정책을 수립하여 실행하게 되었고 더 많은 인명을 구할 수 있었다는 해석도 가능합니다.

리처드 도킨스는 『이기적 유전자』에서 '문화를 전달하고 모방하는 복제단위'

를 밈(meme)이라고 정의하였습니다. 그런데 "밈풀에서 퍼져 나갈 때에는 넓은 의미로 모방이라 할 수 있는 과정을 거쳐 뇌에서 뇌로 건너다닌다."라는 설명이 쉽게 이해되지 않았던 기억이 있습니다. 『이기적 유전자』에서는 생물의 진화는 이기적 유전자를 가진 개체와 이타적 유전자를 가진 개체가 균형을 이루어야 가능하다는 결론에 도달합니다. 진화의 궁극적인 목표는 해당 생물집단의 생존에 있을 것이기 때문입니다. 그렇다면 도킨스가 주장하는 밈이라고 하는 문화의 복제단위는 생존에 긍정적 요소만이 살아남고 부정적 요소는 소멸되는 것이 옳을 것 같습니다.

샘 해리스는 밈의 존재를 인정하고 밈이 '전달된다'며, 숙주로 삼은 인간의 생식세포를 통해 전달되지는 않는다는 점도 인정합니다. 하지만 "밈의 생존은 개인이나 집단에 실질적인 이익(번식되느냐 아니냐)을 가져다주느냐 아니냐에 좌우되지 않는다. 수 세기 동안 계속해서 사람들의 행복을 저하시키는 개념이나 문화적 산물에 매여 사는 일도 얼마든지 가능하다(37쪽)"고 밈에 대한 개념을 수정하였습니다.

파푸아뉴기니 하이랜드 지역에 사는 포레(Fore)족의 생존을 위협했던 쿠루(kuru)병의 확산과 소멸을 샘 해리스의 주장에 따라 설명해 보겠습니다. 쿠루는 죽은 사람의 시체를 먹는 식인(食人, cannibalism)의 습속이 포레족 마을에 들어온 이후에 등장한 프리온 질병입니다. 쿠루병의 정체가 드러남에 따라 호주 정부가 식인습속을 강력하게 금지하면서 소멸되었습니다. 즉 식인습속이라고 하는 문화적 요인의 유입과 정착이 종족의 생존을 위협하는 부정적 방향으로 작용하는 밈이었다고 할 수 있습니다.

이처럼 소위 밈이라고 하는 사회문화적 복제단위가 믿음이라고 하는 집단의 사고결과로 만들어지고 확산되는 것이며, 집단적 행복추구를 위한 문화적 행동양식이라고 볼 수 있습니다. 그렇다면 앞서 예로 든 포레족의 사례처럼 어떤 종족이나 사회가 품은 실재에 대한 믿음이 허위일 뿐만 아니라 명백하게 해로울 수도 있다는 점을 깨달아야 합니다.

저자는 진화론이 생물학적 명령으로서 이기심을 수반한다고 믿는 사람들이 많은데, 이 부분에서 해석의 오류 가능성을 지적합니다. 유전자 수준에서의 선택압력은 개인의 생존보다는 혈연관계가 있는 존재들을 위한 희생을 선택하는 경향이 있다는 것입니다. 즉 스스로의 생존보다 유전자를 공유하는 존재들의 생존이 유전자집단의 소멸을 막게 되는 선택을 하게 됩니다. 여기에서 한 걸음 더 나아간 이론이 진화생물학자 로버트 트리버의 호혜적 이타주의이론입니다. 혈연관계가 없는 친구들이나 심지어 모르는 사람들 사이의 협동이 가능한 이유까지도 설명되는 이론입니다.

저자는 개인과 집단의 행복의 지침이 되는 도덕이 분석범위에 있다는 가정을 다음처럼 요약하였습니다. "1. 뇌의 유전자 변화는 사회적 감정, 도덕적 직관, 언어 등을 발생시켰고, 2. 이로 인해 약속이나 명예 중시 등 점점 복잡한 협동 행동이 가능해졌으며, 3. 이러한 행동은 또 문화적 규범, 법, 사회제도의 기초가 되었다. 이들의 목적은 점점 발전하는 이 협동 체제가 그것을 상쇄시키는 힘에 맞닥뜨렸을 때에도 지속되게 하기 위함이다.(113쪽)" 물론 잘못된 믿음에 의하여 퇴보하는 방향으로 작용하는 유전자의 변화도 가능하다고 한다면, 이 이론은 문화의 복제단위가 밈이라고 하는 가설적 구조가 아니라 유전자라고 하는 실재적 구조가 되어야 하는 것이라는 생각도 해봅니다.

실제로 뇌연구 결과 도덕적 인지와 관련된 뇌 영역으로는 전전두엽피질(prefrontal cortex)과 측두엽(temporal lobe)의 많은 부분이 포함됩니다. 전두엽 외측은 극악무도한 범죄자에 대한 분노를, 전두엽 내측은 신뢰 및 상호성과 관련된 보상의 감정을 만들어냅니다. 뇌과학자 조르주 몰 등은 연구를 통하여 다른 포유동물에는 없지만 인간에서만 볼 수 있는 행위, "다른 사람에게 이로우면서 내게 직접적인 이익(물질적 혹은 명예에 대한 이익)이 없는 행위(진정한 이타주의)를, 특히 의도적으로 하는 경우"에도 뇌의 보상 영역이 급격하게 활성화된다는 사실을 알게 되었습니다.

내측전전두피질(MPFC)이 믿음을 담당하는 뇌부위로 생각됩니다. MPFC는 자기표현과 관련되어 있는데, 남을 생각할 때보다 자신을 생각할 때 MPFC의 활성이 커집니다. 믿음이 MPFC의 활성을 높인다는 사실이 밝혀진 것입니다. 이는 '어떤 명제를 참이라고 믿는 것은 마치 그 명제를 확장된 자아의 일부라고 받아들이는 것과 같다'고 해석할 수 있습니다.

또한 도파민 수용체 유전자가 종교적 믿음과 관여한다는 사실이 입증되었습니다. 활성이 높은 형태의 D4 수용체를 물려받은 사람들은 과학에 대해 회의적이고 기적을 믿을 확률이 더 높습니다. 이러한 성향은 종교의 종류와 관계가 없습니다. 서로 공존할 수 없다며 극한 대결을 불사하는 종교집단에서 공통적으로 볼 수 있는 현상에 대하여 다음과 같이 적었습니다. "신이 존재한다는 거부할 수 없는 증거가 있기 때문이 아니라, 신에 대한 믿음이 없으면 삶의 의미와 도덕 지침의 원천으로 믿을 게 없기 때문이라는 것이 신을 믿는 가장 흔한 이유라고 합니다.(17쪽)"

이처럼 과학적 연구를 통하여 종교적 믿음의 본질이 밝혀지고 있지만, 과학자들은 그 사실을 공론화하는 데 주저하는 경향이 있습니다. 과학자 공동체가 대체적으로 세속적이고 자유주의적인데도 불구하고 종교적 독단에 양보하는 모습을 보이는 이유는 국립과학원, 국립보건원과 같이 과학자들에게 영향을 미치는 기관, 심지어는 네이처와 같은 과학잡지까지도 종교적 영향에서 자유롭지 못하기 때문입니다. 즉 '과학과 종교는 전문 영역이 다르기 때문에 두 분야가 적절하게 관점을 규정하면 갈등의 여지가 있을 수 없다.'라는 스티븐 굴드의 '중복되지 않는 권위' 개념으로 이해하려는 경향 때문입니다. 예를 들면, "과학은 물리적 우주의 작동에, 종교는 의미, 가치, 도덕, 선한 삶에 최고의 권위를 지닌다는 뜻이 담겨 있다.(16쪽)"라고 양해한다는 것입니다.

심지어는 도덕문제에서 신앙과 이성 사이에 타협의 여지가 거의 없다고 보는 저자의 경우에도 막상 공적 담론에서 과학의 역할에 대하여 논의할 때는 어떠한 경우라도 종교적 의견이라는 부담을 느낄 수밖에 없음을 고백합니다. 종교적 혼란과 박해로 어두웠던 수 세기, 즉 종교적 암흑기를 지나 과학이 꽃을 피우게 된 지금에도 종교는 여전히 과학에 부정적 영향을 주고 있습니다. "현재 서구에서 광신도의 손에 고문이나 살해를 당할까 봐 두려워하는 과학자는 거의 없지만, 미국에서는 종교에 공격적 태도를 취했다가는 연구비를 잃을 위험이 있다고 우려하는 목소리가 종종 흘러나온다(42쪽)"는 인용은 시사하는 바가 크다고 하겠습니다.

저자는 이 우주를 선으로 이끄는 위대한 힘이자, 우주를 악으로부터 지키는 진정 유일한 보호자임을 자처하는 가톨릭교회의 본산 로마 교황청이 사제가 되려는 여성을 파면하면서도 어린이를 강간한 남성 사제는 파면시키지 않는다거나, 여성의 생명을 지키기 위하여 낙태를 시행한 의사를 파면시키면서도 인종학살을 자행한 나치당원은 단 한 명도 파면시키지 않았다는 점을 들어, 도덕에 대한 교회의 판단기준은 혼란스러운 것 아니냐고 물었습니다.

정리를 해보면, 저자는 이 책을 통해 과학이 발전함에 따라 인간 존재의 가장 절박한 문제에 관해 과학을 적용할 수 있게 되기를 희망합니다. 즉 도덕적 믿음도 과학적 믿음과 같이 과학적 사실에 근거하게 될 것이라고 합니다. 그러다 보니 지금까지 도덕적 믿음을 지켜온 종교의 역할에 대한 부정적 시각이 부각될 수밖에 없었습니다.

아쉬운 점은 저자의 이런 견해가 옮긴이의 생각으로 걸러져 전달된 점은 없었는가 하는 우려입니다. 옮긴이의 글에 적고 있는 바로 다음과 같은 구절이 그 이유입니다. "이 책은 주로 종교에 대한 반대로 종교가 도덕을 말할 수 없고, 말하게 해서는 안 된다는 '독단에 가까운' 강한 주장을 펼치고 있다.(392쪽)" (라포르시안 2013년 4월 8일)

세계 최고의 여행기, 열하일기

(박지원, 그린비)

세계 최고의 여행기, 열하일기

여행에 관한 책을 즐겨 읽는 편입니다. 가보지 못한 곳에 대한 관심일 수도 있고, 멋진 여행기를 한 편 써보고 싶다는 욕심 때문인지도 모릅니다. 미국에서 공부할 무렵부터 장거리 여행을 떠나면 여행에서 얻은 느낌을 간략하게 요약해서 적는 버릇이 있습니다. 뉴욕-워싱턴으로 이어지는 동부, 오클라호마-콜로라도-그랜드캐니언으로 이어지는 남부, 배드랜드-옐로스톤으로 이어지는 서부, 슈피리어 호수를 한 바퀴 도는 북부로의 여행들입니다. 사진을 제대로 챙길 수 없어 그때 적은 여행기는 아직도 글로 옮기지 못하고 있습니다. 그때 적은 여행기에서 한 대목 옮겨봅니다.

"브라이스 캐년 국립공원은 한마디로 그 느낌을 표현할 수 없는 감동이다. 정녕 이것이 인간이 아닌 자연이 만들어낸 조각품이란 말인가? 전망대에 올라 계곡을 내려다보는 순간 그 현란한 모습에 말문이 막힌다. 절벽 아래로 차곡차곡 쌓여 있는 탑 모양의 창조물들은 그 숫자를 헤아릴 수가 없다. 게다가 무지개떡처럼 층층이 서로 다른 색깔로 켜를 이루고 있고, 하나하나의 자태 역시 너무 섬세하여 언뜻 다보탑을 연상케 한다. 이것들이 흙과 바위로 만든 자연이 이룩해 낸 경관이란 말인가. 이 지역에 살던 파이우트(Paiute) 인디언들은 꼭 붉은 바위가 사람처럼 서 있다고 하여 '주발 모양의 계곡에 서 있는 사람 모양의 붉은 바위들(Red rocks standing like men in a bowl-shaped canyon)'이라고 불렀다. 이 계곡에 서 있는 환상적인 색조의 'hoodoo'는 코요테에 의하여 돌로 변한 '전설의 인간들(Legend People)'이라고 하였다고 한다."

고미숙 등이 엮은 연암 박지원의 『열하일기』는 제가 눈물에 관심을 두고 있어 읽었습니다. 연암의 산문을 새롭게 조명한 주영숙은 『눈물은 배우는 게 아니다』에서 "훌륭한 울음터로다! 크게 한번 통곡할 만한 곳이로구나!"라고 외쳤다는 열하일기의 한 구절을 인용하였습니다. 도대체 눈물 보이기를 기피하던 조선의 선비가 통곡할 만하다고 한 이유가 무엇일까 궁금했습니다.

끝없이 펼쳐지는 대지가 하늘과 만나는 지평선을 찾아볼 수 없을 정도로 좁아터진 우리 땅에 갇혀 살던 연암이었습니다. 그런 연암이 요동 땅의 드넓은 들판에 이르러 생뚱맞게 통곡을 생각한 것은 바로 갓난아이가 태어날 때 터뜨리는 울음이었습니다. 캄캄한 어머니의 배 속에서 갇혀 열 달을 갑갑하게 지내던 어린아이가 갑자기 탁 트이고 훤한 세상으로 나오니 참으로 시원한 마음이 들지 않겠습니까? 그리하여 커다란 울음으로 참된 소리를 내어 자기 마음을 한번 펼쳐내는 것이라고 해석한 연암은 이렇게 말했습니다. "이제 요동벌판을 앞두고 있네. 여기부터 산해관까지 1,200리는 사방에 한 점 산도 없이 하늘 끝과 땅 끝이 맞닿아서 아교풀로 붙인 듯 실로 꿰맨 듯하고, 예나 지금이나 비와 구름만이 아득할 뿐이야. 이 또한 한바탕 울어볼 만한 곳이 아니겠는가!(상권, 136쪽)" 누구나 이런 곳을 만나게 되면 마음에서 올라오는 감동이 눈물로 쏟아져 내리게 될까요?

연암이 중국과 우리나라의 역사, 지리, 풍속, 시문 등 다양한 방면에서 통달하고 있음은 『열하일기』의 곳곳에서 읽을 수 있습니다. 심지어는 투전과 같은 잡기에 이르기까지 그의 관심사에는 가리는 바가 없었습니다.

제가 군복무를 할 때 잠시 우리나라 고역사에 관심을 두고 공부하였습니다. 그때까지만 해도 국사책에서 배운 대로 위만조선을 멸망시킨 한나라가 설치했다는 한사군이 평양을 중심으로 한 지역에 위치했다고 알고 있었습니다. 하지만 한사군이 한반도 내에 위치했다는 주류 역사학계의 판단은 틀렸고, 요동반도로 보는 것이 옳다는 새로운 주장을 읽으면서 상당히 놀랐던 기억이 있습니다.

그런데 바로 200년도 넘은 그 옛날 연암이 이미 요동을 지나면서 한사군이 요동지역에 위치했을 것이라는 점을 고증하였습니다. "발해의 무왕 대무예가 일본의 성무왕에게 보낸 글에 '고구려의 옛터를 회복하고, 부여의 옛 풍속을 지킨다'고 쓴 부분이 있다. 이로써 추정해 보자면 한사군의 절반은 요동에, 절반은 여진에 걸쳐 있어서 서로 겹쳐 있었을 것이다. 그리고 이것이 본디 우리 영토 안에 있었다는 걸 더욱 명확히 증명할 수 있다.(상권, 98쪽)"

한사군이 평양 부근에 있었다는 주장은 중국 사서에 나오는 패수의 위치에 대한 혼란으로부터 비롯되었습니다. 연암 시절의 선비들 역시 평양 부근의 패수를 지목하는 경향이었다고 합니다. 그러나 연암은 옛날 중국 사람들은 요동 동쪽의 강을 모조리 '패수'라 불렀다는 점을 고려해야 한다고 강조하였습니다.

사대적 생각이라고 할 수도 있겠습니다만, 연암은 '진실로 백성들에게 이롭고 나라에 도움이 될 일이라면 그 법이 비록 오랑캐에게서 나온 것이라도 마땅히 이를 수용하여 본받아야만 한다(상권, 234쪽)'고 하였습니다. 사방이 수천 리나 되는 우리나라 백성들의 살림살이가 곤궁한 것은 수렛길이 없고 수레를 끌 말이 형편없기 때문이라고 지적하였습니다. "우리나라가 이토록 가난한 까닭은 대체로 목축이 자리 잡지 못한 탓이다. 우리나라에서 목장으로 가장 큰 곳은 탐라 한 곳뿐이다. 그곳의 말들은 모두 원 세조 때 방목한 종자로, 사오백 년을 두고 내려오면서 종자를 한 번도 갈지 않았다. 그러다 보니 결국 용매나 악와에서 나는 준마들이 과하나 관단 같은 조랑말이 되고 말았다.(하권, 282쪽)"

옛날 우리나라에서 나는 과하마가 전투에서 유리한 점이 있다고 배웠던 것과는 달리 조선조에 들어서 사정이 많이 달라졌던 것 같습니다. 주자학을 국치의 근본으로 삼으면서 실용을 무시하고 이론과 의례에 지나치게 매달린 치세방식이 나라를 유약하게 만들었던 것 같습니다. 고구려 때는 수와 당으로 대표되는 중국의 대군을 막아냈던 우리나라가 조선조에 들어 왜란과 호란으로 전 국토가 짓밟힌 이유가 어디에 있었는지 잘 생각해 볼 일입니다.

　연암을 비롯한 당시 우리 선비들의 자연철학의 경지는 놀랄 만한 수준이었습니다. 열하에 머물 때 태학에서 공부하는 사람들과 나눈 필담을 보면 우리나라에서도 지구가 둥글고 움직인다는 지전설을 주장한 사람이 있었다는 것을 알게 됩니다. 코페르니쿠스가 지동설을 제창하여 그때까지 천체운동의 원리로 확고하던 프톨레마이오스의 천동설을 뒤집는 변환을 이루었던 것이 1543년입니다. 연암이 연경을 방문하던 때와 200년 이상 차이가 있고, 그때는 이미 서양 사람들이 연경까지 왕래하고 있던 터라서 그들이 전한 서양의 천문학 지식을 접했던 것인지도 모릅니다. 하지만 연암의 친구 홍대용의 스승이라고 하는 김석문이라는 사람이 당시보다 100여 년 전에 삼환부공설을 제창하는 등 천동설을 부정하고 있었다고 하니 독자적 사유의 결과라고 보아도 좋지 않을까요?

　『아내가 고른 양기화의 BOOK소리』에서 소개한 『여자가 행복해지는 그림 읽기』에서 저자 정영숙 시인은 "샤를 보들레르 이래 시인은 언제나 화가의 암호를 풀어내는 해독자였고, 화가 역시 시인의 정신을 형상화하는 재현자였다. 시인은 시 안에 그림을 넣어두고, 화가는 그림 속에 시를 숨겨둔다. 마치 암수한몸과 같다."라고 한 박제천 시인의 말을 인용하였습니다. 그런데 연암은 벌써 이런 점을 체득한 듯합니다. 연암은 심양에 가까워지면서 흩어져 있는 불탑의 모습이 점점 선명해지는 것을 보면서 '어부가 손을 들어 강성이 바로 저기매요 하니(漁人爲指江城近) 뱃머리에 솟은 탑이 볼수록 더 높아지네(一塔船頭看漸長)'라는 옛 시를 인용하면서 "대개 그림을 모르면서 시를 아는 이가 없는 법이다. 그림에는 농담(農談)의 구별이 있으며, 또 원근(遠近)의 차이가 있다. 이제 이 탑의 모양을 바라보니 더욱 분명하게 알겠다. 옛사람이 시를 지을 때 반드시 그림을 그리는 법을 터득했으리라는 것을…(158쪽)"이라고 설명하였던 것입니다.

『열하일기』를 읽다 보면 의문이 드는 부분도 있습니다. 옮기는 과정에서 생긴 것인지는 모르겠습니다. 압록강을 건너 봉황성 부근에 있는 강영태의 집을 방문했을 때 화분에 심긴 무화과를 보았다고 적은 부분입니다. 아열대성 과수인 무화과는 어린나무 때는 추위견딜성(耐寒性)이 매우 약하고 큰 나무가 되어서도 최저(最低) -9℃가 한계이므로 전남 영암, 목포 등 남부지역에서 주로 재배되고 있습니다. 온실이나 비닐하우스가 보편화된 지금도 북쪽 지방에서 관상용으로 재배하는 것이 쉽지 않을 터인데 연암이 살던 시절의 요동지방에서 열매가 달린 무화과나무를 볼 수 있었다는 기록을 믿어도 될까요?

또한 책문을 떠나면서 자주 비를 만나고 강물이 넘쳐 발이 묶이는 상황이 벌어졌습니다. 그때마다 정사 박명원은 사신단을 몰아붙였습니다. 몇 차례 연경을 다녀온 하급관리들이 '이 지독한 더위에 이렇게 쉴 참을 거르다니, 이런 적은 한 번도 없었다'면서 불만을 쏟아냈습니다. 그럼에도, 죽기 살기로 달려서 마침내 8월 초하룻날 연경에 도착할 수 있었다고 적었습니다. 그런데 연암의 여행기를 보면 연경에 이르는 동안 볼거리를 챙겨 돌아본 느낌을 적고 있는 것을 보면 여유가 느껴진다는 생각이 들었습니다.

연경에서 열하에 이르는 일정은 험난한 경로임에도 일정을 맞춰야 하기 때문에 목숨을 걸어야 하는 상황이었던 모양입니다. 연경에서 열하로 떠나는 여정을 기피하는 일행도 적지 않았다고 합니다. 당시 조선에는 열하까지 다녀온 사람은 거의 없었다는 점에 끌려 정사와 동행하게 된 연암은 길이 험한 만큼 얻는 것도 많았던 것 같습니다.

백하를 지난 다음 하룻밤에 아홉 번 강을 건넌 연암은 이렇게 적었습니다. "나는 이제야 도(道)를 알았다. 명심(冥心-깊고 지극한 마음)이 있는 사람은 귀와 눈이 마음의 누(累)가 되지 않고, 귀와 눈만을 믿는 자는 보고 듣는 것이 더욱 섬세해져서 갈수록 병이 된다. (…) 한 번 떨어지면 강물이다. 그땐 물을 땅이라 생각하고, 물을 옷이라 생각하고, 물을 내 몸이라 생각하고, 물을 내 마음이라 생각하리라. 그렇게 한 번 떨어질 각오를 하자 마침내 내 귀에는 강물 소리가 들리지 않았다. 무릇 아홉 번이나 강물을 건넜지만 아무 근심 없이 자리에서 앉았다 누웠다 그야말로 자유자재한 경지였다.(175쪽)"

낮에는 눈으로 보는 위험이 캄캄한 밤에는 귀로 듣는 위험으로 바뀌더라는 점에서 결국 근심은 마음먹기에 달렸다는 것을 깨닫게 되면서 마음이 태평해졌다는 것입니다. 삶과 죽음에 대한 판단이 먼저 마음속에서 뚜렷해지자 눈앞의 크고 작은 것에 개의치 않게 되더라는 것이지요.

강물에 대한 연암의 생각은 연암협에 있는 자신의 집에서 듣던 시냇물 소리로 거슬러 올라가, "깊은 소나무 숲이 퉁소 소리를 내는 듯한 건 청아한 마음으로 들은 탓이요, 개구리 떼가 다투어 우는 듯한 건 교만한 마음으로 들은 탓이다. 거문고가 우조(羽調)로 울리는 듯한 건 슬픈 마음으로 들은 탓이요, 한지를 바른 창에 바람이 우는 듯한 건 의심하는 마음으로 들은 탓이다. 이는 모두 바른 마음으로 듣지 못하고 이미 가슴속에 자신이 만들어 놓은 소리를 가지고 귀로 들은 것일 뿐이다.(174쪽)"라는 생각으로 정리해 냈습니다. 즉 외부환경으로부터 받아들이는 자극이 마음상태에 따라서 다르게 받아들여지는 것이라는 최근에 정립되고 있는 뇌과학적 견해를 이미 깨닫고 있었던 것이라 하겠습니다.

"비유컨대, 글자는 군사요, 글 뜻은 장수요, 제목은 적국이다. 옛적부터 내려온 정례와 규칙을 주장하여 인용함은 싸움터의 진지를 구축함이요, 글자를 묶어 구절 만들기, 구절 모아 문장 이루기는 부대의 대오행진과 같다.…(주영숙 편저, 『눈물은 배우는 게 아니다』, 195쪽)"라고 해서 글쓰기를 병법에 비유한 연암의 글솜씨의 백미라 할 『열하일기』입니다. 시간여행 장비를 타고 1780년으로 날아가 연암과 함께 연경을 거쳐 열하에 이르는 장도를 경험해 보는 좋은 기회가 될 것 같습니다. (라포르시안 2013년 5월 20일)

$$\boxed{13}$$

세상은 어떻게 끝나는가

(크리스 임피, 시공사)

우주의 종말에서 살아남을 방법 찾기

어떠한 인간도 죽음을 피할 수 없습니다. 그래서 누군가는 자신이 어떻게 죽음을 맞게 될 것인가 궁금할 수도 있겠습니다. 그저 궁금하다거나 혹시 피할 수 있는 방법은 없을까 생각하기 때문일까요? 죽음을 피하거나 혹은 늦추기 위하여 미리 대비를 할 수 있다는 점을 고려한다면 앞으로 어떤 일이 일어날 것인가를 미리 안다는 것을 긍정적으로 생각할 수도 있겠습니다. 한 생명의 미래를 미리 예측한다는 것은 아직까지는 미지의 영역입니다. 하지만 우리가 살고 있는 세상의 미래는 예측이 가능할 수 있지 않을까요?

크리스 임피가 쓴 『세상은 어떻게 끝나는가』는 바로 우리의 미래를 과학적으로 예측한 책입니다. 일반화가 가능한 인간의 죽음을 이야기하고, 지금은 지구를 지배하고 있지만 인류가 멸종할 수도 있다는 가정도 검토하고, 그리고 우리가 살고 있는 지구 더 나아가 태양계와 우주가 소멸하는, 진정 세상이 끝나는 일에 이르기까지의 과정을 지금까지 알려진 과학적 자료들을 바탕으로 예측하였습니다. 흔히는 어떤 일이 시작하는 것을 먼저 설명하고 끝나는 일을 설명하는 것이 순서입니다. 그런데 저자는 거꾸로 세상이 끝나는 상황을 『세상은 어떻게 끝나는가』를 통하여 먼저 설명한 다음, 세상의 시작을 설명하는 『세상은 어떻게 시작되었는가』를 세상에 내놓았습니다.

저자는 덴마크의 유명한 만화가 스톰 피가 "무언가를 예측하기란 결코 쉽지 않다. 특히 미래를 예측하는 것은 가장 어려운 일에 속한다."라고 한 말을 인용하면서, "과학의 주된 관심사가 끝이 아니라 '진행되는 과정'이지만, 모든 만물의 '끝'을 조명하는 것"이 책을 쓴 목적이라고 하였습니다. 아무리 훌륭한 이야기를 듣다가도 끝이 용두사미가 되어버리면 흥미가 사라지는 경험을 하셨을 것입니다. 아무리 시시한 이야깃거리도 흥미로운 결말로 이끌어 듣는 사람들을 열광시키는 재주를 가지고 있어야 진짜 이야기꾼이라고 할 수 있습니다.

저자는 인류가 지금까지 현대의학을 필두로 한 다양한 영역의 발전으로 기대여명을 3배 이상으로 늘려왔지만 결국은 늙어감과 죽음은 피할 수 없는 운명이라는 점을 설명합니다. 하지만 거시적인 관점에서 본다면 인간의 탄생과 죽음은 지구의 생태계라는 거대한 체계 속에서 일어나는 미시적 사건에 불과합니다. 그리고 자연이 지독하게 인색한 재활용의 선수라는 점을 다음처럼 일깨웠습니다. "지금 당신의 몸을 이루고 있는 모든 원자들은 새것이 아니라 유구한 세월 동안 대물림하여 재활용되어 왔다.(74쪽)" 결국 생명체의 실체는 구성원자들의 재활용에 불과한 것입니다. 궁극적으로는 한 생명의 삶을 통해서 얻어진 그 무엇은 유전자라는 기록을 통하여 다음 세대로 전해지고 있는 것입니다. 그렇다면 불교에서 말하는 윤회의 개념은 우리가 지금까지 이해해 온 것처럼 환생이라고 하는 구체적 상황을 이야기한 것이 아니라, 원소 수준에서 미시적으로 구현된다는 것을 의미합니다.

3장부터 6장에 이르기까지 저자는 지구 생태계의 종말을 논하였습니다. 특히 인류의 종말에 대해서는 진화과정을 포함하여 태양계 생태계의 변화에 이르기까지 다양한 가능성을 검토하였습니다. 지난 440억 년 동안 지구에는 거의 5억 종의 생명체가 존재했지만, 그 가운데 2%만이 현재 생존해 있습니다. 생명체는 물리적인 변화나 환경의 변화로 인해 멸종할 수 있습니다. 하지만 개체수나 생식 능력, 유전자 특성, 지리적 분포, 다른 종과의 관계 등도 중요한 원인으로 작용합니다. 비교적 화석이 풍부한 지난 5억 년 동안을 살펴보면 생물종의 수와 다양성을 추정하는 데 별 어려움이 없습니다. 역사적으로 보면 4억 3,500만 년 전, 3억 7,500만 년 전, 2억 5,000만 년 전, 2억 500만 년 전 그리고 6,500만 년 전 등 모두 다섯 차례의 대량멸종이 자연재해와 관련하여 일어났습니다. 특히 고생대 말기인 2억 5,000만 년 전, 육지와 바다에 살던 생명체의 95%가 사라진 대멸종은 화산폭발에 의한 기후변화가 유력한 원인으로 지목되었습니다. 6,500만 년 전의 대멸종은 운석 때문이라는 것이 학계의 공통된 의견입니다. 흥미로운 점은 대멸종이 일어났던 2억 5,000만 년 전, 페름기에 있었던 새로운 생명체의 폭발적인 출현을 계기로 지구상의 생명체가 엄청나게 다양해지고, 멸종하는 속도보다 새로운 종이 탄생하는 속도가 훨씬 빨라졌다는 것입니다.

학자들은 지금 인류에 의한 여섯 번째 대량멸종이 진행되고 있다고 경고합니다. 특히 환경오염, 지구온난화, 핵전쟁 등이 대량멸종의 원인이 될 가능성을 논하면서 과거 지구생명체에게 재난을 안겼던 자연재해의 가능성도 짚었습니다. 여기에는 운석이나 소행성의 충돌, 그리고 외계로부터 유입되는 미생물에 의한 신종 전염병의 가능성도 포함됩니다. 소행성의 충돌은 미미 레더 감독의 1998년작 영화 「딥 임팩트」가 다룬 주제입니다. 이 영화는 미확인 혜성과 충돌을 앞둔 인류의 지구적 대응을 다루었습니다. 다국적 우주선을 발사해서 혜성을 파괴하거나 그 궤도를 바꾸려고 시도하는 한편, 미국은 현대판 노아의 방주라고 할 지하요새를 건설하고 지구상의 모든 생물체의 샘플과 20만 명의 각계 전문가들, 컴퓨터가 추첨한 50세 미만의 미국 시민 80만 명을 2년간 수용할 계획을 세웁니다.

지구를 움직이는 가장 큰 힘이 되고 있는 태양의 종말도 검토하였습니다. 저자는 말년의 태양의 활동을 이렇게 예측합니다. "말년의 태양은 정신분열증 환자처럼 행동한다. 외피는 차가워지면서 우주 공간으로 날아가는 반면, 중심부는 안으로 수축하면서 온도가 1억 ℃까지 상승한다. (…) 새로운 핵반응은 잠시 동안 엄청난 불꽃을 낳고, 평소의 1,000억 배에 달하는 가공할 에너지를 방출한다.(246쪽)" 영국 연속극 애호가들은 「닥터 후(Dr. Who)」에 나오는 파란색 경찰 공중전화상자를 기억하실 것입니다. 시간여행자인 주인공의 전용 우주선이자 시간여행 장비 타디스입니다. 언젠가 주인공이 타디스를 타고 미래로 이동하여 태양이 붉게 타오르면서 장엄하게 죽어가는 장면을 보여주었습니다.

태양이 죽어간다면 당연히 전 지구적으로 살아남을 궁리를 해야겠지요. 그래서 천문학을 하시는 분들이 태양계 밖에서 생물체가 살 수 있는 행성을 찾고 있습니다. 저자 역시 '지구에서 도망가기'라는 제목으로 인류가 살아남을 방법을 어떻게 모색하고 있는지 소개하였습니다. 우주에서 신천지를 찾기 위하여 떠나는 미래 인류의 모습은 쉽게 연상되지 않습니다. 신대륙을 향해 돛을 올리고 스페인의 팔로스 데 라 프론테라 항구를 떠나던 콜럼버스의 모습이 그랬을까요?

연속극 「스타트랙」에서처럼 무거운 짐이나 사람을 우주선으로 실어 나르지 않고 공간 이동시키는 방법은 지난 50년 동안 공상과학소설의 단골 소재였습니다. 그리고 생각하니 초등학생 때 읽은 공상과학 동화에서 미래 인류가 '조운트'라고 하는 공간이동방법을 사용하는 장면이 기억에 남아 있습니다.

태양이 늙어가서 백색왜성이 되는 각본 말고도 태양계가 속한 은하계가 가장 가까운 안드로메다은하와 충돌하는 상황도 예견된다고 합니다. 안드로메다은하는 우리 은하계로부터 220만 광년 떨어져 있는데 초속 130km의 속도로 다가오고 있어 앞으로 30억 년이 지나면 우리 은하계와 합쳐질 것으로 예상됩니다. 5억 년에 걸쳐 유령처럼 상대 은하를 통과하는 과정에서 두 은하에서는 복잡한 상호작용이 일어날 것입니다. 이 과정에서 우리가 사는 태양계가 은하의 꼬리를 타고 우주공간으로 탈출하게 될 확률이 12%, 안드로메다은하로 편입할 가능성이 3%라고 합니다. 하지만 새로 생긴 은하의 중심부로 내던져 은하가 재편되는 과정에서 사라질 가능성도 적지 않다고 합니다.

우리 은하계가 안드로메다은하와 합쳐 밀코메다라는 새로운 이름의 은하로 탄생한다고 해도 궁극적으로는 핵융합의 한계온도를 간신히 넘긴 상태에서 희미하게 목숨을 보존하는 소수의 백색왜성만이 남게 될 것으로 예상합니다. 저자가 인용하고 있는 셰익스피어의 희극『뜻대로 하세요』에 나오는 대사처럼 '이도 없고, 눈도 없고, 맛도 없고, 아무것도 없는' 존재로 남았다가 결국은 우주의 무대에서 사라지고 말 것이라고 합니다.

그렇다면 우주의 마지막 순간은 어떻게 다가올 것인가 궁금합니다. 어느 만담가는 궁금하면 500원만 내면 알려준다고 했는데, 우주의 마지막 순간도 보여줄 수 있을지 모르겠습니다. 우주가 빅뱅으로부터 시작되었다는 가설은 대체적으로 굳어지고 있습니다. 그래서 점점 더 커지고, 차가워지고 희박해지는 우주의 빅뱅과정이 특정 시점에서 끝나지 않고 영원히 계속될 것이라는 차가운 종말이 첫 번째 생각할 수 있는 결말입니다.

이와는 달리, 물질이 서로를 잡아당기는 효과가 누적되어 임계치에 이르고 팽창하던 우주가 최댓값에 도달하면 잠시 쉬었다가 빅뱅의 과정을 역으로 되밟으면서 수축하기 시작한다는 뜨거운 종말이 두 번째 생각할 수 있는 결말입니다. 우주의 종말이 차가울지 뜨거울지에 대하여 학자들의 논쟁이 분분하지만 최근에 암흑에너지라는 개념이 나오면서 상황이 바뀌고 있다고 합니다.

『우리 안의 우주』를 읽고서 우주의 종말에 대한 개념을 잘 정리할 수 있었습니다. 이 책을 쓴 닐 투록은 폴 스타인하르트와 함께 '주기적 우주이론'을 제안해 우주물리학은 새로운 숙제를 떠안게 되었습니다. "주기적 우주이론에 따르면 우주는 수조 년을 주기로 팽창과 수축을 반복하고 있으며, 이 주기는 중단 없이 영원히 반복된다.(364쪽)"라는 것입니다.『우리 안의 우주』에서는 '빅뱅 이후에 우주는 팽창했다가 수축하고, 또 순환할 때마다 우주의 크기는 커지고 점점 더 많은 물질과 복사를 만들어낸다.'라고 설명하였습니다. 역전류 검출관에 나타나는 파장이 수축과 팽창을 반복하는 모습을 연상하시면 쉽게 이해할 수 있습니다. 그러고 보면 바로 불교에서 말하는 윤회(輪廻)와 겁(怯)의 개념,

그리고 '색즉시공 공즉시색'이라고 이르는 알쏭달쏭한 말들이 바로 우주물리학이 밝혀낸 것들에 부합한다고 생각하는 것이 우연일까 싶습니다. 임피는 "앞으로 지어질 중력파 감지 시설과 우주에서 중력파를 찾고 있는 플랑크 위성이 좀 더 세밀한 자료를 보내온다면 우주가 일회용인지, 아니면 주기적으로 반복되고 있는지 판정이 내려질 것이다.(365쪽)"라고 조심스러운 전망을 내놓았습니다.

저자는 "과학은 우주의 종말을 예견할 때 최고의 능력을 발휘한다. 이 분야에서 과학자들은 최고로 난해한 질문을 제기하고, 그 해답을 찾기 위해 최상의 이론을 만들어낸다. 그러나 우주의 종말은 모든 과학을 통틀어서 가장 불확실한 분야이기도 하다.(372쪽)"라고 고백합니다. 러시아 물리학자 레프 란다우가 "우주론 학자들은 실수를 자주 범하지만 결코 의심하지는 않는다"고 다소 비꼬는 듯 말했다고는 합니다만, 우주의 신비를 밝히려는 그들의 노력을 결코 폄하할 수는 없습니다.

'마술 같은 사건으로 가득 찬 이 우주에서 마지막에 어떤 일이 일어나건, 그게 무슨 상관인가?'라는 저자의 마무리 글이 인류의 부단한 노력을 다그치는 일갈이라는 느낌이 들었습니다. '우주에서 빛이 사라지면 끈기 있고 독창적인 생명체만이 살아남을 수 있다. (…) 어쨌거나 우리는 생각이 없는 물질보다는 우월한 존재임이 분명하다.'라고 적었기 때문입니다.

『세상은 어떻게 시작되었는가』를 읽고서, '크리스 임피가 안내하는 우주의 시원으로 가는 여행은 그의 풍부한 인문학적 소양 덕분에 유익하고 재미있었다'고 정리한 기억이 새롭습니다. 그의 전작 『세상은 어떻게 끝나는가』를 읽은 느낌으로 대신하겠습니다. (라포르시안 2013년 6월 17일)

제2부

감각의 박물학

(다이앤 애커먼, 작가정신)

오감으로 느끼는 이 세계는 얼마나 관능적인가

오늘 아침 창가에 찾아온 이름 모를 새가 지저귀는 소리에 잠을 깨셨습니까? 아니면 부엌에서 흘러든 향긋한 커피 향이 잠을 깨우던가요? 다이앤 애커먼은 『감각의 박물학』에서 이렇게 답했습니다. "여름철, 우리는 침실 창문으로 스며드는 달콤한 냄새에 이끌려 잠에서 깨어난다. 망사 커튼에 비쳐든 햇빛이 물결무늬를 만들어내고, 빛을 받은 커튼은 바르르 떠는 듯 보인다. 겨울철, 침실 창유리에 새빨간 빛이 뿌려지면 사람들은 동트는 소리를 듣기도 한다.(7쪽)"

아침에 잠자리에서 일어나는 순간부터 우리는 주위로부터 쏟아져 들어오는 온갖 자극을 받아들입니다. 물론 잠을 자는 동안에도 우리 몸은 외부의 자극을 감지하지만 잠을 깨울 정도로 강한 자극이 아니면 기억하지 못합니다. 그렇게 받아들인 자극은 우리의 뇌에서 종합되어 살아가는 데 필요한 정보로 저장됩니다. 외부로부터의 자극이 뇌에 전해지는 경로는 그리 많지 않습니다. 우리가 오감(伍感)이라고 부르는 시각, 청각, 후각, 미각, 촉각, 여기에 더하여 자신의 위치에 관한 공감각이 외부환경으로부터 우리가 정보를 얻는 경로입니다.

코넬 대학에서 인문사회학을 가르치는 다이앤 애커먼의 『감각의 박물학』은 바로 감각에 대한 모든 것을 담은 책입니다. 제목 그대로 감각에 관하여 지금까지 알려진 과학적 사실부터 세간에 전해져온 잡다한 이야기들까지 담아냈습니다.

제목에 있는 '박물학'이란 단어에서 예전에 가보았던 위스콘신주 다지빌과 스프링그린 중간의 와이오밍 골짜기에 있는 '바위 위의 집(House on the rock)'이 생각났습니다. '바위 위의 집'은 몽상가 알렉스 조르단이 1949년에 문을 열었습니다. 평소 기이한 물건에 관심이 많던 조르단이 수집한 물건들을 체계적으로 분류해서 이웃과 함께 즐길 수 있도록 한 일종의 민속박물관입니다. 이곳에서는 세계에서 가장 큰 회전목마, 19세기의 옛 거리, 거대한 해양 생물, 신기한 악기, 갑옷과 투구 및 무기, 인형과 인형의 집, 미니 서커스 등 무궁무진한 볼거리를 볼 수 있었습니다.

저자는 서문에서 감각의 중요성을 이렇게 요약합니다. "감각은 뚜렷한 혹은 미묘한 사실들을 그대로 분명하고 확실하게 인지하지 못한다. 감각은 현실을 아주 잘게 쪼갠 다음 그것을 다시 모아 의미 있는 형태를 만든다. 감각은 우연한 표본을 받아들인다. 감각은 하나의 예에서 여러 가지 의미를 뽑아낸다. 감각들은 서로 의논하여 그럴듯한 예를 찾아내고, 작고 정밀하게 판단한다. 인생은 모든 것에 빛과 풍부함을 부여한다.(10쪽)"

감각을 통하여 들어온 외부 정보가 처리되는 방식은 모든 사람이 똑같습니다. 감각의 정보는 대뇌의 해마에서 일차 처리됩니다. 그리고 정보의 중요성을 인식하는 정도에 따라 단기기억에 머물렀다가 폐기되거나 대뇌의 다양한 영역으로 옮겨져 장기기억으로 갈무리됩니다. 감각은 우리를 과거와 밀접하게 이어주는 역할을 합니다.『감각의 박물학』에서 감각의 기원과 진화과정, 그리고 감각이 문화에 따라서 어떻게 다른지 등 다양한 정보를 얻을 수 있습니다.

저자는 순간적으로 스쳐가는 어떤 향기에서 어린 시절의 여름을 떠올린다고 이야기를 시작하였습니다. 냄새보다 기억하기 쉬운 것은 없다는 이유로 후각에 대한 이야기를 제일 먼저 다룬 것 같습니다. 인간은 태어날 때부터 죽음에 이를 때까지 호흡을 멈추지 않습니다. 후각은 호흡을 통하여 들어오는 냄새를 담은 분자들이 비강점막에 녹아들고 점막에 있는 섬모가 있는 500만 개의 수용기세포를 자극해서 냄새정보를 뇌에 보냅니다.

후각신경은 신경섬유로 구성되는 다른 대뇌신경과는 다른 형태로 되어 있습니다. 후각세포에서 오는 전기적 신호를 직접 받아 기억과 감정을 관장하는 신경회로에 직접 연결합니다. 그런 이유로 에드윈 모리스가 『향기』에 적고 있는 것처럼 단기기억은 거의 만들어지지 않습니다. 당연히 냄새의 기억은 오래가고, 다른 정보를 학습하고 기억으로 저장하는 것을 도와줍니다. 따라서 누군가에게 오래도록 기억에 남기려면 자신만의 독특한 향기를 기억하도록 하는 것이 중요합니다. "냄새는 시각이나 소리보다 더 확실하게 심금을 울린다"는 키플링의 말은 후각의 특징을 제대로 표현한 것입니다.

냄새에 관한 추억 한 자락 정도는 가지고 계시죠? 냄새에 관한 저자의 놀라운 감성이 느껴지는 구절을 음미해 봅니다. "나는 몇 년 전 바하마에서 스쿠버다이빙을 하며 두 가지 사실을 처음으로 알게 되었다. 우리 안에 바다가 있다는 것과, 우리의 정맥은 조류를 흉내 내고 있다는 것. 물고기 알 같은 난자를 난소에 넣어가지고 다니는 인간 여성으로서, 우리 조상이 수억 년 전에 진화해 나온 바다의 부드럽게 물결치는 자궁 속으로 들어가면서, 나는 너무나도 감동받아 물속에서 눈물을 흘렸다. 나는 내 눈물의 소금기를 짠 바닷물에 보탰다.(40쪽)"

촉각에 관한 글에서는 「사이언스」에 있는 프레데릭 작스의 글을 인용합니다. "촉각은 최초로 점화되는 감각이며, 대개 맨 마지막에 소멸한다. 눈이 우리를 배신한 뒤에도 오랫동안, 손은 세계를 전하는 일에 충실하다. (⋯) 죽음에 대해 설명할 때, 우리는 촉각의 상실에 대해 말하는 일이 많다.(111쪽)" 아무래도 촉각에는 '사랑'이라는 의미가 담겨 있는 듯합니다. 태어나서 본능적으로 시작하는 신체접촉을 통하여 나 아닌 타자(他者)를 인식하게 되고, 특히 가장 신체접촉을 많이 하는 엄마의 손길을 통하여 얻는 따뜻한 느낌에서 엄마의 헌신적 사랑을 평생토록 기억할 것입니다.

통증은 촉각의 한 종류인 통각으로 느끼기 때문에 대부분 나쁜 기억으로 남게 됩니다. 하지만 애무와 뽀뽀라는 접촉을 통하여 얻는 촉각은 사랑이라는 불을 지피게 만듭니다. 저자는 로댕의 조각 작품 「키스」를 '세상에서 가장 유명한 뽀뽀'로 지목하고 이렇게 이유를 적었습니다. "암반 위에 앉아 부드럽게 서로를 포옹한 채 영원의 키스를 나누는 연인. 왼쪽 팔을 남자의 목에 두르고 있는 여자는 황홀경 속에 있는 것처럼 보인다. 어떻게 보면 남자의 입 안으로 노래를 부르는 것처럼도 보이고, 남자는 오른손을 펴 여자의 허벅지 위에 올려놓았다. 그것은 그가 잘 알고 있는, 찬탄해 마지않는 허벅지고, 그는 여자의 다리가 악기인 양 연주하려는 것처럼 보인다. 감싸 안은 둘의 어깨, 손, 다리, 엉덩이, 가슴은 찰싹 붙어 있고, 둘은 서로의 운명을 입으로 봉인하고 있다.(171쪽)" 일본의 동경에 있는 국립서양미술관에서 이 작품을 보았습니다. 그때 저는 눈길을 어디에 두어야 할지 몰라 훔쳐보듯 했습니다만, 어쩌면 저자는 이렇게 꼼꼼히도 관찰했는지 모르겠습니다.

미각 하면 아무래도 마르셀 프루스트를 빼놓을 수 없습니다. 바로 마들렌의 추억입니다. "과자 조각이 섞인 홍차 한 모금이 내 입천장에 닿는 순간, 나는 깜짝 놀라 내 몸속에서 뭔가 특별한 일이 일어나고 있다는 사실에 주목했다. (…) 생각의 흐름을 거슬러 올라가 차의 첫 모금을 마신 순간으로 되돌아가 본다. (…) 분명히 내 마음 깊은 곳에서 팔딱거리는 것은 그 맛과 연결되어 맛의 뒤를 따라 내게로까지 올라오려고 애쓰는 이미지, 시각적인 추억임에 틀림없다. (…) 그러다가 갑자기 추억이 떠올랐다.(마르셀 프루스트 지음, 김희영 옮김, 『잃어버린 시간을 찾아서 1』, 85~89쪽, 민음사)" 마들렌을 넣은 홍차 한 모금에서 콩브레 시절의 추억을 길어 올리기까지는 고통스러운 시간이 흘러야 했습니다. 하지만 마르셀은 결국 이를 계기로 추억을 더듬어 기억의 심연에 가라앉아 있는 시간들을 되살려 냈습니다. 미각적 자극이 시각적 기억을 이끌어내는 독특한 기억회상 유형입니다. 아마도 홍차에 녹아든 마들렌의 맛에 대한 미각적 기억과 홍차의 향기에 대한 후각적 기억이 복합적으로 작용하여, 그 기억이 만들어질 무렵에 받아들였던 시각적 기억들을 이끌어낸 것입니다.

청각을 통하여 수용하는 소리라고 하는 자극은 어떤 물체의 움직임으로 시작되어 사방으로 퍼져나가는 공기분자의 파동입니다. 인간의 청각은 그리 예민하지 못해서 공기분자의 파동 가운데 일부만을 느낄 수 있습니다. 한창 젊을 때는 초당 16헤르츠에서 2만 헤르츠의 주파수 영역을 감지할 수 있습니다. 인간의 목소리는 남자의 경우 초당 100헤르츠, 여자의 경우 150헤르츠 내외의 주파수를 가집니다. 하지만 이토록 제한적인 가청범위마저도 나이가 들어가면서 고음 영역이 더욱 축소된다고 하니 아무래도 청각은 제한점이 많습니다.

음악은 인간의 감정과 밀접한 관련이 있기 때문에 청각에서 빠트릴 수 없었을 것입니다. UCLA의대에서 독서를 하거나 음악을 들으면서 나타나는 뇌의 활동을 양전자단층촬영술(positron emission tomography; PET)로 조사했더니 독서는 뇌의 좌반구를, 음악은 뇌의 우반구를 흥분시키는 것으로 나타났습니다. 하지만 구체적인 기전을 밝히지는 못했습니다. 저자는 음악은 감정을 상징하고, 반영하고, 타인에게 전달하며 그렇게 함으로써 우리를 골치 아프고 부정확한 말에서 해방시킨다고 주장합니다. 즉 음악에 언어적 기능이 있다는 것입니다. 서로 다른 언어 때문에 직접 대화가 불가능한 사람들도 다른 문화의 음악에는 반응한다는 점을 보더라도 충분히 가능한 일입니다.

저자는 "외국어는 번역해 놓아야 이해할 수 있지만, 흐느낌, 울음, 비명, 기쁨, 웃음, 한숨을 비롯한 부르짖음과 외침 소리는 본능적으로 이해한다. 음악은 모든 인간이 공유하고 있는 감정의 채석장에서 나온 절제된 외침이다.(318쪽)"라고 적었습니다. 최근 우주에 존재하는 미지의 생물학적 존재와의 교신을 위한 방법으로 음악을 선택한 이유일 것입니다. 스티븐 스필버그 감독의 1977년작 영화 「미지와의 조우」와 로버트 저메키스 감독의 1997년작 영화 「콘택트」가 바로 외계인과의 교신을 주제로 한 영화입니다.

시각은 빛에 근거한 감각입니다. 지구에 에너지를 제공하는 태양에서 나오는 빛이 물체에 부딪혀 반사되는 파장의 색을 인식하는 과정입니다. 흥미로운 점은 특별한 목적이 없다는 이상한 성질을 색채가 가지고 있다는 것입니다. 동물과 식물이 가지는 색깔에는 환경에 대한 적응이라고 설명할 수 있습니다. 그런데 가을에 식물의 색깔이 독특하게 변하는 특별한 이유가 있을까요? 나뭇잎의 색깔이 변하는 이유는 여름철 생존을 위하여 꾸준하게 만들어내는 엽록소에 감추어져 있는 본디 색깔이 드러나는 것입니다. 엽록소는 열과 빛에 파괴되지만 여름 동안은 꾸준하게 만들어져 대체되는데, 가을이 되면 만들어지는 엽록소가 점점 줄어들면서 가려져 있던 다른 색이 드러나는 것입니다. 결국 자연에서는 가려지지 않은 본래의 색깔이 가장 아름다운 셈입니다. 저자는 가장 볼만한 가을 색, 즉 단풍을 미국의 북동부와 중국의 동부에서 볼 수 있다고 했습니다. 하지만 우리나라에 와보지 못했기 때문인 것 같습니다. 내장산과 설악산의 불붙는 듯한 단풍을 보았더라면 절대로 빠트릴 수 없었을 테니까요.

　인간의 감각에 따라 다양한 예술행위가 발전해 왔습니다. 후각은 향수를, 미각은 음식을, 청각은 음악을 그리고 시각은 미술과 조각을 발전시키는 근원이 되었습니다. 그러고 보니 현대에 들어와 시작한 연극, 영화, 뮤지컬 등의 종합예술은 한 가지 감각만을 위한 예술에 만족하지 못하게 된 인간의 끊임없는 욕심이 만들어낸 것 같습니다. 저자는 "예술의 모든 언어는 순간을 언어로 바꾸기 위한 노력 속에서 발전되었다. 예술은 아름다움이 하나의 예외, '그럼에도 불구하고'가 아니라 어떤 질서의 기초를 이룬다고 가정한다(408쪽)"고 한 존 버거의 말을 인용하면서 '예술은 자연을 문진(文鎭) 속에 가두는 일이다.'라고 했습니다.

　이쯤에서 정리해야 할 것 같습니다. 이 책의 제목이 『감각의 박물학』인 것처럼 이야깃거리가 무궁무진하기 때문입니다. 인체 감각의 신비로운 이야기가 궁금하신 분들에게 일독을 권합니다. (라포르시안 2013년 6월 24일)

2

한국건축의 모든 것 죽서루

(이희봉, 한국학술정보)

죽서루를 통해 온 세상을 보다

이 글을 썼던 2013년 여름은 더위가 대단했었습니다. 그래서인지 어렸을 적 잠시 살던 시골 할머님 댁이 생각났습니다. 야트막한 야산의 남쪽 자락 끝에 앉아 있고, 집 앞으로 논이 널따랗게 펼쳐지는 곳입니다. 군산에서 전주로 가는 신작로에서 들로 나가는 길을 따라가다 슬쩍 빠져 탱자나무 울타리를 따라 조금 들어가면 대문입니다. 대문을 들어서면, 왼편 담장 너머로는 뒷산 비탈이 올려다보이고 담장가에는 대봉 홍시가 열리는 감나무가 몇 그루 서 있습니다. 대문 오른편에 있는 돼지우리를 돌아가면 할아버님께서 생전에 쓰셨다는 사랑채가 있습니다. 그리고 크지 않은 마당을 가로질러 가면 안채가 앉아 있는데, 안채를 돌아가면 장독대가 있는 좁다란 뒤란이 나옵니다.

작은댁에서 집을 새로 지으면서 사라지고 없는 할머님 댁을 그려보는 이유는, 어렸을 적 추억을 되살려보려 하는 것도 있지만, 한여름에도 더위를 별로 느낄 수 없었던 안채에 대한 아련한 향수 때문입니다. 뒤란으로 나 있는 작은 문을 열어두면 뒷산에 빼곡하게 들어선 소나무 사이를 지나 흘러드는 바람이 지금의 어떤 냉방기보다도 시원했습니다. 여름에도 뒤란은 늘 서늘해서 냉장고가 없는 불편을 어느 정도 견딜 수 있었습니다. 동네 다른 집과 같은 초가집이라서 별다른 멋은 없었지만 특히 여름에는 좋았다는 기억이 남아 있습니다.

서민들이 사는 초가집과는 달리 전통기와집에 담긴 멋과 풍류는 이상현의 『이야기를 따라가는 한옥여행』에서 제대로 이해할 수 있습니다. 건물도 세월의 흐름이 녹아져야 제멋이 우러난다고 합니다. 요즈음에 새로 조성된 한옥마을이 오히려 이질적으로 느껴지는 이유입니다. 오래된 한옥마을에서 느껴지는 멋을 이상현은 이렇게 표현했습니다. "한옥에는 음악처럼 높낮이가 있어 끊임없이 리듬을 만들어낸다. 지붕 선이 리듬을 타고 추녀 끝에 걸리면, 벽면을 채운 재료들이 질감의 변화를 이끌며 흥을 돋운다. 한옥에서 시작한 율동감은 자연스럽게 마을로 이어진다. 가을이 봄처럼 화사한 도래마을이라면 율동감이 당연 도드라진다. 마을에 들어서는 순간 강한 율동감이 몸을 자극해 저도 모르게 발걸음이 흥겹다."(이상현 지음, 『이야기를 따라가는 한옥여행』 245쪽) 나무를 보나 숲을 보지 못하거나, 숲을 보나 나무를 보지 못하는 우를 범하기 쉽다고 하지만, 나무도 보고 숲도 보는 양수 겸장의 심미안이 아닐 수 없습니다.

　마을에 집을 지을 때도 마을 전체와의 조화를 고려했다는 옛날 대목들이 큰 건물을 지을 때는 어떤 생각을 가졌을까 궁금해집니다. 사실 우리의 고건축에 대하여 아는 것이 없으니 그저 비슷해 보이는 모습의 집들을 천편일률적으로 지어졌을 것이라 생각해 왔습니다. 전통 건물에 대하여 더 이상 가벼울 수 없는 저의 인식 때문입니다. 이런 인식을 새롭게 할 책을 만났습니다.

　중앙대학교 건축학부 이희봉 교수의 『한국건축의 모든 것 죽서루』입니다. 이희봉은 건축역사와 이론을 전공했을 뿐 아니라 문화인류학을 공부하였고, 사물로서의 건축물에서 더 나아가 그 건축물을 사람들이 어떻게 사용하였는지까지 연구의 대상을 넓히고 있습니다. 이희봉의 이런 철학은 앞서 소개한 이상현의 주장과 일맥상통하는 면입니다. "겉모습을 중시하는 다른 나라 건물과 달리 한옥은 사는 사람을 중시한다. 때문에 한옥을 제대로 보려면 그 집에 사는 사람의 시선을 가져야 한다. 그 집에 사는 사람처럼 대청에 올라 먼산 바라기도 하고, 방에 앉아 머름(문턱보다 높은 창턱)에 팔을 얹고 마당도 내다봐야 한다."(이상

현 지음, 『이야기를 따라가는 한옥여행』, 211쪽)

　이희봉은 머리말을 이렇게 시작합니다. "이 책은, 누정 건축 삼척 죽서루 책이다. 그러나 한편 죽서루 책은 아니다. 죽서루라는 자그마한 건물 하나를 가지고 온 세상을 보는 책이다. 모든 지식을 총동원하여… 서 있는 죽서루를 관광 문화유산 답사로 보는 것이 아니라 심층을 꿰뚫어 깊이 보는 책이다. 기존 보아 오던 방식, 즉 문화재 안내판이나 학계의 방식을 뒤집는다." 저자의 이런 생각은 '건축은 보는 것이 아니라 인간의 총체적 체험'이라는 철학에서 나온 것이라 생각됩니다. 저자는 이 책을 통하여 죽서루에 관한 모든 것을 세밀하게 관찰한 결과를 바탕으로 추론하여 나온 이론을 소개합니다.

　흔히 '관찰' 하면 '본다'라고 생각합니다. 르네상스를 대표하는 힘이었던 '관찰'은 머릿속에 가지고 있던 지식을 유보하고 눈앞에 보이는 그대로 믿는다는 것을 의미합니다. 그래서 저자는 "눈의 망막에 비치는 것을 '본다'고 한다. 보는 것 자체를 관찰이라 하지는 않는다. 망막의 상을 뇌가 인식하는 것을 지각(知覺)이라 한다. (…) 다음으로 지각한 것의 의미를 찾아야 한다(28쪽)"고 적고, '보기→특성 파악하기→해석하여 의미 찾기'가 되어야 전통건축의 답사가 완성된다고 보는 것입니다.

　나아가 동양문화권에서 말하는 '본다'의 차원을 이렇게 나누었습니다. 즉, 최하등이라고 할 감각의 단계인 눈 육안(肉眼), 그 위에 통찰의 아래 단계라 할 마음 눈 심안(心眼)을 거쳐 지혜의 눈 혜안(慧眼)에 이르게 된다는 것입니다. 이런 이유 때문인지 대중에게 우리 문화 답사를 유행시킨 유홍준의 문화유산답사기를 이렇게 평가하였습니다. "달변의 문장력으로 대한민국에 남녀노소 유적답사를 유행시킨 공적은 높이 사지만, 잘 팔린 덕에 문화 교주가 될 만큼 영향력이 크지만, 또 대중 상대니 어쩔 수 없는 면도 있겠지만, 얄팍 잡다한 흥미 위주의 서술들이 대중을 오도하고 전문가들을 불편하게 만든다.(17쪽)"

　저자는 이 책을 읽는 독자들이 단순히 죽서루를 답사하는 수준을 뛰어넘어 한국건축을 이해하는 단계에까지 이르기를 기대하는 마음으로 시작하는 글을 이렇게 마무리하였습니다. "이제부터 죽서루 보기, 육안에서 심안을 거쳐 혜안으로 올라가고, 깊은 생각과 더불어 온 마음을 다해 집중하는 여행을 떠나보자.(31쪽)" 이런 의도는 목차에서도 드러나 있습니다. 건물을 감상하는 일이 단순하게 건축기술을 살피는 일을 넘어 생활공간으로서의 의미로 확장되어야 한다는 점을 강조합니다. 먼저 죽서루를 가볍게 훑어보고, 동양건축에 심취했던 프랭크 로이드 라이트가 필라델피아와 피츠버그 사이의 깡촌 마을 베어런(Bear Run)의 계곡에 지은 낙수장(Falling water)을 인용하였습니다. 낙수장이 두 개의 폭포 사이의 바위 위에 집을 앉혔기 때문입니다. 바로 죽서루가 강원도 삼척시를 흐르는 오십천 절벽 위에 있는 바위 위에 앉힌 누각이라는 점에서 비교 대상이 된다고 보았지만, 다음과 같은 차이를 두었습니다.

"바위 위에 올라앉은 집의 설계 개념은 죽서루와 같다. 물이 낙수장은 폭포요, 죽서루는 절벽 밑의 깊은 소(沼)라는 점이 조금 다르다. 자연을 집으로 끌어들여 안팎공간이 상호 편입한다는 점은 똑같다. 그러나 라이트의 낙수장이 현대 건축가가 창의적 설계를 하여 잠깐 사용한 집이라는 점에 비하면 죽서루는 먼 산에서부터 시작하여 절벽 바위의 큰 규모의 자연에서부터 집터의 미세 자연까지 구석구석 기운이 살아 있는 건축이다.(68쪽)"

이어서 죽서루의 모습을 상세하게 '관찰'하였습니다. 집터에 있는 바위를 있는 그대로 주춧돌로 이용하여 기둥의 밑면을 바위의 표면에 부합되도록 깎는 그랭이질을 적용하였다는 점, 북쪽 진입로의 바위를 깎아내지 않고 그대로 살려 마루로 파고든 모습 등을 보면 죽서루가 자연의 모습을 최대한 살려 건축되었다는 사실을 깨닫게 합니다. 우리 고건축에 무식한 제가 보기에도 처음 다섯 칸 건물로 건축되었다가 후대에 남북으로 각각 한 칸씩 증축했다는 지금까지의 통설보다는 저자의 주장이 더 논리적이라는 느낌이 들었습니다.

서까래, 대들보나 처마와 같이 몇 개의 친숙한 우리의 고건축용어를 넘어 주심도리, 외목도리, 살미, 첨차, 동귀틀, 장귀틀 등과 같은 전문용어가 생경했습니다. 하지만 죽서루는 물론 다른 고건축물의 답사를 통하여 얻은 사진들과 스케치들을 통하여 이해하기 쉽게 설명하였습니다. 덕분에 아직 가보지 못한 죽서루의 상세한 부분까지도 눈으로 직접 보는 듯했습니다. 죽서루는 삼척부사 이성조가 '관동제일루'라는 현판을 써 붙일 정도로 으뜸이 되는 누각입니다. 지금은 생활공간으로서의 죽서루를 체험할 수는 없다고 합니다. 하지만 객사의 부속 건물로 건축되었던 만큼 다양한 행사가 열리는 장소였을 것입니다.

죽서루가 언제 건립되었는지는 분명하지 않지만 봉정사 극락전, 부석사 무량수전 그리고 수덕사 대웅전 다음으로 4번째쯤 오래된 목조건축물로 추정됩니다. 최근에 고려 명종 때 시인 김극기(1148~1209)가 지은 죽서루에 대한 시가 발굴되어 건축연대를 끌어올리게 되었습니다. 그 일부를 소개합니다. "庾樓夕月侵床下 滕閣朝雲起棟間(유루석월침상하 등각조운기동간; 누각의 저녁달은 누마루 아래로 스며들고, 물에 솟은 누각 아침 구름 마룻대에서 일어나네)(52쪽)" 이처럼 죽서루는 많은 시인 묵객들이 찾아 시를 짓는 장소로 꼽혀왔기 때문에 죽서루에 관한 시들이 많이 남아 있습니다. 그 가운데는 정조와 숙종의 시도 있습니다. 임금께서 이곳까지 올 수는 없었겠지만, 궁궐화공이 그려 올린 그림을 감상하고 느낌을 남긴 것입니다.

저자는 죽서루에 대한 현상학적 해석을 시도하였습니다. 망한 고려의 수도 개성을 돌아본 심정을 읊은 야은 길재의 시, "오백 년 도읍지를 필마로 돌아드니 산천은 의구한데 인걸은 간 데 없네."를 인용하면서, 저자는 '건물에 당시 옛사람을 집어넣어 그들의 삶 속에서 건축을 보아야만 그것이 건축을 보는 바른 역사'라고 규정하였습니다. 삶을 보지 못하고 껍데기만 보는, 즉 건축을 사물로 보는 경향은 실패한 근대건축의 특징이라고 합니다. 세계 어디에서나 똑같이 통일된 건축을 만들려 했던 근대건축의 개념은 노이버그 슐츠가 건축에 현상학적 철학을 접목하여 만든 건축현상학에 밀려나게 되었습니다. '제니우스 로

치(Genius loci, 장소의 혼)'라는 개념에서 땅은 건축 설계 시 건축가 누구나 다 하는 대지분석의 단순한 분석대상이 아니라는 것입니다. 땅은 원래부터 거기에 있었고 부질없는 인간이 짧은 시간 낙서하며 그 속에서 살다가 사라져가는 신성한 장소입니다. 죽서루가 바로 그런 정신을 담고 있다는 것입니다. 죽서루가 자리 잡은 바위 절벽은 오십천 전 구간에서 딱 한 군데, 그러니까 전 세계에서 단 하나밖에 없는 바로 그 장소, 천지의 혼이 서린 경건한 생명체라는 해석인 것입니다.

"세상은 사람 이전에 '이미 거기'에 존재해 있었고, 우리는 세상과 다시 원시적, 직접적 접촉을 시도해야 한다. 세상은 사물로서의 대상이 아니며 '객관적 세계'란 없으며, 인간은 세상 속에서 '살아가는' 자기 자신의 '의미의 세계'에 불과하다"고 생각하는 메를로 퐁티의 현상학적 시각으로 죽서루를 본 저자는 "죽서루는 하나의 물건 덩어리가 아니라 나와 또 선현들의 관계 속에서 의미의 세계에 존재한다. 그 속에서 살고 있는 또 과거에 살았던 수많은 사람의 체험 속의 종합적, 역사적 생명체(207쪽)"라고 해석하였습니다. 우리의 주변에 흩어져 있는 역사유물을 답사(?)할 때 그 안에서 움직이고 있는 우리 선조들의 모습을 떠올려 그 유물이 선조들의 삶에 어떻게 녹아들어 있었는지를 종합적으로 감상하는 혜안을 가져야겠다고 생각하게 됩니다.

'유물론자의 죽서루'에서는 죽서루를 건축물이라는 사물로서 보아온 건축학자들의 시각에서 나온 통설들을 뒤엎는 저자의 독특하고도 새로운 설명을 감상할 수 있고, 이해할 수 있습니다. 저자는 전해지는 다양한 사료들을 바탕으로 죽서루를 중심으로 이루어졌을 사람들의 삶을 그려냈습니다. 정리해 보면, '건축은 사물이 아니라 사람이다. 사람의 문화다.'라는 철학을 가진 저자는 삼척 오십천 절벽 위에 세워진 죽서루를 통해서 한국의 고건축을 제대로 보는 법을 우리에게 안내합니다. (라포르시안 2013년 8월 26일)

3

이매진

_____

(조나 레러, 21세기북스)

스티브 잡스가 건물 중심에 화장실을 배치한 이유

우리는 지금 남들과는 다른 '무엇'이 없으면 살아남을 수 없을 정도로 경쟁이 치열한 사회를 살고 있습니다. 남들과는 다른 '무엇'을 찾아내려면 창의적인 사고를 해야 합니다. 그런데 그 '창의적 사고'가 무엇을 말하는 것인지 어떻게 하는 것인지조차 퍼뜩 떠오르지 않으니 답답할 노릇입니다. 윌리엄 제임스는 창의적 과정을 "모든 것이 어쩔 줄 모르는 상태로 쉿 소리를 내며 휙휙 돌아다니는 생각이 들끓는 가마솥"이라고 묘사했습니다. 그 가마솥에 들어 있는 내용물이 많아야 들끓을 일도 많을 것 같다는 생각이 듭니다. 그래서인지 요즘 화두가 되고 있는 인문학 공부야말로 창의적 사고라는 가마솥에 들끓을 수 있는 내용물을 넣어주는 일이 아닐까 싶습니다.

창의의 가마솥은 그렇다 치고, 창의적 사고가 결실을 맺는 순간이 어떻게 일어나는지 궁금하지 않으십니까? 우리의 가장 중요한 정신적 재능, 다시 말해 한 번도 존재한 적이 없는 것을 상상하는 능력에 관한 것들을 설명하고 있는 책을 소개합니다. 바로 조나 레러라는 이야기꾼이 쓴 『이매진』입니다. '컬럼비아 대학에서 신경과학을 전공하고 로즈 장학금을 받아 옥스퍼드 대학에서 20세기 문학과 신학을 공부했다. 노벨상 수상자인 에릭 캔들의 실험실에서 연구했으며 뉴욕의 일류 레스토랑인 '르 시르크 2000'과 '르 베르나르댕'에서 요리사로 일하기도 했다'는 독특한 이력의 조나 레러를 만나게 된 것은, 바로 저의 '꼬리를 무는 책 읽기' 버릇 덕분입니다.

조나 레러가 스물여섯 살에 발표하여 큰 주목을 받은 『프루스트는 신경과학자였다』를 읽게 된 것은 박완서의 『못 가본 길이 더 아름답다』에 나오는 다음 구절 덕분입니다. "신경과학이라는 학문이 생겨나기도 전에 이미 뛰어난 작가, 화가, 작곡가, 요리사 등 일급의 예술가들이 알아낸 진실들을, 신경과학을 전공한 저자가 그게 과학적으로 옳았다고 재확인하는 과정이 흥미진진할 뿐 아니라 빛나고 멋있어 보였다.(박완서 지음, 『못 가본 길이 더 아름답다』, 227쪽, 현대문학, 2010년)"

먼저 『프루스트는 신경과학자였다』를 소개하는 것이 좋겠습니다. 조나 레러는 이 책에서 모두 여덟 명의 예술가—요리사도 예술가라 한다면—들의 작품에서 신경과학의 영역과 관련이 있는 것들을 추출해 내고 그것들이 신경과학적 연구에 의하여 증명되고 있음을 설명하였습니다. 레러가 인용하고 있는 여덟 사람은 시인 월트 휘트먼, 소설가 조지 엘리엇과 마르셀 프루스트 그리고 버지니아 울프, 시인이자 소설가 거트루드 스타인, 요리사 에스코피에, 화가 폴 세잔, 작곡가 이고르 스트라빈스키입니다. 레너가 이들의 예술적 성과에서 추출한 표제어를 다시 정리해 보면, 휘트먼에게서는 '감정'을, 엘리엇은 '삶의 복잡성'을, 에스코피에는 '미각과 후각'을, 마르셀 프루스트는 '기억'을, 폴 세잔은 '시각'을, 이고르 스트라빈스키는 '청각'을, 거트루드 스타인은 '언어의 의미'를 그리고 마지막으로 버지니아 울프는 '자아'를 찾아내 설명한 것입니다.

박완서는 『프루스트는 신경과학자였다』를 읽고서 프루스트의 『잃어버린 시간을 찾아서』를 다시 찾아 읽게 되었다고 했습니다. 저 역시 이 책을 읽고 오랫동안 미루어 두었던 프루스트의 『잃어버린 시간을 찾아서』를 읽었고, 나아가 관련된 책들도 찾아 읽었습니다. 레러는 『프루스트는 신경과학자였다』에서 "이 책이 예술과 과학이 어떻게 통합되어 비판적 이성의 범위를 확장해 갈 수 있는지 독자에게 보여주려 했다."라고 적었습니다. 『프루스트는 신경과학자였다』를 '거듭 읽어도 싫증이 나지 않는 책'이라 한 박완서의 말이 충분히 공감되었습니다. 이렇듯 조나 레러에 매료되어 있었기에 그의 신작 『이매진』에 거는 기대가 컸고, 역시 저를 실망시키지 않았습니다.

『이매진』의 주제는 창의적 사고과정의 바탕이 되는 '상상력'입니다. 주제에 대한 접근방식이 레러답습니다. 옮겨 보겠습니다. "상상력의 해부구조를 해독했다고 해서 그 비밀을 풀었다는 뜻은 아니다. 사실 창의성이라는 주제가 그토록 흥미를 끄는 이유는 바로 그것을 여러 관점에서 기술해야 한다는 데 있다. 어쨌거나 각각의 뇌는 언제나 배경과 문화 안에 놓여 있으므로, 우리는 심리학과 사회학을 섞어서 마음의 내부와 외부세계를 융합할 필요가 있다. 이것이 바로 『이매진』이 뉴런의 씰룩거림으로 시작하지만, 주위 환경이 창의성에 미치는 영향도 탐구하는 이유다.(14쪽)" 이 책의 얼개가 '따로' 그리고 '또 같이'로 구성된 배경입니다. 1부 '따로'에서는 창의성과 관련이 있는 뇌의 신경해부 및 생리학적 연구 성과를 설명하고 2부 '또 같이'에서는 창의성이 폭발할 수 있는 사회적 여건을 추적하였습니다.

창의성을 주관하는 기능은 뇌의 어디에 있을까 궁금하시죠? "궁금하시면 14,400원!" 왜 500원이 아니냐고요? 답은 『이매진』에 있습니다. 저자는 통찰을 연구하기 위한 다양한 연구방법과 그 결과를 소개하였습니다. 예를 하나 들어보면, 캘리포니아 대학교 산타바바라 캠퍼스의 심리학 교수인 조너선 스쿨러는 창의성을 시험하는 문제를 주고 피험자에게 단서가 담긴 단어를 보여주었습니다. 그런데 그 단서를 왼쪽 눈에 보여주었을 때가 오른쪽 눈에 보여주었을 때보다 훨씬 더 효과적이었다고 합니다. 왜 그랬을까요?

최근 뇌과학자들이 신비에 묻혀 있던 뇌기능에 한발 다가설 수 있었습니다. 뇌혈류의 변화를 감시하는 기능성 자기공명영상(functional Magnetic Resonance Imaging; fMRI)이 개발되었기 때문입니다. fMRI와 뇌파검사(EEG)

를 결합하면서 다양한 뇌기능을 연구할 수 있는 길이 열린 셈입니다. 이 방법을 통해서 통찰의 순간을 찾아내려는 실험을 해보았습니다. 실험결과 귀 바로 위의 우측 대뇌의 표면에 조그맣게 접혀 있는 전측 상측두회(anterior superior temporal gyrus; aSTG)가 깨달음을 얻기 전 몇 초 동안 유난히 활성화된다는 사실을 발견한 것입니다.

살인적인 공연일정에 치여서 노래를 만들어내던 참신한 생각이 고갈되어 가던 밥 딜런이나 새로운 생각을 바탕으로 사무용품을 만들어내는 3M회사의 연구원들의 생활방식과 이런 이야기를 버무려 독자들이 쉽게 이해할 수 있는 내용을 만들어내는 것도 조나 레러의 독특한 글쓰기 방식입니다. 창의성이 어디서 만들어지는가를 찾고, 그다음에는 창의성의 바탕이 되는 통찰이 만들어지기 위한 기본적인 분위기를 설명하기 위하여 버지니아 울프의『등대로』를 인용합니다. "분명 외부의 것들이 의식에서 희미해지고 있었다. 마침내 그것들이 의식에서 사라지는 순간… 그녀의 마음은 깊은 곳으로부터 장면, 이름, 말, 기억, 아이디어 같은 것들을 끊임없이 던져 올렸다. 마치 뿜어져 나오는 분수처럼…." 통찰이 창의적인 사고의 결정체를 만들어내는 순간을 이렇게 설명하는 것입니다. 버지니아 울프의『등대로』역시『프루스트는 신경과학자였다』덕분에 읽은 책입니다.

연주가 불가능하다고 평가된 부르스 아돌프의 첼로곡을 연주해낸 요요마의 놀라운 재능이나, 야스퍼거 증후군을 앓고 있는 파도타기 선수 클레이 마르조가 '원을 그리며 보드를 돌려 파도의 꼭대기에 내려앉으면서, 날아오르는 중간에 몸의 방향을 뒤집어 해안에서 먼 뒤쪽을 바라보도록 하는', 즉 바다에서 즉흥연주를 하는 방식으로 개발한 '마르조 뒤집기'에 이르기까지 다양한 자료가 인용되었습니다. 창의적 사고가 만들어지는 과정을 추적하고 있는 조나 레러의 창의적 탐구활동의 범위가 그저 놀랍다는 생각이 들었습니다.

개인적으로는 50세를 전후하여 그림을 그리기 시작하여 단기간에 놀라운 수준의 작품을 그리게 된 앤 애덤스와 존 카터의 예술적 성공 배경에는 그들이 앓게 된 전측두엽 치매 때문이라는 점도 저의 관심을 끌었습니다. 맑은 정신을 잃기 시작하면서 예술적 재능이 드러나는 비극적 질병의 본질이 무엇일까 궁금해집니다. 해답은 전전두엽 피질에 있습니다. 배외측 전두엽 피질에는 충동을 제어하는 기능이 자리합니다. 가게에서 물건을 도둑질하는 것처럼 사회적 비난을 받을 만한 일이나, 혹은 창피한 고백을 하거나 먹을 것을 욕심내는 것처럼 개인적으로 피하고 싶은 일을 하지 않도록 지켜주는 신경세포들이 자리하고 있습니다. 그런데 전전두엽 치매 환자에서는 이 부위의 신경세포들이 파괴되기 때문에 제어기능이 없어져 화를 내기 쉬운 성격이 된다거나 외부로부터 들어온 다양한 감각정보가 오른쪽 측두엽에서 처리되어 통합된 느낌이 그대로 의식의 흐름으로 풀려나와 표현하려는 욕망이 제어되지 않게 되는 것입니다.

『이매진』의 1부 '따로'에서 개인에서 창의적 사고가 생기는 기전을 설명하였다면, 2부 '다 같이'에서는 개인의 창의적 사고를 서로 융합하여 효과를 극대화하는 과정을 심리학적, 사회적 관점에서 탐구합니다. 그 첫 번째 시도로 노스웨스턴 대학의 사회학자 브라이언 우지가 고안한 브로드웨이에서 악극(musical) 제작에 참여하는 사람들의 인맥연결망의 밀도(Q)를 측정하는 방법을 인용합니다. Q의 양은 악극 제작에 참여하는 사람들의 '사회적 친밀도'를 반영합니다. 어떤 악극이 그전에 여러 번 함께 작업했던 예술가들의 집단으로 만들어지고 있다면 Q값이 높게 나타나고, 처음 같이 작업하는 사람들이 많다면 Q값이 낮게 나타납니다. Q값이 1.7 이하로 낮은 경우 그 악극은 실패할 가능성이 높습니다. 재미있는 것은 Q값이 3.2 이상으로 높은 경우에도 작업에 고충이 생길 수 있다는 것입니다. 제작에 참여하는 사람들의 생각에 큰 변화가 없기 때문에 작품이 전작들의 틀에서 크게 벗어나지 못하는 결과를 가져올 가능성이 높습니다. 이상적인 제작진은 Q값이 2.6 수준으로 구성되었을 때 최고의 브로드웨이 악극이 탄생하였다는 사실이 통계적으로 입증되었습니다. 즉 오래된 친구들의 상호작용으로 만들어내는 협력에 신참들의 새로운 생각이 녹아들어 상승효과를 내게 된다는 것입니다. 대표적인 사례가 브로드웨이 악극 사상 최고의 성공작으로 꼽히는 「웨스트사이드 스토리」였습니다.

이어서 저자는 상업적으로 성공한 만화영화를 잇달아서 제작하고 있는 픽사 애니메이션 영화사의 성공요인을 분석하였습니다. 조나 레러는 픽사 영화사의 독특한 건물구조와 업무방식을 이 영화사의 성공요인으로 꼽았습니다. 처음 세 채의 별도의 건물로 된 설계도를 버리고 중앙에 널따란 안마당을 둔 광활한 공간으로 다시 설계하였습니다. 직원들의 상호작용을 절대적 가치로 삼았기 때문입니다. 이런 공간에서 무슨 일이 일어났는가는 책을 직접 읽어보시는 것이 좋겠습니다. 그래도 짧게 요약해 보면, 픽사에서는 사람들이 가혹하거나 비판적인 언어를 쓰지 않으면서 생각을 개선할 수 있게 하는 더하기(plussing)기법을 잘 활용하고 있다고 합니다. 더하기가 제대로 작동하면 믿을 수 없을 만큼 효과적이고 창의적인 돌파구가 뚫린다는 것입니다. 비판이 오히려 깜짝 선물처럼 느껴지면서 십중팔구는 논의에 참석한 모든 사람이 각자 한 가지씩 더해 가고, 새로운 발상이 영화를 진전시키는 결과를 낳게 됩니다.(210쪽)

『이매진』을 읽으면서 다양한 사례들을 맞춤한 구절에 인용하여 이야기를 끌고 가는 저자의 독특한 글솜씨를 다시 즐길 수 있었습니다. 어쩌면 "제4문화운동은 임의적인 지적 경계선을 무시하고, 구분하는 선들을 흐려놓으려 할 것이다. 그것은 과학과 인문학 사이의 자유로이 지식을 이식하며, 환원적 사실들을 우리의 실제 경험과 연관시키는 데 초점을 맞출 것(조나 레러 지음, 『프루스트는 신경과학자였다』 2007년, 334쪽)"이라고 했던 저자의 예고가 이제 현실이 되어가고 있는 것 아닐까 싶습니다. 이 책을 통하여 '초일류의 뇌사용법'이라는 부제와는 달리 초일류가 아니더라도 창의적으로 뇌를 사용하는 방법을 배울 수도 있을 것 같습니다. (라포르시안 2013년 9월 23일)

4

슬픈 열대

(C. 레비-스트로스, 한길사)

누가 그들을 야만인이라 부를 수 있나

프랑스의 민족학자(民族學者) 레비-스트로스의 대표적 저서『슬픈 열대』를 읽었습니다. 적지 않은 인문서적들이 이 책을 추천하고 있어 관심을 두고 있었지만, 정작 읽기로 결심하게 된 것은 누군가의 여행기에서 인용한『슬픈 열대』의 첫 구절입니다. "나는 여행이란 것을 싫어하며, 또 탐험가들도 싫어한다. 그러면서도 지금 나는 나의 여행기를 쓸 준비를 하고 있다.(105쪽)" 저자가 지금은 인류학이라고 부르는 민족학을 연구하고 강의하던 브라질을 떠나온 것이 15년 전입니다. 그동안에도 수없이 해오던 책 쓰기를 미루어 온 것은 자신이 해온 민족학이라는 분야에 대하여 대중의 관심에 영합하는 시시콜콜할 모험 이야기를 써야 하는가 하는 의문에 답을 얻지 못했기 때문이었습니다.

특히 민족학자의 시각에서 서구문명의 유입으로 왜곡되어 가는 아마존 원주민들의 삶을 지켜보면서 느낀 참담함을 이렇게 적었습니다. "기계문명이라는 덫에 걸려든 불쌍한 노획물인 아마존 삼림 속의 야만인들이여, 부드러우면서도 무력한 희생자들이여, 나는 그대들을 사라지게 한 운명을 이해하는 것까지 참을 수 있다. 하지만 탐욕스러운 대중 앞에서 사라진 그대들의 모습을 대신하는 총천연색 사진첩을 자랑스럽게 흔들어대는 요술, 당신들에 비해 보잘것없는 요술을 부리는 자들의 속임수에 넘어가는 것은 도저히 견딜 수 없다.(145쪽)"

그러면서도 그들의 모습을 기록하여 남겨야 한다는 의무감이 레비-스트로스를 갈등하게 만들었습니다. "인류의 문화가 상호 교섭할 수 있는 힘이 생겨 그들의 접촉을 통해 서로를 부식시키는 일이 드물수록, 각기 다른 문화에 파견된 사자는 그 문화의 다양성의 풍부함과 의의를 파악할 수 있는 가능성이 그만큼 줄어든다.(149쪽)"라고 생각했기 때문입니다.

문화인류학 분야의 책을 참으로 오랜만에 읽었습니다. 한때 인기몰이를 하던 「정글의 법칙」과 같은 오락편성들이 오지에 사는 사람들을 우리 곁으로 끌어오기도 했습니다. 하지만 정작 그들의 삶을 이해하지 못한다면 그들은 한낱 웃음거리가 되고 말 것입니다. 오락편성을 가볍게 즐기면서도 문화인류학에 대한 일반의 관심은 그리 크지 않은 것 같습니다. 어쩌면 이 분야를 쉽게 이해할 수 있는 책자가 많지 않기 때문일 수도 있습니다.

그런 점에서 본다면 1998년에 한국문화인류학회가 편찬한 『낯선 곳에서 나를 만나다』는 좋은 기획이었다고 생각합니다. 임돈희는 기획의도를 담은 머리말에 "인류학에서 발달된 중요한 개념인 '문화상대주의'란 세계 여러 문화를 우리 자신의 가치관이나 우열의 척도를 가지고 보지 않고 그곳에서 살고 있는 사람들의 시각에서 이해하여야 한다는 입장으로서 세계화시대에 다양한 문화를 접하는 현대인들에게 특히 강조되어야 할 개념이다."라고 적었습니다. 특히 다양한 문화적 배경을 가지고 있는 사람들이 우리와 함께 살게 된 현실을 고려한다면 반드시 이해해야 할 점이라고 생각합니다. 문화적 국수주의는 우리 사회를 후퇴시키게 될 것이기 때문입니다.

『슬픈 열대』에는 이 책을 번역한 박옥줄이 쓴 '문명과 야만의 이분법적 사유에 대한 비판'이라는 제목으로 된 레비-스트로스의 사상과 『슬픈 열대』에 대한 해설을 앞에 두었습니다. "오늘날 프랑스 지식인들이 이해하고 있는 의미에서라면 나는 구조주의자가 아니다.(65쪽)"라는 레비-스트로스의 주장에도 불구하고 일반적으로 레비-스트로스를 구조주의를 창시한 철학자로 간주합니다.

그 이유는 레비-스트로스가 남북 아메리카 원주민들의 사회조직이나 행위를 연구함에 있어서 구조적 분석방법으로 접근하였기 때문입니다. 박옥줄은 "레비-스트로스는 구조주의란 우리가 생각지 못한 조화(調和)에 대한 탐구이며, 어떤 대상들 가운데 내재하고 있는 관계의 체계를 발견해 내는 것이라고 생각하였는데, 그의 구조주의는 인간의 행위가 하나의 화학적 요소처럼 과학적으로 분류될 수 있다는 생각에 근거하고 있으므로, 구조주의적 관점에서 볼 때는 자연이나 사회현상에는 임의적인 것이 결코 존재하지 않게 된다.(65쪽)"라고 정리하였습니다.

『슬픈 열대』는 모두 9부로 구성되어 있습니다. 제1부에서는 프랑스가 독일에 점령당하자 레비-스트로스가 밀항선을 타고 마르세유에서 뉴욕까지 가는 선상여행을 회고하였습니다. 제2부에서는 과거로 거슬러 철학에 관심을 두었던 레비-스트로스가 민족학을 공부하게 된 배경과 브라질의 상파울루 대학의 사회학 교수로 취임하는 과정을 소개하였습니다. 이어서 3부에서는 브라질로 가는 항해과정에서 열대에 대한 인상을 기록하고 4부에서는 브라질에서의 생활과 현지조사를 준비하는 과정을 소개하였습니다. 5부에서 8부까지는 브라질 내륙지방에 살고 있던 카두베오족, 보로로족, 남비카라족 그리고 투피 카와이브족에 대한 민족지(民族誌)로서, 이들을 조사하는 과정과 각각 원주민 사회의 문화를 소개하고 분석하였습니다. 마지막 9부는 브라질에서 고국으로 돌아오는 과정입니다. 인도와 파키스탄의 여행기가 추가되었고, 그때까지의 개인적 체험과 현지조사의 내용을 종합 정리하면서 인류학적 연구에서 부딪혔던 문제들을 설명하였습니다.

레비-스트로스는 서구문명이 원주민과 처음 접촉한 이래 그 사회를 파괴하는 침략성을 보여 온 데 대하여 분노합니다. 서구문명의 침입으로 인하여 파괴되고 사라져 버린 원주민 문명, 즉 '사라져버린 실체'를 탐구하고 있는 민족학자라는 직업의 역설에 비통함을 토로하곤 했습니다. 레비-스트로스는『슬픈 열대』에서 저주받은 원주민 사회에서 느낀 비애감을 감추지 않았습니다. 철학에 관심을 두었던 레비-스트로스는 민족학을 전공하게 된 배경을 이렇게 설명하였습니다. "철학은 학문의 시녀, 즉 과학적 탐색의 시녀나 보조자가 아니라, 의식 그 자체에 대한 일종의 심미적 관조였다. 철학이 수 세기에 걸쳐서 점점 경쾌하고 대담한 구성을 다듬어가고, 균형과 능력의 문제를 풀어가며 논리적 세련화를 창안해 가는 것을 보아왔는데(162쪽), (…) 민족학의 연구대상인 문화의 구조와 나 자신의 사고구조의 유사성 때문에 내가 민족학에 마음을 두게 된 것은 아니었나 생각해 본다.(164쪽) (…) 민족학은 나에게 지적 만족을 가져다준다. 세계의 역사와 나의 역사라는 양극을 결합시켜, 인류와 나 사이에 공통되는 근거를 동시에 드러내 보이는 것이다.(173쪽)"

5장을 시작하면서 레비-스트로스는 브라질 원주민들의 현황을 이렇게 파악하였습니다. 유럽인들이 브라질을 발견하였을 당시만 해도 남부 브라질 전체에는 제(Gé)라는 집합적 명칭으로 구분되는, 언어와 문화의 모양에서 상호 관련성을 지니고 있던 원주민들이 거주하고 있었습니다. 이들은 해안지역을 점유하고 있던 투피(Tupi)어를 사용하는 침략자들에 의해 몇 세기 전에 밀려나게 되었습니다. 해변지역의 투피족은 유럽의 식민지개척자들에 의해 소탕되었지만, 접근이 어려운 숲속으로 물러나 있던 원주민들은 비교적 오랜 기간 존속할 수 있었습니다. 잔혹한 박해를 받으면서도 자신들을 외부세계에 전혀 노출시키지 않는 법을 배웠기 때문입니다. 하지만 이들의 거주 지역에서 유럽문명이 필요로 하는 자원들이 발견되면서 상황이 변했습니다. 자원을 개발하기 위하여 철도, 전신선 등을 부설하는 과정에서 이들이 노출되었던 것입니다. 브라질 정부에서는 이들을 보호한다는 명목으로 별도의 지역에 이주시키는 정책을 시행하면서 이들은 자연스럽게 서구문명에 노출되었습니다.

『낯선 곳에서 나를 만나다』에서 소개하는 것처럼 우리에게 알려진 문화인류학적 조사결과 가운데 상당수는 그들과 같이 생활하면서 오랫동안 관찰하고,

그들과 소통하여 얻은 지식을 바탕으로 해석합니다. 하지만 레비-스트로스 당시의 현지조사는 비교적 짧은 기간 동안 조사대상 주민들을 관찰하고 그 결과를 해석한 것으로 보여 심층적 의미를 제대로 파악할 수 있었는가 하는 의문이 들었습니다. 다만 원주민 사회에서 관찰한 내용들을 구조적 분석을 통하여 해석하려는 다양한 노력을 읽을 수 있었다는 점에 무게를 두어야 할 것으로 보았습니다. 예를 들면, 카두베오족이 사용하는 도자기나 목각상과 같은 생활미술품이라거나, 그들이 서열을 나타내기 위하여 몸에 채색하고 있는 가문(家紋)에 해당하는 문신이나 형판을 그림으로 담아낸 것 등이라거나, 보로로족의 서열을 나타내는 성기덮개나 마을의 사회구조를 그림으로 나타내고 있는 것 등입니다.

레비-스트로스는 우주적 조화를 구축하려는 감각 속에서는 균형과 연속성을 추구하는 서구의 과학적 논리와는 달리, 원주민의 원시적 사고는 동식물의 세계를 민감하게 이해하는 독특한 지식 습득의 방식일 것으로 추정하였습니다. 결국은 원시적 사고는 세계를 하나의 동시적(同時的), 공시적(共時的) 전체로 파악하기 위한 무시간성(無時間性)이라는 특징을 가지고 있다는 점을 발견하였습니다. 그는 자신이 해온 작업들에 대한 의미를 이렇게 정리하였습니다. "세계는 인간 없이 시작되었고, 또 인간 없이 끝날 것이다. 내가 일생을 바쳐서 목록을 작성하고, 또 이해하려고 노력하게 될 제도나 풍습 또는 관습들은 만약 이것들이 인간성으로 하여금 그것의 운명 지어진 역할을 수행하도록 허용하지 않는다면, 전혀 무의미해지고 마는 어떤 창조적 과정에서의 일시적인 개화이다.(742쪽) (…) 나는 존재한다. 그렇지만 결코 하나의 개인으로서 존재하는 것은 아니다.(743쪽) (…) 개인이 집단 속에서 혼자 존재하는 것이 아니고, 또 각 사회가 여러 사회들 가운데서 혼자 존재하는 것이 아닌 것처럼, 인간도 우주 속에서 혼자 존재하는 것이 아니다. (…) 우리가 여기 있고 또 세계가 존재하는 한 접근할 수 없는 곳으로 우리를 연결시켜 주는 그 가느다란 아치는 우리 앞에 그대로 머무를 것이다.(744쪽)"

문화인류학 분야로 분류되는『슬픈 열대』는 레비-스트로스의 여행기와 현지조사를 통하여 발견한 것들을 적고 있어 방대한 분량에 비하여 잘 읽히는 책입니다. 최근 우리 주변에서 벌어지고 있는 극단적인 우경화 경향에 대한 경각심을 일깨우기 위해서 일독을 권하고 싶습니다. (라포르시안 2013년 10월 14일)

5

배신의 식탁

(마이클 모스, 명진출판)

설탕, 지방 그리고 소금으로 배신하다

지금도 지구상에서 식량부족으로 고통받고 있는 사람들이 적지 않습니다. 반면 적지 않은 나라에서 비만이 건강을 위협하는 역설적인 상황이 벌어지고 있습니다. 마이클 모스의 『배신의 식탁』에서 이런 역설적 상황을 이해할 수 있습니다.

마이클 모스는 2010년에 해설보도 부문에서 퓰리처상(Pulitzer Prize)을 수상하는 등, 많은 상을 수상한 「뉴욕 타임스」를 대표하는 기자입니다. 그는 가공식품을 비만의 핵심 원인으로 지목하고 가공식품에 길들여진 사람들의 몸이 어떻게 무너지고 있는지 경고합니다. 그리고 가공식품을 만들어내는 기업들이 우리의 입맛을 어떻게 길들여 자신들의 주머니를 채워온 과정을 낱낱이 고발하였습니다. 모스 기자는 『배신의 식탁』을 쓰기 위하여 가공식품 대기업의 내부 고발자를 만나 면담하고, 기밀 서류를 입수하고, 수십 년 전의 기록부터 책이 출간되기 직전까지 해당 기업들의 생생한 정보를 압축했고 과학적으로 검증하기 위하여 오랜 시간 매달렸습니다.

오늘날 식탁을 점령하고 있는 가공식품은 비만뿐 아니라 만성질환을 일으키는 원인으로 지목되고 있습니다. 저자는 가공식품에 들어가는 설탕, 소금 그리고 지방이 건강상의 문제를 일으키는 핵심 요소라고 보았습니다. 누구나 건강에도 도움이 되는 전통음식을 좋아합니다. 하지만 사서 먹기에는 비용이 문제가 되며 직접 요리해 먹기에도 만드는 과정이 복잡한 불편함이 따른다는 점을 잘 알고 있습니다. 일상이 복잡해질수록 가공식품에 대한 의존도가 높아지는 이유입니다. 즉, 맛이 어느 정도의 수준이라면 가공식품을 이용할 수 있겠다고 생각합니다. 가공식품 제조업계에서는 소비자들의 이런 심리를 이용하여 맛을 어느 정도 살리면서 편하게 먹을 수 있도록 전통식품을 상품화하는 전략을 추진합니다. 그들은 특히 소비자를 사로잡기 위하여 맛과 식감은 자극적이면서도 혀끝에서 금방 잊혀서 아쉬움을 남겨 반복적으로 그 맛에 끌리도록 만들어야 살아남을 수 있다는 것을 알게 되었습니다.

이러한 목표를 달성하기 위하여 대부분의 가공식품업체는 연구소를 차리고 소비자가 좋아할 만한 맛을 찾아내려고 많은 돈을 투자합니다. 그 연구소에서 진행되는 연구는 소비자들의 건강을 지킬 수 있는 식품보다는 소비자들의 입맛을 사로잡을 수 있는 식품을 개발하는 것을 일차 목표로 합니다. 가공식품을 연구하는 사람들이 주목하는 핵심 요소는 바로 소금, 설탕, 지방입니다.

이 세 가지 요소가 사람들의 입맛을 좌우하는 결정적 요소라는 사실은 일찍 발견되었습니다. 이 요소들을 적당히 변화시켜 소비자들의 경향을 바꿀 수 있는 제품을 개발해야 경쟁업체를 누르고 시장을 장악할 수 있다는 사실을 잘 알게 되었습니다. 오랜 추적을 통하여 이러한 사실을 파악하게 된 저자는 가공식품 기업의 핵심 재료를 주제로 '설탕으로 배신하다' '지방으로 배신하다' '소금으로 배신하다'라는 세 개의 장으로 나눈 글에서 이미 우리의 식탁을 점령하고 있는 가공식품들이 어떻게 조작된 것인지를 자세하게 알려주고 있습니다.

이야기가 시작되는 필스버리 본사는 미국 미네소타주의 미니애폴리스 도심에 있는데, 저도 그곳에 가본 기억이 있습니다. 그곳에서 몇 블록 떨어진 곳에 있다는 큰 폭포는 아마도 미네하하폭포를 말하는 것 같습니다. 미네하하폭포는 이 지역에 살던 다코타족 인디언 말로 '떨어지는 물'을 의미합니다. 오논

다다 부족의 전설적인 추장을 노래한 롱펠로의 시 「히아와타의 노래(Song of Hiawata)」에 등장해서 유명해졌습니다. 제가 갔을 때는 수량이 많지 않은 탓에 폭포의 규모가 작아 실망했습니다. 동부와 서부 사이에서 제일 큰 도시인 미니애폴리스는 아이오와주나 위스콘신주 등 중부 곡창지대에서 생산된 농축산물을 가공하는 산업이 발전해 왔습니다. 『배신의 식탁』에서 미니애폴리스가 자주 등장하는 이유입니다.

미국에서 공부할 때, 아침에 열리는 세미나에 가면 따듯한 커피와 함께 혀끝에서 짜릿한 느낌이 들 정도로 설탕이 범벅이 된 도넛을 먹을 수 있었습니다. 매주 수요일마다 약품회사의 제품홍보행사에 빠지지 않았던 것도 그들이 나누어주는 볼펜 등, 선물보다는 그곳에서 먹을 수 있는 도넛에 중독되었기 때문이었을 것입니다. 우리 몸은 애당초 단것에 끌리도록 만들어졌다고 합니다. 단것을 좋아하는 것은 동물적 충동 때문입니다. 당연히 충동을 제어할 수 있는 어른보다는 아이들이 가공식품업계의 목표가 될 수밖에 없을 것입니다.

생애주기에 따른 미각 발달 경로를 추적하는 연구에 의하면 어린이가 미각적으로 어른들과는 전혀 다른 세상에 살고 있다는 사실이 증명되었습니다. 아이들은 어른이 좋아하는 수준보다 훨씬 더 달고 짠맛을 좋아하고, 어른이 그럭저럭 참고 먹는 쓴맛은 완강하게 거부합니다.(53쪽) 따라서 가공식품업계는 어린이가 주 고객인 식품일수록 더 달게 만드는 전략을 구사하게 마련입니다. 따라서 우리 아이들을 가공식품으로부터 떼어놓도록 노력해야 하겠습니다. 실험을 해보면 설탕은 먹으면 먹을수록 포만감이 드는 것이 아니라 허기지게 만든다고 합니다. 즉, 설탕이 비만과 밀접한 관계에 있다는 사실이 증명된 것입니다.

가공식품업계는 업계에 도움이 되는 연구결과를 도출해 내기 위하여 많은 연구비를 지원합니다. 그리고 사회적으로 설탕이 비만의 주범으로 지목되는 상황이 생기면 설탕의 함량을 줄이는 대신 소금이나 지방의 함량을 늘려 입맛을 사로잡는 전략을 구사하기도 합니다. 문제를 인식한 소비자단체가 사회운동이라도 벌일라 치면 다른 전문가들을 내세워 문제의 핵심을 희석시키는 짓도 합니다. 업계에서 살아남기 위한 몸부림을 이해하기보다는 그 양심 불량에 더 눈살이 찌푸려집니다.

가공식품업계의 이런 전략에는 전문가뿐 아니라 소비자단체 혹은 언론에 이르기까지 광범위한 사람들이 동참하고 있는 것 같습니다. 가공식품의 편의성을 강조하기 위하여 "'즉석식품, 즉석요리, 데워서 담아내면 끝'과 같은 슬로건 아래 급부상한 '편의성' 혹은 가공식품은 미국인의 식습관을 개혁하고 미국가정의 주방에 마법을 부렸다.(124쪽)"라는 기사를 쓰는 기자는 가공식품의 편의성에 숨어 있는 또 다른 문제를 과연 제대로 보았을까 의문이 드는 것입니다. 저는 별로 좋아하지 않습니다만, 미국인의 아침 식탁에서 빠지지 않는 메뉴인 가공곡물식(cereal)에 숨겨진 이야기도 흥미진진합니다.

우리가 학교에서 배웠던 미각의 지도가 틀린 것이라는 저자의 주장이 새롭습니다. 기본 미각이라고 알고 있는 단맛, 짠맛, 신맛, 쓴맛에 더하여 최근에는 우리말로 감칠맛이라고 할 수 있는 우마미(旨味)가 일본어 그대로 공용어로 자리 잡았다는 것도 알게 되었습니다. 오히려 떫은맛이 더 분명한 맛이 아닐까 싶기도 합니다.

지방의 문제점을 정리하는 글에서 놀라운 사실을 깨닫게 됩니다. "드레브노프스키가 지적했듯이 지방은 홀로 있을 때보다 설탕과 공존할 때 훨씬 더 큰 위력을 발휘한다. 지방이 설탕과 함께 있으면 우리의 뇌는 지방의 존재를 인식하지 못한다. 게다가 우리가 지방을 꼭꼭 숨겨 만든 식품을 먹으면 과식을 막는 인체의 제동장치가 완전히 무력화되고 만다. 그런데 진짜 마법은 세 번째 핵심성분, 즉 소금이 더해졌을 때 본격적으로 시작된다.(297쪽)" 지금까지 가공식품이 건강상 문제가 된다고 지적할 때는 흔히 특정성분을 목표로 했던 것으로 기억합니다. 그런데 가공식품업계에서는 문제가 제기된 성분의 함량을 줄이는 대신 지적받지 않은 성분의 함량을 늘리는 방식으로 맛을 유지하는 전략을 구사해 왔다는 사실까지는 알 수 없었습니다.

마지막 주제가 되고 있는 소금은 모든 생물에게 필수적인 요소입니다. 어쩌면 지구에 살고 있는 모든 생물이 바다에서 왔기 때문일 것입니다. 특히 소금의 구성요소인 나트륨이 바로 생명 유지에 절대적으로 필요한 요소인 것입니다. 실제로 실험용 쥐에게 나트륨 섭취를 제한하였더니 뼈와 근육의 성장이 부진하고 뇌가 평균보다 작았습니다. 그렇지만 이런 결과는 아주 적은 양의 나트륨을 주어 개선시킬 수 있습니다.

앞서 단맛과 짠맛을 본능적으로 좋아한다고 했습니다만, 태어나는 순간부터 단맛을 좋아하는 것과 달리 생후 6개월까지는 짠맛의 매력을 느끼지 못합니다. 과일과 채소 위주로 된 이유식과 짭짤한 이유식을 먹인 아이들에서 소금에 대한 선호도를 조사한 실험이 있습니다. 생후 6개월부터는 두 그룹 간에 뚜렷한 차이가 나타나기 시작해서 커가면서 그 차이가 벌어지더라는 연구결과를 얻었습니다. 즉 짠맛을 즐기는 소금중독은 어렸을 적부터의 학습에 따른 결과입니다.

예전에 근무하던 기관에서 업무와 관련된 경구를 부서마다 문 앞에 달아두기로 한 적이 있습니다. 그때 "세상의 빛과 소금이 되라"는 말씀을 독실한 기독교 신자이신 기관장이 내걸었던 경구입니다. 마태복음에 있는 말씀입니다. 그런데 바로 이 소금이 비만, 흡연, 당뇨병과 함께 고혈압의 핵심 용의자로 지목되고 있습니다. 보건 당국에서도 우리나라 사람들이 짜게 먹는 습관을 개선하기 위하여 음식에서 소금을 줄이라고 권고합니다. 하지만 권고수준에 그치지 말고 실효성 있는 정책을 내놓아야 한다는 목소리도 있습니다. 앞서 말씀드린 대로 어린이용 가공식품에는 소금을 사용하지 못하도록 강제하는 것도 좋은 방법입니다.

핀란드 정부의 정책도 검토해 볼 만합니다. 1970년대 후반만 해도 핀란드 국민들은 엄청난 양의 소금을 섭취하고 있었습니다. 그에 따라 고혈압환자가 넘처났고, 그 합병증으로 심장마비와 뇌졸중 발생률이 높았습니다. 이러한 상황을 타개하기 위하여 핀란드 정부가 채택한 정책은 소금이 많이 들어가는 모든 식품에 '고염 식품'이라는 표시를 커다랗게 하도록 의무화했습니다. 그리고 국민들에게 소금을 줄이자는 운동을 대대적으로 펼쳤습니다. 그 결과 2007년에는 1인당 소금섭취량이 과거에 비해 3분의 2 수준으로 내려갔고 뇌졸중과 심장질환 사망자 수도 80%가 감소했습니다.

저자는 이 책을 통하여 가공식품업계가 소비자들을 현혹하기 위하여 은밀하게 펼치고 있는 각종 속임수를 까발려 소비자들이 스스로의 건강을 지킬 수 있게 되기를 희망합니다. 그들이 소금, 설탕, 지방을 교묘하게 조합하여 소비자들의 입맛을 사로잡으려 하더라도 무엇을, 어떻게, 얼마나 먹을지를 결정하는 것은 바로 우리들이라는 점을 깨달아야 하겠습니다. (라포르시안 2013년 11월 11일)

건축의 일곱 등불

—————

(존 러스킨, 마로니에북스)

숭례문 복구? "복원은 건물에 가해지는 가장 완전한 파괴"

2008년 2월 10일 우리나라 국보 1호 남대문이 시커먼 연기를 토하면서 무너져 내린 사건은 큰 충격이었습니다. 그런데 복원이 끝난 뒤에도 목재의 건조 과정이나 단청작업에 문제가 있다고 해서 충격이 더해졌습니다. 남대문의 복원사업이 진행되면서 복원된 남대문을 국보 1호로 남겨두어야 하는가라는 문제가 제기되었습니다. 홍익대학교 건축학과의 유현준 교수는 이 문제에 대하여 "건축은 도자기나 그림과는 다르다. 건축은 사람이 들어가고 나오는 공간을 가지고 있기 때문에 재료가 교체되고 복원되고 사용되면서 보존되는 것이 옳다. 남대문은 오래된 나무이기 때문이 아니라 만든 생각을 기념하기 위해서 문화재로 지정한 것"이라며, 복원된 남대문이 국보로서의 가치를 지니고 있다고 하였습니다.

앞서 소개한 이희봉의 『한국건축의 모든 것 죽서루』에서 우리나라의 고건축물에 담긴 의미를 다양한 시각으로 이해하는 법을 소개하였습니다. 이희봉의 설명을 읽어 가면 죽서루가 자연의 모습을 최대한 살려 건축되었다는 점을 깨닫게 됩니다. 그렇다면 남대문 역시 당대의 자연경관에 잘 어울리고, 풍수적 의미를 담아 세워졌을 것입니다. 그런데 이번에 복원된 남대문이 그런 배경을 잘 담아내고 있는가 하는 의문이 여전히 남는 것도 사실입니다.

존 러스킨은『건축의 일곱 등불』에서 건축에 적용할 수 있는 예술로서의 일곱 가지 법칙을 이야기했는데, 그 가운데 '기억'을 꼽았다는 것이 특이하다고 생각했습니다. 저자는 "예술의 시초에 해당하는 그 법칙들은 진정 온갖 종류의 오류를 피하게 해줄 뿐 아니라 어떤 목표를 좇건 성공의 원천이 되어줄 것이기에, 이를 건축의 등불이라 칭하는 것이 지나치다고 생각하지 않는다. 또한 그 불빛의 진정한 본성과 고귀함을 확인하고자 그 빛을 왜곡하고 제압하는 수도 없이 많은 장애물들을 일일이 따져보지 않은 일을 나태함이라 생각하지도 않는다.(15~16쪽)"라고 하였습니다. 각주에 따르면 '등불'이라는 단어는 잠언 6장 23절 "그 법은 빛이다."와 시편 119장 105절 "그 말씀은 내 발밑을 밝히는 등불이다."라는 구절에서 착안한 것이라고 합니다.

존 러스킨(John Ruskin, 1819~1900)은 영국의 사상가로서, 젊은 시절에는 주로 예술 분야의 비평에 집중하다가 1860년경에는 정치, 경제, 사회 등에 관한 글을 써내 사회사상가로 명망을 얻었습니다. 이 책을 옮긴 현미정은 "건축의 미학적 개념과 사례를 말하고 있지만 그의 도덕관, 종교관, 경제관을 바탕으로 종합적 사고로 우리에게 인간의 삶을 총체적으로 들여다볼 수 있게 하고, 건축 자체에 대해서도 깊이 있는 성찰을 유도한다.(299쪽)"라고 평하였습니다.

『건축의 일곱 등불』은 러스킨이 약관 서른 살에 저술한 책으로 1849년 초판 서문에서 다음과 같이 저술 이유를 밝혔습니다. "내가 가장 사랑하는 건축물이 파괴되거나 무시되고, 내가 사랑할 수 없는 건축물이 세워지는 것을 보면서 너무나도 고통스러웠다.(7쪽)" 고색창연한 건축물을 무너뜨리고 의미 없는 건축물을 세우는 현실에 분통이 나서 참을 수 없었다는 이야기입니다.

이 점에 대하여 옮긴이는 "건축가들조차도 건축을 '설계'만으로 이해하거나 단순한 생계수단으로 여기는 경우가 많고, 건설이라는 경제 행위는 기업이윤의 증대 또는 부동산의 소유나 투자로 이해될 뿐이며, 정치공동체를 꾸려나가야 할 정치인들에겐 개인적 욕망을 성취하기 위한 정치적 도구가 되었기 때문이다.(300쪽)"라고 하였습니다. 이런 현상은 이미 러스킨의 시대에 시작되었던 것입니다. 예술로서의 건축의 의미를 중요시하던 러스킨으로서는 참을 수 없었기에, 집필하고 있던 『근대 화가론』을 중단하고 6개월 만에 이 책을 완성하였습니다. "인간이 영혼과 신체의 결합으로 이루어져 있듯이, 기술과 상상의 요소를 결합하는 것은 건축에 있어 본질적인 것(14쪽)"이라는 생각을 가진 러스킨다운 일이고, 그였기에 가능한 일이었을 것입니다.

러스킨은 건축에 적용할 수 있는 예술로서의 일곱 가지 법칙으로 희생, 진실, 힘, 아름다움, 생명, 기억 그리고 복종을 꼽았습니다. 1장 '희생의 등불'의 1절에서 건축의 목적을 다음과 같이 정의합니다. "건축은 인간이 세운 구조체를 배열하고 장식하는 예술로서, 사용 목적이 무엇이건 간에 그 모습이 인간 정신의 건강, 힘 그리고 즐거움에 기여하도록 하는 것이다.(21쪽)" 러스킨이 희생을 첫 번째 덕목으로 꼽은 것은 참된 건축이라고 하면, 종교적인 것, 추모하는 것, 시민적인 것, 군사적인 것 그리고 가정적인 것의 다섯 가지를 포함하기 때문에, 특히 희생의 의미를 분명하게 하는 것이 옳겠다고 보았기 때문입니다. 건축에 들어가는 재화나 노동의 양보다는 건축에 참여하는 모든 사람들의 성심을 다하는 희생이 담기는 것이 중요하다는 점을 다각적으로 설명하였습니다. 진실의 등불에서는 오늘날 날림공사라고 부르는 건축적 사기를 피해야 할 것이라고 합니다. "가난으로 부족한 것은 용인될 것이며 철저한 합목적성은 존경을 받을 것이나, 조악한 속임수는 비웃음을 면할 길이 없을 것(51쪽)"이라고 하였습니다.

러스킨은 진정한 건축의 색은 자연석의 색이며 다양한 자연의 색으로 얻지 못할 조화는 없을 것이라고 하였습니다. 러스킨은 건축의 가치는 두 가지의 뚜렷한 특질에 의하여 좌우된다고 보았습니다. 하나는 인간의 힘을 각인시키는 것이고, 다른 하나는 자연물의 이미지를 품는 것입니다. 즉, 힘과 아름다움이 제대로 표현되어야 좋은 건축물이라고 할 수 있다는 것입니다. 힘을 나타내는 요소로는 단순한 최종 윤곽선으로 표현되는 웅장한 크기나 꼭대기로 향하는 돌출 등에 관하여 설명하였습니다. 그리고 아름다움을 나타내는 요소로는 위로 올라가면서 생기는 다양한 비례, 수평분할의 대칭 등을 설명하였습니다. 막연하다는 생각이 들 수도 있는 생명이라는 요소의 의미를 다음 구절에서 느낄 수 있습니다. "인간의 상상력은 어떤 대상이 죽은 사물이라는 사실을 분명하게 잊고 있지 않음에도 그것에 생기를 불어넣고 즐거움을 상승시키는 경우가 많다. 아니, 오히려 상상력 자체의 지나친 생명력으로 열광한다. 구름에 표정을 주고, 파도에 행복을, 바위에 목소리를 집어넣을 때다.(198쪽)"

역시 제가 짐작했던 대로 이 책의 결론 부분에 해당되는 '기억'이라는 주제에서 강한 느낌을 받게 됩니다. 건축은 기억의 요체이자 수호자로 진지하게 생각되어야 할 것이므로 '오늘날의 건축이 역사가 되도록 하는 것'과 '지나간 시대의 건축을 가장 귀중한 유산으로서 보존하는 것'이라는 의무를 가지고 있다고 하였습니다. 그렇다면 우리는 우리의 전통건축을 귀중한 유산으로 보존하려는 의무를 제대로 지키고 있는지 가슴에 손을 얹고 다시 생각해 볼 필요가 있겠습니다.

『건축의 일곱 등불』을 읽으면서 가장 큰 울림을 느꼈던 부분입니다. "실제로 건물의 가장 위대한 영광은 돌이나 금과 같은 재료에 있는 것이 아니다. 그 영광은 건물이 얼마나 오래되었는지에 달려 있고 말하고자 하는 바의 울림과 엄밀한 관찰의 깊이에 달려 있으며, 또한 찬성이나 비난이 교차하더라도 인간애의 물결로 오랫동안 씻긴 그 벽을 보며 우리가 느끼는 불가사의한 공감에 달려있다. 오랜 시간을 견뎌온 그 증인이 인간을 마주할 때, 그리고 잠시 머물다 가는 모든 사물과 조용히 대비를 이룰 때 영광이 있다. 계절이 바뀌고 시간이 지나며 왕조의 탄생과 쇠퇴가 반복되고 지구의 표면과 해안의 경계가 바뀔지라도, 거기에 있는 돌은 그 고된 시간 동안 자신의 모습을 유지하며 잊힌 시대와 다가올 시대를 서로 연결하고 공감을 이끌어내는, 그래서 이미 그 민족 정체성의 절반을 구현하는 힘의 크기 안에 그 영광이 있다.(240~241쪽)" 건축물이

유구한 세월의 흔적으로 마모되기도 하고, 낙엽이나 심지어는 이끼가 덮여 자연과 동화되어 가는 모습에서 존재의 의미가 빛을 발하는 것이기 때문에 기억의 법칙이야말로 건축의 법칙 가운데 으뜸이라 하지 않을 수 없겠습니다.

한때 우리는 역사적 건축물을 보존한다는 이유로 사람들로부터 격리시킨 적이 있습니다. 그 결과 그런 건축물이 있다는 사실조차 사람들의 기억에서 지워져 가는 결과를 낳고 말았습니다. 보다 많은 사람들이 그 아름다움을 느끼고 기억해 주는 것이야말로 존재의 가치가 있는 것이라고 할 수 있지 않을까요? 건축의 보존이라는 문제와 기억이라는 문제가 상충하는 부분이 될 것 같습니다. 앞서 남대문 복원에 대한 유현준의 생각을 소개해 드렸습니다만, 러스킨은 건축의 복원에 대하여 아주 부정적인 견해를 가지고 있습니다.

"복원은 건물에 가해질 수 있는 가장 완전한 파괴를 의미한다. 어떤 잔여물도 거두어들일 수 없는 파괴다. 더불어 파괴된 작품에 대해서 거짓된 묘사를 하는 것과 같다. 이렇게 중요한 문제에 있어 스스로를 속이지 말자. 건축에서 언젠가 위대하고 아름다웠던 것을 복구하는 것은 마치 죽은 자를 깨우는 것처럼, 불가능하다. 내가 앞 장에서 생명의 전부라고 주장했던 그것, 오직 장인의 손과 눈으로만 주어지는 그 정신을 결코 다시 불러들일 수 없다. 다른 시간대는 다른 정신을 만들고 그래서 그것은 새로운 건물이다.(249쪽)" 그리고 보면 근세 이후 소실되었다가 복원한 건축이라는 이유로 국보나 보물로 지정되지 못한 문화재가 수두룩한 것이 현실인 상황에서 복원된 남대문이 국보로서의 지위를 유지하는 것이 옳은가 하는 의문은 여전히 남습니다.

일제강점기에 도로를 개설한다는 명목으로 무너뜨린 서울 성곽을 복원한 바 있습니다. 무너뜨린 성곽에서 나온 돌은 흔적조차 찾을 수 없어 새로 깎은 돌로 쌓아 올릴 수밖에 없었을 것입니다. 새로 쌓은 성곽에서는 옛날에 일어났던 일들이 전혀 연상될 것 같지 않습니다. 남아 있는 성곽의 모습에서 사라진 성곽의 모습을 미루어 짐작하면 충분하지 않을까 싶기도 합니다. 필립 오귀스트 왕이

파리를 방어하기 위하여 세웠던 성벽 역시 세월의 흐름 속에서 사라지거나 무너져 내리고 말았습니다. 그 흔적은 소방서의 벽에, 지하 주차장에, 빌딩의 벽으로, 혹은 정원의 구석에도 남아 있다고 합니다. 프랑스 사람들은 남아 있는 성벽과 조화를 이루도록 건물을 짓고 있습니다.(로랑 도이치 지음, 『파리 역사기행』, 126~139쪽, 중앙북스, 2013년) 프랑스 파리의 성벽과 우리의 서울 성곽을 비교해 보았을 때 어떤 입장이 옳은가 고민해 볼 필요가 있습니다.

마지막 법칙인 '복종'의 의미는 무엇일까요? 러스킨은 회화와 조각이라는 예술 영역에서 허용한 개인적 감정이 방종의 만연으로 귀결되었던 바가 건축에서 재현되지 않아야 할 것이라고 경고하였습니다. "건축이 인간에게 중요한 보편적인 모든 것들에 동의하고 인간과 관계 맺기를 주장한다면, 건축은 스스로 그 법칙에 당당히 복종하여 건축이 인간의 사회적 행복과 권리를 좌우하는 정치, 종교, 사회의 규범과 유사하다는 것을 제시했어야 했다.(258쪽)" 옮긴이의 말에 따르면 러스킨의 관심사는 관념적인 철학도, 잘 먹고 잘 살기 위한 경제도, 아름다움에 취한 예술도 아니었고, 오로지 우리 모두가 고귀한 인간성을 갖는 것이었고 아름다운 세상을 만드는 것이었습니다. 또한 선한 정신 외에는 그 무엇도 개인의 탐욕을 제어할 수 없었다는 것을 알았습니다. 그러기 위해 절대선인 신을 닮으려함으로써 인간의 지위를 획득하려고 하였습니다.

출판사 자료에 요약된 것처럼, 러스킨은 "올바른 건축을 하기 위한 정신(등불)을 사회를 이끌어가는 정신으로 상정하고, 그것을 '희생, 진실, 힘, 아름다움, 생명, 기억, 복종'이라는 일곱 가지로 정리하고, 공동체의 결속을 방해하는 사치스러운 건축이나 무계획적인 개발, 정직과 양심을 저버린 날림 작업들, 토지나 건물이 개인의 사유물로만 바라보는 경향 등"의 문제점을 지적하였습니다. 이러한 문제점들은 여전히 풀어야 할 숙제로 남아 있다고 하겠습니다. (라포르시안 2013년 12월 2일)

7

느리게 읽기

(데이비드 미킥스, 위즈덤하우스)

왜 우린 책을 읽을 수 없게 되었나?

1년에 천 권의 책을 읽었다는 독서가께서 적어도 삼 년에 천 권의 책을 읽어내라고 권하는 글을 읽은 적이 있습니다. 그분의 권유가 마음 어디에 남아 있었던지 한 해 동안 300권의 책을 읽고 독후감을 쓴 적도 있습니다. 덕분에 저도 15년의 세월이 걸리기는 했지만 3천 권 가까운 책을 읽고, 독후감을 쓸 수 있었습니다. 저의 독서량을 이야기하면 주변에서는 속독하는 법을 익혔느냐고 묻는 분들이 계십니다. 빠르게 읽기 위하여 책을 대각선으로 읽어내면서도 내용을 파악할 수 있다고 들었습니다. 하지만 저는 아직 따로 속독하는 법을 배운 적도 없고, 대각선으로 책을 읽어서 내용을 파악할 수 있을 것이라고 믿지는 않습니다. 책을 빠르게 읽는 속독법은 꾸준한 연습으로 익힐 수 있는 일종의 기술이라고 할 수 있을 것 같습니다. 결국 제가 책을 읽는 속도는 조금 빠른 편입니다만 읽고 싶은 책이 많아지면 책 읽는 시간을 더 내는 수밖에는 없습니다.

책을 느리게 읽는 기술을 이야기하는 재미있는 책을 만났습니다. '삶의 속도를 늦추는 독서의 기술'이라는 부제를 달고 있는 데이비드 미킥스의 『느리게 읽기』입니다. 문학을 전공하고 휴스턴 대학에서 영문학을 가르치고 있는 저자는 영화에서 현대소설에 이르기까지 다양한 분야의 평론가로 활약하고 있습니다. '왜 우리는 책을 읽어야 하는가?' 하는 틀에 박힌 질문을 받으면 많은 사람들이

'책을 읽으면 직접 경험하지 않고도 많은 것을 알게 되기 때문이다.'라는 역시 틀에 박힌 답변을 합니다. 그리고 다다익선(多多益善)이라고, 책을 많이 읽는 것이 최선이라고 생각하기 마련입니다. 하지만 빠듯하게 돌아가는 일상에서 책을 읽는 시간을 낸다는 것이 어렵다고들 말합니다. 친구들과 수다를 떠는 시간은 넘쳐나면서도 말입니다. 저자는 '얼마나 많이 읽느냐보다는 어떻게 읽느냐가 훨씬 더 중요하다.(7쪽)'라고 말합니다. 온 마음을 쏟아서 책을 읽고, 거기에서 즐거움과 정신적 풍요를 얻는 방법을 우리에게 가르쳐줄 수 있는 것은 좋은 책뿐이라고 믿고 있다는 것입니다.

흔히 누리망이나 신문기사를 통하여 필요한 지식을 충분히 얻을 수 있다고들 말합니다. 그러나 저자는 '신문기사, 트위터, 누리사랑방 같은 것들은 제대로 된 읽기를 가르쳐 주지 못한다.'라고 잘라 말합니다. 그 근거로 사람들이 누리사랑방, 페이스북, 뉴스 기사 등, 누리망에 있는 글을 F 양상으로 읽는다는 연구결과로 설명합니다. 앞서도 대각선으로 책 읽는 법이 있다고 말씀드렸습니다만, 저자가 말하는 F 양상과 비슷한 개념인 것 같습니다. "사람들은 글의 첫 줄 혹은 첫 몇 줄을 옆으로 쭉 읽는다(F의 맨 위쪽 가로획). 그런 다음 밑으로 내려가면서 나머지 줄들은 앞부분만 훑어보는 식으로 읽는다(F의 더 짧은 가로획). 그러다가 부제(副題)나 중요 항목이 나오면 또 가로 읽기를 하는데, F 양상에 맞추기 위해 그런 부제들은 주 제목보다 짧은 경향이 있다. 결국 글의 중간쯤 이르면 독자의 시선은 페이지의 왼쪽 가장자리를 따라 직선으로 내려가기 시작해서 F의 수직선 부분을 쭉 따라가, 대부분을 읽지 않은 채 글 읽기를 '끝내 버린다.' 시간에 쫓기는 독자는 훨씬 더 빨리 글의 끝을 향해 시선을 뚝 떨어뜨린다.(31쪽)"

읽다 보니 가슴이 뜨끔해지는 대목입니다. 제가 바로 그렇거든요. 그래서 저는 누리사랑방에 올리는 글을 쓸 때 아무리 길어도 A4 용지 한 장 분량을 넘기지 않으려 노력합니다. 하지만 〈라포르시안〉에 연재한 [양기화의 북소리]는 복사용지 석 장 분량으로 적었습니다. 그것은 [북소리]에서 소개하는 책을 신중하게 고르다 보니 독후감에서 빠트리면 안 될 주제가 많더라는 것과, [북소리]를 즐겨 읽으시는 독자 여러분들은 믿을 만하다는 저의 근거 없는(?) 자신감에서 비롯된 것이라는 변명을 드립니다.

저자가 머리말에서 소개하고 있는 이 책의 구성을 요약해 보겠습니다. 저자는 이 책을 통하여 전자 시대에 진지한 독자가 처할 수 있는 절박한 위험을 이야기해 볼 생각이라 하였습니다. 제1장 '무엇이 느리게 읽기를 방해하는가?'에서는 누리망이 몇몇 유익한 변화를 가져오는 동시에 책을 진지하게 천천히 제대로 읽는 활동을 더욱 어렵게 만들어 버렸다는 점을 논하였습니다. 제2장 '느리게 읽기에 필요한 것들'에서는 독서와 관련된 모든 측면을 급격하게 바꾸어 버린 전자 혁명의 본모습을 파헤쳤습니다. 제3장 '느리게 읽기의 규칙'에서는 난해한 책을 읽을 때 부딪히는 문제들을 해결할 수 있는 열네 가지의 규칙을 제시하였습니다. 이 방법을 익히게 되면 좀 더 요령 있고 신중한 독자가 될 수 있고, 책을 펼칠 때 뭘 해야 할지 망설이지 않아도 될 것입니다. 제4장부터 8장까지는 단편소설, 장편소설, 시, 희곡, 에세이 등 문학의 다섯 가지 주요 분야별로 저자가 선별한 책을 중심으로 하여 앞서 제시한 독서규칙을 어떻게 활용할 수 있는지 안내하였습니다.

머리말의 끝에는 저자가 모두(冒頭)에서 내놓았던 질문 '왜 우리는 책을 읽어야 하는가?'라는 질문에 대한 답을 영국의 문학 비평가 헤럴드 블룸을 인용하여 다음과 같이 정리하였습니다. "제대로 된 독서를 하면 더 풍요로운 삶을 누릴 수 있다. 예전보다 훨씬 더 많은 사람들을 만나고, 사랑과 운명, 행복과 비애를 훨씬 더 강렬하게 경험하게 될 것이다. 위대한 작가들이 창조해 낸 우주는 통렬한 변주, 아름다움과 암흑, 찬탄할 만한 진기함을 추구하며, 글의 무한한 에너지를 통해 가장 귀한 선물인 놀라움을 우리에게 안겨준다. 그리고 그 우주는 매 순간 우리 앞에 열려 있다. 책이 우리를 기다리고 있다.(13쪽)"

고등학교 시절 과제로 나온 독후감 쓰기를 열심히 하였습니다. 2년 정도 하다가 입시준비 때문에 접은 뒤로는 책을 읽되 느낌을 따로 정리하지는 않았습니다. 그러다가 19년 전에 누리사랑방을 시작하면서 독후감을 다시 쓰게 되었습니다.

제가 쓴 글이 누리망 공간에 공개된다는 생각을 하게 되면서 아무래도 타인의 시각을 의식하지 않을 수 없었습니다. 2008년 광우병 파동 때는 제가 쓴 글이 자신의 생각과 다르다는 이유로 거친 댓글 홍수를 경험했습니다. 누리망 독자들이 때로는 거친 반응도 불사한다는 점을 알고 있다면 아무래도 글쓰기가 신중해질 수밖에 없습니다. 또 오랜 시간을 공들여 글을 쓰고, 책으로 묶어 낸 작가를 생각하면 독후감에서 날이 선 비판을 자제하는 경향이 생기게 됩니다. 그래서 "누리망의 독자 서평은 과격한 욕보다는 미지근한 칭찬에 더 가까운 경우가 많다.(38쪽)"라는 저자의 생각에 공감합니다. 하지만 제가 쓴 독후감을 읽고서 책을 사는 분이 있을 것이라고 생각하면 나름대로 느낀 문제점을 행간에 심어두기도 합니다.

저 역시 몇 권의 책을 세상에 내놓으면서, 그때마다 독자들의 반응에 신경이 쓰이는 경험을 했습니다. 물론 저자가 책에 담은 생각이 오롯하게 독자에게 전해질 것이라고는 생각하지 않습니다. 독자마다의 생각이 달라 나름대로 해석할 것이기 때문에 결국은 책은 저자의 손을 떠나면 그때부터는 독자들의 몫이 된다고 생각합니다. 그런데 "독서는 작가와의 대화이다.(38쪽)"라고 적은 것을 보면, 미킥스는 독자들이 책을 통하여 저자와 교감한다고 믿는 것 같습니다. 저자가 책에 담은 생각을 제대로 소화하려면 '독자는 작가의 가치관을 이해해야 한다.'라고 말합니다. 좋은 책에는 세상을 바라보는 시각이 담겨 있습니다. 그 시각이 작가의 선입관이나 편견처럼 느껴져 신경에 거슬린다면, 작가의 의도를 깊이 파고들지 않았을 가능성이 높다고 하겠습니다. 따라서 우선은 책에 담겨 있는 견해에 공감할 필요가 있겠습니다.

대학에 갓 입학했을 무렵 가슴 설레면서 읽었던 『아름다운 유혹의 시절』을 다시 읽었습니다. 『양기화의 BOOK소리』에서도 소개를 드린 작품입니다. 독일의 의사이자 작가인 한스 카로사가 의과대학을 입학할 무렵의 삶을 그린 작품이어서 더욱 가슴에 와 닿았습니다. 무려 40년 가까운 세월이 흘러 다시 읽었는데도 그때의 울림이 다시 살아나는 것 같았습니다. 믹키스는 이처럼 다시 읽기를 최대한 많이 할 것을 주문합니다. 간혹 실망하는 경우도 있지만, 대부분은 책의 새로운 면모를 발견하고, 내가 왜 그 책에 그토록 공감했는지 깨달을 뿐 아니라 나 자신에 대해서도 처음으로 뭔가를 깨닫게 될 것이라고 합니다.

저자는 패트리샤 스팩스의 『다시 읽기(On Rereading)』에서 "책을 다시 읽으면 과거의 나 또는 더 많은 나와 이어질 수 있다."라는 대목과 소설가 로버트 데이비스가 "진정 위대한 책은 청년기에 한 번, 장년기에 또 한 번, 그리고 노년기에 다시 한 번 읽어야 한다. 좋은 건물을 아침 빛에, 정오에, 그리고 달빛에 보아야 하듯이 말이다."라는 말을 인용하여 다시 읽기의 의미를 분명하게 하였습니다.(67쪽) 민음사에서 새로운 번역판으로 내놓은 프루스트의 『잃어버린 시간을 찾아서』를 다시 읽었습니다. 처음 읽을 때 마치 싸우듯 읽던 것과는 다른 느낌이 생기는 것 같았습니다.

그러면 느리게 읽기를 본격적으로 시작하려면 어떻게 해야 할까요? 먼저 기본적으로 지켜야 할 일이 있다고 주문합니다. 초소형 휴대용 전산기, TV 그리고 가능하면 전화까지 꺼두라는 것입니다. 녹초가 되어 집중력이 떨어지는 늦은 밤은 피하는 것이 좋고, 눈 내리는 날이나 비행기 여행과 같이 짬짬이 어렵게 훔친 시간이 가장 달콤하다고 합니다. 미즈키 아키코의 『퍼스트클래스 승객은 펜을 빌리지 않는다』에서 비행기의 1등석 승객들 가운데 역사책을 읽는 분에 대한 글을 읽은 적이 있습니다. 비행기에 탑승하면 오롯하게 주변으로부터 자신을 격리(?)시키는 시간을 만들 수 있습니다. 옛날에는 주로 영화 보기로 시간을 보냈습니다. 하지만 본격적으로 책 읽기를 시작한 이후로는 주로 인문교

양서를 중심으로 한번 여행에 서너 권 정도를 읽게 됩니다. 물론 각자 선호하는 장소가 있을 수 있습니다만, 책 읽기는 장소에 구애받지 않는 것이 좋습니다. 역시 도서관, 다과점, 공원 의자 같은 곳이 좋겠지만, 통근 차나 지하철도 책 읽기에 좋은 공간입니다. 물론 책 읽기에 몰입하는 과정이 필요하지만, 익숙해지면 책을 꺼내 들자마자 바로 책 속에 풍덩 빠질 수 있습니다.

저자가 나름의 경험을 통하여 정리한 인내심을 가져라, 이정표를 찾아라, 작가의 기본 사상을 발견하라 등 '열네 가지의 느리게 읽기의 규칙'들은 독자의 상상력에 날개를 달아 작품뿐만 아니라 자기 스스로를 깨달을 수 있도록 할 것입니다. 그 가운데 '인내심을 가져라'를 첫 번째 규칙으로 내세운 것에 전적으로 공감합니다. 책을 읽는 데 인내심이 필요한 이유도 다양합니다. 우선은 프루스트의 『잃어버린 시간을 찾아서』나 박경리의 『토지』와 같은 대하소설의 경우처럼 방대한 분량에 우선 압도되거나, 카프카처럼 난해한 작가의 작품을 읽을 때입니다. 제 경우는 책을 들었다가 끝을 보지 못하고 던져둔 유일한 책이 카프카의 『변신』이었습니다. 조만간 다시 도전해 보려고 가까이 두고 있습니다. 저자는 책을 읽다가 난해한 부분을 만나면 주눅 들지 말고, 좀 더 고민할 것인가 그냥 넘어갈 것인가를 파악할 필요가 있다고 권합니다.

의학서적을 읽다 보면 앞에 총론에 해당되는 부분이 있고, 개별 분야를 다룬 각론이 이어집니다. 이 책에서도 총론 부분에서는 책을 느리게 읽어야 하는 이유와 느리게 읽기의 규칙을 설명하고, 이어서 사례를 들어서 그 규칙을 활용하는 방법을 안내하는 각론 부분이 이어집니다. 제가 특히 어려워하는 시와 단편소설을 어떻게 읽는가 하는 방법을 체득하는 데 실질적인 도움이 될 것으로 기대된다는 말씀을 끝으로 독후감을 마무리하고자 합니다. 총론도 마찬가지겠습니다만, 각론 역시 읽는 이마다 다르게 해석할 수 있기 때문입니다. (라포르시안 2014년 3월 17일)

8

나를 바꾸는 글쓰기

(송준호, 살림출판사)

세상의 중심으로 나를 이끄는 글쓰기

책을 읽고, 그 느낌을 쓰는 일을 하다 보니 자연스럽게 주변에 계신 분들에게도 책 읽기와 글쓰기를 권하게 됩니다. 책을 읽을 시간을 내기가 쉽지 않다고 답변하시는 분에게는 책 읽는 시간을 따로 낼 필요 없이 그저 자투리 시간에 책을 붙들어 보시라고 합니다. 그러다 보면 머지않아 늘 책을 들고 있는 자신을 발견하게 될 것이라고 말씀드립니다. 그리고 책을 꽤 읽으시는 분들 가운데 느낌을 글로 표현하는 일이 쉽지 않다는 말씀을 하시는 경우가 많습니다. 그럴 때는 한 줄이라도 좋으니 일단 책을 읽고 얻은 느낌을 적어보라고 말씀드립니다. 사실 저 역시 고등학교를 졸업하고부터는 독후감을 적어본 적이 없습니다. 그런데 누리사랑방을 만들면서 책을 읽은 느낌을 글로 남기려 노력하게 되었습니다. 처음 적은 독후감은 원고지 3매 정도에 불과하였습니다만, 이내 12매로 늘어나게 되고, 〈라포르시안〉에 연재를 시작하는 독후감의 경우는 원고지 40매 정도를 매주 썼습니다.

전자우편을 통하여 혹은 누리사랑방, 트위터, 페이스북 등에 짧은 글을 써 올리는 분들이 적지 않은 요즈음입니다. 그런 곳에서 활발하게 글쓰기를 하시면서도 스스로는 글을 잘 쓰지 못한다고 생각하는 분들이 의외로 많습니다. 전자매체를 통하여 써 올리는 글도 새로운 형식의 글쓰기라고 할 수 있습니다. 북소리를 읽으시는 독자 중에도 글쓰기에 부담을 가진 분들이 계실 것 같아, 송준호의『나를 바꾸는 글쓰기』를 소개합니다. 소설가인 송준호는 대학에서 '소설창작'과 '글쓰기 지도법'을 강의하고 있고,『좋은 문장, 나쁜 문장』등 글쓰기와 관련된 여러 권의 저서를 냈습니다. 저는 요즘도 가끔 손편지를 주고받기도 합니다만, 편지를 써본 기억이 가물거리는 분들이 많을 것입니다. 예전에는 가슴을 두근거리면서 편지를 써서 사랑하는 사람에게 보내고 답장을 기다리는 낭만이 있었습니다. 물론 그때도 필력이 달리는 젊은이는 글 잘 쓰는 친구에게 부탁하는 경우도 없지는 않았습니다. 편지 쓰기는 좋은 글쓰기 훈련이었습니다.

　사람들은 전자우편이 손 편지를 대신하게 되면서 전하고 싶은 내용만 간략하게 요약합니다. 그리고 전자우편을 포함한 누리망 매체의 글을 읽을 때 F 양상으로 글을 읽는 사람들이 많아졌습니다. 이런 경향을 데이비드 미킥스의『느리게 읽기』에서 소개해 드린 바 있습니다. 그렇다면 누리망 매체의 특성에 맞게 글을 쓸 필요가 있습니다. 하지만 복잡하고 한계가 없다는 전자매체의 특성상 전통방식의 글쓰기보다 더 신경을 써야 한다는 점을 반드시 기억하셔야 합니다. 전자매체에 글을 쓸 때 '출처를 정확히 표기하자'와 '그 일을 한결같이 하자'는 두 가지를 반드시 기억해야 한다고『디지털 시대의 글쓰기』의 저자 이강룡은 강조한 바 있습니다.

　『나를 바꾸는 글쓰기』로 돌아가 보겠습니다. 저자는 글쓰기와 관련된 네 가지의 질문에 대한 나름대로의 답을 정리해 두었습니다. 먼저 '왜 써야 하는가?'라는 질문에는 '글쓰기가 사람을 만든다.'라고 답하였습니다. 텅 빈 백지상태로 태어난 인간은 살아가면서 부딪히는 다양한 육체적, 정신적 경험을 통하여 자신을 가다듬고 키워갑니다. 그런데 자신의 내면을 다듬어 키우는 방식으로는 '글쓰기'만 한 것은 없습니다. 왜 그러냐고요? 대체적으로 잘 쓰는 사람들을 보면, 독서량이 풍부한 경우가 많습니다. 즉, 독서를 통하여 타인의 경험을 간접적으로 자신의 것으로 만들 수 있고, 또 다른 사람의 글 쓰는 방식을 배울 수 있습니다. 글 쓰는 사람은 늘 쓸거리를 찾아 주변을 세밀하게 관찰하는 버릇이 있습니다. 다양한 독서를 통하여 대상의 가치를 주관적이고 독창적으로 판단할 수 있는 능력을 갖추게 될 뿐만 아니라, 이견이 대립하는 상황에서는 객관적이고 중립적인 판단이 가능하게 됩니다.

글재주가 신통치 않다고 지레 포기하는 분들이 많습니다. 저자는 '안 쓰고 못 쓰면 나만 손해다.'라고 잘라 말합니다. 생각해 보면 태어날 때부터 글을 잘 쓰는 사람이 어디 있겠습니까? 그렇죠. 글솜씨도 갈고 닦는 대로 늘고 빛나게 되는 것입니다. 글쓰기에는 왕도가 없습니다. 들어보셨을 것 같습니다만, 북송(北宋)의 문인 구양수(歐陽脩)는 다독(多讀), 다작(多作), 다상량(多商量)의 세 가지 묶음이 좋은 글을 쓰는 핵심이라고 하였습니다. 많이 읽고, 많이 쓰고 그리고 많이 생각하라는 것입니다. 저자가 권하는 '행복한 글쓰기'는 "눈에 보이는 것이면 무엇이든 자세히 관찰하고, 그 대상에 자신만의 생각을 불어넣자. 그리고 다양하게 상상해 보는 습관을 갖자. 그러면 나도 쓸 수 있다.(44쪽)"라는 것입니다.

'무엇을 쓸 것인가?'라는 질문에 대한 저자의 답은 '쓸거리는 어느 곳에든 있다.'입니다. 글감은 바로 당신의 곁에 있다는 저자의 이야기를 읽으면서 파랑새에 관한 이야기를 생각합니다. 모리스 마테를링크가 쓴 6막 10장의 희곡 『파랑새(L'Oiseau bleu)』는 1908년 9월 30일 콘스탄틴 스타니슬랍스키가 모스크바 예술극장에서 초연한 이래 수많은 영화와 소설로 제작되었습니다. 틸틸(Tyltyl)과 미틸(Mytyl) 남매가 꿈속에서 요정과 함께 파랑새를 찾으러 추억의 나라와 미래의 나라 등으로 여행을 하지만 파랑새를 찾지 못했습니다. 그런데 정작 파랑새는 자기네 집의 새장 안에 있었다는 것을 깨닫게 된다는 내용입니다. 즉 '행복은 손이 미치지 않는 먼 곳에 있는 것이 아니라 우리들 가까이에 있다.'라고 말하는 몽상극(夢想劇)입니다.

그렇습니다. 행복은 마음먹기에 달려 있는 것입니다. 글쓰기에서 당신을 행복하게 만들어줄 글감은 바로 당신의 곁에서 찾을 수 있습니다. 다만 그것을 찾아내는 안목을 길러야 합니다. 바로 누구나 쓸모없다고 생각하는 연탄재를 글감으로 놀라운 시를 뽑아 올린 안도현 시인처럼 말입니다. 저자가 인용하고 있는 안도현 시인의 「너에게 묻는다」라는 제목의 시("연탄재 함부로 발로 차지 마라 / 너는 / 누구에게 한번이라도 뜨거운 사람이었느냐")를 읽으면 저절로 가슴이 뜨거워지는 것을 느낄 수 있습니다.

'어떻게 쓸 것인가?'라는 질문에는 '읽는 맛이 나야 글이다.'라고 합니다. 이 부분을 읽으면서 김용택 시인께서 제게 해주셨던 말씀이 생각났습니다. 어렸을 적에 4형제들 가운데 유독 심부름을 저에게만 시키시던 어머니께서 언제 그랬냐고 하시더라는 내용을 담은 저의 글을 읽으신 김 시인께서는 먼저 잘 쓴 글이라고 칭찬을 해주셨습니다. 다만 사건을 구체적으로 서술해야 재미가 있는데 그런 점이 아쉽다고 하셨습니다. 그때는 제가 글쓰기를 중도 포기할까 봐 용기를 북돋워 주시려는 배려에서 하신 말씀이겠거니 싶었습니다. 역시 읽는 맛이 나야 글이라는 저자의 말씀을 듣고서 제가 쓴 글을 다시 읽어보아도 아주 건조하고 사무적인 느낌이 들더라는 것입니다. 글은 일단 읽는 맛이 나야 하고, 재미가 있어야 하는 것 맞습니다.

'재미만 있으면 될까?' 하는 궁금증이 생길 수도 있습니다. 저자의 비유대로 음정과 박자가 노래의 기본이듯이 글의 기본은 단어와 문장인데, 음정과 박자를 제대로 맞춰서 노래를 불러야 들어줄 만합니다. 좋은 글 역시 단어와 문장을 올바르게 구사할 줄 알아야 하는 것은 기본입니다. 요즘에는 무른모 '한글'이 좋아서 맞춤법에 어긋나는 부분을 바로잡아 줍니다. 그래도 다른 사람의 글을 읽을 때 단어의 용례와 맞춤법 등에 관심을 기울여 익히는 것이 옳은 글쓰기에 많은 도움이 됩니다. 저자는 다양한 용례를 인용하면서 첨삭지도 하듯 좋은 글을 쓰는 요령을 설명하고 다음과 같이 요약하였습니다. "문장의 골격인 주어와 서술어를 올바르게 호응시키고, 우리말 고유의 특성을 살린 문장을 쓰는 것, 그리고 단어와 구절을 제대로 연결하되 가급적 짧게 끊어서 뜻을 정확하게 전달할 수 있도록 문장을 구사하는 것이야말로 글의 혈관을 시원하게 뚫는 길인 것이다.(171쪽)"

다음은 글솜씨를 향상시키는 방법에 관한 이야기입니다. 결정적 한 방은 바로, '당신의 상상력이 필력을 결정한다'는 사실입니다. 저자는 수학여행을 다녀온 학생들에게 각자 보고 느낀 점을 적어보라고 했습니다. 결과는 스무 장도 넘게 써온 학생(가)이 있는가 하면 한 장도 채우지 못한 학생(나)이 있더라고 했습니다. 저자는 두 사람의 어떤 점이 이런 차이를 가져왔는지 비교해 보여주고 있습니다. 글쓰기에 관심이 있는 분들에게 큰 깨달음을 주는 대목입니다.

그대로 인용하기에 부담스러운 분량이라서 요약을 해보면, '가' 학생은 여행을 앞두고 누리망을 검색하여 중요한 점을 미리 정리해 두었고, 여행하면서 인상적인 장면을 휴대전화에 담고, 그날 보고 들은 내용을 간략하게 요약해 두었습니다. 반면, '나' 학생은 출발에 앞서 들떠 있는 바람에 별 준비가 없었고, 여행지에서도 인상적인 장면을 배경으로 사진 찍기에 열을 올렸으며, 저녁에는 선생님 모르게 친구들과 어울려 술을 마시면서 흥겨운 시간을 보냈기 때문에 별로 기억에 남을 일이 없었던 것입니다.

저는 요즈음 지난해에 다녀온 호주와 뉴질랜드 여행기를 쓰고 있습니다. 여행은 오래전부터 치밀하게 준비하여 모든 것을 검토하고 챙기는 것이 중요합니다. 현지에서는 미리 공부한 내용을 확인하고 온전하게 느끼도록 하며, 느낀 점은 바로 정리해 두어야 합니다. 결국 좋은 여행은 좋은 준비에서 비롯되는 것입니다. 여행지에서의 느낌을 적을 때는 자신의 상상을 보태는 것도 좋겠고, 책에서 읽은 좋은 대목을 인용하여 비유해 보는 것도 좋겠습니다.

앞서 전자시대의 글쓰기 요령을 이야기하면서 '정확한 출처 표기'의 중요성을 재삼 강조한 것은 글에서 진실성이 담겨야 하기 때문입니다. 앞뒤가 서로 맞지 않는 글을 읽는 독자는 이내 관심이 시들어지기 마련입니다. 그럼에도 불구하고 저자는 허구를 실제인 양, 짜 맞추는 기술도 필요하다는 역설을 내놓고 있어 공감하기가 쉽지 않았습니다. '모든 글을 허구다.(212쪽)'라고 전제하면서 실제로 벌어질 수 없는 이야기를 잘 꾸며 쓰라는 이야기가 아니라, 자신이 직접 겪지 못한 일이거나 사실과 다른 이야기라도 읽는 이가 납득할 수 있도록 그럴싸하게 꾸밀 줄 알아야 한다는 것입니다. 물론 읽는 이에게 분명한 의미를 전달하기 위해서라고 강변할 수도 있겠지만, 사실에 입각해서 적는 것이 옳지 않을까 싶습니다.

'무엇을 할 것인가?'라는 마지막 질문에 대하여 저자는 '글쓰기, 이제 시작하자.'라고 권유합니다. 대부분의 사람들은 초등학교에 다닐 때, 숙제로 일기를 써본 기억이 있을 것입니다. 아니면 적어도 방학일기라도 말입니다. 저는 학교에는 제출하지 않았습니다만, 중학교 2학년 무렵 시작한 일기 쓰기를 대학시절 예과를 마칠 무렵까지 꾸준하게 썼습니다. 어쩌면 저의 글쓰기에 밑거름이 되었을 일기 쓰기였는데, 결혼하고서 장롱 속에 간직해 둔 그 일기들을 읽다가 어찌나 치졸해 보였던지 내다 버리고 말았습니다. 하지만 지금 생각해 보면 잘한 짓 같아 보이지는 않습니다.

마무리하겠습니다. 저자는 "글을 쓴다고 누구나 이름을 남길 수 있는 것은 아니다. 하지만 글쓰기는 적어도 우리를 각자의 삶을 충실히, 그야말로 사람답게 살아가게는 해준다."라고 적었습니다. 즉, 글쓰기는 나를 세상의 중심으로 이끄는 힘이라는 것입니다. 그러니 지금 시작하십시오. 글쓰기를…. (라포르시안 2014년 3월 24일)

9

거짓의 미술관

———

(랄프 이자우, 비룡소)

'잠든 헤르마프로디테'와 복제인간의 복수

환상소설에 빠져 있으면 계절이 바뀌는 것도 깨닫지 못합니다. 2014년 여름에는 독일 환상문학을 이끌던 랄프 이자우의 작품을 몇 편 읽었습니다. 랄프 이자우는 『양기화의 BOOK소리』에서 소개한 『잃어버린 기억의 박물관』으로 처음 만났습니다. 『모모』의 작가 미하엘 엔데가 자신의 후계자로 지목한 랄프 이자우의 작품입니다. 랄프 이자우는 1992년 딸을 위하여 썼다는 『용 게르트루트(Der Drache Gertrud)』로 등단하였습니다. 그는 자신의 작품세계를 '판타곤'이라고 표현하는데, 이는 환상, 상상을 의미하는 판타지(Phantasie)와 다각형을 뜻하는 수학적 어미, -타곤(-tagon)을 조합한 단어입니다. 판타곤은 환상을 근간으로 하여 여러 문학 형태와 장르가 복합적으로 녹아 있는 것을 의미한다는 것입니다.

『거짓의 미술관』은 유명미술관이 소장하고 있는 예술작품의 도난사건과 살인을 다루는 추리소설입니다. 그리스신화를 인용하는 수준에 머물러 환상적 요소는 두드러지지 않습니다. 다만 예술작품이 이야기의 주제를 풀어가는 중심이 된다는 점에서 독특하면서도 아주 매력적인 조합입니다. 여기에 더하여 진화론과 지적설계론의 대치상황을 곁들인 점도 이야기의 전개를 촘촘하면서도 매끄럽게 하는 맛이 있습니다. 『잃어버린 기억의 박물관』에서는 제2차 세계대전 기간 중에 독일이 저지른 끔찍한 일들을 결코 잊어서는 안 될 것이라는 교훈을 담았던 것처럼 그의 작품들은 단순한 읽을거리에 머물지 않습니다. 『거짓의 미술관』 역시 인간복제라는 의학적 기술에 대한 윤리적 문제를 경고합니다.

추리소설의 독후감 쓰기가 어려운 점은 줄거리를 어디까지 소개할 것인가 입니다. 개인적으로는 출판사에서 요약한 수준까지는 무난할 것으로 생각합니다. 출판사의 책 소개에 나오는 줄거리를 요약하면 이렇습니다. 이야기는 파리의 루브르 미술관이 소장하고 있는 조각상 「잠든 헤르마프로디테」가 침입자에 의하여 폭발, 파괴되면서 시작됩니다. 이어서 런던의 테이트 모던 미술관에 소장되어 있던 르네 마그리트의 「경솔한 수면자(The Reckless Sleeper)」가 도난당하고, 그다음엔 오스트리아 빈의 예술사 박물관의 루카스 크라나흐의 「에덴 낙원」이 감쪽같이 사라집니다. 예술품이 사라진 현장에는 어김없이 르네 마그리트의 「경솔한 수면자」에 그려진 물건들이 하나씩 놓여 있습니다. 거울, 붉은색 담요, 황금 사과…. 그리고 미술관들이 도난당한 작품들은 모두 '아트케어'라는 보험회사와 계약했다는 공통점이 있습니다.

수수께끼 같은 예술품 파괴 혹은 도난사건의 실마리를 풀어줄 주인공 알렉스 다니엘스는 꽤나 요란스럽게 등장합니다. 스물다섯 살 된 과학기자 알렉스는 옥스퍼드의 유서 깊은 대학에서 수여하는 올해의 '지적 설계 진흥상(Intelligent Design Encouragement Award)', 약어로는 이데아(IDEA)상을 받게 됩니다. 이 상은 열한 명으로 구성된 '비평적 과학자 협회'의 심사위원단이 수상자를 결정합니다. 수상자는 지적 설계 사상을 선입견 없이 받아들일 수 있도록 하는 데 기여한 출간물의 저자들 중에서 선정합니다. 저자의 설명에 따르면 "생명체가 고등한 것으로 지속적인 발전을 한다는 다윈의 사상이 과학적 사실이라고 주장하는 진화론 추종자들과는 반대로, '지적설계론' 옹호자들은 모든 생명의 복잡성 뒤에 존재하는 창조적 지성에 대한 증거를 찾고 있다.(『거짓의 미술관』 1권, 38쪽)"라고 합니다. 창조과학에서 지적설계론에 이르기까지 종교적 배경을 가지고 있는 것으로 알고 있습니다. 하지만 주인공 알렉스가 종교적 배경에서 지적설계론에 공감하지 않는 것으로 드러납니다. 그런 알렉스가 수상 직후에 루브르 미술관 사건의 유력한 용의자로 체포됩니다.

또 다른 주인공은 아트케어의 보험수사관 다윈 매트 쇼우입니다. 사건을 조사하기 위하여 오스트리아로 향하는 비행기에서 다윈은 인간복제에 관한 기사에 주목합니다. 2000년 12월 영국하원은 인공수정법을 개혁하여 '치료용 복제'를 합법화했다는 내용입니다. 황우석 사건으로 우리들에게도 친숙해진 바 있는 체세포를 이용하여 배아줄기세포를 얻는 방법입니다. 즉, 실험실에서 인간의 난자로부터 세포핵을 제거하고 다른 사람의 일반 체세포의 핵을 이식합니다. 그리고 전기자극을 가하면 마치 수정란처럼 세포분열을 시작하여 세포 덩어리를 만들게 됩니다. 여기에서 배아줄기세포를 추출합니다. 이렇게 얻은 배아줄기세포를 목적에 맞는 특수세포로 발전시켜 환자에게 이식하는 것이 줄기세포 요법입니다. 기사는 인간배아청이 2004년 8월 뉴캐슬 대학교 생명센터 연구팀에게 인간 배아의 복제를 허가했다고 전합니다. 치료용 복제가 일상적으로 시행되고 있으며 유전자 특허를 두고 치열한 경쟁이 벌어지고 있다는 사실을 소개합니다. 이어서 영국이 인간유전학에서 선도적 위치를 차지하기 위하여 인간복제기술을 통하여 세포 덩어리 단계를 넘어 완벽한 인간으로 성장하도록 허락할 것인가를 결정할 예정이라는 내용입니다.

지적설계론 옹호자인 알렉스와 진화론 신봉자는 아닌 다윈의 관계는 일종의 저자의 현학적 장치에 불과합니다. 사실 알렉스가 내세운 지적설계론이라는 장치는 이 사건의 바탕이 되고 있는 인간복제에 대한 저자의 경고가 구체적임을 보여주기 위한 장치일 수도 있습니다. 이 작품에서 다루고 있는 뜨거운 감자, 인간복제는 사건의 기둥이 되기도 합니다. 그리고 알렉스가 주장하는 현생인류를 이을 신인류가 다윈의 진화론이 아닌 과학자에 의하여 설계된 유전자조작으로 탄생할 수도 있음을 암시합니다. 하지만 실험실에서 신인류가 탄생할 수도 있다는 가정은 과학자들의 오만함에 기인하는 것은 아닐까요? 인간복제를 단순히 치료용으로 발전시킨다는 내용을 담은 영화 「아일랜드」나 불완전한 기술로 인간의 유전자와 동물의 유전자를 섞어 만들어낸 공생체(chimera)가 등장하는 영화 「닥터 모로의 DNA」는 생각조차 끔찍했습니다. 『거짓의 미술관』은 인간복제라는 기술로 탄생한 인간들의 모습을 새긴 조각 작품을 모아둔 곳입니다. 결국은 이들의 탄생을 주도한 인물과 함께 사라지는 운명입니다.

다카노 가즈아키는 『제노사이드』에서 신인류의 등장을 막으려는 미국 정부의 음모를 다루었습니다. "콩고 민주 공화국 동부의 열대우림에 신종 생물 출현. 이 생물이 번식하게 될 경우, 미국 국가 안전 보장에 중대한 위협이 될 뿐만 아니라 전 인류 멸망이라는 위험으로 번질 가능성이 있다."라는 내용을 담은 정보 보고로 이야기를 시작합니다. 현생인류의 멸망을 우려한 데서 시작한 일입니다. 하지만 고인류인 네안데르탈인과 공존하였던 크로마뇽인의 삶을 추적한 『크로마뇽』을 읽으면 이해의 폭을 넓힐 수도 있습니다. 『양기화의 BOOK소리』에서 소개한 책들입니다.

『거짓의 미술관』에서 인간복제를 통하여 탄생하게 되는 신인류의 모형은 그리스신화에 뿌리를 두고 있는 헤르마프로디테입니다. 여기에서 이야기하는 헤르마프로디테는 남성과 여성의 외부적 특징은 물론 유전적 특징도 완벽하게 공유하는 간성(間性)을 의미합니다. 헤르마프로디테가 현생인류를 이을 신인류가 될 것이라는 생각은 제프리 유제니디스의 『미들섹스』에서 얻은 듯합니다. "우리가 다음번에 오게 될 바로 그 사람들이기 때문이야."라고 조라가 말하는 대목이 있습니다. 남성과 여성으로 나뉘어 있는 세상이 갈등을 빚는 결정적 요인이라고 생각한 어떤 과학자가 남성과 여성이 공존하는 세상에서는 갈등도 사라질 것이라고 생각합니다. 그리하여 유전자조작과 인간복제를 통하여 똑같은 모습을 한 인간을 대량으로 만들어낸 결과가 『거짓의 미술관』의 이야기로 탄생한 것입니다. 그 과학자가 바로 예술작품 도난사건의 핵심이 되는 '경솔한 수면자'가 되는 것이고, 그 경솔한 수면자에게 책임을 묻기로 결심한 '두뇌'가 사건을 통하여 드러나는 복제인간들을 제거하면서 최종적으로는 경솔한 수면자와 대면하게 됩니다.

팬타곤이라고 부르는 저자 작품의 특징을 『거짓의 미술관』에서 찾아보면 헤르마프로디테에 관한 뿌리를 찾아가는 신화학, 알렉스와 다윈의 첫 만남을 장식하는 진화론과 지적설계론의 이론적 대립을 설명하는 진화생물학, 인간복제를 통하여 헤르마프로디테를 창조해 낸 생물학, 이들을 창조해 낸 '경솔한 수면자'를 시작으로 일곱 개의 예술작품의 의미를 연결하는 미학, 또한 르네 마그리트의 그림에 나타나는 그림문자(pictogram), 꿈의 상징으로 확대하는 프로이트 심리학 등이 있습니다.

첫 번째 등장하는 작품은 파리 루브르 미술관이 소장하고 있는 「잠자고 있는 헤르마프로디테(Sleeping Hermaphrodite)」입니다. 기원전 160년 에트루리아 조각품인데, 이탈리아 바로크시대 조각가인 베르니니(Bernini, 1598~1680)가 대리석으로 만든 매트 위에 엎드려 있는 모습으로 전시되고 있습니다.

두 번째 사라지는 작품은 런던 테이트 모던 미술관이 소장하고 있는 르네 마그리트의 「경솔한 수면자」입니다. 랄프 이자우는 이 작품에 등장하는 일곱 가지의 상징물, 즉 수면자가 덮고 있는 붉은 이불, 거울, 황금 사과, 비둘기, 양초, 리본, 모자가 범행의 대상이 될 작품을 예고하는 상징으로 사용하였습니다. 상징물이 왜 일곱인가를 창세기를 인용하여 설명합니다. 여섯 날 동안 세상을 창조하신 하느님께서는 일곱째 날 쉬었습니다. 르네 마그리트의 「경솔한 수면자」가 이야기의 중심에 오는 이유입니다.

세 번째 사라지는 작품은 빈 예술사 박물관이 소장하고 있는 루카스 크라나흐의 「에덴 낙원」입니다. 그리고 네 번째 작품은 런던 트라팔가 광장에 있는 국립미술관이 소장하고 있는 페테르 파울 루벤스의 「파리스의 심판」입니다. 불화(不和)의 여신 에리스(Eris)가 던져놓고 간 황금 사과(불화의 사과: The Apple of Discord)에 적혀 있는 '가장 아름다운 여신에게(To the Fairest)'라는 문구대로 황금 사과의 주인을 찾는 장면을 담은 그림입니다. 아프로디테는 이 세상에서 가장 아름다운 여자를 아내로 삼게 해준다고 파리스를 꼬여 황금 사과를 차지합니다. 결국은 트로이전쟁의 빌미가 되었습니다.

다섯 번째 작품은 뮌헨의 알테 피나코테그가 소장하고 있는 이탈리아 화가 피에로 디 코지모의 「프로메테우스 신화」입니다. 이 작품은 프로메테우스가 흙으로 만든 인간에게 불을 통해 생명을 주기에 이르는 과정을 설명합니다. '두뇌'는 신의 불을 훔친 프로메테우스의 행위가 기술 남용과 인류의 타락한 문화의 상징으로 이해하려 했을 것으로 알렉스는 추정합니다.

여섯 번째 작품은 네덜란드 오테를로에 있는 호헤 벨루베 국립공원 미술관이 소장하고 있는 헨드릭 반 클레버의 「바벨탑 건설」입니다. 바벨탑은 신의 명령을 따라 흩어져 살던 사람들을 한 장소로 모으려는 목적으로 건설하던 중이었습니다. 인간의 도전에 분노한 신은 바벨탑을 무너뜨리고 탑을 짓던 이들이 서로 다른 언어를 사용하게 하는 벌을 내렸습니다. 결국은 세상이 신의 뜻대로 움직이게 되었다는 의미입니다. 신의 영역에 도전하려는 인간의 오만함의 상징인 인간복제를 부정하는 교훈인 셈입니다.

마지막 일곱 번째 작품은 피렌체 아카데미아 미술관이 소장하고 있는 미켈란젤로의 조각 작품 「다비드」입니다. 경솔한 수면자가 마지막 계획으로 「다비드」를 선택한 이유를 알렉스는 이렇게 추정합니다. 오늘날 발전한 과학과 기술 덕분에 우리는 '사람의 손으로 만든 완벽함은 없다'는 사실을 잊고 있지만, 우리가 만든 것들은 미켈란젤로의 「다비드」만큼이나 연약하다는 것입니다. 그 약점을 인정해야 우리는 이 행성 위에서 계속 살 수 있다는 것입니다.

'두뇌'의 마지막 계획이 「다비드」를 폭파하는 것으로 예상한 알렉스와 다윈 그리고 아트케어와 이탈리아 정부는 과연 「다비드」를 지켜낼 수 있을까요? 그리고 다윈이 발견한 「경솔한 수면자」에서 아직까지 의미를 두지 않았던 어두운 하늘, 똑바로 서 있는 비석, 그리고 나무상자의 의미는 무엇일까요? (라포르시안 2014년 8월 19일)

10

차마 울지 못한 당신을 위하여

(안 앙설렝 등, 민음인)

충분히 애도하라, 그리고 삶은 계속된다…

이 책을 읽을 무렵 돌아가신 어머니의 49재를 모셨습니다. 발인하는 날이나 삼우제를 치르는 날은 물론 49재를 모실 때도 한바탕 비가 내렸습니다. 생전에 정리하지 못하신 무엇이 남아 있었던 것은 아닐까요? 제의를 주관하는 스님께서는 눈물을 흘리거나 곡을 하지 말라고 하셨습니다. 그래서인지 가슴 속에 참고 있는 자식들의 슬픔을 하늘이 대신 나타내주신 것 같았습니다. 선친께서 돌아가셨을 때도 제의를 주관하신 스님으로부터 유족들이 지나치게 슬퍼하면 영가께서 발걸음을 옮기지 못한다는 말씀을 들었던 기억이 있습니다.

이와 같은 불교의 제의는 근세 중국 불교의 영향을 받은 것으로 보입니다. 연종(蓮宗)의 인광대사(1862~1940)는 「임종삼대요(臨終三大要)」에서 '절대로 임종인을 다른 곳으로 옮기거나 움직이지 말고 또한 곡(哭)을 하지 말며 일을 그르치지 않도록 할 것'이라 했습니다. 그리고 남산율종(南山律宗)의 홍일대사(1880~1942)는 「인생의 최후」에서 '임종 전후에 가족들은 곡을 하여서는 아니 된다. 곡하는 것이 무슨 이익이 있겠는가. 조념염불에 전력을 다하는 것이 망인에게 실익이 될 뿐이다.'라고 하였습니다.

불교의 이런 입장을 타이완대학의 첸시치(陳錫琦) 교수는 이렇게 설명합니다. "헤어지고 죽음은 고통스러운 것이다. 남겨진 가족들도 도움이 필요하다.

(…) 먼저, 잠시 비통함을 참도록 인도한다. 떠날 사람 앞에서 지나친 슬픔을 표현하면 미련 때문에 편하게 최후를 맞을 수 없기 때문이다. 이어 사후 8시간까지는 시체를 만지지 않도록 인도한다. 청정한 환경을 유지하여 죽은 사람을 어지럽히지 않고 바른 생각을 유지할 수 있도록 한다.(임기운 등 지음, 『죽음학』, 153쪽)" 불교의 이런 관념은 살아남은 사람에 대한 배려보다 죽은 이의 극락왕생에 초점을 맞추고 있는 것 같습니다.

우리네 장례습속에는 장례는 물론 삼년상에 이르기까지, 망인에 대한 지극한 애달픔을 호곡(號哭)으로 표현하였습니다. 심지어는 곡비(哭婢)로 하여금 크게 울도록 했다고도 합니다. 일부러 남에게 보여주기 위한 것입니다. 하지만 극적으로 조성된 장례식장의 분위기를 통하여 살아남은 사람들의 죄의식이나 망자를 애도하는 슬픈 감정이 녹아내리는 효과도 있었을 것입니다. 상실에 관한 연구로 우리에게 잘 알려진 엘리자베스 퀴블로 로스는 『상실수업』에서 '왜 애도해야 하는가?'라는 질문에 대하여 두 가지 이유를 들었습니다. 첫째로 잘 애도하는 사람이 잘 살 수 있으며, 둘째로 슬픔은 마음과 영혼 그리고 정신의 치유과정이라는 것입니다. 살아남은 자들의 삶이 중요하다는 생각이겠지요.

사랑하는 이를 잃게 된 사람이 보이는 반응은 부정, 분노, 타협, 절망 그리고 수용의 다섯 단계를 거친다고 합니다. 퀴블러 로스가 제안한 이 다섯 단계는 상실과 함께 삶 속에서 배우게 될 것을 모아놓은 하나의 틀입니다. 이것들은 상실로 느끼게 되는 감정들을 선명하게 구별해 주는 도구입니다. 하지만 각 단계가 순서대로 지나쳐야 하는 슬픔의 정거장은 아니라고 했습니다. 즉 다섯 단계를 전부 겪거나 정해진 순서가 있는 것은 아니라는 것이며, 부정에서 수용에 이르기까지의 기간도 사람에 따라 다르다는 것입니다.

49재를 마쳐서 공식적으로는 어머님과 작별을 한 셈이었습니다. 하지만 그 뒤로도 갑자기 눈시울이 뜨거워지면서 가슴에 먹먹한 느낌이 자리하곤 했습니다. 그래서 프랑스의 심리학자 안 앙설렝 슈창베르제와 에블린 비손 죄프루아가 같이 쓴 『차마 울지 못한 당신을 위하여』를 읽었던 것입니다. 저자들은 모두 젊은 나이에 사랑하는 가족을 잃는 아픔을 겪었습니다. 전혀 준비되지 않은 상황에서의 이별이었기에 겉으로 표현하지 못한 고통을 가슴에 품고 오랫동안 '살아오는' 실수를 했기에 그러한 잘못을 되풀이하지 않기 위하여 노력해 왔다고 합니다.

저자들은 '상을 당한 사람을 위한 치유 의식'을 이렇게 요약하였습니다. "충분히 애도하고 난 후에야 고인은 우리 마음속에 살아 있게 된다. 하지만 슬픔이 우리를 파괴하지 않도록 스스로를 잘 보살펴야 한다.(17쪽)" 사랑하는 사람과 이별을 하게 되면 심리적으로 약해지기 마련입니다. 그래서 때로는 술을 지나치게 많이 마시거나, 위험한 행동을 해서 상처를 입는 등, 자기 파괴적인 행동을 할 수도 있습니다. 집중이 되지 않고 불안하고 잠을 제대로 잘 수 없기도 합니다. 그렇기 때문에 이런 사람을 홀로 내버려 두지 않는 것도 매우 중요합니다. 하지만 우리는 장례식에 가서 위로의 말을 건네는 것만으로 할 도리를 다했다고 생각하는 경우가 대부분입니다.

이별의 순간에 했어야 했던 일을 하지 못하고 후회하는 사람들이 많습니다. 키우던 강아지가 죽었을 때 비탄에 빠진 남자가 있습니다. 그 남자는 형과 아버지가 돌아가셨을 때 마음껏 울지 못했던 것이 마음에 맺혀 있었습니다. 그래서 가족의 죽음과는 비교도 되지 않는 강아지의 죽음에서 폭발한 것이라고 설명합니다.

저자들은 사랑하는 사람의 죽음이 살아남은 사람들에게 미치는 영향을 설명하고 그로 인한 피해를 막기 위한 방법도 소개합니다. 사실 정신적 고통이 압박으로 작용하여 신체에 이상을 가져올 수 있습니다. 따라서 몸이 느끼는 고통을 인정하고 그것을 말로 표현함으로써 병으로 나타나는 것을 피할 수 있다는 것입니다. '생활 중에 겪는 정신적 압박의 자가진단표'를 이용하여 몸이 알리는 위험을 감지하고 정신적 압박을 관리하는 조처를 취할 것을 권합니다. 특히 자신을 사랑하라고 합니다. 그 이유는, "우리의 삶이 끝나는 날까지 언제나 우리와 함께 있을 것이 확실한 단 한 사람은 다른 그 누구도 아닌 바로 자신"이기 때문입니다. 늘 자신을 돌보고 에너지가 넘치도록 하면 우리는 다른 사람에게 까지 도움을 줄 수 있습니다.

살인사건과 관련된 상실에서 뉴질랜드 마오리족의 특별한 애도작업이 관심을 끌었습니다. 2000년에 호주에서 일어난 사건입니다. 무장한 청년 3명이 즉석식품 식당에서 한 청년을 살해하고서 감옥에 갔습니다. 1년이 지났지만 죽은 청년의 어머니는 슬픔을 삭일 수 없었습니다. 죽은 청년의 여자 친구 역시 심한 우울증에 시달리고 있었습니다. 경찰은 범인들을 감옥에 보냈지만 범인들과 피해자 양쪽 모두에게 아무런 변화를 가져다주지 못했다는 사실을 파악하게 되었습니다. 그래서 마오리족의 전통방식을 따라 가해자와 피해자의 가족들이 참여하는 '참 정의(real justice)'라는 비공식적 협의회를 만들어 모였습니다.

피해자의 어머니는 죽은 아들을 화장한 재를 넣은 가방을 범인들의 무릎에 올려놓고 성탄 선물이라고 말했습니다. 그리고 "너희들은 어쩌면 감옥에 갇혀 있을지도 모르겠구나, 하지만 영원히 절망의 감옥에 갇혀서 아들 때문에 울고 있어야 하는 형벌을 받은 나에 비하면 그건 아무것도 아니야!(101쪽)"라고 외쳤습니다. 그제야 범인들은 자신들의 행동이 어떤 결과를 낳았는지 깨닫고 피해자의 어머니와 약혼녀에게 깊은 참회의 마음을 드러냈습니다. 그리고 6개월이 지난 후 청년의 어머니와 약혼녀는 예전의 모습으로 돌아갈 수 있었습니다.

우리 사회는 '처벌하느냐 처벌하지 않느냐'는 이원적 사고라는 제한적 견해를 가지고 있습니다. 그런데 마오리족의 방식은 '회복적 정의'라는 새로운 개념으로 발전해 온 것입니다. 즉, 나쁜 행동은 엄격하게 통제할 것을 권장하지만 사람을 통제하라고 권하지는 않습니다.

저자들은 다양한 형태로 애도를 피하는 사람들의 사례도 소개합니다. 이런 사람들이 존재하는 이유를 이렇게 설명합니다. "우리는 앞만 보며 달리고 성공하는 법만 배웠을 뿐 감정을 다스리고 깊은 슬픔에서 벗어나는 법은 배우지 못했다.(109쪽)"

애도를 거부하는 방식의 예를 들어보면 자신의 슬픔에 대하여 언급을 피하는 경우가 있습니다. 고통을 느끼지 않기 위하여 일부러 미친 듯이 일에 매달리는 사람도 이 범주에 속합니다. 그런가 하면 죽은 사람을 절대시하는 경우도 있습니다. 죽은 사람이 살아서 돌아오면 맞을 준비를 하는 것처럼 죽은 사람의 방과 물건에 절대로 손을 대지 않는 사람도 있습니다. 그리고 고인에 대한 기억을 생생하게 간직하려는 일념으로 일체의 애도작업을 거부하는 경우도 있습니다. "사람들은 시간이 모든 걸 해결해 준다고 말하지. 아니야, 시간은 아무것도 해결해 주지 않아. 나는 애도를 하고 싶지 않아. 그러다 아내를 잊으면 어떡하겠어.(117쪽)"라고 말하는 남자가 바로 여기 해당합니다.

그런가 하면 애써 슬픔을 달래는 사람도 있습니다. 저자들은 "(이혼한 경우나 작은 사고를 당하고 난 뒤에) 터무니없는 위자료를 요구하고, '작은 보상' 내지는 '자그마한 보답'이라며 스스로에게 금전적이고 물질적인 보상을 제공한다.(112쪽)"라는 사례를 인용했습니다.

국립타이완 사범대학교의 리페이이(李佩怡) 박사는 사별하고 남은 사람들이 슬픔을 조절하는 방법과 또 그들을 돕는 방법을 상세하게 설명하였습니다.(임기운 등 지음,『죽음학』, 251~270쪽) 먼저 육체적, 심리적 영역에서 건강한 일상생활을 유지할 수 있도록 스스로 노력하여야 합니다. 종교의 도움을 받거나 가족, 친지 혹은 전문가 등, 사회적 차원에서 도움을 얻는 방법도 있습니다.

이들을 돕는 데는 다음과 같은 기본 원칙을 지켜야 합니다. 첫째, 사별자가 자신의 상실을 현실로 받아들일 수 있도록 돕는다. 둘째, 사별자가 자신의 감정에 대해 이해하고 표출할 수 있도록 돕는다. 셋째, 고인이 없는 생활에 적응할 수 있도록 돕는다. 넷째, 사별자가 고인에 대해 정서적으로 재정립하도록 돕는다. 다섯째, 슬퍼할 시간을 준다. 여섯째, 정상적인 행동에 대해 이해해 준다.

일곱째, 개인적 차이를 인정한다. 여덟째, 지속적으로 지지를 제공한다. 아홉째, 당사자의 방어기제를 찾아 대응형식으로 바꾸어 준다. 열째, 복합적 비탄반응에 대해 이해하고 전문가를 소개해 준다.

『차마 울지 못한 당신을 위하여』의 저자들이 내놓은 해답은 바로 용서하는 일입니다. 용서한다고 해서 반드시 화해하라는 것도 아닙니다. 저자들이 제안하는 '용서'에는 다음과 같은 의미가 담겨 있습니다. "용서하는 것. 그것은 더 이상 분한 마음 때문에 고통받지 않는 것이다. 그것은 복수하고 싶은 욕망이나 증오심, 원한, 반감과 같은 마음이 내포하고 있는 부정적인 기운을 내려놓는 것이다. 이런 정신상태는 우리를 자유롭게 해주고 우리가 마음속에 지녔던 부정적인 기운을 상대방에게 돌려보낸다.(143~144쪽)" 그래서 용서는 아주 매혹적인 면을 가지고 있는 것 같습니다.

세상에 영원히 계속되는 것은 없습니다. 천년을 이어갈 것 같던 로마제국도 멸망했고, 그들이 남긴 찬란한 문화유산도 무너져 내리고 흩어지고 말았습니다. 상실로 인한 슬픔도 세월이 흐르면서 조금씩 엷어지면서 잊힐 것입니다. 그리고 진정한 애도가 끝나면 우리는 새로운 삶을 만나게 될 것입니다. (라포르시안 2014년 10월 6일)

지식생산의 글쓰기

(송창훈, 이담북스)

의대 교수가 전하는 '지식생산을 위한 글쓰기'

〈라포르시안〉에 주간으로 연재하던 [양기화의 Book소리]는 모두 5년 5개월을 이어갔습니다. 창간 기념호에 실릴 독후감 한 편을 청탁받았다가 주간연재로 확대하였던 것이 장수로 이어진 셈입니다. 개인적으로는 책 읽기의 내공이나 글솜씨 모두 부족한 점이 많다고 생각하면서도 성원을 보내주시는 독자 여러분들과 함께 조금씩 성장해 보겠다는 각오로 이어갔습니다. 그래서 나름대로는 책 읽기나 글쓰기에 관한 책을 두루 섭렵하게 되었습니다.

잘나가는 회사도 그만두고 도서관에 파묻혀 '목숨 걸고' 읽은 책이 3년 동안 9,000권에 달했다는 김병완의 『기적의 인문학 독서법』을 읽었습니다. '글을 배우려는 욕망이 독서의 문을 연다.'라고 운을 떼고는 '독서는 죽음과 벌이는 결연한 전투다.'라는 섬뜩한 각오를 다지는 샤를 단치의 『왜 책을 읽는가』도 읽었습니다. 이들은 책을 읽는 데 절실함이 있어야 한다고 주장합니다.

그런가 하면 즐거움을 찾는 책 읽기를 강조하는 김의기의 『유쾌한 책 읽기』도 있습니다. '새 책을 읽으면 새 애인을 만나는 것 같고, 읽었던 책을 다시 읽으면 옛 애인을 만나는 것 같다.'라는 것입니다. 이런 책들을 보면 논어 옹야 편에 나오는 '아는 것은 좋아하는 것만 못하고, 좋아하는 것은 즐기는 것만 못하다(知之者 不如好之者, 好之者 不如樂之者)'라는 말씀이 생각납니다. 그리고 '천재는

노력하는 사람을 이길 수 없고, 노력하는 사람은 즐기는 사람을 이길 수 없다.'
라고 하는 노력에 관한 명언도 생각납니다. 그래서 데이비드 미킥스의『느리게
읽기』까지 읽게 되었는지도 모릅니다. '제대로 된 독서를 하면 더 풍요로운 삶
을 누릴 수 있다.'라는 명제를 제시하는 이 책은『양기화의 Book소리』에서도 소
개하였습니다.

　장 폴 사르트르의『문학이란 무엇인가』, 오르한 파묵의『소설과 소설가』처럼
글쓰기를 전업으로 하는 유명한 분들의 책을 읽고 많이 배웠습니다. 하지만 '글
쓰기야말로 사람으로 살아가면서 자신을 키우고 바꿔가는 가장 좋은 방법'이라
고 생각하시는 송준호의『나를 바꾸는 글쓰기』가 아무래도 전업작가가 아닌 저
에게 많은 느낌을 남겼습니다. 이 책은 앞서 소개하였습니다. 이번에는 송창훈
의『지식생산의 글쓰기』를 통해서 책 읽기와 글쓰기에 대하여 같이 생각해 보
려고 합니다.

　저자를 간략하게 소개해 드리면 조선대학교병원 산부인과에서 근무하면서
인문학의 중요성에 일찍 눈을 뜬 분입니다. 저자는 의학전문대학원에서 학생들
의 글쓰기에 대한 문제의식을 키워왔습니다. 사람의 건강과 생명을 다루는 의
료행위와 글쓰기 사이에 어떤 연관성이 있겠나 싶습니다. 그런데 저자는 의사
들의 가치관 형성과 글쓰기 사이에는 밀접한 관계가 있다는 점을 깨닫게 되었
다고 합니다. 저자는 머리말에서 "읽기와 쓰기는 지식생산 활동이다. 21세기를
가리켜 지식사회라고 하는데, 이는 지식이 모든 분야의 핵심 요소가 되고 있음
을 의미한다. 이 책의 목적은 바로 글쓰기의 중요성과 필요성을 강조함으로써
젊은이들에게 글쓰기의 경쟁력을 키우라는 교훈을 주고자 함이다."라고 이 책
의 기획의도를 분명히 하였습니다.

　4개의 장으로 구성된 책은 '책 읽기', '글쓰기의 이해', '지식생산을 위한 글
쓰기 전략', '글쓰기' 등 4개의 장으로 구성되었습니다. 독립적인 듯한 책 읽기
에 관한 내용도 결국 글쓰기 전략의 일부로서의 책 읽기입니다. 단순히 지식

소비자로서의 읽기보다는 지식생산자로서의 읽기가 중요하다는 시각입니다. 즉, 책 읽기란 독자의 적극적이고 능동적인 창조활동의 하나라는 점을 깨달아야 한다는 것입니다. 저자는 읽기를 독자의 두뇌 속에서 만들어진 선험적 도식(schema)을 통해서 작가의 사상을 받아들이는 행위라고 정의하였습니다. 참고로 선험적 도식이란 바트레트가 주장한 심리학 개념입니다. 어떤 유형의 정보를 선택적으로 수용하고 보게 하는 통제적 기재로써 이미 수립된 이해방식이나 경험이 새로운 정보를 이해하는 데 영향을 미치는 것을 말합니다.

'책 읽기'에서는 먼저 책 읽기에 관한 이론을 정립하고, 이어서 읽기의 전략과 방법을 설명하는데, 특히 기술적 요소로서의 속독법을 소개합니다. 그리고 실용서적으로부터 문학작품, 역사와 철학 서적 등 분야별로 책 읽기를 설명합니다.

사실 인류문명이 오늘에 이를 수 있도록 한 가장 큰 힘은 수집한 정보를 체계적으로 전달하는 기술을 획기적으로 발전시켜 왔기 때문입니다. 처음에는 구술로 전해지던 정보가 문자의 발명으로 기록으로 옮겨가면서 정보의 정확성과 수명이 길어지게 되었습니다. 제지술과 인쇄술의 발명은 정보의 수명을 더욱 연장시킬 수 있었을 뿐 아니라 확장성을 확대하는 데 기여하였습니다. 현대에 이르러 복사기를 비롯한 다양한 전자기기가 개발되어 더욱 효율적으로 정보를 축적하고 활용할 수 있게 되었습니다. 이뿐만 아니라 누리망을 통하여 정보의 공유범위를 무한으로 확장시키게 되었습니다. 활용할 정보가 주체할 수 없을 정도로 넘치고 있는 현대에는 당연히 정보를 읽고 핵심을 걸러 정리하는 기술, 즉 읽기와 쓰기능력이 생존을 위한 핵심요소가 되는 것입니다.

'읽기는 인간의 인지능력을 바탕으로 이루어지는 지적 활동이다.'라고 전제한 저자는 읽기와 쓰기가 결국은 학습의 근간이라는 점을 강조합니다. 그리고 읽기는 학습의 첫걸음이 되는 셈입니다. 첫술에 배부를 리 없다는 옛말처럼 단숨에 읽기의 고수가 될 수는 없습니다. 우선 책 읽기를 시작하는 것이 중요합니다. 시작이 반이라고 했습니다. 책 읽기를 통해서 앎이 쌓이면 가속도가 붙어 책 읽기를 수월하게 만듭니다. 그래서 '선행지식이 읽기의 이해를 돕는다.'라 는 명제를 내세웠을 것입니다. 이어서 '글의 구조가 이해에 영향을 미친다'거나, '읽기란 창조활동이다', '읽기란 이야기를 만드는 과정이다', '글보다 그림이 창 조적이다', '읽기란 양상 찾기이다' 등 글 읽기를 개선시키는 방법을 제시합니 다. 이어서 '개요로 읽어라', '사고의 연결망을 구축하라', '범주화하라', '읽기는 선택과 집중이다.'라고 하는 고도의 책 읽기 기술을 소개합니다. 이어지는 '읽 기의 전략과 방법'에서는 지식을 생산해서 책 쓰기로 나아가는 길을 설명합니 다. 저자가 설명하는 속독법을 일단 읽고 실행해 보면 그리 어렵지 않다는 것을 깨닫게 됩니다. 즉, 상황에 맞는 책 읽기를 할 수 있게 될 것입니다.

이제 글쓰기입니다. 저자는 먼저 "현대사회에서 글쓰기가 필요 없는 분야 란 찾아볼 수 없다. 고도의 정신과 지식, 사고능력을 요하는 전문 분야로 갈수 록 글쓰기능력을 필요로 한다. 글쓰기가 현대사회의 전문성과 경쟁력을 좌우한 다.(107쪽)"라는 최재천의 말을 인용합니다. 그리고 "글쓰기란 암묵적이고 감 각적인 앎을 글로 표상하는 행위로 새로운 지식을 구축하는 작업, 즉 지식생산 활동이다."라는 결론을 유도해 냈습니다. 이어서 책 읽기와 마찬가지로 글쓰기 에도 인지심리학적 배경이 있음을 설명합니다. 요약해 보면, 1) 글쓰기란 정보 의 편집과정이다, 2) 글쓰기는 조사 및 문서작성 능력이다, 3) 글쓰기란 문서 의 재해석 작업이다, 4) 글쓰기란 이야기 생산 능력이다, 5) 글쓰기란 형식과 의미의 발굴작업이다, 6) 글쓰기란 문제해결 과정이다, 7) 글쓰기란 대화이다, 8) 글쓰기에도 전문가 방식이 적용된다, 9) 글쓰기는 미래 대학교육의 중심이 될 것이다, 10) 글쓰기는 앎과 삶을 통합한다, 11) 글쓰기는 최상의 공부법이다, 12) 글쓰기로 지식을 생산한다 등입니다.

'지식생산을 위한 글쓰기 전략'에서는 글을 쓸 때 고려할 사항 등을 짚었습니 다. 예를 들면 '과정 중심의 글쓰기'에서는 글을 쓰는 과정에서 글쓰기에 참여하는 사람들과 원활한 대화통로를 유지하면서 협력을 이끌어내는 방식입니다. 논증적 글쓰기란 자신의 생각이나 감성을 바탕으로 한 글쓰기가 아니라 객관적 사실과 논리에 근거한 글쓰기입니다. 저자가 설명하는 내용은 소제목으로 잘 요약되어 있습니다. 먼저 전체 개요와 맥락을 파악하고 근거의 출처와 제시방법에 주목합니다. 준비단계에서는 1) 문제를 명확하게 설정하고, 2) 의미에 대한 논증을 하며, 3) 근거자료를 메모하고, 4) 논증의 구도를 조직하며, 5) 전제와 유추로 논증을 돕도록 하고, 6) 반론을 수용하고 반박을 내세우며, 7) 통계적 방법으로 인과관계를 분석하는 것 등입니다. 그리고 본격적인 글쓰기에 들어가 초고를 쓰고 내용이 충분히 검증될 때까지 고쳐 쓰기를 합니다. 이어서 인간의 삶과 역사, 문화를 설명해 주는 중요한 사고체계인 설명적인 글쓰기와 문제해결을 위한 글쓰기에 대하여 설명하였습니다.

　문제해결을 위한 글쓰기에서 특히 독자 중심의 글쓰기를 하라는 대목이 눈길을 끌었습니다. 글의 목표를 설정하는 데 있어 저자의 목표와 독자의 목표가 공감대를 형성해야 한다는 점을 기억해야 합니다. 글의 구조 역시 이해가 쉽고 독자의 추론을 돕는 논리로 구성되어야 합니다. 흥미로운 것은 생각과는 달리 독자가 내용을 예측하도록 쓰라는 점입니다. 반전이 극적일수록 독자의 반응이 뜨거워지는 추리소설과는 달리 독자 중심의 글을 읽는 대부분의 독자들은 자신의 예측대로 전개되는 것에 대해 만족과 흥분을 느낄 것이라고 저자는 단정합니다. 당연히 저자의 입장보다는 독자의 입장에서 생각해 보는 역지사지(易地思之) 하는 글쓰기가 되어야 하겠지요?

　전문가적인 글쓰기에 대한 내용도 새겨둘 필요가 있습니다. 전문가적 글쓰기를 화두로 삼은 것은 지식기반사회라고 규정하고 있는 21세기에는 지식이 부의 흐름을 좌우하게 될 것이기 때문입니다. 전문가란 특정한 분야의 앎을 습득한 사람을 말합니다. 저자는 지식기반사회를 움직이는 것은 지식노동자, 곧 전문가라고 범위를 좁혔습니다만, 굳이 앎의 범위를 구체화할 필요는 없을 것 같습니다. 현장기술 역시 전문성을 인정할 수 있기 때문입니다.

전문가들은 자신이 습득하거나 창조해 낸 지식을 글쓰기를 통하여 다른 전문가들과 공유할 수 있어야 새로운 지식을 창출하는 데 기여할 수 있습니다. 잘 알려진 것처럼 오늘날 유전학의 아버지로 추앙받고 있는 멘델은 1856년에서 1863년까지 완두콩의 교배 실험을 통한 형질 조사를 바탕으로 유전법칙을 발견하였습니다. 그 내용을 정리하여 1865년과 1866년 각각 「식물의 잡종에 관한 실험」이라는 제목으로 발표하였습니다. 그런데 그가 발견한 위대한 법칙은 1900년에 이르러 네덜란드의 드 프리스, 독일의 코렌스, 오스트리아의 체르마크 등에 의하여 거의 동시에 재발견될 때까지 오랫동안 주목받지 못했습니다. 여러 이유가 있겠지만 멘델이 논문을 발표한 잡지가 널리 알려진 것이 아니고, 그의 논문이 난해했던 탓에 학계의 권위자들이 이해하지 못한 점도 있었다는 것입니다. 전문가에게 글쓰기가 얼마나 중요한지를 알게 해주는 좋은 사례가 될 것입니다.

그리고 마지막 제4장의 주제는 책 쓰기입니다. '왜 책을 써야 하는가?'라는 질문에 대하여 저자는 "독서는 글쓰기로 열매를 맺는다. 책을 쓸 때, 많은 정보를 체계화시켜서 자기의 지식으로 만든다.(295쪽)"라고 답했습니다. 자신의 앎을 정리하기 위해서 많은 책을 읽어야 하고 그렇게 얻은 앎을 체계적으로 정리하면 자연 책이 만들어지게 됩니다. 정리하면, 지식기반사회의 경쟁력은 지식에 있으며, 읽기와 글쓰기를 통해서 이루어지는 지식생산은 국가경쟁력의 가장 강력한 바탕이 되는 것입니다. 저자는 우리 젊은이들이 지식생산의 글쓰기를 익혀 세계무대에서 앞서가는 지도자들로 성장하기를 바라는 마음을 이 책에 담았습니다. (라포르시안 2014년 11월 10일)

감시와 처벌

(미셸 푸코, 나남)

감염병의 감시와 규제⋯ 병원이라는 판옵티콘

2014년에는 개인적으로나 업무적으로나 송사(訟事)와 관련된 일들이 많았습니다. 개인적으로는 운영하던 누리사랑방에 올린 글 내용에 포함된 사진이 지적재산권을 침해했으니 송사로 번지기 전에 관련 사진을 구매하라는 요구를 받았습니다. 사진 한 장 때문에 거금을 내야 하는 상황이 이해되지 않았습니다. 법원의 판단을 구하기로 했는데 원고 측의 반응이 없어 유야무야되었습니다. 업무적으로는 신의료기술을 개발한 업체가 적절한 행정절차를 생략하고 판매한 진단기술에 대하여 심평원이 환수조처를 한 적이 있습니다. 이 조처에 대하여 해당 병원들이 제기한 행정소송에서 자문을 하고 증인으로 출석하였습니다.

모두 법이 정한 기준을 위반하여 생긴 일입니다. 그런데 기준을 제대로 지키고 있는가를 살피는 일과 기준을 지키지 않았을 때는 어떠한 처벌을 부과하는가 하는 점이 흥미롭습니다. 세상이 복잡해지면서 기준들이 폭증하고 있습니다. 그런데 이들 기준이 잘 지켜지는지 완벽하게 감시하는 체계를 갖춘다는 것은 불가능에 가깝습니다. 따라서 크게 중요하지 않은 사항들은 자율에 맡기게 됩니다. 또한 그 기준들이 모든 사람들에게 잘 전파되지 않을 수도 있으므로 고의성이 없다면 계도 차원에서 처벌을 면제하기도 합니다. 필자는 국민건강보험제도 안에서 일어나는 다양한 의료행위가 적절하게 제공될 수 있도록 중재하는 심평원에서 꽤 오래 일했습니다. 그 무렵 심평원이 오직 감시하고 처벌하는 기능만 가지고 있다고 요양기관들이 인식한다고 느낄 때가 많았습니다. 이런 것들이 계기가 되어 미셀 푸코의『감시와 처벌』을 읽게 되었고, 몇 가지 느낀 점을 소개하게 되었습니다.

『광기의 역사』와『지식의 고고학』으로 만나본 적이 있는 미셀 푸코는 구조주의 혹은 탈근대주의(postmodernism)의 대표적 철학자로 평가됩니다. 2012년에 [양기화의 북소리]에서『지식의 고고학』을 소개하면서 우리 사회가 푸코의 사상에 대하여 오해를 해온 점이 있는 것 같다는 말씀을 드렸습니다. 흔히 좌파적 경향이 있다고 알려진 푸코는 오히려 진보주의적 정서와는 거리를 두고 있었고, 오로지 인간의 주체성에 관심을 두었습니다.

이 책을 기획한 분은 '역자 서문'을 먼저 읽을 수 있도록 하였습니다. 아마도 어려운 책 내용을 이해하는 데 도움이 되기를 바랐던 것으로 보입니다. 저자는 "근대적 정신과 새로운 사법권력과의 상관적인 역사를 밝히는 것(52쪽)"을 목표로 이 책을 썼다고 하였습니다. 이 책을 번역한 오생근은 이를 두고 "감옥, 죄수복, 쇠사슬, 처형장 등의 물질적인 형태뿐 아니라 범죄, 형벌, 재판, 법률 등의 비물질적이고 추상적인 문제를 다루면서, 푸코는 감옥의 역사를 서술한 것이 아니라 감옥과 감시체제를 통한 권력의 정체와 전략을 파헤친 것(6쪽)"이라고 요약하였습니다.

푸코는 감시와 처벌의 역사를 정리하는 데 있어 구체제(Ancien Régime)의 시대로 거슬러 올라가 왕권을 유지하기 위한 수단으로 가하던 잔인한 신체형이 강도를 낮추어가게 되는 과정을 설명하였습니다. 그리고 처벌 중심에서 훈육과 규범화된 규제로 대체하고, 범죄를 예방하기 위한 목적으로 감시를 강화하기에 이르는 과정을 설명합니다. 마지막으로 근대에 들어 처벌의 중심이 되고 있는 감옥의 운영에 관하여 정리하였습니다. 저자가 글머리에서 인용하고 있는 1757년 3월 2일에 있었던 다미엥의 처형장면은 구체제 시대에 벌어지던 처벌이 얼마나 끔찍했는가를 알게 해줍니다. "상기한 호송차로 그레브 광장에 옮겨진 다음, 그곳에 설치될 처형대 위에서 가슴, 팔, 넓적다리, 장딴지를 뜨겁게 달군 쇠집게로 고문을 가하고, 그 오른손은 국왕을 살해하려 했을 때의 단도를 잡게 한 채, 유황불로 태워야 한다. 계속해서 쇠집게로 지진 곳에 불로 녹인 납, 펄펄 끓는 기름, 지글지글 끓는 송진, 밀랍과 유황의 용해물을 붓고, 몸은 네 마리의 말이 잡아끌어 사지를 절단하게 한 뒤, 손발과 몸은 불태워 없애고 그 재는 바람에 날려 버린다.(23쪽)"

이와 같은 끔찍한 처벌은 대중이 모인 자리에서 이루어졌습니다. 신체적 형벌을 가하는 데 일정한 기준이 있었다고 합니다. 첫째, 형벌은 평가하고, 비교하고, 등급을 정할 수 있는, 어떤 분량의 고통을 만들어내야 했습니다. 둘째, 고통을 만들어내는 데에는 규칙이 수반되어야 합니다. 셋째, 신체형은 일종의 의식을 구성했습니다. 그 의식에는 형벌의 희생자를 불명예스러운 인간으로 만들어야 하며, 만인에게 사법 측의 승리로 보여야 한다는 두 가지 요청을 충족해야 했습니다. 즉, 처벌은 공정한 판단으로 결정된 것이며, 그로 인하여 범죄자가 받는 끔찍한 고통이 일반인에게는 같은 범죄를 저지르지 못하도록 하는 억압효과를 나타낼 것이라고 기대했던 것입니다. "중대하고 잔혹한 사형을 내릴 만한 범죄를 본보기로 삼아 처벌하는 일이야말로 공공의 안전과 이익을 위한 것(79쪽)"이라고 인식하고 있었기 때문입니다. 따라서 공개적 형벌의 집행에 포함되는 과정으로는, 첫째, 죄인은 스스로 유죄임을 인정하고 공개적으로 사과하도록 하였습니다. 둘째, 자백을 반복하게 하는데, 이 과정에서 새로운 사실을 자백하기도 했습니다. 셋째, 신체형을 범죄와 연결시키는데, 범죄 당시의 상황을 재현토록 하는 경우도 있었다는 것입니다.

18세기 말에서 19세기 초까지 이어진 공개적 형태의 신체형이 중단된 것은 상황의 변화에 따른 것이었습니다. 처형장면을 보기 위하여 모여드는 군중은 양의적(兩意的) 역할을 가졌습니다. 처벌과정을 지켜보면서 두려움을 품도록 하는 목적으로 초대된 민중은 처벌을 보증하는 입회인이 되기도 했던 까닭에 어느 정도까지는 처벌행위에 관여하였습니다. 군중은 범죄자에게 욕설을 퍼붓거나 심지어 행패를 부리기도 했습니다. 때로는 그 정도가 지나쳐 범죄자를 보호해야 하는 경우도 있었고, 그 경우에 사람들은 사법 당국에 격렬하게 항의하기도 했습니다. 민중의 의식이 깨어감에 따라 구경꾼으로 동원된 민중이 권력의 처벌을 거부하는 상황도 생겼습니다. 부당하다고 생각하는 처형을 방해하고, 사형집행인의 손에서 사형수를 탈취하고, 폭력에 의존하여 죄인의 사면을 얻어내고, 경우에 따라서는 사형집행인을 공격하고, 재판관을 매도하고, 판결에 대해 큰 소동을 벌이기도 했습니다. 따라서 더 이상 잃을 것이 없는 사형수가 판결의 부당함을 호소하여 민중의 마음을 움직이는 경우에는 오히려 권력이 농락당하고 죄인이 영웅시되는 경우도 종종 발생하게 되었던 것입니다.

프랑스 대혁명 이후에 "형벌을 완화시켜 범죄에 적합한 것으로 해야 한다. 사형은 살인범에게만 부과해야 한다. 인간성에 위배되는 신체형은 폐지해야 한다."라는 입장이 나오게 된 것은, 처형의 폭력성이 권력의 정당한 행사를 넘어서고 있다는 공감대가 형성되었기 때문입니다. 당시 개혁자들은 사회집단 전체를 통해 일반화될 수 있고, 경제적이고 효과적인 처벌수단을 다음 여섯 가지 원칙에 근거하여 마련하였습니다. 1) 분량의 최소화 법칙, 2) 관념성 충족의 법칙, 3) 측면적 효과의 법칙, 4) 완벽한 확실성의 법칙, 5) 보편적 진실의 법칙, 6) 최상의 특성화 법칙 등입니다. 이 법칙들은 범죄로 인하여 얻을 수 있을 것으로 예측되는 이익을 상쇄할 수 있는 처벌효과로 범죄를 사전에 예방하는 것을 목표로 했다고 볼 수 있습니다.

범죄행위에 대하여 징벌적 효과를 기대하던 사법체계가 범죄를 예방하는 효과를 기대하는 것으로 변화하면서 규율을 학습함으로써 징벌을 대체하는 방향으로 나아가게 되었습니다. 규율은 신체를 통제하여 권력에 순종하도록 만드는 효과를 기대하는 것입니다. 규율을 효과적으로 적용하기 위하여 시간과 공간에 따라 개인을 분할하는 기술이 필요하였습니다. 규율은 통제하는 신체로부터 네 가지 성격이 구비된 개체성을 만들어냅니다. "(공간배분의 작용에 의해서) 독방 중심적이고, (활동의 규범화에 의해서) 유기적이며, (시간의 축적에 의해서는) 생성적이며, (여러 가지 힘을 조립하는 점으로는) 결합적이라는 특징을 갖는다.(263쪽)"라고 합니다. 규율이 적용되는 대표적 집단은 군대입니다. 그 밖에도 수도원, 학교, 구빈원 등이 있는데, 병원 역시 규율이 적용되는 대상이라고 해서 열심히 읽어보게 되었습니다.

병원이 강력한 규율을 요구하는 장소가 될 수밖에 없었던 것은 흑사병을 비롯한 감염병의 유행을 효과적으로 차단할 수 있는 유일한 방법이 환자 격리밖에 없었기 때문입니다. 어떤 도시에 흑사병이 발생하면 우선 엄격한 공간적 분할이라는 행정조치가 내려졌습니다. 그 도시와 지방의 봉쇄는 물론이고, 그곳에서 나가는 것을 금지하며, 이를 위반하면 사형에 처했습니다. 40일간의 검역 기간이 끝날 때까지, "폐쇄되고, 세분되고, 모든 면에서 감시받는 이 공간에서 개인들은 고정된 자리에서 꼼짝 못 하고, 아무리 사소한 움직임이라도 통제되며, 모든 사건들이 기록되고, 끊임없는 기록 작업이 중심부와 주변부를 연결시키고, 권력은 끊임없는 위계질서의 형상으로 완벽하게 행사되고, 개인은 줄곧 기록되고 검사되며, 생존자, 병자, 사망자로 구별된다. 이러한 모든 것이 규율 중심적 장치의 충실한 모형을 만든다. 흑사병이라는 감염병에 대응하는 방법이 질서이고, 질서는 모든 혼란을 정리해 주는 기능을 갖는다.(306쪽)"라고 했습니다. 개인의 일탈된 행동이 집단을 위기로 빠트릴 수 있다는 인식을 공유하였기에 불편을 감수하였을 것입니다.

최근 흑사병에 버금갈 정도로 위험한 전염병인 에볼라의 확산을 차단하기 위하여 국제적 협력을 강화하고 있는 가운데, 일부 보건의료전문가가 보이는 행태에는 이해할 수 없는 점이 있습니다. 아프리카에서 시작된 에볼라바이러스에 감염된 환자가 미국이나 유럽 등지에서 발생하고 있는 것은 아프리카에서

구호활동을 하던 의료진이 매개역할을 하였기 때문입니다. 구호활동에 나선 의료인이 감염되면 본국으로 후송시켜 치료하게 됩니다. 치료과정에서 환자와 접촉한 의료진이 새로 감염되기도 합니다. 아프리카를 여행하면서 에볼라 환자와 접촉한 사람이 귀국한 다음 잠복기 동안 격리되지 않고 활동하는 과정에서 바이러스를 전파하여 발생한 경우도 있습니다. 상황이 이러함에도 불구하고 의무격리가 인권을 침해한다면서 법적 대응에 나선 의료인도 있다고 합니다.

멕시코에서 시작된 신종 플루가 유행할 때 해열제를 먹고 공항검색을 빠져나왔다는 사람의 무용담을 들은 적이 있습니다. 그때 '자신 때문에 검역체계가 무너지면 참혹한 상황을 빚을 수도 있다는 사실을 알고나 있을까' 하고 답답했던 기억이 새롭습니다. 국가적 재난 상황에서는 잠시의 불편함을 감수하는 것으로 다수의 목숨을 구할 수 있다는 사실로 위안을 삼아야 하지 않겠습니까?

흑사병에 감염된 도시의 사례에서 검역을 강화하기 위한 조처에 대하여 저자는 '죽음을 초래하는 질병에 대해 권력은 끊임없는 죽음의 위협으로 대처하였다.'라고 비판하고, '중요한 것은 사회의 여러 역량을 강화시키는 일이다.(321쪽)'라고 하였습니다. 하지만 재앙이 될 수도 있는 급성 감염병의 확산을 저지하기 위한 검역체계에 대한 일반의 인식수준은 오히려 근대에도 미치지 못하는 흑사병의 사례처럼 극단적으로 봉쇄적인 규율이 있는가 하면, 방법으로서의 규율이 있다고 했습니다. 권력의 행사를 보다 신속하고 경쾌하게, 그리고 보다 효율적으로 만들면서 그것을 개선해 나가는 하나의 기능적 장치이고, 미래의 사회를 위한 교묘한 강제권의 구상인 것입니다. 규율의 기능적인 전환을 통하여 규율구조를 확산시키고, 규율의 기전을 국가에서 관리하여 효율을 극대화하려는 것입니다. 앞에서 말씀드린 심평원의 기능과 역할이 이러한 기전에 따르는 사례가 된다고 생각합니다. (라포르시안 2014년 12월 8일)

13

행복을 선택한 사람들

(숀 아처, 청림출판)

예일대 의과대학에서 미술수업을 하는 이유

매튜 D. 리버먼은 『사회적 뇌, 인류 성공의 비밀』에서 '인간은 고통을 회피하고 쾌감을 얻기 위하여 사회적 관계에 관심을 늘리도록 진화해 왔다.'라고 하였습니다. 즉, 사회적 관계망을 확대함으로써 인류는 더 현명해지고 행복해질 수 있었다는 것입니다. 저자는 사회 안에서 타인들과 관계를 연결하기 위해서는 타인의 마음을 읽어내며, 조화를 이루기 위하여 스스로를 통제하는 것이 중요한데 일련의 과정들은 대뇌의 신경망에 의하여 결정된다는 점을 기능성 자기공명영상(MRI)을 이용한 실험 자료로 설명하였습니다.

『사회적 뇌, 인류 성공의 비밀』의 독후감을 마무리하면서, '인간이 결코 단순한 존재가 아니라는 점을 고려한다면 사회적 관계망 하나로 행복을 얻을 수 있다는 주장이 오히려 위험해 보인다'고 말씀드렸습니다. 하버드 대학에서 인기를 얻고 있는 '행복학' 강좌를 이끌고 있는 숀 아처의 『행복을 선택한 사람들』에서 읽은 내용입니다. 숀 아처는 사회관계망을 잘 만드는 능력, 즉 '사회지능(SQ)을 지능지수(IQ), 감성지능(EQ)에 더하고, 이들을 하나로 통합하여 행동과 실천으로 옮기는 긍정지능이야말로 중요하다.'라고 주장합니다. 숀 아처의 『행복을 선택한 사람들』을 소개하는 이유입니다.

저자는 먼저 IQ, EQ, SQ가 개발되어 온 배경을 설명하였습니다. 지능지수

(Intelligence quotient; IQ)는 언어 및 수학능력을 측정하는 도구로 개발되었습니다. 1980년대까지는 인간의 잠재력을 측정할 수 있는 것으로 믿었습니다. 하지만 IQ로 직업적 성공을 예측하는 적중도는 20~25퍼센트에 불과합니다. 이 정도 예측력이라면 동전을 던져 어느 쪽이 나올지 맞힐 확률보다도 형편없는 수준입니다. EQ는 하워드 가드너가 개발한 지표입니다. 자신과 타인의 감성을 이해하고 공감하는 능력이야말로 IQ보다 중요하다는 것입니다. 이어서 피터 샐러비와 존 D. 메이어는 감성을 이해하는 능력이야말로 인간의 잠재력을 예측하는 데 있어 IQ보다 훨씬 유용한 지표라면서 그 능력을 감성지능(Emotional Intelligence Quotient; EQ)이라고 하였습니다.

감성지능 이론은 심리적 압박이 극심한 사업세계에서 성공으로 가는 지름길로 인식되면서 대니얼 골먼이 쓴 『EQ 감성지능』은 세계적으로 선풍적인 인기를 끌었습니다. 1990년대 심리학계는 IQ와 EQ의 유용성을 두고 격론을 벌였습니다. 이어서 가드너는 타인을 이해하고 배려하는 능력을 구분한 사회지능(Social Intelligence; SQ)이라는 개념을 새로 내놓았습니다. 역시 대니얼 골먼이 『SQ 사회지능』이라는 책으로 기업세계에 바람을 일으켰습니다. 이번에도 유용성을 두고 논란이 일었다고 합니다.

저자는 기본적으로 IQ, EQ, SQ의 세 가지 지능은 모두 중요하기 때문에 어느 것이 가장 중요한가 하는 것을 따질 이유가 없다고 보았습니다. 오히려 이런 지능들을 어떻게 활용하고 증대시킬 수 있는지가 관건이라고 했습니다. '결론적으로 세 가지 지능은 모두 중요하다. 더 중요한 것은 이 모두를 하나로 통합해야 한다는 사실'이라고 주장합니다. 그리하여 피라미드의 높이를 정밀하게 측정하는 데 처음 성공한 그리스 철학자 탈레스가 사용한 등변삼각형모형을 인용하여 IQ, EQ, SQ를 삼각형의 세 변에 배치하고 이들을 통합하여 삼각형 내부의 성공의 영역을 창출해 내는 특별한 능력이 필요하다는 방안을 도출해 낸 것입니다. 즉 세 가지 지능을 한데 모으고 결합해 증폭시키는 능력, 바로 '성공

가능한 현실을 보는 능력', '긍정지능'이 필요하다는 것입니다.

이 책의 저자 숀 아처는 하버드 대학교의 최고 인기강좌인 '행복학' 강좌를 기획하고 강의한 행복학의 권위자입니다. 정신적 압박이 큰 기업세계에서 행복과 긍정적 문화를 조직에 심어 효율적인 업무 환경을 구축하는 방법을 연구하고, 그 성과를 전파하는 데 매진해 왔습니다. 저서로는 『행복의 특권』이 있습니다. 저자는 이 책을 읽는 사람들이 긍정의 원칙을 사용하여 직장에서의 성취도를 향상시키고, 직업적 목표와 야망을 달성하고 성공률을 높이는 방법을 얻을 수 있기를 희망하였습니다.

그의 이론에 따르면 IQ는 우리가 '무엇'을 해야 하는지 가르쳐 주고, EQ는 그 '방법'을 보여주며, SQ는 '누구와 함께' 그 일을 해야 하는지 알려준다고 합니다. 그런데 세 가지 지능이 우수하면서도 성과를 내지 못하는 사람들을 살펴보면, 1) 동기부여가 되지 않고, 2) 노력을 하지 않으며, 3) 불평불만이 많아 자신이 가지고 있는 능력을 제대로 활용하지 못합니다. 반면, 긍정적인 미래를 능숙하게 창조하는 사람들을 보면, 1) 쉬지 않고 새로운 가능성을 발견하고, 2) 여건이 어렵거나 심지어는 장애물을 만나도 이를 극복할 방법을 찾아내며, 3) 심지어는 실패마저도 성공으로 뒤집는 능력을 가지고 있습니다.

저자는 "긍정적 변화를 창조하고 현실을 직시하고 행동할 때, 우리는 뇌의 능력을 십분 발휘하여 위대한 성공과 행복을 성취할 수 있다. 기억하라. 지능이 높다고 해서 성공하는 것은 아니다. 성공은 그 지능을 잘 활용할 수 있다고 스스로 믿는 데 달려 있다."라고 정리합니다. 그리하여 성공과 행복으로 향하는 다섯 가지 긍정 원칙을 제시합니다.

첫 번째 원칙은 가장 의미 있는 현실을 선택하기 위한 '현실 설계'입니다. 다양한 현실이 존재한다는 점을 인식하고 새로운 관점까지 더해서 세상을 넓은 시각으로 바라보도록 훈련함으로써 긍정적이고 참되며 가장 중요한 현실을 선택할 수 있게 됩니다. 두 번째 원칙은 가치 있는 목표에 이르는 길을 그려내기 위한 '마음지도'입니다. 삶에서 중요한 지표들을 세우고 삶의 방향을 헷갈리게 하는 미끼들을 가려내는 훈련을 하는 것입니다. 그리하여 고된 현실에서 도망치는 탈출로가 아닌 성공으로 가는 길을 찾아낼 수 있습니다.

세 번째 원칙은 성공 촉진제를 활용하는 'X-지점'입니다. 남들보다 먼저 출발하고, 낮은 목표부터 접근하여 성취하며 목표의 크기를 확대해 나갑니다. 네 번째 원칙은 긍정적 신호를 증폭하고 부정적 소음을 제거하는 '소음제거'입니다. 잠재력의 발현을 돕는 중요하고도 믿음직한 정보만을 가려내는 법을 배워야 합니다. 특히 긍정에너지를 발휘하여 걱정과 불안, 두려움, 비관주의 등 내적 소음을 능동적으로 제거하는 법을 먼저 배워야 합니다.

다섯 번째 원칙은 주변에 긍정적 현실을 퍼트리는 '긍정적 시작'입니다. 일단 자신의 긍정적 현실을 창조하고 이를 타인에게 전파하는 것입니다. 이로써 IQ, EQ, SQ가 통합되었을 때 얻을 수 있는 이점을 극대화할 수 있게 됩니다.

저자는 긍정이론의 총론으로 '긍정지능의 놀라운 특권'에 이어 다섯 가지 긍정원칙에 대한 설명을 별도의 장으로 구성하였습니다. 특히 긍정원칙을 설명하는 장의 끝에는 앞서 설명한 원칙을 실천에 옮기는 방법을 요약하였습니다. 첫 번째 원칙, 현실설계를 설명하면서 다양한 시각을 훈련하는 방법으로 미술관 찾기를 권고하였습니다. 예일대학교 의과대학의 교육과정을 인용한 것입니다.

예일대학교 의과대학에서는 의학공부에도 시간이 부족하여 허덕이는 학생들을 미술관으로 데려갑니다. 하지만 예술적 감각을 키워주기 위해서가 아닙니다. 관점의 중요성을 가르치고 그들의 뇌가 새로운 시각을 수용해 세상을 다양한 각도에서 바라볼 수 있게 하기 위해서입니다. 화가들이 묘사해 놓은 그림 속의 인물들을 나름대로 해석한 결과를 공유하다 보면 나오는 다른 시각을 배우는 기회가 됩니다. 특히 동질적인 구성원들보다는 문화적 배경이 다른 사람들의 시각을 배우는 것이 효과적이라는 점을 리처드 니스벳의 『생각의 지도』를 인용하여 설명합니다. 조직의 다양성이 높을수록 다양한 타인과의 관계가 강한 사람일수록 융통성과 적응력이 향상될 뿐 아니라 혁신과 성공을 이룰 가능성이 높아집니다.

마음지도에 관한 원칙은 독후감을 쓰는 시점에서도 미진한 점이 남아 있던 부분입니다. 이 원칙은 저자가 해군 학군사관(ROTC) 시절 경험한 바를 토대로 만들어졌습니다. 지도에는 다양한 정보가 담겨 있습니다. 중요한 지점이 있는가 하면, 챙겨볼 이유가 없는 지점도 있습니다. 그래서 지도에 담긴 다양한 정보를 분석해서 긍정적인 의미가 있는 지표들을 융합하여 성공에 이르는 길을 따라가라는 의미로 읽었습니다. 하지만 더 나은 방식은 없을까 하는 생각이 남아 있습니다. 전체를 한눈에 조망할 수 있는 장점은 있겠지만, 경로라는 것은 결국은 길을 따라가는 것이기 때문에 갈림길마다 나름대로의 선택기준을 적용하는 방식은 어떨까 싶어서입니다.

로버트 프로스트의 시 「가지 않은 길」에서처럼 우리는 살아가면서 선택하지 않은 길에 대한 아쉬운 감정이 남습니다. 선택에 있어 절대적인 기준이 없었던 경우라면 더욱 그러합니다. 갈림길마다 어느 쪽을 선택할 것이라는 기준을 정하고 있으면 최선의 선택이 될 것이고 후회가 없겠습니다. 따라서 지도보다는 갈림길에서 적용할 수 있는 최선의 선택기준을 나름대로 정하는 훈련이 필요하지 않을까요? '최상의 경로(critical pathway; CP)'를 미리 준비하고 적정한 진료를 최단 시간에 적용하여 환자의 생명을 구하는 일종의 응급진료지침을 활용할 수도 있을 것입니다. 하지만 저자가 제시하고 있는 마음의 지도를 그리는 세 가지 방법, 즉 나만의 의미지표 표시하기, 유연하게 마음지도 기준점 잡기, 탈출로보다는 성공의 길 먼저 그리기 등과 같은 실행기준도 나름대로의 장점이 있겠다 싶습니다.

특히 성공 촉진제로 활용하는 'X-지점'을 두라는 세 번째 원칙을 고려한다면 마음지도 이론이 더 적절할 수도 있겠습니다. 저자가 말하는 X-지점의 대표적 사례로는 완주 마라톤에서 결승점이 보이는 지점이 있습니다. 이 지점에 이르면 천근만근처럼 무겁던 걸음이 갑자기 날개를 단 듯이 속도가 저절로 붙게 됩니다. 즉 마라톤 선수의 뇌에서 강력한 화학물질을 분비하여 지친 몸을 일깨웁니다. 이렇듯 우리 몸에 새롭게 활력을 부어주는 X-지점을 가능한 한 빨리 발견할 수 있도록 마음의 지도를 그려두어야 합니다. 그런데 결승점에 가까이에 서뿐 아니라 언제든 이렇게 높은 활력과 집중력을 발휘할 수는 없는 것일까요?

저자와 같은 긍정심리학자들은 충분히 가능하다고 생각합니다. 즉, X-지점에 대한 인지적 보상을 얻기 위하여 반드시 결승점에 가까이 갈 필요가 없습니다. 실은 결승점을 본다는 행위 역시 뇌에서 결승점을 인식하는 과정이기 때문입니다. 따라서 결승점까지 남은 거리에 대한 인식을 바꾸면 우리 몸의 에너지와 집중력을 끌어올리는 촉진제를 적절한 시간에 분비함으로써 일찍 성공을 가속할 수 있습니다. 다만 마라톤 선수들 가운데는 일찍 전력질주를 하면 결승점에 도달하기 전에 지쳐 포기하는 경우도 있다는 점을 염두에 두어야 합니다.

소음을 제거하고 긍정적 신호를 증폭시키는 소음제거에 관한 네 번째 원칙에서도 중요한 점을 깨닫게 됩니다. 2008년 미국산 쇠고기 수입과 관련한 광우병파동에서 겪은 것처럼, "그 어떠한 긍정적 주장이나 논거도 부정적이고 비관적인 생각이나 의견을 이길 수 없다.(223쪽)"라는 사실입니다. 그렇기 때문에 걱정을 하기 전에 1) 사건이 진짜로 일어날 확률을 따져보고, 2) 사소한 걱정에 휩싸여 시간을 낭비하지 않고, 3) 마지막으로 근심, 걱정과 사랑, 책임은 동의어가 아니라는 점을 깨닫는 세 가지 힘의 파장으로 비관주의의 내적 소음을 제거하는 적극적 대응법을 익혀야 합니다.

저자는 마무리 글에서 해결할 문제가 크고 복잡할수록 의식과 무의식을 포괄하는 긍정적 현실에 대한 필요성이 커진다고 했습니다. 행복하게 살아가기에도 인생은 짧습니다. "북소리 독자 여러분! 행복하세요." (라포르시안 2015년 2월 16일)

제3부

① 독서사락

(임석재, 이담북스)

독서로 즐길 수 있는 4가지

'꿩 먹고 알 먹고', '도랑 치고 가재 잡고'와 같이 한 가지 일로 두 가지를 얻는 경우를 빗댄 비유가 많습니다. 심지어 화투판에서는 '일타쌍피'라는 사자성어까지 만들어냈으니 말입니다. 그런데 하나로 두 가지를 얻는 경지를 넘어 네 가지를 얻을 수 있다면 무조건 해봐야 하는 일이 아닐까요?

하나로 네 가지를 얻을 수 있는 놀라운 비법을 담은 책을 소개합니다. 독서가 임석재의 『독서사락』입니다. '독서로 즐기며 배워보는 읽기와 듣기, 말하기와 쓰기의 모든 것!'이라는 광고 문안을 달아놓은 것을 보면, 독서사락은 '讀書四樂'임이 분명합니다. 독서로 얻을 수 있는 네 가지 즐거움인 거지요.

저자는 '활자중독'이라는 핀잔을 들을 만큼 지독한 독서습관 덕분에 책 읽기를 넘어 젊은 나이에 책을 두 권이나 써냈다고 합니다. 저자는 '쓰고 싶다. 쓰고 싶다. 문득 글을 쓰고 싶었다.'라고 글쓰기에 대한 강한 의지를 반복하여 적는 것으로 서문을 시작합니다. 이런 저자의 욕구가 충분히 이해되는 것은 저 역시 비슷한 경험이 있기 때문입니다. 독후감을 남긴 책 읽기가 천 권을 넘어가면서 글쓰기가 조금씩 나아지는 느낌과 함께, 이런 책을 써보면 어떨까 하는 생각이 들었습니다. 그런가 하면 '책으로 대표되는 활자로 된 무엇인가를 손에서 놓지 못한다는 것은 그만큼 생활의 폭이 좁아지고 있다는 의미'라는 저자의 생각을 저 역시 느끼는 것을 보면, 책 읽는 사람들의 공통분모가 생기는 모양입니다.

'왜 읽기·듣기·말하기·쓰기인가?'라는 의문을 가진 저자는 이 네 가지가 삶을 살아가는 데 절대적으로 필요한 요소라는 것을 깨달았습니다. 이 네 가지를 일정수준 이상 할 수 있다면 어느 분야에서건 평균 이상의 몫을 할 수 있다는 것입니다. 저자는 어느 한 가지를 매우 잘하거나, 두 가지 이상을 평균 이상으로 잘하거나, 아니면 세 가지 이상을 그럭저럭 잘하는 사람을 쉽게 만나볼 수 없었다고 합니다. 그리하여 저자는 책을 읽어 찾아낸 읽기·듣기·말하기·쓰기에 관하여 전문가들이 추천하는 방법들을 정리하게 되었습니다. 특히 대학생, 취업준비생, 사회초년생들에게 도움이 되었으면 하는 바람을 담았습니다. 다만 딱히 제한을 둘 이유는 없어 보입니다. 누구나 한 번쯤은 고민을 해본 문제들이 아닐까 싶습니다.

'읽기'를 제일 앞에 두었습니다. 아마도 읽기가 바로 종잣돈이 되기 때문일 것입니다. 사람들은 다양한 경로를 통하여 정보를 얻지만 책 읽기가 가장 보편적이며 정확한 정보를 얻는 길입니다. 책 읽기는 다양한 이점을 가지는데, 우선 읽는 사람이 마음대로 시간을 선택할 수 있다는 것이 가장 큰 이점입니다. 정보의 대가로 지불하는 비용이 비교적 저렴하다는 것도 장점입니다. 정보의 비교도 용이하고, 설명하고 전달하는 방법도 다양하기 때문에 각자의 수준에 맞는 것을 고르면 됩니다. 단순하더라도 정보가 지식이 되고, 지식이 쌓여서 자신만의 가치로 전환되면 지혜가 된다고 했습니다. 그래서 저자는 "정보에서 지식으로, 지식에서 지혜로, 지혜에서 철학적 사유까지 상승할 수 있는 사고의 전환을 이끌어낼 내적 역량은 책 읽기를 통하여 길러진다."라고 하였습니다.

중요한 점은 '어떻게 읽을 것인가?'에 있습니다. 저자는 모두 열두 가지의 읽기의 원칙을 소개합니다. 그 첫 번째는 "시간을 정하지 말고 '지금' 읽어라"입니다. 책 읽기가 화제에 오르면 '시간이 없어서…'라며 말꼬리를 흐리는 분들이 많습니다. 아마도 두툼한 책을 언제 다 읽을까 하는 마음에서 선뜻 책장을 열어보는 것을 두려워하기 때문일 것입니다. '천 리 길도 한 걸음부터'라는 우리네 속담처럼 일단 시작하고 꾸준하게 읽다 보면 어느새 마지막 쪽을 읽고 있는 자신을 발견하게 됩니다. 그래서 저자는 "무엇이든 처음부터 크고, 거창하며, 화려한 것은 욕심이다. 작고 소박하지만 지금 당장 시작할 수 있는 것, 그것을 차곡차곡 조금씩 실행해 보는 것이다. 그러면 이것이 습관이 된다.(30쪽)"라고 했을 것입니다. 처음에는 얇고 가벼운 책으로 시작해서 책 읽기가 습관이 되면 관심의 대상을 점차 넓혀 가면 됩니다. 경지에 이르면 작가가 선택한 단어와 문장을 꼭꼭 씹듯 읽으면서 읽는 것과 동시에 인상을 그려보라고 주문합니다. 책을 많이 읽는 사람들은 치매에 걸릴 위험이 줄어듭니다. 그것은 책을 읽으면서 머릿속으로 많은 생각을 하므로 신경세포들이 서로 활발하게 작용하기 때문입니다.

두 번째 주제어는 '듣기'입니다. '듣는 것이 뭐가 어려워서'라고 생각하기 쉽습니다. 하지만 외국인들과 이야기할 때를 생각해 보면 쉽게 이해할 수 있습니다. 내가 하고 싶은 말을 어떻게든 전하는데 정작 상대가 무슨 말을 하는지 알아듣지 못하면 이야기가 끝나는 것입니다. 오래전에 스페인을 거쳐서 모로코로 여행할 때의 일입니다. 배에서 내려 여권을 검사하는 모로코 경찰에게 배 안에서 열심히 외운 대로 '앗살라무 알라이쿰(السلام عليكم)'이라고 말을 건넸습니다. '당신에게 신의 평화가 있기를'이라는 의미의 아랍어로 우리말로는 '안녕하세요'에 해당합니다. 그러자 경찰이 무어라고 대답을 했는데 무슨 말인지 알아들을 수 없으니 그걸로 끝이었습니다. '당신에게도 평화가 있기를'이라는 의미로 '와알라이쿰 앗살라무(عليكم السلام)'라고 대답한다고 배웠는데 경찰은 그렇게 대답하지 않았던 것입니다. 혹시 '이 사람이 왜 그래?' 그러지 않았을까요?

우리말도 그렇습니다. 상대가 하는 말을 잘 듣기 위해서는 집중해야 합니다. 그뿐만 아니라 상대방의 관점, 주장, 의견에 대하여 충분히 이해하고 있어야 오해할 일이 없어지는 것입니다. 그만큼 듣기가 중요하다는 의미입니다. 역시 열두 가지로 요약한 '어떻게 들을까?' 하는 방법론을 보면 재미있으면서도 중요한 점을 지적합니다. 일단 귀를 열어야 하고, 세상만사에 귀를 기울이라고 권합니다. 공통의 관심사를 이야기할 때는 아무래도 잘 들리고 쉽게 이해되기 마련입니다. 필자가 공부하러 미국에 갔을 때, 제일 먼저 신문을 구독하고, 다만 몇 개의 기사라도 읽으려 매일 노력했습니다. 출근하면 미국인 동료들과 그날 신문에 난 기사를 중심으로 이야기를 하다 보면 귀에 들어오는 말이 많아졌기 때문입니다. 그런데 라디오를 켜면 무슨 소리를 떠드는지 잘 들을 수 없었습니다. 요즈음에도 차를 운전할 때는 영어방송을 들을 때가 있습니다. 그런데 한국에서 듣는 영어방송은 그때보다 훨씬 많이 들린다는 것입니다. 아마도 저에게 익숙한 화제들을 이야기하기 때문일 것입니다.

세 번째 주제는 '말하기'입니다. 말하는 것은 별로 문제가 되지 않는다고 생각하시는 분들이 의외로 적지 않습니다. 의과대학을 졸업하고 처음 학회에서 발표하던 때가 생각납니다. 준비를 열심히 하였음에도 불구하고 단상에 올라서 발표를 시작하면서부터 떨리던 목소리는 결국은 울음에 가까워졌습니다. 이런 경험이 몇 차례 이어진 끝에 드디어 떨지 않고 발표할 수 있게 되었습니다. 그때만 해도 발표할 내용을 미리 써서 외우다시피 하였습니다. 하지만 지금은 발표 자료를 만들 때 전체의 틀을 고려하면서 만들기 때문에 발표할 문장까지 일일이 외우지는 않습니다. 상황에 따라서 적절한 비유를 끌어오려면 정해진 대로 따라 하는 발표가 적절하지는 않은 것 같습니다.

말하기는 자신의 생각을 상대에게 잘 전달하는 것을 목표로 합니다. 저자는 말하기에서 중요한 점을 세 가지로 요약했습니다. 첫째, 사투리 등 개인에게 국한된 습관을 고쳐야 한다, 둘째, 자신의 실력에 자만하지 말고 철저하게 준비해야 한다, 셋째, 예측할 수 없는 상황에 의연하게 대처하는 능력을 키워야 한다 등입니다. '어떻게 말할까?' 하는 방법으로 역시 열두 가지를 들었습니다. 그 가운데 인상적인 것은 말해야 하는 이유를 생각해야 하고, 핵심을 콕 집어서 이야기하라는 것입니다. 사실 준비가 충분하지 못하면 놓치기 쉬운 점입니다.

대부분 사람들은 깨닫지 못하지만, 말할 수 있는 시간에 제약이 있다는 점을 명심해야 합니다. 학술대회와 같은 공식적인 행사에서 자신에게 주어진 시간을 넘기는 사람이 의외로 많습니다. 자신의 생각을 충분히 설명하려는 의욕이 앞서기 때문입니다. 문제는 다음 발표자가 그만큼 시간에 쫓기게 되어 자칫 실수하거나 자신이 전할 내용을 줄여야 해서 청중이 피해를 보게 됩니다. 결국 시간을 지키지 않은 발표자가 비난을 받게 됩니다. 충분히 연습을 하고, 발표할 때도 시간을 확인해 가면서 주어진 시간 안에 발표를 마무리해야 합니다.

마지막 주제는 '쓰기'입니다. 쓰기의 경우 자신 있다는 사람보다는 그렇지 않은 사람이 훨씬 많습니다. 하지만 우리는 일상에서 의외로 쓰기를 많이 하고 있습니다. 특히 사회관계망에 간단한 쪽지를 써 보내는 사람도 많습니다. 간단한 쪽지 또한 쓰기입니다. 쓰기에 자신이 없다고 하는 분을 만나면 일단 써보시라고 권합니다. 초등학교에 다니면서 일기숙제를 해보셨을 것입니다. 대부분 사람들은 숙제가 끝나면 일기 쓰기를 그만둡니다. 저는 중학교 2학년 무렵 시작한 일기 쓰기를 가급적이면 빠트리지 않고 대학 다닐 때까지 이어갔습니다.

그리고 고등학교에 다닐 무렵에는 인근 도시에서 학교를 다니던 친구와 편지를 주고받기 시작해서 편지친구를 늘려갔습니다. 사무실 책장에 간직하고 있는 편지를 지금 꺼내 보면 치졸하기가 이를 데 없습니다. 그래도 그때는 대단한 일이었다고 생각합니다. 일기 쓰기와 편지 쓰기는 저의 글쓰기에 많은 도움이 되었습니다. 큰아이가 군의관 임관훈련을 받고 있을 때는 매일 한 통의 편지를 써 보냈습니다. 5주의 훈련을 받는 동안 편지를 받아볼 수 있는 4주 정도 이어갔습니다. 하루 일과를 마치고 퇴근 무렵에 편지지를 펼치고 펜촉에 잉크를 묻혀 첫 줄을 쓰기 시작하여 단숨에 복사용지 두 장 분량을 써 내려갔습니다. 편지 전체의 내용을 미리 가늠해 두고 쓰기 시작하는 것이 아니라 그냥 머릿속에 떠오르는 생각을 담는 것입니다. 그러다 보면 틀린 문장이 나오기도 합니다만, 별로 고치지 않고 마무리를 합니다.

필요하면 말을 하면 되지 굳이 쓰기까지 해야 하느냐고 생각하는 사람들이 많습니다. 하지만 말하는 것과 쓰는 것은 엄연한 차이가 있습니다. 말하기는 현장성이 있어 중요한 내용을 전하려면 실수를 하지 않도록 긴장해야 합니다. 그리고 실수하게 되면 이를 번복하기 위하여 몇 배나 힘이 들기 마련입니다. 하지만 쓰기는 특정 공간에 함께한 상대에게 바로 전하는 것이 아닙니다. 일단 써놓은 내용을 충분한 시간을 두고 검토하여 최종적으로 정리된 문안을 보내면 됩니다. 그만큼 실수의 가능성을 최소화할 수 있는 장점이 있습니다.

저자는 '어떻게 쓸까'라는 의문에도 역시 열두 가지의 답변을 내놓았습니다. 그 첫 번째는 '생각나는 대로 써보자'입니다. 제가 흔히 쓰는 방법입니다. 일단 써놓고 손질을 하는 동안 이어지는 좋은 생각들을 더하여 다듬어 냅니다. 두 번째는 '짧은 글을 잘 써야 한다'입니다. 저의 약점이기도 합니다. 문장이 길어지면 전체 내용이 한눈에 들어오지 않는 약점이 있다는 것을 잘 알면서도 문장이 길어지는 경향이 있습니다. 이런 문제는 초고를 다시 읽어가면서 문장을 적당히 끊어 짧은 문장으로 나누는 것으로 해결합니다. 그래서 '퇴고의 즐거움을 누리자'라는 저자의 권유에 공감하게 됩니다.

다산이 유배지에서 두 아들에게 보낸 서한을 묶은『유배지에서 보낸 편지』에는 두 아들에게 책 읽기의 중요성, 책 읽는 방법을 일깨우는 내용도 나옵니다. 그리고 책을 쓰는 요령도 있습니다. 다산의 책 쓰는 요령을 참고하여『독서사락』의 구조를 보면 전체를 아우르는 서문이 있고, 읽기·듣기·말하기·쓰기의 각각에 대하여 필요한 이유, 정의, 이어서 열두 가지의 방법을 적었습니다. 책 쓰기의 첫 번째 작업은 '책을 왜 쓰는지'를 먼저 생각하고, 이어서 전체의 얼개를 구성하여 목차를 정하는 일입니다. 무엇이든 처음이 어렵지 일단 해보면 다음부터는 쉽습니다. 책 쓰기를 한번 해보시렵니까? 그렇다면 일단 책 읽기부터 시작해 보시는 것이 좋습니다. (라포르시안 2015년 3월 23일)

아랍문화사

(전완경, 한국학술정보)

아랍인은 누구인가?

2014년에 스페인과 모로코를 여행하면서 이슬람문명의 자취를 보면서 경탄과 호기심 그리고 의문 등 다양한 느낌을 받았습니다. '이슬람' 하면 전투적이라는 생각이 떠오르던 것과는 다른 느낌이 있었습니다. 지금까지의 이슬람에 대한 생각은 대부분 전쟁이나 폭력에 관한 단편적인 소식 때문이었습니다. 생각해보면, 오래전에 공부하던 미국의 실험실에서 만난 팔레스타인 친구는 장난기가 넘치면서도 다정다감했던 기억이 선명합니다.

이슬람문명 하면 아랍인들이 중심이 되어 만들어낸 것인데, 어떤 경로로 아프리카를 지나 이베리아반도에 이르렀으며, 이베리아반도에서는 유대인, 기독교와 공존 및 충돌을 거듭하게 되었는지, 그리고 왜 밀려났는지 등등 궁금증이 점차 커졌습니다. 이런 궁금증을 풀기 위해 다양한 책을 읽어왔습니다. 무함마드 아사드의 『메카로 가는 길』이나, 정인경의 『보스포루스 과학사』, 그리고 김재원 등의 『유럽의 그리스도교 미술사』 등을 [양기화의 북소리]에서 소개한 것도 이런 이유 때문입니다.

『아랍문화사』 역시 같은 맥락에서 읽고 소개하게 되었습니다. '우리가 갖고 있던 오해와 편견을 뒤집을, 아랍인과 이슬람 문화의 참모습을 발견하다!'라는 문구가 인상적인 이 책은 한국 중동학회 회장을 역임한 전완경 교수가 썼습니다. '아랍의 외교적, 경제적, 문화적 중요성이 더해 감에 따라 아랍과 이슬람 사회에 대한 편견과 오해를 줄이는 것이 시급한 과제'라는 생각에서 기획했다고 합니다.

유럽문명은 고대 그리스에서 시작하여 로마로 전해진 다음, 르네상스시대에 다시 꽃피울 때까지 중세의 암흑에 묻혀 있었다고 우리는 알고 있습니다. 그런데 무너져 내린 건물을 다시 복원하는 데도 참고할 수 있는 무엇이 있어야 하는 법입니다. 로마에서 끊어진 고대문명을 르네상스로 연결한 '무엇'의 실체를 제대로 배우지 못했습니다. 우리가 잘 모르던 그 '무엇'이 바로 이슬람문명이었습니다. 이슬람문명의 역할이 제대로 평가받지 못했던 것은 콧대 높은 유럽 사람들이 드러내고 싶지 않았기 때문이 아니었을까요?

척박한 중동 지역을 중심으로 한 아랍 사람들이 동쪽으로는 인도에 이르고, 서쪽으로는 북아프리카를 지나 이베리아반도까지 방대한 영역을 차지한 적이 있습니다. 더하여 독자적인 문명을 이루고, 이를 근대 유럽에 전수하기까지 하였습니다. 이런 과정은 지중해지역원에서 정리한 『지중해 문명의 다중성』을 읽어 개략적인 줄거리를 파악할 수 있습니다. 하지만 지역적으로나 시간적으로 인접한 문명과의 관계에 대한 설명이 조금 더 있었으면 하는 아쉬움이 있었습니다. 『아랍문화사』는 이런 아쉬움을 상당 부분 채워주었습니다.

다소 많은 분량의 『아랍문화사』는 부록을 포함하여 모두 12장으로 구성되었습니다. ▲아랍인의 기원과 정체성(1장) ▲이슬람 이전 시대 유목생활 중심의 아랍인들의 삶과 그들이 일구어낸 문화적 성취(2장) ▲아라비아반도에 이슬람 출현 배경과 과정 및 그 문화사적 의미와 이슬람 공동체의 성립과정(3장) ▲국가의 면모를 갖춘 최초의 아랍 왕국인 우마이야 왕조의 문화사적 의미를 아랍주의의 시각에서 집중 조명(4장) ▲이슬람 제국의 확장으로 중세 선진문화를 일구어내며 인류문명의 주체였던 아랍인들의 문화적 성취와 그 영향을 재평가(5장) ▲꾸란을 기록한 언어이고, 천상의 언어로 신성시되는 아랍어가 이슬람과 이슬람 공동체에서 갖는 의미(6장) ▲아랍 시로 대변되는 아랍 문학이 이슬람 제국의 확장에 따른 영향력 증대과정과 아랍 산문문학이 유럽의 산문문학에 끼친 영향(7장) ▲유럽인들의 지적 부흥운동이자 서구 근대화의 계기인 르네상스에 끼친 아랍인들의 역할(8장) ▲중세 이후 암흑기를 경험했던 아랍인들이 '나흐다(부흥)'로 불리는 지적 자각의 과정과 그들의 부흥운동(9장) ▲고대의 무지기, 중세의 전성기와 근대의 암흑기를 거치며 형성된 아랍인들의 인식과 그들의 사고관(10장) ▲아랍 특유의 관습 및 전통과 서구 사회제도가 혼합되어 있는 아랍의 사회제도가 갖는 의미와 특징(11장) ▲신라시대 이후부터 한반도와 직·간접적인 관계를 지속해 온 아랍·이슬람 세계와 한반도와의 역사적 교류 과정 등의 순서입니다.

아랍(al-Arab)이란 단어의 근원은 분명치 않으나 고대 셈족의 언어에서 유래되었다고 봅니다. 사막에 거주하는 사람들이라는 의미를 가지고 있고, 메소포타미아 지역의 주민들이 유프라테스강 지역 서쪽에 거주하는 민족들을 일컫는 말이었을 것이라고 합니다. 이슬람 이전 시대의 아랍인이라 함은 일반적으로 '아라비아와 시리아 사막에 거주한 유목민'을 가리켰습니다. 하지만 아라비아 반도 남부에서 농사를 짓던 사람들을 포함하지 않는 등, 제한적으로 정의되었습니다. 그렇다면 아랍인은 바빌로니아인, 아시리아인, 히브리인, 페니키아인, 아람인, 아비시니아인, 사바인 등과 함께 셈족에 속하고, 이들은 구약성서 창세기에 나오는 노아의 아들 셈의 후예들인 셈입니다.

반면에 이슬람 이후로부터 현대적 의미의 아랍인은 아랍어를 모국어로 말하고 아랍 세계에서 살거나 아랍 세계에 뿌리를 두고 있는 사람으로, 일반적으로 이라크에서부터 모로코에 이르는 지역에 거주하는 사람들을 말합니다. 9세기에 등장한 아랍 민족주의의 산물입니다. 이라크의 소설가이며 시인인 자브라 I. 자브라는 "아랍인이란 아랍어를 자신의 언어로 말하고 따라서 아랍으로 느끼는 사람(35쪽)"이라고 정의하였습니다. 역시 스스로를 아랍인이라고 생각하는 정체성을 가지고 있는 사람이면 모두 아랍인으로 본다는 것입니다. 유대계 오스트리아인으로 태어났지만 26살에 이슬람으로 개종하여 평생을 이슬람의 진정한 정신과 문화를 알리는 연구를 해온 무함마드 아사드도 아랍인의 범주에 들어갈 수 있는 것인가 궁금합니다.

아라비아반도의 사막지역에서 유목생활을 하던 아랍인들은 생존의 문제가 최우선의 과제였기 때문에 투쟁적일 수밖에 없었습니다. 그들은 글을 쓸 줄 몰랐습니다. 그럼에도 불구하고 이들은 아랍 시의 언어와 운율이라는 문학적 유산을 남겼습니다. 그들에게 있어 완벽한 인간은 싸우는 기술 이외에도 웅변이 필요했기 때문입니다.

일반적으로 이슬람 원년인 622년 이전을 '자힐리야(جاهلية) 시대', 즉 무지의 시대라고 합니다. 그리스와 로마 그리고 페르시아가 대제국을 건설하는 동안 아라비아반도에서는 작은 왕국들이 성쇠를 거치면서 아랍사회는 부족들의 이합집산이 거듭되었습니다.

예언자 무함마드가 태어날 무렵 아라비아반도는 정치적으로나 사회적으로 분열되어 혼란한 상태였습니다. "아이얌 알 아랍(Ayyam al-Arab), 즉 '아랍인의 싸움의 시절'이라고 부를 정도로 아랍 부족 사이에 끊임없었던 분규와 증오와 반목, 불안한 상태가 지속되었습니다. 무함마드는 그 원인을 치열한 생존경쟁과 혈연으로 뭉쳐진 단위 부족의 우상숭배 사상 때문(86쪽)"이라고 보았습니다. 그리하여 혈연을 초월한 종교사상, 즉 유일신을 믿음으로써 아랍족의 통일이 가능하다고 생각하고, 공백상태의 도덕적 윤리를 세우기 위하여 선행이라는 가치관을 제시한 것입니다.

예언자 무함마드는 대상 활동을 통하여 기독교나 유대인들과 접촉함으로써 성서의 내용을 알고 있었을 것으로 짐작됩니다. 초기에는 자신을 새로운 종교의 창시자로 알리기보다는 아랍민족에게 기독교인들과 유대인들에게 계시된 최후의 심판을 알림으로써 우상숭배와 관련하여 혼탁해진 아랍사회를 바로 세울 수 있을 것으로 기대하였던 것 같습니다. 그의 전교활동은 당시 메카의 지배계급이었던 꾸라이쉬 부족의 반발을 불러와 박해를 받게 되었습니다. 하지만 메디나 주민대표들과의 협상에 성공하면서 300여 명의 신자들을 이끌고 622년 7월 메디나로 이주하였습니다. 이 시점을 이슬람의 원년으로 삼게 되었습니다.

　메디나로 거점을 옮긴 무함마드는 종교지도자에서 정치지도자로 변신하면서 이슬람 역사상 대전환기를 맞았습니다. 메디나의 8개 씨족으로 구성된 새로운 무슬림 공동체를 성립시켰고, 이후 메카의 꾸라이쉬 씨족에 속하는 추종자들로 구성된 9번째 씨족을 추가하였습니다. 메디나에서 종교적 이념공동체 움마를 토대로 사회적 통일을 이룬 무함마드는 메카와의 지하드를 선언하고 8년여에 걸친 전투를 통하여 승리를 쟁취하였습니다. 그리고 반도의 대부분 아랍 부족을 통일시켜 자신의 권위 아래 두었습니다. 그리고 다양한 민족과 문화를 포용하는 세계적 공동체의 바탕이 되는 보편적인 종교를 출범시켰고, 군대를 보유하며 체계적으로 조직된 공동체 내지 아랍국가의 토대를 놓았습니다.

　무함마드 사후 이슬람공동체는 합의에 의하여 칼리파가 결정되는 체제로 아부 바크르, 우마르, 오스만으로 이어졌습니다. 하지만 공평무사하지 못한 국정운영으로 내분이 일어 오스만이 피살되고, 무함마드의 4촌 동생이자 사위인 알리가 칼리파에 오르게 되었습니다. 하지만 오스만의 친척이자 시리아의 총독인 무아위야를 중심으로 한 세력이 반란을 일으켰습니다. 무아위야가 칼리파가 되면서부터는 칼리파를 선출하지 않고 세습하는 우마이야 왕조시대가 열렸습니다. 우마이야 왕조는 지금 시리아의 다마스쿠스로 수도를 옮기고 영토 확장에 나섰습니다. 그 결과 661년부터 90년 동안에 걸쳐 아시아, 아프리카 그리고 유럽에까지 영토를 확장하여 전성기의 로마제국보다 훨씬 큰 제국을 건설하였습니다.

　영토를 확장하면서 자연스럽게 다른 문화와 문명을 가진 사람들이 유입되었습니다. 우마이야 왕조의 칼리파들은 외래문화를 수용하고 흡수하여 통합하려는 노력을 경주하였던 것입니다. 이는 지식을 습득하고 문화를 발전시키라고 주문하고 있는 꾸란의 가르침 때문이었습니다. 그런데 우마이야 왕조가 점차 아랍인 우월정책을 펼치면서 아랍 부족 간 긴장을 유발시켰습니다. 이슬람 초기에 이루었던 평등과 자유주의가 오히려 퇴조하는 상황을 만들어 결국은 아바스 왕조에게 밀려나게 됩니다.

우마이야 왕조를 무너뜨린 아바스 왕조는 우마이야 왕조에 대한 사회경제적 불만세력이 주도하여 성립되었습니다. 아랍 부족에 의한 귀족정치가 소멸하고, 이슬람의 원칙에 바탕을 둔 평등사회 정부가 탄생한 것입니다. 이런 까닭으로 우마이야 왕조는 아랍 왕국으로, 아바스 왕조는 이슬람 제국이라고 부르기도 합니다. 아바스 왕조는 지금의 이라크의 바그다드를 건설하여 제국의 수도로 삼았고, 이슬람 제국은 황금기를 맞게 됩니다. 아바스 왕조는 그리스-로마의 지중해문화, 페르시아문화, 인도와 중국문화를 받아들였습니다. 그것들을 그들의 표현수단인 아랍어와 이슬람 신앙으로 융합하여 완성한 것이 이슬람문화입니다. 특유의 유화력과 상대적인 관용성을 특색으로 한 다양성을 보여주었습니다.

한편 아바스 왕조에 밀려난 우마이야 왕조의 후예들은 이베리아반도까지 달아나 코르도바에 후기 우마이야 왕조를 열었습니다. 역시 유럽이 중세 암흑기를 겪고 있을 때, 아랍어와 이슬람 신앙을 바탕으로 인류문명의 중계자로서의 역할을 다하였습니다. 일부 학자들은 실제 르네상스는 15세기에 아랍 무슬림의 문화부흥의 영향으로 일어났으며, 이탈리아보다 스페인이 유럽 재탄생의 요람이었다고 주장합니다. 아랍인이 없었더라면 근대 유럽문명은 결코 성장할 수 없었을 것입니다. 아랍인들은 고대 학문의 전달에만 그친 것이 아니라 그것들을 재해석하고 사실을 규명하였으며 추가하였던 것입니다. 스페인의 안달루스나 모로코의 페스 등에 설치된 아랍의 대학에는 유럽의 학자들이 몰려들어 공부하였고, 이슬람은 이를 거부하지 않았습니다.

하지만 지역으로 나누어 통치하던 체제에 더하여 유럽사회로부터의 십자군,

중앙아시아의 신흥세력, 몽골의 침공 등 다양한 요인으로 인하여 이슬람세계
는 몰락의 길에 접어들었습니다. 이웃한 오스만 튀르크의 강성으로 우선 타격
을 입었고, 뒤이어 유럽제국이 밀려들면서 오랜 세월 침체에 빠지게 되었습니
다. 이제 아랍은 다시 깨어나고 있습니다. 아랍민족주의에 입각한 부흥운동이
전개되었는데 다양한 이유로 두드러진 성과가 나타나고 있지는 않습니다. 하지
만 인류의 역사에서 중요한 역할을 했던 점을 볼 때 커다란 잠재력을 가지고 있
다고 생각합니다. (라포르시안 2015년 4월 13일)

3

기억의 집

(토니 주트, 열린책들)

자신의 몸에 감금된 역사학자가 복원한 '기억의 집'

기억은 제가 쥐고 있는 큰 화두 가운데 하나입니다. 토니 주트의 『기억의 집』을 읽고 소개하게 된 이유입니다. 1948년 런던에서 태어난 토니 주트는 케임브리지 대학 킹스 칼리지와 파리 고등사범학교에서 공부하였습니다. 그리고 케임브리지 대학을 시작으로 옥스퍼드 대학, 버클리 대학, 뉴욕 대학에서 유럽 역사를 가르쳤습니다. 전후 유럽에 관한 최고의 역사서로 평가받는 『포스트워 1945~2005(Postwar: A History of Europe Since 1945)』를 발표하면서 세상에 널리 알려지게 되었다는데, 저로서는 처음 들어보는 책입니다. 하지만 최근에 우리나라에 소개된 『더 나은 삶을 상상하라』는 들어본 기억이 있어 조만간 읽어볼 생각입니다.

토니 주트는 불의를 목격할 때마다 그것이 잘못되었다고 말하기를 주저하지 않은 본래적인 의미의 지식인으로 평가됩니다. 『메카로 가는 길』의 저자 무함마드 아사드가 이슬람에 심취한 유대인이었다는 사실과 함께 토니 주트가 조국 이스라엘의 잘못을 비판하기를 서슴지 않았다는 데서 유대인에 대한 저의 편견을 버리게 될 것 같습니다. 홍익희의 『유대인 이야기』에서도 확인하였던 것처럼 저 역시 유대인들은 뛰어나지만 배타적인 경향이 강한 민족으로 인식하였습니다.

저자는 10대 시절 몇 차례 여름방학을 이스라엘의 키부츠에서 보내면서 유대주의(zionism)의 한계를 느끼게 되었습니다. 키부츠는 타국 땅에서 뿌리를 내리지 못한 이주유대인(diaspora)들을 본토로 귀국시켜 퇴보상태에서 구출해야 한다는 도덕적 목적으로 출발했습니다. 하지만 일종의 유토피아적 관점에서 시작된 노동 유대주의는 아랍 노동자를 고용하지 않는 바람에 스스로를 격리시키는 상황을 초래했습니다. 그리하여 구성원들에게 커다란 제약을 가하고 있다는 사실을 주트는 일찍 깨닫게 되었습니다. "집단 자치 정부를 꾸렸다거나 소비재를 평등하게 배급한다고 우리가 더 교양 있는 사람이 되는 것도, 타인에게 더 관용적인 사람이 되는 것도 아니다. 실은, 자부심이 극단에 이를수록 가장 악질적인 인종적 유아론만 강해질 따름이다.(103쪽)"라고 적었습니다.

키부츠에서의 경험을 통하여 그는 이스라엘은 감옥 같고 키부츠는 감방 같다는 것을 깨우친 것입니다. 특히 6일 전쟁이 끝난 다음 골란고원에서 군 생활을 하면서 혈기왕성한 유대인 젊은이들이 패전한 아랍인들을 잔혹하게 대하는 모습을 보면서 유대주의와 결별을 결심했습니다. 나아가 마르크스주의자가 되는 것도, 공산주의를 믿는 이스라엘 정착자가 되는 것도, 모두 그만둘 수밖에 없었습니다. 그리고 보편적 사민주의자가 되었습니다.

『기억의 집』은 토니 주트의 사후에 세상에 나온 유고집입니다. 저자는 2008년 세칭 루게릭병이라고 하는 근위축성 측색 경화증으로 진단받고 투병하다가 2010년 타계하였습니다. 근위축성 측색 경화증은 미치 앨봄의 『모리와 함께한 화요일』로 우리에게 알려졌고, 우리 영화 「내 사랑 내 곁에」로 가까워졌습니다. 루게릭병 환자는 대뇌와 척수에 있는 운동신경세포가 알 수 없는 원인으로 조금씩 죽어가면서 증상이 나빠집니다. 처음에는 손과 손가락, 다리의 근육이 약해지고 가늘어지는 증상과 함께 말하거나 음식물 삼키기가 어려워집니다. 점차 근력이 떨어지면 움직이기 위하여 누군가의 도움을 받아야 하고, 결국은 침대에 누워 지내야 합니다. 우리 몸에 있는 근육을 움직이는 신경세포가 죽어가는 것이라서 의식이나 감각은 죽을 때까지 정상으로 유지됩니다. 그래서 주트는 '자신의 육체가 마치 한 주가 지날 때마다 6인치씩 면적이 줄어드는 감방' 같다고 비유했을 것입니다.

책을 받으면서 궁금했던 원제『The Memory Chalet』이나『기억의 집』이란 제목의 의미는 서문에 이어 나오는 글에서 찾을 수 있었습니다. '밤'에서는 루게릭병을 앓고 있는 환자의 어려움을 토로하는데, 특히 혼자서 보내야 하는 밤은 전혀 사소한 일이 아니라고 강조합니다. 불면증으로 고통을 받아본 사람은 그나마 조금 이해할 수 있겠지만, 베개에 머리를 내려놓는 순간 곧바로 꿈나라로 가는 저는 충분히 실감하지 못합니다. 저자의 해결책은 이렇습니다. "나의 삶과 나의 생각, 나의 환상과 기억, 잘못된 기억 따위를 샅샅이 훑는 것이다. 정신이 자신을 가둔 육신에 대한 관심을 거두고 사건과 인물 혹은 이야기에 매진하게 만들었다. 이런 정신적 의식은 나의 주의를 사로잡을 만큼 충분히 흥미로워야 하고, 귓속이나 등허리의 참기 힘든 가려움을 견디게 해줘야 한다. 하지만 동시에 잠을 부르는 전주곡으로도 작용할 수 있도록 충분히 지루하고 뻔해야 한다.(29쪽)"

저자는 밤의 시간 동안 심연에 가라앉아 있는 먼 기억까지도 추슬러 만든 이야기들을 다음 날 구술하여 글로 정리하였습니다. 문제는 저자의 말대로 '몇 시간 뒤에 회수할 어떤 생각을 공간적으로 정리하는 일'이 만만치 않더라는 것입니다. 저자는 초기 근대주의(modernism) 사상가와 여행가들이 세부 묘사를 저장해 두고 회상하기 위해 이용한 기억 방식에 착안하였습니다. 조너선 스펜스의『마테오 리치, 기억의 궁전』에 언급되어 있습니다. 기억술사라고 불러도 될 그들은 자신들의 기억이 머물 공간으로 거대한 궁전을 지었습니다. 아우구스티누스의『고백록』에서도 읽었던 것처럼 옛날 사람들은 기억이 우리의 의식 속에 있는 창고에 넣었다 꺼내는 것처럼 인식하고 있었던 것 같습니다.

주트가 밤새 엮은 생각들이 흩어지지 않도록 이용한 나름대로의 기억의 집은 샬레였습니다. 1950년대 후반 가족들이 함께 갔던 스위스 빌라르 지방의 고즈넉한 마을 체지에르에 있는 가족호텔입니다. 주트는 샬레 자체를 기억의 방 아쇠에서 기억의 저장장치로 변모시켰던 것입니다. 샬레는 구조 하나하나까지도 사실적으로 눈앞에 샅샅이 그릴 수 있을 뿐 아니라 방문하고 또 방문하고 싶은 장소이기 때문입니다. 샬레는 무한히 재구성되고 재분류된 회상들의 저장고 노릇을 하는 기억의 궁전이 되기에 충분한 매력을 가지고 있어, 주트만을 위하여 존재하는 건축물이 되었습니다. 저자는 매일 밤낮으로 샬레도 되돌아가 친숙한 좁은 복도를 지나 거실에 들어갑니다. 그리고 안락의자 가운데 하나에 몸을 의지한 채, 다음 날 쓸거리에 사용하고 싶은 이야기들을 불러내고 정리하고 배열한 다음에 그 이야기를 샬레의 객실로 가져가는 것입니다.

'이 작은 책에 실린 글들을 출판을 염두에 두고 쓴 것들이 아니다. 다만 스스로의 즐거움을 위해 쓰기 시작한 것이었다.'라고 전제하고 그래서 '부모님이나 나의 유년 시절, 또는 전처와 현재의 동료들을 언급하는 지점에서 나는 글이 말하도록 그냥 내버려 두었다. 여기에는 에두르지 않는 솔직함이라는 장점이 있다.'라고 고백하면서도 이 때문에 상처를 받는 이가 없기를 간절히 바란다고 하였습니다.

저자는 자신이 기억하는 20세기 초반의 런던 변두리 마을에 사는 평범한 사람들의 삶을 자연스럽게 그려냈습니다. 그래도 저자의 고집스러운 철학이 녹아들어 있다는 느낌을 첫 번째 글 「금욕」에서부터 엿볼 수 있습니다. 제2차 세계대전 후 물자부족으로 배급을 실시하던 시기를 지나오면서 금욕이 몸에 밴 저자는 끊임없이 서민들의 금욕을 요구하는 위정자들에게 할 말이 많았던 모양입니다. 그래서 "우리는 공익을 위해 끝없는 상거래에 양보했고 우리의 지도자들이 더 높은 포부를 품기를 바라지도 않는다. (…) 더 나은 통치자를 원한다면, 우리는 통치자들에게 더 많은 것을 요구하고 우리의 이기심은 줄이는 법을 배워야 한다. 우리는 약간 금욕적일 필요가 있다.(42~43쪽)"라고 마무리하였습니다.

우리는 흔히 고향을 이야기합니다만, 저자는 그 범위를 더 좁혀서 '집을 마음이 깃든 곳'으로 말합니다. 사는 동안 많은 집들을 전전하면서 살아왔기 때문에 스스로를 노숙자라고 한탄하면서도 네 살 때부터 열 살 때까지 살았던 런던 남서부의 퍼트니를 애틋하게 기억하기도 합니다. 사실 저는 열 살 때 살던 집에 관한 기억이 별로 남아 있지 않습니다. 지금은 재개발이 되어 사라져 버린 야트막한 언덕 꼭대기에 있는 집엘 가려면 돌계단을 헉헉거리면서 올라야 했고, 수도가 없어 한겨울에도 언덕 아래 공동우물에서 물을 길어 날라야 했습니다. 게다가 집 뒤로는 도시 변두리에 있던 미군기지에 근무하는 미군들을 상대하는 그런 집들이 있었던 모양입니다. 결국 이듬해 언덕 동네를 떠나 도심 가까이로 이사를 하였습니다. 어떻든 주트는 퍼트니의 골목길에서 빅토리아시대의 느낌이 남아 있었던 것으로 기억하였습니다. 그래서 퍼트니는 그의 런던이었고, 런던은 그의 도시가 되었습니다.

그의 기억에는 고향 동네에서 버스 혹은 전철을 탔던 일부터 기차를 타고 조금 멀리 여행하기, 혹은 배를 타거나 차를 몰아 유럽을 여행하는 일까지 담겨 있습니다. 여행을 통하여 나를 둘러싸고 있는 테두리들을 벗어나는 경험을 맛보면서 생각의 틀을 키워나갈 수 있었습니다. 여행을 좋아한 저자는 "혼자서 어딘가로 가고 있을 때만큼 행복한 일은 없었고, 그곳에 다다르는 시간이 오래면 오랠수록 더 좋았다. 걸으면 유쾌했고, 자전거를 타면 즐거웠으며, 버스 여행은 재미있었다. 하지만 기차는 곧 천국이었다.(75쪽)"라고 말합니다.

앞서 저자를 역사학자라고 설명하였습니다만, 책을 읽어가다 보면 다소 변화가 있었던 것 같기도 합니다. 저자는 늘 역사학자가 되고 싶었고, 심지어 열두 살 무렵에는 필요한 학위를 따는 데 걸리는 시간을 계산하기도 했다는데, 정작 30대 초반에는 옥스퍼드에서 정치학을 가르쳤다는 것입니다. 중년에 맞는 위기의 시점에서 아내를 바꾸거나 차를 바꾸는 다른 남자들과는 달리 자신은 전공을 바꾸었습니다. 동서냉전과 그에 따른 범죄의 책임에 관한 논쟁이 계기가 되어 체코어를 배우고, 프라하를 방문하였습니다. 동유럽사를 가르치고 저술하기 시작했으며, 종국에는 『포스트워』를 집필하였습니다. 저자는 중년의 위기에서 자신의 선택에 대한 긍지를 이렇게 표현하였습니다. "덕분에 나는 탈근대주의 학파의 방법론적 유아론(唯我論)으로부터 완전히 치유되었다. 덕분에 좋든 나쁘든, 나는 믿음직한 대중 지식인이 되었다. 우리가 서양 철학을 통해 꿈꾸는 것보다 훨씬 많은 것이 천상과 지상에 존재했고, 나는 그중 일부를 뒤늦게야 보았다.(181쪽)"

앞서 저자가 유대주의와 결별한 유대인이라는 말씀을 드렸습니다만, 그래도 저자 나름의 정체성으로 고민한 흔적을 「언저리 사람들」에서 볼 수 있습니다. 저자가 자랄 무렵 영국에서 유대인은 명백하게 문화적 편견의 대상이었습니다. 그럼에도 불구하고 저자의 부모님들은 조직적인 유대인 공동체를 멀리하였던 모양입니다. 유대 명절을 쇠지 않았고 랍비들의 권고에 따르지 않았습니다. 영국에서 태어나 미국에서 유럽사를 가르치는 학자로서, 영국인인 동시에 유대인임을 강하게 느낍니다. 그럼에도 불구하고 '유대스러움'이 많이 통용되고 있는 현대 미국을 불편하게 느끼는 것은 유아론적 사고와 거리를 두고 있었기 때문일 것입니다. '뿌리 없는 세계주의자'라고 모욕적으로 불리면서도 스스로를 언저리 사람들로 규정합니다. 저자가 살고 있는 뉴욕이라는 곳의 특별함에 기인하는 것 같습니다. 뉴욕이 여전히 세계의 도시이기 때문입니다. 뉴욕은 세계인들이 모여 서로 부대끼며 사는 한편 세계를 향하여 열려 있는 도시입니다. 세계 어디에서 온 사람들에게 관대한 도시이기 때문입니다. 개인적으로는 「언저리 사람들」이 저자의 마지막 글이 되었더라면 하는 생각을 해봅니다. (라포르시안 2015년 4월 20일)

4

100년의 기록

(버나드 루이스, 분치 엘리스 처칠, 시공사)

중동의 시각에서 본 '중동의 역사'

책 읽기도 인연을 따라가는 면이 있다고 생각합니다. 2014년 마그레브지역을 여행하면서 이슬람과 유대교에 관련된 책들을 찾아 읽게 되었습니다. 『100년의 기록』은 그런 인연으로 만난 책입니다. 여기 더하여 이 책을 번역한 서정민 교수를 오래전에 만났던 인연이 있어 번역한 책을 통해 그를 다시 만나게 되니 좋았습니다.

『100년의 기록』은 현존하는 최고의 중동 역사학자인 버나드 루이스의 삶과 학문의 세계를 집대성한 기록입니다. 1916년에 태어나 2018년에 세상을 떠났으니 한 세기를 넘겨 살았습니다. 들어가는 말에서도 짚고 있습니다만, 중동의 역사를 연구하려면, 반드시 이슬람의 기원과 경전을 잘 알고 있어야 합니다. 저자는 학창 시절부터 이미 쿠란과 선지자 무함마드의 전기를 비롯하여 관련된 방대한 자료들을 읽었습니다. 흥미로운 점은 저자가 유대인이라는 점입니다. 그러고 보니 [북소리]에서 이미 소개한 바 있는 『메카로 가는 길』을 쓴 저명한 무슬림 작가 무함마드 아사드 역시 유대인이었습니다. 물론 유대교와 이슬람은 가톨릭과 함께 같은 뿌리를 가진 형제 사이입니다. 중세 이베리아반도를 지배한 이슬람 제국에서는 유대인들과 공존하면서 다양한 문화적 성취를 이루었던 것이나, 사회적 여건이 변하면 서로 개종을 하기도 하는 등 종교적 갈등이 그리

크지 않았던 것을 기억합니다.

　루이스는 종교적인 관점을 떠나 자신이 역사학자이며 문명사에 관심이 있다고 밝히면서 현재 우리는 거대한 힘들이 역사를 위조하는 시대에 살고 있다고 비판합니다. 역사란 집단의 기억인데 역사의 부재는 기억상실증이고 왜곡된 역사는 신경증을 일으킨다고 비유합니다. 따라서 역사학자는 '도덕적이고 직업적인 책임감을 바탕으로 과거의 진실을 정확히 찾아내고, 파악한 그대로를 제시하고 설명해야 한다'고 전제하고 스스로 이런 책무를 다하기 위해 진정으로 노력해 왔다고 고백합니다.

　유대인들의 저서를 보면 선대를 거슬러 올라 자신의 뿌리를 밝히는 경우가 많습니다. 친가와 외가의 조부모에서 시작해서 부모님들이 만나 결혼을 하고 자신이 출생하게 된 경위를 간략하게 소개합니다. 그리고 성장과정을 정리하여 자신의 학문적 성취가 어떠한 배경에서 이루어졌는지를 읽는 이들이 느낄 수 있도록 하는 것입니다. 저자의 학문적 배경에는 어렸을 적부터 몸에 밴 책에 대한 욕심이 있었던 것 같습니다. 눈여겨보게 되는 대목입니다. "나는 어렸을 적에 어떤 중요한 사실을 발견했다. 책을 소유하면 그것을 읽는 기쁨이 배가되고 새로워질 수 있다는 것이다. 우선 원하는 시간과 장소에서 책을 읽을 수 있으며, 도서관이나 법적 소유권자에게 번거롭게 돌려줄 필요가 없다. 책을 읽는 동안에도 특정 구절에 대한 감상과 이해가 더욱 쉬워진다.(27쪽)" 그래서 저자는 책을 수집하기 시작했다고 합니다.

　저자는 언어에 탁월한 재능을 가지고 있습니다. 초등학교 과정에서 영어, 프랑스어, 라틴어에서 최고의 교육을 받았습니다. 그리고 이탈리아 가극을 즐겨 부른 아버지의 영향을 받아 이탈리아어에도 익숙해 있었으며, 유대 젊은이라면 누구나 열세 살에 치르는 성년식 바르미츠바 행사를 위하여 히브리어를 배웠습니다. 유대의 성년식 전통은 기원전 76년 즉위한 하스모니안 왕조의 알렉산드라 여왕이 유대민족의 내부단결을 도모하고자 모든 남자들에 대한 의무교육으로 시작하였습니다. 이로써 유대인 가장들 사이에서는 문맹이 사라지게 되었습니다. 그 뒤로 유대인들은 세 살부터 히브리어를 배워 율법을 암기하였습니다. 성년식에서는 모세오경 가운데 한 편을 모조리 암송해야 했으며 성인식에 참석한 사람들을 대상으로 성경을 토대로 준비한 강론을 해야 합니다. 이와 같은 교육방식은 유대민족의 탁월한 지적 능력을 향상시켰습니다.

저자는 런던대학교에 입학해 역사학, 특히 중동 역사를 전공하였습니다. 대학을 졸업하고는 이집트를 거쳐 팔레스타인, 시리아 그리고 튀르키예를 여행하는 행운을 얻었습니다. 대학원과정을 마칠 무렵 터진 제2차 세계대전 기간 중에 저자는 정보부대에서 근무하였습니다. 특히 전쟁이 끝날 무렵에는 중동에 파견되어 근무하면서 정보를 분석하는 작업에 참여했습니다. 이 무렵에는 러시아어, 아랍어, 튀르키예어, 알바니아어를 비롯하여 다양한 언어를 어느 정도 소화할 수 있게 되었다는 것입니다.

저자의 언어적 능력은 역사학자라면 필수적으로 부딪히게 되는 다양한 원전 자료를 독해할 수 있기 때문에 중역으로 인한 원전의 왜곡을 피할 수 있는 장점을 갖춘 셈입니다. 결국 1949년에는 튀르키예 이스탄불에 있는 오스만제국의 기록보관소를 방문하여 자료를 살펴볼 기회까지 얻어 중동 역사의 권위를 세우게 되었습니다. 이 기록보관소는 수 세기에 걸친 오스만제국의 엄청난 분량의 자료가 쌓여 있었습니다. 1955년에는 UCLA에서 객원교수로 근무하게 되었고, 그 무렵부터는 파키스탄, 아프가니스탄, 모스크바 등지에서 열리는 이슬람관련 학회의 초청으로 무슬림국가들을 방문하는 기회가 많아졌습니다.

이 책을 만날 기회가 있다면 '왜 역사를 공부하는가?'라는 제목의 장을 꼼꼼히 읽어보시기를 권합니다. 역사를 전공하지 않은 저로서는 심각하게 고민해본 적은 없습니다만, 저자의 글 제목을 보면서 호기심이 일었습니다. 저자의 학생들은 다양한 이유로 역사를 공부한다고 말했다는데, 저자는 그들에게 기본적으로 역사가로서 정직해야 한다고 당부했습니다. 오늘날의 역사연구 역시 과학적으로 상당히 진화했으며, 무분별한 자유보다는 검증 가능한 과학적 방법을 선호하기에 이르렀습니다. 그럼에도 불구하고 역사적 진실은 정답이 하나인 수학과는 다르다는 점을 인식해야 한다는 것입니다. 같은 사건도 상당히 다른 방식으로 해석될 수 있기 때문입니다. 결국 역사는 과학이 아니며 불완전하고 단편적이며, 일치하지 않거나 때로는 모순되는 증거를 기반으로 한다는 것입니다. 그럼에도 불구하고 역사는 명확하지 않은 인류의 삶과 지식에 통찰력을 제공한다고 저자는 믿고 있습니다.

저자는 정직한 역사 연구에 두 가지 조건이 있다고 했습니다. '첫째, 가설은 분명한 목적과 인식을 가진 것이어야 한다. 둘째, 학자는 증거에 따라 자신의 가설을 어떤 단계에서라도 수정하거나 포기할 수 있어야 한다.' 등입니다. 역사의 중요한 목적과 용도의 하나는 정당화라고 합니다. 과거를 이용하여 현재를 정당화하는 것입니다. 그런데 역사학자 역시 인간인지라 다른 사람들처럼 실수도 하고 실패도 할 수 있습니다. 나아가 피해야 할 일이지만, 특정 이념이나 권력에 대한 충성심과 편견이 학자의 역사 인식과 표현을 왜곡할 수 있는데, 진솔한 역사가는 이런 위험을 잘 알고 고치려 노력하는 것입니다.

1974년 저자는 결혼생활을 청산하고 영국을 떠나 미국으로 향하면서 직장은 물론 조국까지도 바꾸었습니다. 뉴저지의 프린스턴 대학교로부터 근동학과 학과장직과 프린스턴 고등학술연구소의 연구원을 겸직할 수 있는 제안을 받은 것입니다. 교육과 연구를 병행하면서 미국 정부의 중동정책에 관하여 자문하는 경우도 늘었습니다. 특히 이집트와 이스라엘, 이스라엘과 팔레스타인 해방기구 사이의 평화협정이 타결되는 과정이 요약된 부분도 인상적입니다.

최근에는 이슬람 과격주의가 세계의 주목을 받고 있습니다. 저자의 처녀작 『이스마일파의 기원』의 주제는 이스마일파의 자객(assassin)이었습니다. 이스마일파는 주류 수니파에서 떨어져 나온 시아파의 과격한 분파로 이단 중의 이단이었습니다. 그럼에도 불구하고 이들의 공격목표는 십자군과 같은 외부 세력이 아니라 이슬람권의 지배 엘리트와 지배이념을 대상으로 하였습니다. 즉, 중세의 자객에게 공격을 당한 피해자들은 이슬람세계의 통치자들, 군주들, 장관들, 장군들, 그리고 주요 종교 지도자들이었습니다. 이들은 항상 단검을 무기로 사용하였고, 공격 대상을 쓰러뜨린 후에도 도주하지 않았습니다. 자객을 보낸 세력 역시 자객을 구하기 위한 구출작전도 없었습니다. 임무를 끝낸 자객은 살아남는 것을 불명예로 여겼습니다. 그런 점에서 본다면 오늘날의 자살폭탄범죄의 전신이라고 할 수 있겠습니다. 하지만 민간인을 원격 조종하여 무차별적으로 살상을 하고 인질납치를 통해 자신들의 요구를 관철시키는 오늘날의 범죄자와는 근본적으로 다르다고 합니다. 이슬람의 교리, 전통, 법은 이슬람의 이름으로 테러를 감행하는 사람들을 결코 용납하지 않습니다. 이슬람법은 무차별적인 민간인 살해 혹은 협박을 위한 인질납치와 같은 행위를 명시적으로 금지합니다.

'문명의 충돌'이라는 제목의 글에서 흥미로운 구절을 발견했습니다. 사실 문명의 충돌의 대표적인 사례는 8세기 이베리아반도에 이슬람 제국이 건설된 것과, 오스만 튀르크제국이 보스포루스해협을 건너 발칸반도를 점령한 것을 들 수 있습니다. 특히 이베리아반도에서는 이슬람과 기독교가 서로에게 영향을 미쳐 독특한 문명양식을 만들어냈고, 그 유적들이 현재까지도 전해 옵니다.

특히 코르도바의 메스키타에서는 거대한 이슬람사원의 일부를 뜯어내고 가톨릭성당이 자리 잡은 독특한 모습을 볼 수 있습니다. 재미있는 것은 18세기 무렵에 작성된 에스파냐 주재 모로코대사관에서 작성된 문서에는 '알라께서 이곳을 이슬람의 품으로 빨리 회복하시길'이라는 문구를 볼 수 있다고 합니다. 이뿐만 아니라 요즈음에도 코르도바 메스키타를 방문하는 이슬람 신자는 '한때 이슬람 사원이었던 이 신성한 곳에 오니, 오후 기도를 드리고 싶네요.(339쪽)'라는 생각이 든다고 말하기도 한답니다. 과거의 영광을 회고하는 것은 인지상정이 아닐 수 없겠습니다.

이슬람 강경파들을 '이슬람원리주의'로 칭하는 관행을 바로잡을 필요가 있다는 저자의 지적도 새롭습니다. '원리주의'라는 용어는 1910년 무렵 미국의 일부 개신교 교회들이 주류 교회들과의 차별성을 부각시키기 위하여 만든 「원리들: 진실에 대한 증언」이라는 소책자에서 비롯된 것입니다. 이들은 자유주의 신학과 성경에 대한 비판을 배격했습니다. 즉, 성서는 문자 그대로 신성함을 가지며 거기에는 오류가 없다는 입장을 세웠습니다. 그런 배경을 가진 원리주의가 1980년대 들어 특정 이슬람단체를 묘사하는 데 동원되었습니다. 이들 무슬림단체는 미국의 개신교 원리주의자들과 하등 유사성이 없습니다.

『100년의 기록』을 읽으면서 무슬림과 유대인에 대한 시각을 바로잡을 수 있었습니다. 서구의 일방적인 시각으로 중동을 보는 것이 아니라 양쪽을 고루 보면서 학문적 활동을 해온 루이스의 학문적 배경이 잘 녹아 있기 때문입니다. 방대한 분량을 우리말로 옮긴 서정민은 "100년의 기록은 루이스의 학문적 삶을 모두 담아낸 책이다. 또 100년에 가까운 삶을 정리하며 집필한 개인적 회고록의 성격도 갖고 있다. 연구하면서 그가 직면한 학문적 고민과 논쟁에 대해서도 솔직히 담아냈다. 이혼이라는 개인사도 여과 없이 기술했고, 노년에 시작한 새로운 사랑에 대해서도 부끄럼 없이 진솔하게 밝혔다.(12쪽)"라고 이 책의 성격을 요약했습니다.

이 책을 소개한 서정민은 이집트 카이로에 있는 아메리칸 대학교의 정치학과를 거쳐 옥스퍼드 대학교에서 정치학을 전공하여 박사학위를 받았습니다. 2003년부터 2007년까지 중앙일보 카이로 특파원을 지냈습니다. 그가 카이로에서 올리는 따끈따끈한 중동 소식을 누리사랑방에서 읽으면서 교감하다가 일시 귀국한 그를 만나기도 했습니다. 그의 안내로 한남동에 있는 이슬람 중앙성원을 처음 방문한 작은 인연을 가지고 있습니다. 오늘 그의 노고가 밴 번역서 『100년의 기록』을 만나면서 그를 다시 만난 것처럼 반갑습니다. (라포르시안 2015년 7월 6일)

5

20세기를 생각한다

(토니 주트, 열린책들)

20세기를 생각한다

이어서 한 역사가의 삶을 되돌아보는 책을 소개합니다. 예일 대학 역사학과의 티머시 스나이더 교수가 뉴욕 대학에서 유럽근대역사를 연구하고 가르치는 토니 주트 교수와 나눈 대담을 정리한 『20세기를 생각한다』입니다. 토니 주트는 바로 앞서 『기억의 집』의 저자입니다. 『기억의 집』은 저자가 루게릭병으로 투병하는 동안에 발표한 글들을 묶어서 사후에 내놓은 책입니다. 반면 『20세기를 생각한다』는 스나이더가 예일 대학에 잠시 머물던 2009년 1월부터 여름까지 매주 목요일마다 뉴욕에 살고 있는 주트의 집을 방문해 나눈 대화를 바탕으로 구성하였습니다.

스나이더는 서문에서 이 책을 역사이자 전기이며 윤리학 논문이라고 정의하고, "이 책은 유럽과 미국의 근대 정치사상사이다. 주제는 19세기 말부터 21세기 초까지 자유주의자, 사회주의자, 공산주의자, 민족주의자, 파시스트 지식인들이 이해한 권력과 정의(正義)다. (…) 이 책은 정치사상의 한계(그리고 쇄신 능력)와 정치 영역에서 지식인들의 도덕적 실패(그리고 의무)에 대한 철학적 고찰이다.(9쪽)"라고 하였습니다.

앞서 말씀드린 것처럼 『20세기를 생각한다』는 앞서 소개한 버나드 루이스의 『100년의 기록』처럼 토니 주트의 삶과 학문의 세계를 집대성한 기록입니다. 버나드 루이스가 유대계인 것처럼 토니 주트 역시 친가와 외가 모두 동유럽에 뿌리를 둔 러시아 유대인입니다. 20세기 초반 러시아에서 발생한 유대인 학살사건 이후 여러 나라를 거쳐 영국에 자리를 잡았습니다. 그래서인지 모두(冒頭)에서 자신의 뿌리를 거슬러 밝히고, 출생 경위와 성장과정을 정리하여 자신의 학문적 배경을 설명하는 모양새가 닮았습니다. 차이가 있다면 주트의 전공이 유럽의 역사이기 때문인지 유럽의 역사를 통하여 유대인이 어떤 위치에 있었는지까지 이야기가 확대된다는 점입니다. 저자는 유대인 문제가 자신의 지적 활동이나 역사 연구에서 결코 중심이 아니었다고 잘라 말합니다. 하지만 자신이 걸어온 길을 회고하는 가운데 유대인 문제를 빠트릴 수는 없었을 것입니다.

『기억의 집』이 개인적인 삶에 관한 기록이었다고 한다면 『20세기를 생각한다』는 학문적 성과는 물론 자신의 철학이 형성된 과정을 솔직하게 설명한다고 볼 수 있습니다. 그러고 보면, 책 읽기도 환자 사례를 경험하는 일과 닮은 구석이 있습니다. 누군가는 평생 보기 힘든 사례를 누군가는 잇달아 경험하게 되는 것 말입니다. 어쩌면 첫 번째 사례를 경험하면서 공부한 깊이 덕분에 여느 의사라면 놓칠 수도 있는 희귀 사례를 진단하게 되는지도 모릅니다.

사전에 질문의 요지를 건네지 않았기 때문에 두 사람의 대화는 즉흥적이고 예측 불가능하였고 때로는 장난기도 섞여 있습니다. 그렇지만 두 사람의 대화는 정신적 도서관에 소장된 믿을 수 없을 만큼 방대하고 잘 분류된 자료를 바탕으로 이루어졌습니다. 두 사람의 대화를 녹취한 자료는 스나이더의 서문과 주트의 맺음말을 비롯하여 모두 9개의 장으로 편집되었습니다. 그 점에 대한 스나이더의 설명은 다음과 같습니다. "각 장은 전기적 요소와 역사적 요소를 갖고 있다. 그래서 이 책은 토니의 생애와 20세기 정치사상의 가장 중요한 현장들, 말하자면 유대인과 독일인의 문제인 유대인대학살, 유대주의와 그 유럽적 기원, 영국의 예의주의와 프랑스의 보편주의, 마르크스주의, 유럽과 미국의 사회계획 등을 관통한다.(13쪽)" 책을 읽어가면서 철학은 물론 역사, 경제 등 다양한 분야에서 나온 다양한 저작물의 핵심내용을 정확하게 언급하고 있는 것을 보면 두 사람의 기억용량에 놀랄 수밖에 없습니다.

저는 히틀러의 국가사회주의(fascism)가 느닷없이 등장해서 세력을 얻은 것으로 이해해 왔습니다. 그런데 국가사회주의는 근대 자본주의에 대한 반동으로 마르크스주의와 함께 등장했습니다. 젊은 층을 변화와 혁신을 내세우면서 과감하게 행동으로 옮기는 적극적인 정치적 방식으로 유럽대륙은 물론 심지어는 영국에서도 부상할 정도였다고 저자는 설명합니다. 1930년 전후에 맞은 경제위기에 무능력한 정부에 반발하여 국가사회주의동맹을 결성하였지만, 1936년 폭력을 유발하고 공적 권위에 도전하면서 대중적 호응을 잃게 되었습니다. 그럼에도 불구하고 보수적인 귀족들까지도 히틀러의 국가사회주의가 공산주의나 무질서를 막아줄 보루로 여기는 경우가 적지 않았습니다.

주트는 사회주의 성향인 가풍의 영향을 받았습니다. 따라서 마르크스와 엥겔스의 저서를 탐독하면서 마르크스주의에 빠져들었습니다. 마르크스주의는 역사의 작동방식과 이유를 놀랍도록 훌륭하게 설명하기 때문에 1960년대까지도 지식인들에게 독특한 매력을 주었던 것입니다. 무정부주의나 개혁주의, 심지어는 자유주의까지도 당대의 사회적 현상을 잘 설명하지 못했기 때문입니다. 마르크스주의가 기독교와 다원주의와도 연결되어 있었던 것도 중요한 요인이 되었을 것입니다. 하지만 세월이 흘러가면서 주트처럼 사회민주주의로 전환하는 경향이 나타났습니다. 아마도 1917년 러시아혁명을 기점으로 마르크스주의를 이은 공산주의가 보인 행태에 실망한 까닭이었을 것입니다.

이스라엘의 키부츠(kibbutz, 집단농장)운동에 관하여 알고 있던 것을 수정하게 되었습니다. 다음 백과사전에 따르면 1909년 팔레스타인의 데가니아에 처음 세워진 키부츠는 재산을 공유하는 일종의 집단거주지로 대부분의 주민이 농업에 종사합니다. 수입은 주민들의 의식주와 복지·의료 활동 등에 쓰이고, 남은 재산은 키부츠에 재투자되었습니다. 1948년 이스라엘이 건국된 후 키부츠는 개인적인 생활과 사적인 소유에 더 많은 자유를 주고 있으며, 현재 이스라엘에는 200개 이상의 키부츠에 10만 명 이상의 주민이 거주하고 있습니다.

이스라엘 독립 직후에 외국에서 자란 유대 청년들을 키부츠로 끌어들이는 운동이 일어났습니다. 이주지역에서 돌아온 유대 젊은이들을 나약하고 현지에 동화된 삶에서 구원하여, 착취당하지도 착취하지도 않는 생명력 넘치는 유대인 농민을 창조한다는 목표를 세웠습니다. 주트가 키부츠 운동에 빠져 있을 때 그의 어머니는 유대주의란 유대인성의 허식적 형태일 뿐이라는 생각에서 아들의 선택을 반대했습니다. 주트는 결국 1967년 6일 전쟁 직전에 소집된 예비군을 대신하여 키부츠에서 일할 자원자 모집에 호응하여 이스라엘에 도착하였습니다. 그리고 이스라엘이 평화를 사랑하는 사회민주주의적 천국이 아니라는 사실을 깨닫게 됩니다. 그는 철두철미하게 국수주의자 이스라엘 사람들을 만나게 되었습니다. 종족차별주의에 가까울 정도로 아랍에 반대했으며, 가능하다면 어디서든 아랍인들을 죽이는 데 주저함이 없는 그들의 모습에 실망하면서 키부츠에 정착하려던 생각을 접었습니다.

앞서 유럽에 국가사회주의가 대두된 배경을 간단하게 요약했습니다만, 스페인 내전의 성격을 보다 분명하게 하는 부분도 있습니다. 스페인 내전은 1936년 총선에서 승리한 인민전선 정부가 들어서자 군부가 반란을 주도하여 시작했습니다. 내전은 인민전선 연립정부의 정책에 위협을 느낀 반민주세력인 지주와 교회의 호응을 얻어 1939년 반란군이 마드리드를 점령할 때까지 이어졌습니다. 공화파에는 공산주의자, 사회주의자 그리고 무정부주의자 등 다양한 세력들이 참여하였습니다. 정부는 오히려 세력 간의 균형을 깨는 상황을 우려하여 지원을 하지 않는 경우도 있었습니다. 이런 상황은 헤밍웨이의 『누구를 위하여 종은 울리나』에서 잘 파악할 수 있습니다.

내전의 양상은 스페인 사회의 복잡한 역학관계에 따라 카탈루냐 대 마드리드, 남부의 토지 없는 노동자들 대 서부의 중간 계급 지주들, 가톨릭 세력이 강한 지역 대 반교권주의 지역의 대결구도였습니다. 하지만, 독일과 이탈리아가 병력·탱크·비행기 등을 보내 반란군을 지원하고, 프랑스와 멕시코 정부는 공화파에 장비와 물자를 공급하면서 국제전의 양상으로 변하였습니다. 이뿐만 아니라 4만여 명에 달하는 자유주의 국가의 좌파진영 인사들은 국제여단의 이름으로 공화파 편에서 싸웠습니다.

1936년 10월 스탈린이 공화파 지지를 선언하면서 복잡해졌습니다. 내전 초기 주변세력에 불과했던 공산주의자들이 힘을 얻게 된 것입니다. 이로써 공산주의자들이 지역 통제권을 장악하기 위하여 좌파의 다른 경쟁자들을 억누르기도 하였습니다. 조지 오웰이 쓴 『카탈로니아 찬가』의 마지막 부분에 등장하는 바르셀로나 시가전의 배경이 왜 일어났는가를 이해할 수 있었습니다.

버나드 루이스는 『100년의 기록』에서 오늘날의 역사연구 역시 과학적으로 상당히 진화했으며, 무분별한 자유보다는 검증 가능한 과학적 방법을 선호하기에 이르렀다고 했습니다. 하지만 주트는 역사라는 학문이 인문학과 사회과학의 어느 범주에 속하는지 그리 분명하지는 않은 것 같다고 말합니다. 다만 중요한 것은 '현재의 목적을 위해 과거를 발명하거나 이용할 수는 없다.(333쪽)'라는 전제입니다. 이는 보기보다 명확하지 않지만, 지성인에게 혹은 견문이 넓은 독자에게 진실로 들린다면 그것은 좋은 역사책이라는 것입니다. 저자는 과거를 무시하는 일보다도 과거를 제대로 알지 못한 채 인용하는 것이 더 위험하다고 말합니다. 그 사례로 스탠퍼드 대학교의 교무처장이던 콘돌리자 라이스가 미국의 전후 독일 점령을 인용하여 이라크 전쟁의 정당성을 주장한 것을 들었습니다. 상세한 설명을 더하지 않았지만, 아마도 사담 후세인이 히틀러의 환생이라는 비유를 했던 것이 아닌가 싶습니다.

역사와 기억에 관한 비유도 재미있습니다. 저자는 기억이 역사의 배다른 형제라고 비유합니다. 유대인 학자들은 오랜 세월을 이어오면서 다음과 같이 기억(zakhor, 자코르)에 관하여 강조해 왔다고 합니다. "국가 없는 민족의 과거는 늘 다른 민족의 목적을 위해 기록될 위험이 있으며 따라서 유대인에게 주어진 의무는 기억하는 것이라고 역설한다.(352쪽)" 그런데 저자는 과거를 기억해야 하는 의무가 과거 자체와 혼동되는 문제를 지적합니다. 즉, "유대인의 과거는 집단적 기억에 유용한 과거 일부와 융합된다. 그러면, 당대 최고의 유대인 역사가들의 저술들이 있음에도, 유대인의 과거에 대한 선택적 기억은, 다시 말해 고난과 추방, 희생의 기억은 유대인 공동체의 기억된 서사와 합체되어 역사 자체가 되어 버린다.(352쪽)" '이와 같은 감성은 실제의 역사를 바르게 이해하는 것을 거의 불가능하게 만든다.'라고 저자는 우려합니다. 우리나라에서도 보수 역사학계에서 고조선 등의 상고사에 관한 기록을 역사의 범주에 포함시키지 않고 있는 것도 이러한 역사학자의 입장 때문인가 봅니다. 자료로 입증되지 않은 역사는 가능성의 범주에 머물 수밖에 없다는 것이겠지요.

저자는 마지막 장을 사회민주주의에 할애하였습니다. 다음 백과사전은 "현존 정치과정을 통해서 자본주의로부터 사회주의로의 평화적이고 점진적인 사회변화를 주장하는 정치이념"이라고 요약하였습니다. 사회민주주의는 에두아르트 베른슈타인이 19세기 말 로드베르투스와 페르디난트 라살레가 제창한 국가사회주의를 모체로 하고, 여기에 카를 마르크스 및 프리드리히 엥겔스의 사상을 접목하여 만들었습니다. 이념적으로는 공산주의와 같은 뿌리를 가지고 있습니다. 다만 사회주의 사회건설을 위한 혁명을 거부한다는 점에서 마르크스주의 기본원리와 차이가 있습니다. 제2차 세계대전 후 서독·스웨덴·영국(노동당) 등 서부 유럽 여러 나라에서 사회민주주의가 집권하여 현대 유럽 사회복지제도를 정착시켰습니다. 대공황의 기억, 국가사회주의의 경험, 공산주의의 공포, 전후 호경기 등이 배경에 있었기 때문에 사회민주주의가 가능했다는 반대에도 불구하고 사회민주주의의 가능성을 여전히 열어두고 있는 것 같습니다. (라포르시안 2015년 7월 13일)

6

사라짐에 대하여

(장 보드리야르, 민음사)

'시뮬라시옹' 속에서 사라져 버린 진짜 세계

2015년에 장인께서 세상을 떠났습니다. 2014년 여름에는 어머님께서 세상을 떠나셨는데 망극할 일이 잇달아 생기고 보니 요즘 젊은이들 말대로라면 정신줄을 놓을 지경이었습니다. 사람이 영생할 수 없는 존재이기 때문에 언젠가는 세상을 뜨기 마련입니다. 세상을 떠나는 것은 태어나는 것과는 달리 순서가 따로 없습니다. 하지만 사람들은 모두 자신이 더 오래 살 것이라고 생각하는 것 같습니다. 그래서인지 막상 죽을 때가 되면 '조금 더 살 수 있다면 좋겠다.'라고 말하게 되는지도 모릅니다. 오래전부터 죽음에 대한 공부를 해오고 있습니다. 저 역시 아직까지도 자신은 없습니다만 죽음을 담담하게 맞을 수 있게 되기를 희망하고 있습니다.

장 보드리야르의 『사라짐에 대하여』도 죽음에 대한 저의 앎을 더하기 위한 책 읽기입니다. 보드리야르는 모든 사물의 죽음, 즉 사라짐에 대하여 이야기합니다. 사물이라 하면 생명을 가진 생물은 물론 유무형의 무생물까지도 포함합니다. 장 보드리야르는 프랑스의 대표적 사상가로서 '탈근대주의의 큰 별'이라고 부릅니다. 프랑스 사회학자 에밀 뒤르켐의 영향을 가장 많이 받아 그의 지적 전통에 충실하였다고 하며, 시뮬라시옹(가장, 위장) 이론으로 유명해졌습니다. 이 이론은 실재가 실재가 아닌 것으로 전환되는 과정을 설명하는데, 흔히 영화

「매트릭스」에서 보는 가상현실을 예로 들기도 합니다.

오늘날의 젊은이들은 우리의 역사를 역사책보다는 연속극이나 영화를 통해서 더 실감하는 경향이라는 사실을 들어 설명해 보겠습니다. 연속극이나 영화는 흥행을 고려하기 때문에 극적인 상황을 설정하기도 하는데, 이런 작업들이 때로는 역사를 왜곡한다는 지탄을 받게 됩니다. 결국 연속극이나 영화를 본 젊은이들은 역사책보다는 연속극이나 영화에서 본 장면이 각인되면서 결국은 왜곡된 역사의식을 가지게 됩니다. 이런 일들이 반복되다 보면 실재(實在)했던 과거가 실재(實在)하지 않은 가상의 과거로 대치되어 굳어지게 되는 것입니다.

시뮬라시옹 이론은 이렇게 현실과 가상의 관계가 전복된 현상에 주목하여 탄생한 것입니다. 보드리야르는 원본에 대한 복제를 의미하는 시뮬라크르와 그것을 하는 행위를 의미하는 시뮬라시옹의 두 가지 개념으로 이러한 현상을 설명합니다. 우리가 매일 부딪히는 현실은 바로 시뮬라시옹이 지속적으로 일어나는 시뮬라크르의 세계라는 것이 보드리야르의 세계관입니다.

『사라짐에 대하여』는 시뮬라크르의 세계가 어떻게 발전할 것인가에 대한 보드리야르의 사유를 담았습니다. 100쪽이 채 안 되는 얇은 두께에다가 한쪽은 전자적 상징을 나타내는 기호로 가득 차 있어 금세 읽을 것 같지만, 막상 읽어보면 만만치 않습니다. 우리에게 잘 알려져 있지 않은 프랑수와 리보네는 '없는 자는 그 있는 것까지 빼앗기리라'라는 마태복음 25장 29절의 말씀을 인용하여 공허의 의미를 이야기합니다. 아마도 보드리야르가 말하려는 '사라짐이란 결국 사라져 비어버림'을 공허라는 개념으로 새롭게 하려는 것으로 보았기 때문이 아닐까 싶습니다.

보드리야르는 '왜 모든 것은 아직 사라지지 않았는가?'라는 물음을 두고, "내가 시간에 대해 말할 때, 그것은 아직 없으며 / 한 장소에 대해 말할 때, 그것은 사라져 버렸고 / 한 인간에 대해 말할 때, 그는 이미 사망했으며 / 시절에 대해 말할 때, 그것은 이미 더 이상 존재하지 않는다(13쪽)라는 알쏭달쏭한 말로 '사라짐'에 대한 이야기를 시작합니다. 그렇기에 보드리야르가 공허의 한계를 더 멀리 밀어내고 공허의 실체를 밝히면서 공허가 인생에서 본질이라고 한 것을 리보네는 지적하는지도 모르겠습니다.

'공허'라는 단어가 눈에 들어오는 순간 반야심경에 나오는 色卽是空 空卽是 色(색즉시공 공즉시색)이라는 구절이 떠오릅니다. 이 구절은 '사리불이여! 물질적 형상으로 나타나 우리 눈에 보이는 세계는, 눈에 보이지 않는 텅 빈 본질 세계와 다르지 않고, 텅 빈 그 본질세계 또한 눈에 보이는 물질적 형상의 세계와 다르지 않다. 그래서 물질적 형상의 세계는 곧 텅 빈 본질세계이며, 텅 빈 본질세계는 곧 물질적 형상의 세계인 것이다.'라고 새기는 '舍利子 色不異空 空不異色 色卽是空 空卽是色 受想行識 亦復如是(사리자 색불이공 공불이색 색즉시공 공즉시색 수상행식 역부여시)'라는 말씀에 포함되어 있습니다.

우주의 본질이 비어 있는 듯 채워져 있다는 불교의 인식이 과학적으로 증명되어 놀랍다는 생각을 하게 됩니다. 불교에서 말하는 윤회사상 역시 과학적으로 설명이 가능하다는 생각을 해봅니다. '중생은 끊임없이 삼계 육도(三界六道)를 돌고 돌며 생사를 거듭한다.'라고 보는 윤회사상(輪廻思想)은 우리는 어느 한 시기에만 존재하는 것이 아니라 지은 업(業)에 따라 다양한 형태의 삶을 돌아가며 살게 된다는 것입니다. 그런데 생명과학의 발전에 의하여 밝혀진 바에 따르면 생명체는 종에 따른 특별한 유전자 구성에 의하여 만들어집니다. 그리고 죽은 다음에는 그 생명체의 특징이 발현되도록 했던 유전자 역시 단위 원소로 분해되어 자연으로 돌아가게 됩니다. 그렇게 자연으로 돌아간 원소들은 다른 생명체를 규정하는 유전자를 구성하는 요소로 재조합되는 것이니 바로 결국 윤회가 아니고 무엇이겠습니까? 다만 과학에서는 불교의 윤회사상의 중요한 요소가 되는 업(業)의 본질을 아직 규명하지 못하고 있을 뿐입니다.

보드리야르는 인간이 사라져 버린 세상을 예언합니다. 자연의 고갈, 종의 멸종은 물리적 과정이거나 자연적 현상일 따름이기에 인간은 미래의 어느 시점에는 지구상에서 사라질 수도 있다는 것입니다. 물론 인간이 지구상에서 사라질 수도 있다는 보드리야르의 생각에는 인류의 폭발적 증가로 인하여 지구의 부존 자원의 고갈이나, 혹은 지구환경의 오염 때문일 것이라는 환경보호론자들의 주장은 전혀 언급되어 있지 않습니다. 다만 "마치 이런 운명(인류의 잠재적 사라짐)이 어딘가에 계획되어 있고, 우리는 이 계획의 장기적 집행자에 불과한 것(23쪽)"이라고 적었습니다. 그런데 '하나의 세포가 자체 파괴를 하도록 미리 계획된 과정, 즉 세포자멸사(apoptosis)를 떠올리게 한다.'라고 주석을 달아놓은 것을 보면 인류의 사라짐 역시 지구상에 살고 있는 이상 짊어져야 할 숙명 같은 것으로 인식하고 있는 듯합니다. 다만 그 설명으로 가져온 세포자멸사는 개체의 특성이라고 할 수 있는 것입니다. 이러한 개체의 특성을 인류라고 하는 거대한 생물종 집단의 특성으로 대체할 수 있을 것인지는 분명하지 않습니다.

사라져야 할 인간의 숙명은 인간이 세상을 분석하고 변형하려고 하면서 세상과 작별하고 동시에 세상에 현실성의 힘을 주기 시작한 것이라고 저자는 보았습니다. 그러면서도 인류는 자연법칙과는 아무 상관이 없는 특별한 사라짐의 방식을 새롭게 승화시킨 유일한 종이라고 규정합니다. 역설적으로 세상이 존재함을 깨닫는 바로 그 순간부터 그 세상이 사라지기 시작했다고 말할 수 있다는 것입니다. 그런데 저는 언젠가 미래에는 인간 역시 지구상에서 사라질지도 모른다는 점에 주목하였습니다. 미래의 어느 시점에 인간이 사라지게 된다면 그것은 인간이 저지른 무엇 때문일 수밖에 없습니다.

보드리야르는 사라짐에 새로운 의미를 부여합니다. 사라짐으로부터만 생겨날 수 있는 무엇이 있을 것이라고 합니다. 예를 들면, 예술을 비롯하여 제도, 가치, 금기, 사상, 신념 등은 사라졌으면서도 암암리에 남아서 영향력을 행사할 수 있습니다. 그런데 이 시점에 이르게 되면 앞서 말씀드린 시뮬라시옹을 행할 주체가 사라지기 때문에 더 이상의 시뮬라크르는 만들어지지 않게 된다는 의미입니다. 그런데 실재가 실재하지 않은 상황에서 영원성을 얻은 시뮬라크르에 과연 특정한 의미를 부여할 수 있을까요?

저자는 이어서 사라질 운명을 가진 인간이 창조해 낸 예술 역시 사라진다는 숙명을 피할 길이 없다는 점을 설명합니다. "예술 자체도 현대에는 그 사라짐의 기초 위에서만 존재한다.(29쪽)"라고 정의합니다. 그런데 예술은 사라진 다음에도 살아 있는 모든 것의 틀이 되는데, 예술의 사라짐을 연기하는 사람이 등장할 수 있다는 것입니다. 시뮬라시옹 이론에 따르면 온갖 형태의 가상현실 뒤로 현실이 사라졌습니다. 그런데 형태로서의 사라짐에 특정한 목적이나 목표를 부여한다는 것이 불가능하지만 새로운 형태의 시뮬라크르로 재탄생할 수도 있다는 것입니다. 저자는 실제적인 것과 그 사라짐과 우리의 관계가 매우 모호하다는 점을 강조하기도 합니다.

그리고 저자는 전자 영상의 운명으로 주제를 옮깁니다. 기계적 영상이 전자 기술로 대치되면서 놀랍도록 간편하게 영상을 만들어낼 수 있게 되었습니다. 하지만 결국 기계적 영상은 영원하게 파멸을 맞을 것이라고 예언합니다. 전자화가 진행될수록 필름, 즉 사물이 음화로 기입되던 그 민감한 표면을 더 이상 보지 못하게 될 것이고, 영상을 촬영하고 재생하고 합성할 수 있는 영상 무른모 상품만 남을 것입니다. 저는 사진을 잘 모릅니다만, 사진에 조예가 있는 친구들의 이야기를 들어보면 기계방식의 사진은 분명 전자식 사진으로는 표현할 수 없는 장점을 가지고 있어 전문가 입장에서는 기계방식을 결코 버릴 수는 없다고 합니다. 간편성이나 시간적 요소에서는 강점이 있지만 사진을 찍는 행위를 비롯하여 정밀성에서는 여전히 기계방식이 우위에 있다는 것입니다.

전자 기술이 가져온 폭력성의 하나로 저자는 개인용 전산기의 합성영상의 폐해를 들었습니다. 전자영상은 원본 매체로서의 사진을 사라지도록 만들었다는 것입니다. 기계적 영상이 음화를 바탕으로 하여 다양하게 표현되는 것과는 달리 전자영상의 원본이란 쉽게 사라질 수밖에 없는 속성을 가지고 있습니다. 그뿐만 아니라 다양한 전자매체를 통하여 광속도로 확산될 수도 있어 원본을 확인한다는 것이 불가능할 수밖에 없습니다. 전자영상이 엄청난 자가증식을 통해 확산되면 그것은 더 이상 영상이라고 부를 수 없습니다. 결국 영상 죽이기의 일부가 되어 정보적 가치가 전혀 없는 상황에 이를 것이라고 잘라 말합니다. 이는 주인이어야 하고, 고유의 상징적 공간을 가져야 하는 이미지의 주권에 가해지는 폭력이라고 했습니다. 사진적 행위의 전자 자유화 속에 기술적 중재 이외에 아무런 다른 중재행위가 없는 탈인간화가 가속되다 보면, 적어도 영상의 영역에서는 인공지능과 등가물이라고 할 수 있다는 것입니다.

앞서 저자는 인간이 이룩한 기술적 발전은 궁극적으로 기술적 주도권의 전이를 예견했습니다. "인간 본연의 의미가 자신의 가능성의 극단에까지 가지 않는 것이라면, 기술의 본질은 자신의 가능성을 소진하고 훨씬 멀리까지 간다. 따라서 기술은 자신과 인간 사이에 결정적인 구분선을 긋고, 결국에는 인간에게 반대하는 끝없는 가능성을 전개하고, 조만간 인간의 사라짐을 초래할 것이다.(21쪽)" 인간의 지능과 비교될 인공지능의 탄생을 예견한 듯합니다.

이로부터 저자는 그 기계가 완전히 자율적으로 움직이게 되면 인간은 오로지 자신의 죽음의 대가로만 존재하게 될 수도 있음을 이끌어내고 우려합니다. 즉, "기계 속에 인간의 모든 지능이 탑재되고, 그 기계가 완전히 자율적으로 움직이게 되면, 인간은 오직 자신의 죽음의 대가로만 존재하게 된다. 인간은 오직 기술적 사라짐의 대가로만, 디지털 질서 속에 새겨지는 대가로만 불사(不死)가 된다.(81쪽)"라고 하였습니다. 존재하지 않으면서 영생을 얻는 것에 어떤 의미를 부여할 수 있는지 역시 고민이 필요한 대목이 아닐 수 없습니다.

저자는 '모든 것은 사라지게 되어 있는가?'라는 해결할 수 없는 질문을 피하려면 우리는 지금과는 다른 인류적 혁명을 통하여 현재의 '디지털 혁명'과는 정확히 반대의 것으로 돌아가야 할 것이라고 주장합니다. 그럼에도 불구하고 지금껏 이와 같은 혁명이 고려된 적은 없었다는 것입니다. (라포르시안 2015년 7월 20일)

7

이슬람은 그렇게 말하지 않았다

―――――

(서정민, 시공사)

우리가 몰랐던 IS와 이슬람 과격단체의 모든 것

2014년에 다녀온 스페인 여행은 이슬람에 대한 인식을 새롭게 하는 계기가 되었습니다. 과거 이베리아반도를 다스렸던 이슬람 제국이 유대교와 기독교에 대하여 개방적이었다는 것을 알게 되었습니다. 하지만 시대적 배경에 따라 그렇지 않은 경우도 있었습니다. 예를 들면 1125년 아틀라스산맥에서 반란을 일으켜 22년에 걸친 오랜 전쟁 끝에 알모라비데 왕국을 무너뜨린 알모아데(Almohade, '신의 일체성을 주장하는 자들'이라는 뜻) 부족은 이슬람근본주의를 신봉하였습니다. 이들이 코르도바를 점령하면서 후기 우마이야 왕조와 알모라비데 왕국에 이르기까지 무슬림과 유대인들이 서로를 인정하던 공존의 분위기는 사라지고 말았습니다. 알모아데 왕조가 들어선 다음 이슬람 사회에서 벌인 종교탄압의 분위기가 어느 정도였는지를 자크 아탈리의 역사추리소설 『깨어 있는 자들의 나라』에서 가늠할 수 있습니다.

알모아데 왕조의 통치이념이었던 이슬람근본주의는 오늘날 화두가 되고 있는 이슬람원리주의와 맥을 같이하는 것으로 이해됩니다. '초기 이슬람으로의 회귀'를 내세우는 이슬람원리주의가 등장한 것은 무슬림 공동체의 쇠락과 연관이 있습니다. 초기 이슬람은 정교일치의 지도이념으로 강력한 정치체계의 근간이 되었습니다. 하지만 근세에 들어 서구가치의 정치이념 혹은 아랍민족주의와 같은 세속적인 정치이념의 영향력이 커지면서 이슬람이 정치와 분리되어 종교적 범주에 머물게 되었습니다. 그런데 아랍민족주의가 실패했다는 결론에 이르자 이슬람원리주의가 다시 등장한 것입니다. 이슬람원리주의는 종교부흥과 사회개혁의 필요성이 강조되었다는 측면으로 이해할 수 있으며 대체적으로 급진적인 경향을 나타냈다고 합니다.

이슬람원리주의를 설명하고 나선 것은 극단적인 행동으로 국제적으로 주목받고 있는 IS(Islamic State, 이슬람국가)를 이해하기 위해서입니다. 앞서 소개한 『100년의 기록』은 중동문제 전문가인 서정민 교수가 우리말로 옮겼습니다. 그 서정민 교수가 IS를 중심으로 한 이슬람원리주의의 진면목을 소개한 『이슬람은 그렇게 말하지 않았다』를 출간하였습니다. IS가 이라크나 시리아 등의 주근거지를 넘어 북아프리카, 유럽, 아시아 등지에서도 동시다발적으로 폭력사건을 일으키면서 세력을 무한 확장하고 있습니다.

특히 이들이 누리망과 사회관계망을 통하여 전 세계의 청소년들을 동조자로 끌어들이는 등 국제사회를 위협하고 있는 것을 서정민 교수는 우려합니다. 2015년 초에 터키여행 중에 사라진 김 모 군이 IS에 합류한 것으로 추정되어 우리 사회에 충격을 주기도 했습니다. 이런 상황을 보면서 저자는 현재 중동과 유럽 등에서 발생하고 있는 이슬람주의 과격단체와 그들이 일으키는 폭력적 공격의 이념적 배경을 설명하여 이들의 정체성을 분명하게 밝힘으로써 우리의 젊은이들이 이들에게 현혹되지 않기를 희망합니다.

저자는 서문에서 이들을 과격 이슬람주의자로 규정하고, 이들의 행동은 이슬람 율법을 위반하고 있다고 잘라 말합니다. 즉, 이들은 자신들의 영향력과 권력을 강화하고 확장하기 위하여 이슬람의 가르침을 극단적으로 해석하고 있는 것입니다. 예를 들면 자살 폭탄 공격은 이슬람적인 것이 아닙니다. 이슬람이 자살을 금하고 있는 것은 피조물의 생명을 거둘 수 있는 권리는 오직 창조주 알라에게만 있기 때문입니다. 오늘날 중동의 뜨거운 감자로 등장하고 있는 IS를 포함한 과격 이슬람주의가 태동한 역사적 배경을 설명합니다. 이어서 근세 이후에 등장한 무장조직들을 소개하고 마지막으로 최근 주목을 받고 있는 21세기 테러의 전형, IS를 설명합니다.

대천사 가브리엘의 계시를 받아 이슬람을 창시하고 이슬람 국가를 건설한 무함마드와 그의 뒤를 이어 아부 바크르, 우마르 이븐 알 카탑, 우스만 이븐 아판 그리고 알리 이븐 아비 탈립이 이슬람 사회를 영도하던 정통 칼리파시대가 가장 이상적인 이슬람 사회 혹은 이슬람국가로 무슬림들은 간주합니다. 정통 칼리파시대에 무슬림들은 북아프리카와 지금의 중동지역 전체를 정복하여 거대한 이슬람 제국을 형성하는 데 필요한 기반을 닦았던 것입니다. 이 과정에서 다양한 종교와 민족이 이슬람 제국에 편입되면서 이들과의 관계를 설정할 필요가 생겼습니다. 이슬람 제국에 편입된 피정복 주민에게는 세 가지의 선택지가 주어졌습니다. 이슬람을 수용하거나, 자신의 종교를 유지하되 지즈야(jizya)라는 인두세를 내거나, 아니면 싸우거나 떠나는 것입니다. 종교적인 면에서 보면 상당히 관용적이었다고 하겠습니다.

정통 칼리파시대에 광대한 영역을 아우를 수 있었던 것이 이슬람원리주의자들에게도 좋은 논리적 배경이 되었습니다. 즉, 이슬람 세계가 약화되어 유럽제국의 식민지로 전락하고 지금까지도 서방에 뒤처져 있는 암울한 상황을 타개하려면 초심으로 돌아가야 한다는 것입니다. 그 초심이란 선지자 무함마드가 알라의 계시를 전하면서 빈부격차, 지나친 물질주의, 상류층의 부도덕성, 개인주의, 권력남용 등의 기득권 세력을 공격하여 사회를 개혁하려는 노력을 말하는 것입니다.

하지만 정통 칼리파시대에 이어 등장한 왕조들, 특히 아바스 왕조가 이슬람 제국의 영역을 서쪽으로는 이베리아반도에 이르고 동쪽으로는 인도 북부에 이르기까지 확대시킬 수 있었던 것은 점령한 지역을 포용하였기 때문입니다. 이뿐만 아니라, 다양한 지역에서 꽃피웠던 학문적, 문화적 성과들을 모아 정리하고 재해석하는 한편 새로운 학문으로 발전시키려는 노력이 있었다는 점이 중요합니다. 과거의 역사는 시대적 상황이 꼭 같지 않기 때문에 되풀이할 수 없습니다. 지금의 상황에 맞는 새로운 접근방식이 필요한 것입니다.

처음 들어설 때는 영원토록 이어질 것 같던 왕조도 시간의 흐름에 따라 부침이 생기기 마련입니다. 그 과정에서 권력을 둘러싸고 암투가 벌어지기도 하고, 중앙권력에 대하여 반란이 일어나는 것은 필연적인 일입니다. 결국 제국은 와해되어 소왕국으로 분할되거나 이웃 제국의 침략을 받아 지배를 받기도 합니다. 이슬람 제국 역시 이런 운명을 피할 수는 없었습니다. 특히 이슬람 제국과 오랜 세월에 걸쳐 충돌해 온 기독교 세력은 유대교와 함께 같은 뿌리를 가지고 있다는 것이 비극의 시초가 되었던 셈입니다. 예수가 탄생한 예루살렘은 기독교의 성지입니다. 예루살렘은 오랜 세월에 걸쳐 이슬람이 지배해 왔던 터라 중세 유럽사회의 화두가 되었던 성지탈환을 위한 십자군전쟁을 시발로 이슬람과 기독교 세력의 충돌은 불가피했습니다.

저자는 1258년 아바스 왕조가 바그다드까지 쳐들어온 몽골에 무너졌을 때, 과격 이슬람주의가 등장한 것으로 보았습니다. 이 지역을 지배하게 된 몽골세력은 이슬람으로 개종하고 자신들의 이슬람 해석에 따라 통치하게 되었습니다. 이 시기에 태어난 과격 이슬람주의의 아버지라고 하는 이븐 타이미야는 알라의 계시와 예언자 무함마드의 가르침을 글자 그대로 해석해야 한다고 강조하였습니다. 그리하여 기득권 세력과 갈등을 빚었지만, 그를 추종하는 세력들이 점차 늘어나게 되었습니다.

이슬람원리주의를 확립하고 집대성한 이븐 타이미야는 "몽골에 의한 이슬람 제국의 몰락을 무슬림들이 올바른 길에서 벗어났기 때문이라고 분석했다. 이슬람 세계는 무지, 불의 그리고 지식과 믿음의 상실이 이슬람 사회의 후퇴를 가져왔다는 것이다. 오직 쿠란과 무함마드의 언행록 하디스에 집약된 이슬람의 본래 사상과 이념으로 돌아갈 때 이런 병폐가 치유된다고 믿었다.(73쪽)"라고 했습니다. 하지만 앞서 말씀드린 것처럼 역사가 재현될 수 없는 것은 모든 상황이 동일하게 짜 맞추어질 수 없기 때문입니다. 흘러간 물이 물레방아를 다시 돌릴 수 없습니다. 마찬가지로 과거에 성공적으로 작동했던 이슬람원리주의가 현재의 이슬람 세계가 당면한 문제를 해결할 수 있을 것이라는 생각은 그저 희망에 불과합니다. 아니면 그런 제안을 하는 사람이 추구하는 목적을 달성하기 위한 방책에 불과할 수도 있습니다.

몽골의 침략으로 이슬람 제국이 붕괴되면서 분열된 이슬람 공동체를 다시 통합한 것은 아랍인이 아닌 소아시아 출신의 오스만 튀르크였습니다. 1300년경, 작은 국가로 등장한 오스만 튀르크는 아라비아반도, 북아프리카를 거쳐 지브롤터해협에 이르고, 시리아와 이라크를 넘어 페르시아에 이르렀으며, 북쪽으로는 우크라이나 초원과 오스트리아의 빈 가까이 이르는 거대한 영토를 차지하게 되었습니다. 하지만 1683년 빈을 포위한 공격에서 오스트리아 제국에 패한 다음 유럽 세력에 의해 밀려났습니다.

이 무렵 이슬람 사회에 등장한 것이 이슬람부흥주의, 혹은 이슬람계몽운동이었습니다. 1798년 프랑스가 알렉산드리아를 무력으로 점령한 것이 무슬림들에게는 커다란 충격이었던 것입니다. 자말 알 딘 알 아프가나가 이끈 이슬람부흥운동은 이성을 존중하고 과학기술을 중시함으로써 이슬람의 부흥을 가져올 수 있을 것으로 믿었습니다. 아바스 왕조가 꽃을 피운 이유가 바로 여기에 있었다고 보았던 것입니다. 이슬람부흥운동은 무슬림 형제단을 설립한 하산 알 바나와 같은 온건 이슬람운동으로 이어졌습니다. 20세기 중반 이집트 사회에서 무슬림형제단이 최대의 사회정치세력으로 성장하자 정부는 이들을 탄압하기 시작했고, 무슬림형제단 역시 비밀무장단체를 조직하기에 이르렀습니다.

제2차 세계대전이 끝난 뒤에 대부분의 아랍 국가들은 유럽 국가의 식민지배로부터 독립하였습니다. 독립국가를 지배하는 세력들은 권위주의적인 유럽식 민통치방식에 따라 중앙집권방식에 따라 통치하기 시작했습니다. 억압적인 국가에 저항하는 이념과 운동이 출현할 수밖에 없는 구조였습니다. 현대 이슬람 과격주의가 태동할 수밖에 없었습니다. 특히 이란의 과격 이슬람주의자들이 팔 레비 왕정을 무너뜨리고 이슬람 혁명에 성공하면서 레바논의 헤즈볼라와 같은 이슬람과격주의자들은 크게 고무되었습니다. 특히 동서냉전이 심화되면서 소 련이 아프가니스탄을 침공한 것을 계기로 미국과 사우디아라비아가 합작하여 이슬람 용병들을 훈련시켜 아프가니스탄을 점령한 소련군을 몰아내기에 성공 한 다음, 이들이 주축이 되어 만들어진 것이 알카에다입니다. 아프가니스탄의 해방 이후에 알카에다의 구성원들은 아랍 국가들로 흘러들어 대 서방 테러활동 을 강화하기 시작했고, 그 일부가 IS로 발전하게 되었습니다. 특히 사담 후세인 의 쿠웨이트 침공이 계기가 되어 시작한 이라크전쟁으로 사담 후세인의 철권통 치가 무너진 다음, 사담 후세인의 진영에 있던 전사들이 IS에 가담하게 되면서 세력이 급속하게 팽창하게 되었습니다.

과거의 과격 이슬람주의자들이 주장한 것처럼 IS 역시 출범 초기부터 자신들 의 활동목표는 이슬람법에 기반을 둔 이상국가를 건설하는 데 있다고 천명하였 습니다. IS의 지도자 알 바그다디는 이름을 아부 바크르로 바꾸고 자신을 칼리 파라고 선언했는데, 아부 바크르는 무함마드 사후에 이슬람공동체를 다스린 첫 번째 칼리프의 이름입니다. 이슬람법에 따르면 칼리파는 전 세계 무슬림들에게 충성을 요구할 권리를 가집니다. 무슬림들의 정서를 교묘하게 자극하여 충성을 이끌어내는 전략을 구사하고 있어 전 세계로부터 IS에 가담하겠다는 자원자가 몰려들고 있는 기이한 현상을 보이고 있는 것입니다.

하지만 IS는 외국인들을 참수하거나 화형에 처하는 등 밖으로 드러나는 잔 인성보다도 자신들의 이념에 따르지 않는 무슬림을 포함한 이민족과 타 종파 에 대하여 무차별 공격을 가하여 몰살시키는 인종청소를 벌이는 범죄적 행위를 일삼고 있는 것이 문제입니다. 표면적으로는 이슬람 규율을 엄격하게 적용한다 고 하면서도 그들은 점령지의 여성들을 무자비하게 성폭행하거나 노예로 파는 등 비윤리적 행동을 일삼고 있습니다. 심지어 IS의 핵심 지도부는 이슬람 율법이 정하는 하루 다섯 번의 예배조차 드리지 않는다고 알려졌습니다. 결국 그들이 주장하는 이슬람 규율은 자신들의 권력을 유지하기 위한 이념에 불과한 것입니다. 그들의 이중적 행태를 직시할 필요가 있는 이유입니다. 『이슬람은 그렇게 말하지 않았다』에서 그들의 정체를 제대로 읽어낼 수 있습니다. (라포르시안 2015년 8월 3일)

더 나은 삶을 위한 철학의 다섯 가지 대답

(뤽 페리와 클로드 카플리에, 더퀘스트)

더 나은 삶을 위한 철학의 다섯 가지 대답

모처럼 철학 분야의 책을 소개합니다. 2002년부터 장 피에르 라파랭 정부에서 교육부 장관을 지낸 프랑스 현대철학자 뤽 페리(Luc Ferry)의 『더 나은 삶을 위한 철학의 다섯 가지 대답』입니다. 뤽 페리는 알랭 르노, 질 리포베츠키 등과 같이 루이 알튀세르, 장 보드리야르, 미셸 푸코, 피에르 부르디외, 자크 데리다 같은 프랑스 68혁명 세대를 비판적으로 계승하는 소장학자로서 주로 종교와 분리된 인문주의를 주창했습니다. 『더 나은 삶을 위한 철학의 다섯 가지 대답』은 철학 강사이자 작가로 활동하는 클로드 카플리에가 묻고 뤽 페리가 답변하는 형식으로 구성되어 있습니다.

이 책에서는 철학의 역사를 다루고 있습니다. '세상에 변하지 않는 것은 없다.'라는 진리는 어느 학문의 영역에서도 통하는 것입니다. 새로운 시대의 흐름에 따라서 변화하지 않으면 살아남을 수 없습니다. 그 점에서는 철학도 마찬가지일 것입니다. 미시적으로 보면 그 변화의 폭이 작은 것 같지만, 거시적 관점에서 보면 눈에 띄게 변하는 변곡점이 있기 마련입니다. 저자들은 '인류가 삶에 부여할 수 있는 의미와 가능성을 발견해 가는 흥미진진한 사연, 그게 바로 철학의 역사다.'라고 요약합니다. 이어서 역사를 통하여 철학의 흐름이 크게 바뀐 변환점에 따라서 철학의 흐름을 크게 다섯 시기로 구분하였습니다.

본격적으로 철학의 흐름을 구분하기에 앞서 철학에 대한 근본적인 질문을 내놓은 것이 눈길을 끌었습니다. "철학이란 무엇인가? 철학에 무엇을 기대할 수 있으며, 철학을 무엇에 '써먹을' 수 있나? 아직도 철학이 필요한가? 만약 그렇다면 인간의 조건이 끊임없는 기술혁신과 경제 전략에 지배당하는 이 시대 (하이데거가 말하는 기술시대)에 인간이 바랄 만한 '목적'에 연연하지 않고 모든 것이 '수단'만을 불려 나가는 이 시대에 철학이 어떤 면에서 우리에게 도움이 될까?(6쪽)" 이 질문은 프랑스의 유명한 정치 철학자이자 언론인 장 프랑수아 르벨의 소책자 「왜 철학자들인가?」에서 제기된 것들입니다. 이 질문에 대하여 저자들은 우선 '터무니없다고 할 수만은 없는 답이 존재한다.'라고 변죽을 울립니다. 그러고는 '합리적 사유라는 완전히 인간적인 수단으로 대응하는 것이 바로 철학의 궁극적인 목표다.'라고 하였습니다. 생각해 보면 동문서답이 아닐 수 없습니다.

철학의 역사를 다섯 시기로 나눈 저자들은 '각 시대마다 전에 없던 실존적 관건들이 등장해서 철학자들이 기존에 널리 수용되었던 사상들을 밀어내고 새로운 길을 제시하게 되었다.(7쪽)'라고 보았고, 당연히 그와 같은 변화를 이끌어낸 철학자를 앞서 소개합니다. 그리고 "가장 위대한 철학자들의 작업이 어떻게 시작되어 어떻게 전개됐는지를 충실히 보여주고, 그들 한 사람 한 사람의 대체 불가능한 역할을 확인하면서 더없이 아름다운 역사 이야기를 들려줄 것이다.(8쪽)"라고 기대하게 만듭니다. 철학의 역사를 읽어가다 보면 앞서 제시한 질문에 대한 답을 얻을 수 있습니다.

철학의 다섯 시기를 각각 하나의 장으로 구성하였습니다. 다섯 시기를 따라가기 위한 준비운동이 필요할 것으로 보아 '첫머리에'에서 철학의 대모험에 나서기 위한 여행을 준비하였습니다. 사실은 이 '첫머리에'가 이 책의 정수를 요약한 부분이라서 완독이 어려운 분들이라면 이 부분만 읽어도 저자의 생각을 충분히 이해할 수 있을 것 같습니다.

저자들은 우선 철학의 정체를 따져보았습니다. 즉, '철학이란 무엇인가?' 하는 질문에 대한 답변을 준비하는 것입니다. 뤽 페리는 철학의 정의를 논하는 데 있어 우리의 삶이 도덕적 가치와 영적 가치(혹은 실존적 가치)라는 두 가지 가치 영역을 혼동하지 말아야 한다고 전제합니다. 여기서 영적 가치라 함은 종교적 의미가 아니라 헤겔이 이야기한 '영(정신)의 삶'을 의미합니다. 도덕적 가치라 함은 인간관계를 평화롭게 하는 틀에 불과해 좋은 삶의 충분조건이 될 수 없다고 보았습니다. 도덕적 가치에 따라 철학을 정의하는 일은 옳지 못합니다.

　중요한 철학 사조들은 예외 없이 '좋은 삶'의 문제에서 정점에 이르기 마련입니다. 신을 경유하고 신앙에 기대어 잘 살아보자는 것이 종교적 접근입니다. 사실 종교는 인간에게 '지고선(至高善)'이 무엇인가에 대한 답을 구하려는 시도라고 본다는 점에서 철학이 추구하는 바와 다소 거리가 있습니다. 철학이 좋은 삶의 조건을 정의한다는 점에서는 종교와 공유할 바가 있습니다. 다만 자율적 이성과 명철한 의식으로 그러한 정의에 도달하려는 철학과 신에 기대려 하는 종교와는 분명 차별되는 점입니다. 그런 점에서 본다면 철학은 종교가 아니라 '세속의 영성'이라는 것입니다. '삶이 시작해서 끝날 때까지 (인간은) 뭘 하는 게 좋을까'를 생각해야만 하는 것으로, '좋은 삶'이란 "명시적으로든 암시적으로든 죽음, 곧 인간의 유한성에 대한 두려움을 극복하는 일과 맞닿아 있다.(25쪽)"라고 철학을 정의한다고 읽었습니다.

　철학의 역사는 인간으로서 '좋은 삶'을 정의하는 방식의 변화라고 보아야 합니다. 철학이 매달려온 가장 근본적인 질문에 대하여 지금까지의 철학자들은 다섯 가지의 대답을 내놓았다고 저자들은 정리합니다. 최초의 대답은 '우주적 조화에 부합하는 삶'이었고, 두 번째 나온 대답은 유대-기독교 원리를 토대로 한 것입니다. 세 번째 답변은 르네상스의 등장과 더불어 인문주의에 기반하여 제시된 것입니다. 네 번째 답변은 19세기 들어 부상한 해체의 원리에 기반하여 만들어졌습니다. 그리고 지금 우리의 시대에 들어 도래한 두 번째 인문주의가 만들어낸 새로운 의미의 원리로 도출한 '사랑'이 다섯 번째 답변입니다. 이렇듯 새로운 답변이 나오게 된 배경에는 시대가 변화함에 따라 기존의 답변으로는 해결되지 않은 궁금증이 새로 제기되었기 때문입니다.

최초의 답변, '우주적 조화에 부합하는 삶'은 고대 그리스 철학자들이 도출하였습니다. 아무래도 고대에는 완벽한 삶이란 신적인 존재라야 가능할 것으로 보았을 것입니다. 그래서 헤로도토스는 신화로부터 철학을 이끌어냈던 것입니다. 신들의 조화 속에서 인간들 역시 제자리를 차지할 수 있다는 생각이었습니다. 초기 그리스의 철학자들은 신화에서 합리적인 핵심들을 가져와 이론화된 철학적 지식을 만들어냈고, 플라톤은 인간이 경험해 온 주요 영역들을 아울러서 처음으로 철학적 인식을 만들어냈습니다. 이어서 아리스토텔레스는 자연현상을 관찰한 경험을 토대로 보편적 우주론을 나름대로는 일관적으로 조화시켜냈다고 평가합니다. 그리스 사람들은 두려움이 지혜의 적이라고 보았습니다. 두려움을 극복하면 자유롭게 생각하고, 남들을 사랑하고, 개방적인 자세를 취할 수 있다는 것입니다. 좋은 삶에 대한 답변으로 충분하다고 하겠습니다.

5세기 들어 몰락한 그리스 철학의 자리에 들어선 것은 기독교입니다. '적어도 믿는 이들에게는 개인적인 구원을 약속했기 때문'입니다. 그리스 시대에 이끌어낸 우주적 조화는 기독교가 말하는 신성(神性)으로 회귀하는 셈입니다. 나아가 신성은 예수 그리스도라는 인간을 통하여 인격화되었기 때문에 그리스 초기의 모호한 신의 세계와는 차별화되었습니다. 중세의 3대 유일신교가 아리스토텔레스의 철학을 계승한 것은 모순이 아닐 수 없습니다. 이슬람교의 이븐 시나와 아베로에스, 유대교의 마이모니데스, 기독교의 토마스 아퀴나스 들은 아리스토텔레스를 신봉했으니 말입니다. 결론적으로 세속철학의 관점에서 보면 유대-기독교의 원리에 따른 '좋은 삶'에 관한 철학적 논의는 그리스 철학보다도 퇴보한 것입니다. 철학이 종교의 시녀 노릇에 머물러야 한다고 인식했습니다. 철학은 성서를 설명하고, 교회의 해석과 교회의 중요한 개념들에 주석과 논평을 다는 정도에서, 눈부신 신성, 하느님이 창조한 세계, 그리스도가 즐겨 사용했던 비유들의 의미를 이해할 수 있도록 종교에 도움을 주어야 했습니다.

르네상스시대에는 삶의 의미를 우주적 질서나 신성에 두지 않고 인간에게, 그리고 인간의 이성과 자유에 두었습니다. 이와 같은 세계관은 방법론적 회의를 사유의 토대로 삼았던 데카르트에 의하여 기초가 탄탄하게 다져졌습니다. '나는 생각한다. 고로 나는 존재한다.'라고 했던 데카르트는 과거로부터 온 것, 즉 선입견을 버리고 의식 외부 세계의 존재마저도 의심하라고 했습니다. 그는 『방법서설』에서 "조금이라도 의심할 수 있다고 생각되는 것은 모두 거짓된 것으로 여겨서 내버리고, 그다음에 전혀 의심할 수 없는 어떤 것이 내 신념에 남아 있지 않을까 살펴봐야 한다고 생각했다."라고 말했습니다.

저자들은 "르네상스시대에 문을 연 인문주의 초기에는 주로 그리스·로마 문명에 근거하여 철학·종교·사회의 편견을 비판하는 데 열을 올렸고, 그 후 데카르트를 거쳐 계몽주의에 이르렀으며, 칸트가 좀 더 견고한 토대를 닦았고, 마지막으로 헤겔과 마르크스가 집단적 역사의 법칙에 대한 사유를 전개함으로써 토대를 한층 더 넓혔다.(164쪽)"라고 이 시기의 철학적 특성을 요약하였습니다. 새로운 철학의 지평에서 좋은 삶을 바라보는 데 있어, 근대 인문주의는 다음 두 가지 특성을 가진다고 했습니다. 첫째, 이 시각에서는 지식, 문화, 문명화·인간화 교육이 중요하다. 둘째, 문학이나 예술 쪽의 재능 또는 위대한 행위로 역사에 기여한 사람의 삶은 의미가 있다.

근대 인문주의는 인간적인 근거와 목표로 삶의 의미를 고찰하였을 뿐 아니라, 인간에게 대체 불가능한 위치를 부여하는 획기적인 생각까지 끌어냈습니다. 그럼으로써 "운명을 스스로 선택하는 인간의 능력, 자유와 이성으로 자신을 끊임없이 만들어가는 능력이 그 어느 때보다 힘을 얻었다.(50쪽)"라고 저자들은 평가합니다. 그렇지만 이런 방식으로 고양된 인간 역시 불완전한 면이 있었기 때문에 해체의 원리를 적용하여 좋은 삶을 고찰하게 되었습니다.

해체의 원리를 적용하게 된 것은 인간의 실존을 이해하려는 생각에서 출발하였습니다. 르네상스 시대에 태동한 인문주의는 19세기에 영국의 민주주의, 프랑스의 공화국 사상 등에 영감을 주었지만 쇼펜하우어, 니체, 마르크스와 같은 사상가들은 종교나 인문주의의 원리에 기초한 이상들을 끊임없이 해체하려 들었습니다. 즉, 이념의 족쇄에 묶인 인간을 풀어주고 지금까지 간과되거나 짓눌리고 억압당했던 실존을 다양한 차원으로 풀어내려고 했던 것입니다.

저자들은 그 사상가들 가운데 니체가 가장 중요하다고 보았습니다. 하이데거나 데리다에 앞서 해체의 개념을 만들어냈기 때문입니다. 니체의 사유는 이른바 '계보학', 다시 말해 우상들이 은밀히 전하는 허상들의 숨겨진 뿌리를 파헤치는 학문의 형식을 취합니다. 즉, 그리스의 우주론, 종교가 내세우는 영적인 삶, 계몽적 인문주의가 주장하는 해방된 인간 등을 허무한 것으로 치부한 니체에 따르면 이들은 이상을 명목으로 현실을 부정한다는 공통점을 가지고 있습니다. 당면한 현실을 부정한다는 것은 제대로 된 삶을 얻을 수 없다고 보았습니다. 생의 심오한 가치는 '선악을 넘어' 생의 강렬한 힘에 있다고 믿은 니체철학에서는 우리 안의 다양한 생명력들을 조화시켜 풍부한 삶을 살아갈 수 있는 데 목표를 두었습니다.

이제 마지막으로 '사랑혁명'을 앞세운 두 번째 인문주의 시대입니다. 바로 우리들의 시대에 등장하는 '사랑'에 대하여 저자는 이렇게 설명합니다. "사랑이라는 감정은 공포, 분노, 억울함 따위와 달리 우리 삶에 의미를 부여할 수 있다는 점에서 새로운 형이상학적 원리입니다.(64쪽)" 앙리 뒤낭 이후 현대 인도주의의 탄생과 발전에서 나온 사랑은 가까운 이웃뿐 아니라 낯선 이까지 포함한다는 뜻에서 새로운 집단적 이상을 낳을 수 있을 것으로 기대하고 있습니다.

사랑이 새로 등장하는 화두이군요. 여러분 모두 사랑합니다. 그리고 많이 사랑하시기를 바랍니다. (라포르시안 2015년 10월 12일)

9

마테오 리치, 기억의 궁전

———————

(조너선 D. 스펜스, 이산)

기억술을 매개로 한 16세기 동서문화 교류사

〈라포르시안〉의 [양기화의 북소리]에서 토니 주트를 여러 번 소개한 것은 근세사에 대한 그의 객관적인 시각에 끌렸기 때문입니다. 흥미로운 점은 토니 주트가 타계하기 전에 루게릭병으로 진단받고 투병하는 과정에서도 여러 권의 책을 집필한 것입니다. 『기억의 집』의 서문에 그 과정이 설명되어 있습니다. 루게릭병이 진행되어 사지가 마비되면 누군가의 도움에 의지해야 하기 때문에 환자는 피동적이 될 수밖에 없습니다. 그럼에도 불구하고 주트 교수는 생각하는 것만큼은 평소와 다를 것이 없었다고 합니다.

특히 잠자리에 들어도 정신이 말똥말똥해지는 시간이면 망각의 심연으로 사라져가는 기억의 편린을 서로 맞추어 갖가지 이야기를 만들어내곤 했습니다. 그 과정에서 과거에는 보지 못했던 것들까지 깨닫기도 하였습니다. 주트는 이런 과정을 '의식의 흐름에 고랑을 파는 작업'으로 비유하였습니다. 그런데 밤새 파놓은 고랑들이 아침이 되어 눈을 뜨면 다시 파묻히는 느낌이 들었다고 합니다. 그래서 그는 중세 기억술사들의 기억방식을 새삼 떠올렸습니다. 중세의 기억술사들은 보고 들은 것들을 기억하기 위하여 거대한 궁전을 지었습니다. 주트는 가족들과 함께 다녀온 스위스 빌라르 지방의 작은 마을 체지에르에 있는 샬레(Chalet)를 이용하여 정리된 생각들을 기억하기로 했습니다. 샬레는 프랑스어로 산에 짓는 오두막을 의미하는데, 스위스에서는 샬레를 가족호텔로 운영하기도 합니다.

주트는 자신이 이용한 기억술을 두어 쪽에 걸쳐 설명합니다. 이 기억술은 역사학자 프랜시스 예이츠의 르네상스에 관한 수필들에서 멋지게 소개되어 있고, 조너선 스펜스가 쓴 『마테오 리치, 기억의 궁전』에서도 언급되어 있습니다. 조너선 스펜스의 『마테오 리치, 기억의 궁전』을 주트의 추천으로 읽게 된 셈입니다.

이 책은 단순히 리치가 설명한 기억술을 소개하는 데 그치지 않습니다. 1552년 10월 6일 이탈리아의 마체라타에서 태어난 리치가 1610년 5월 11일 중국의 베이징에서 죽음을 맞을 때까지의 행적을 담았습니다. 16세기 중반에서 17세기 초까지라면 포르투갈, 스페인 등 유럽의 신흥강국들이 유럽을 벗어나 아시아로, 아메리카로 세력을 넓히던 대항해시대입니다. 리치는 피렌체와 로마에서 공부를 마치고 포르투갈의 대학도시 코임브라에서 포르투갈어를 배웠습니다. 그리고 인도의 고아와 코친에서는 신학을 공부하였고, 사제 서품을 받았습니다. 그리고는 말라카를 거쳐 마카오에 도착한 것이 1582년입니다. 다음 해 중국의 자오칭에 거처를 마련하고 전교를 시작하였습니다. 이어서 사오저우, 난창, 난징을 거쳐 베이징에 거주 허가를 받게 됩니다.

이 과정에서 리치가 중국인, 특히 관리들과의 관계를 맺는 데 기억술이 크게 힘이 되었습니다. 리치가 중국에서 활동하던 시기는 만력제가 다스리던 명나라의 말기입니다. 제국의 말기에 흔히 나타나는 혼탁한 사회상이 노정되는 시기였습니다. 당시 명나라 역시 과거에 급제해야 입신양명이 가능했기 때문에 과거에 뜻을 둔 식자층이라면 당연히 리치의 기억술에 관심을 가졌을 것입니다. 기억술은 리치의 인맥관리에 중요한 기술이었던 셈입니다.

『마테오 리치, 기억의 궁전』은 리치의 기억술을 설명하는 '궁전짓기'에 이어 리치의 행적을 4시기로 나누어 정리하였습니다. 각 시기의 도입부에는 리치가 남긴 성화 넉 점을 담고, 이에 관한 이야기를 요약하였습니다. 넉 점의 그림들은 리치와 친분이 있던 베이징의 출판업자 청다웨가 출간한 중국 서화집『정씨묵원(程氏墨苑)』에 실려 있는 것들입니다. 청다웨는 서양 그림과 로마자를 책에 담고 싶어 리치에게 부탁했고, 리치는 이를 통하여 중국인들에게 그리스도 생애의 주요 장면과 성서의 극적인 장면들을 기억시키려 했습니다. 리치가 그리고 주석을 단 그림들은 갈릴리 바닷가의 그리스도와 베드로, 엠마오로 가는 그리스도와 두 제자, 주님의 천사 앞에서 눈이 멀어버린 소돔의 남자들, 그리고 아기 그리스도를 안고 있는 성모 마리아 그림입니다. 리치는 그림들이 기억을 저장하고 검색하는 기억의 궁전 자체의 기전을 보강하는 데 유용할 것이라고 생각했을 것입니다.

저 역시 나이가 들어가면서 보고 들은 것을 잊거나, 잘못 기억하여 곤혹스러운 상황을 맞곤 합니다. 혹시 기억술을 습득하여 도움을 받으면 좋겠다는 생각을 하게 됐습니다. 그래서『마테오 리치, 기억의 궁전』의 첫 번째 장, '궁전 짓기'을 특별히 집중하여 읽었습니다. 궁전 짓기, 즉 정확한 위치 짓기를 통하여 기억을 훈련한다는 생각은 그리스 시인 시모니데스로부터 시작되었습니다. 연회장이 갑자기 불어닥친 강풍에 무너지고 안에 있던 사람들이 모두 죽었는데, 죽은 사람들의 형체를 알아볼 수가 없었습니다. 이때 시모니데스는 사람들이 앉아 있던 자리를 기억해 내서 시체를 확인시켜 줄 수 있었다고 합니다. 과연 시모니데스의 기억이 정확하였을까요? 사실 사람의 기억이 저지르는 오류를 지적하는 책들이 많습니다만, 대니얼 L. 샥터의『기억의 일곱 가지 죄악』은 읽을 만한 것 같습니다.

시모니데스 이후 기억술은 발전을 거듭하여 리치가 대학에서 공부할 무렵에는 수사학과 윤리학 수업의 기초과정에 들어 있습니다. 수사학자 치프리아노 소아레스의『수사학』은 1570년대 예수회 학생들의 필독서였습니다.『수사학』에는 기억술은 모든 웅변의 뿌리, 곧 '웅변의 보고'로서, 기억술에 의해서 사물뿐 아니라 말을 어떻게 정리하고 또 이 기술을 어떻게 말의 '무한한 진보'에 이용할 수 있는지 기록되어 있었습니다. 따라서 학생들은 극적인 다양한 생각들을 창출하고 그 생각들을 배치하는 훈련을 했고, (기억을) 배치하기에 가장 좋은 장소로는 궁전 같은 건물이나 웅장한 성당 등이 제시되었다고 합니다.

이와 같은 기억술의 원리는 오늘날에도 흔적을 찾을 수 있습니다. 저자는 의과대학의 해부학 문제를 예로 들었습니다. 3층짜리 생리학 건물의 옥상에 있는 '두개골 방'에 프랑스 국기 같은 삼색 침대보에 관능적인 여인이 벌거벗고 누워서 작은 손으로 구겨진 100달러짜리 지폐를 수북하게 움켜쥐고 있는 이미지를 배치하고, "손님을 기다리며 벌거벗고 누워 있는 게으른 프랑스 매춘부(Lazy French Tart Lying Naked In Anticipation)"라는 문장을 연관시킵니다. 이 문장에는 두개골의 눈구멍 위를 흐르는 신경의 명칭, 눈물샘(Lacrimal), 앞이마(Frontal), 활차(Trochlear), 외측지(Lateral), 코모양체(Naso ciliary), 내측지(Medial), 외전(Abducens) 신경을 의미하는 두문자를 담고 있습니다. 리치는 중국어로 쓴「기법」이라는 기억술에 관한 책에서 하나하나의 인상을 각각의 장소에 배치하고 일관된 설명을 붙여 기억술을 익힐 수 있도록 했습니다.

그런데 16세기 무렵 이와 같은 방식의 기억술에 대한 비판이 시작됐습니다. 1530년대에 코르넬리우스 아그리파라는 사람은『기술과 학문의 공허와 불확실함에 관하여』라는 책에서 "기억술이 날조한 '기괴한 인상'으로 말미암아 인간의 자연스러운 기억력이 둔화된다고 말했다.(33쪽)"라고 적었습니다. 그리고 16세기 말, 프랜시스 베이컨 역시 기억훈련으로 얻을 수 있는 묘기가 얼핏 보기에는 인상적이기는 하나 광대의 속임수에 불과한 쓸모없는 기술이라고 잘라 말했습니다.『독자가 고른 양기화의 BOOK소리』에서 소개한 바 있는 세기 히로시의『나를 위한 교양수업』의 핵심처럼 "얻은 지식들을 횡적으로 연결하여 '넓은 시야와 독자적 관점을 얻을 수 있는' 단계에 이르지 못하면 기억술로 얻은 지식들은 그저 자기 과시욕을 채우는 쓰레기에 불과"합니다.

오늘날 같은 우편제도가 없던 당시만 해도 멀리 나가 있는 사람들이 고향에 소식을 전하려면 오가는 사람을 이용할 수밖에 없었습니다. 소식이 오가는 데는 당연히 시간이 많이 걸릴 뿐 아니라 인편이 오가는 중에 죽거나 다칠 수도 있어서 소식이 전해진다는 보장도 없었을 것입니다. 그럼에도 불구하고 리치는 고향에 있는 가족이나 친지, 예수회 본부 등에 소식을 전하거나 전교에 필요한 책이나 물품을 부탁했습니다.

놀라운 것은 명나라 시절의 중국에는 이미 유대인, 아랍인, 유럽인, 아프리카인 등 다양한 나라에서 온 사람들이 살고 있었습니다. 당연히 그들은 자신들의 종교의식을 치르는 예배당까지도 짓고 살았으며 자연스럽게 그들의 종교를 받아들이는 중국인도 늘어나고 있었습니다. 이들은 다양한 방식으로 자신의 문화를 중국에 소개하였습니다. 리치만 하더라도 중국의 문헌을 유럽에 번역 소개하기도 하였으며, 중국어에 익숙해지면서 유럽의 책을 중국어로 번역하여 소개하거나 직접 집필하였습니다. 기본적으로 리치는 예수회의 사제로서 전교를 목적으로 중국에서 살았습니다. 특히 자기가 아는 만큼의 서양의 과학지식과 신학상의 수양을 원용하면서 기억술을 이용하여 중국인들이 전통 종교인 유교, 불교, 도교 등을 배제하고 예수교를 믿도록 평생의 노력을 기울였습니다.

리치는 저술을 통하여 중국의 전통종교의 본질을 비판하기도 했는데, 불교의 윤회설에 대한 비판도 있습니다. 리치는 불교에서 말하는 윤회설이 인간의 영혼이 여러 형태의 동물의 몸으로 태어난다는 피타고라스학파의 윤회설로부터 온 것이라고 단정하였습니다. 피타고라스의 윤회설은 유럽인들의 도덕적 관념이 방만하던 시기에 고안된 우화적인 교훈에 불과한 것으로, 오류로 가득한 윤회설이 인도를 거쳐 중국으로 전해졌다고 생각했습니다. 리치가 윤회설을 강하게 부정한 것은 인간이 모든 피조물의 주인이고, 다른 동물이나 식물은 인간에게 봉사하도록 만들어진 것이라는 기독교의 천지창조의 기본 틀에서 벗어나기 때문이었습니다. 이뿐만 아니라 인간의 영혼이 윤회한다면 결혼이라는 제도가 성립할 수 없게 된다고 보았습니다. 리치의 불교관에 대하여 당대의 유학자 위춘시는 리치에게 편지를 보내 불교를 비난할 만큼 불교에 대하여 제대로 알고 있는지를 물었습니다.

위춘시는 기독교와 불교가 도덕적인 면에서 공통점이 많이 있는데도 불구하고 리치가 불교를 일방적으로 비난하는 것을 이해하지 못하였습니다. 그래서 리치에게 꼭 읽어볼 불교서적 목록을 제시하기도 했습니다. 하지만 리치는 불교가 십계명의 첫 계명을 거스르고 있으며, 지난 2천 년에 걸쳐 중국인들에게 영향을 미친 불교가 과연 중국인들의 도덕 수준을 향상시킬 수 있었느냐고 반문하였습니다. 중국의 지식층들은 리치가 불교를 제대로 알지 못하면서 궤변만 늘어놓는 것으로 보았습니다. 리치는 자신에 대한 중국 고관들의 비판에는 반응을 보이지 않았습니다. 중국 내에서의 자신의 위치를 잘 알고 있었기 때문으로 보입니다.

리치는 지상에서의 우리의 인생은 덧없으며, 기독교도만이 내세에서 영원히 환희로 가득 찬 삶을 얻을 수 있다고 믿었습니다. 리치는 중국인들에게 기독교의 핵심을 이해시키기 위하여 기술, 책략, 훈련, 기억술 등 가능한 모든 수단을 동원할 필요가 있었습니다. 그리하여 프리즘, 시계, 성화, 유클리드 기하학, 책자, 만찬, 교부 등을 성모의 성스러운 인도 아래 총동원하였던 것입니다.

유한한 삶을 신념을 지키며 살아내는 사람이 과연 얼마나 되겠습니까만, 마테오 리치야말로 이교도들에게 기독교의 진리를 전하겠다는 자신의 신념을 지킨 삶을 살았다고 하겠습니다. 그의 종교적 신념이 절대적 진리였는가 하는 문제는 별도로 하더라도 말입니다. (라포르시안 2015년 11월 9일)

10

발칸의 역사

(마크 마조워, 을유문화사)

문명의 교차로이자 유럽의 화약고 '발칸반도'

2015년 발칸을 여행하면서 챙겨갔던 다섯 권의 책 가운데 하나입니다. 역사를 챙겨 읽는 것은 여행지를 이해하는 데 중요하기 때문입니다. 동서문명의 충돌현장을 돌아보는 저의 여행은 스페인에서 시작해서 튀르키예를 거쳐 발칸에 이르렀습니다. 발칸을 여행하면서 가장 궁금했던 것은 발칸반도 혹은 발칸 국가의 범위였습니다. 발칸은 '산'을 의미하는 튀르키예어입니다. 오스만제국 지배 시절 불가리아와 세르비아에 걸쳐 있는 산맥을 발칸이라고 부르던 것이 19세기 이후 반도 전체를 부르는 이름으로 차용되었습니다.

일반적으로 발칸반도는 도나우강, 사바강, 쿠파강을 경계로 한 이남의 지역을 말합니다. 따라서 발칸반도에는 그리스, 마케도니아, 몬테네그로, 보스니아 헤르체고비나, 불가리아, 알바니아의 영토 모두가 포함되고, 세르비아와 크로아티아 역시 일부를 제외하고는 발칸반도에 들어갑니다. 튀르키예, 루마니아, 슬로베니아, 이탈리아의 일부도 발칸반도에 포함됩니다. 하지만 이들을 발칸 국가라고 하지는 않습니다.

발칸반도를 '유럽의 화약고'라고 부른 것은 1914년 6월 28일 사라예보(지금은 보스니아 헤르체고비나의 수도)에서 오스트리아-헝가리 제국의 프란츠 페르디난트 황태자가 암살당한 것이 계기가 되어 제1차 세계대전이 촉발되었기 때문입니다. 현대에 들어서도 1991년부터 1999년까지 구 유고슬라비아연방의 영토에서 슬로베니아, 크로아티아, 보스니아 등의 분리독립 전쟁과 크로아티아-보스니아 전쟁, 코소보 전쟁 등이 이어져 화약고라는 용어를 실감나게 했습니다. 결국 유고슬라비아연방이 해체되어 마케도니아 공화국, 보스니아 헤르체고비나(스릅스카 공화국과 보스니아 헤르체고비나연방, 브르치고 행정구로 갈라졌습니다), 세르비아(코소보가 독립을 선포한 상태), 몬테네그로, 슬로베니아, 크로아티아 등이 독립했습니다.

지역적으로는 일단 발칸을 정리하였습니다만, 이 지역에 사는 사람들과 그들의 역사를 정리하는 일은 쉽지 않습니다. 20세기를 통하여 일어난 이 지역 국가들의 복잡한 이합집산으로 인하여 생긴 혼란스러운 민족적, 종교적 요소들이 정리되어야 하기 때문입니다. 발칸사의 권위자이며 미국 컬럼비아 대학 역사학과 교수로 재직 중인 마크 마조워가 쓴『발칸의 역사』는 복잡한 발칸지역의 역사를 정리하는 데 크게 도움이 되었습니다.

저자는 먼저 발칸이라는 명칭과 발칸이라는 지역에 대한 유럽 사람들의 편견이 어떻게 자리 잡아 왔는지 정리하였습니다. 발칸지역의 혼란은 인종적 다양성과 오랜 세월에 걸친 종교 및 문화적 갈등에 뿌리를 두고 있습니다. 근본적으로는 유럽의 영토와 정신을 7세기에서 17세기에 이르도록 1,000년 이상이나 복잡하게 엮어넣은 기독교와 이슬람세력이 서로를 제대로 이해하지 못한 데 기인합니다. 무슬림 국가들이 비(非)이슬람교도들을 백성으로 받아들인 것과는 달리 기독교 국가들은 무슬림은 물론 유대인에 이르기까지 이교도들을 위협적인 존재로 간주하고 추방하기까지 했습니다.

기독교도와 무슬림 사이의 종교적 대립이 꾸준하게 이어졌지만 근세에 이르러 세력을 잃을 때까지도 유럽 사람들은 오스만제국을 두려워하고 또 존경했습니다. 무질서하고 나약하기까지 한 기독교 국가들과는 비교되지 않았기 때문입니다. 17세기 영국의 설교가 토머스 풀러는 "(술탄의 제국은) 지상에서 가장 위대하고 가장 굳건한 나라이며, 바다와 육지를 통틀어 (…) 세계의 중심에 위치해 있는 나라"라고 했답니다. 1683년 오스만제국의 두 번째 빈 공략이 실패하면서 발칸지역에 대한 지배력이 약해졌습니다. 반면 오스트리아는 헝가리와 크로아티아 등지를 점령하고 기독교인들을 이주시켜 이 지역에 대한 지배력을 강화하기 시작했습니다. 이후 유럽 사람들은 발칸을 깎아내리기에 급급하게 되었는데, 다분히 오스만제국을 겨냥한 것이었습니다.

오스만제국은 19세기 초까지만 해도 발칸반도의 전 지역을 다스렸습니다. 하지만 1829년 그리스가 독립한 뒤로는 발칸 국가들의 자치나 독립을 인정할 수밖에 없었습니다. 그런데 1908년 오스만제국의 청년 튀르크당이 혁명을 일으키면서 튀르크 민족주의를 내세우는 바람에 발칸 국가들의 우려가 커졌습니다. 오스만제국이 발칸의 실지를 찾으려 할까 두려웠던 것입니다.

1911년 모로코에 대한 영향력을 확대하려고 이탈리아가 오스만제국에 전쟁을 선포하였고, 결과적으로 승세를 얻었습니다. 이를 계기로 발칸 국가들은 오스만제국에 대항하기 시작했습니다. 불가리아 왕국, 그리스 왕국, 세르비아 왕국, 몬테네그로 왕국 등이 러시아의 지원 아래 오스만제국에 선전포고를 하면서 시작된 제1차 발칸전쟁에서 오스만제국이 패전합니다. 제1차 발칸전쟁에서 패전한 오스만제국은 이스탄불 주변을 제외한 발칸반도의 대부분 지역을 잃고 말았습니다.

하지만 오스만제국으로부터 독립한 발칸 국가들도 새로운 문제를 안게 되었습니다. 독자적인 힘을 토대로 이룬 것이 아니라 러시아 등 주변 강대국의 힘에 의지하였기 때문입니다. 강대국의 정책변화에 따라 운명이 좌우되는 상황이었던 것입니다. 바다로 향하는 유일한 통로인 보스포루스해협을 장악하려는 야심을 가진 러시아는 오스만제국에 회유와 공세를 반복했습니다. 따라서 오스만제국이 몰락하면서 러시아가 부상하는 것도 달갑지 않은 유럽 역시 곤혹스럽기는 마찬가지였습니다.

"튀르크족의 노예로 있을 때 그리스의 모습은 애처로워 보였다. 그런데 독립을 하고 나니 그 모습은 한마디로 끔찍스러웠다. 그리스인들의 삶은 절도와 폭행의 연속이었고, 방화와 암살은 그들의 취미가 되었다."라고 적은 프랑스여행가도 있습니다. 발칸반도에 전해 오는 민담 혹은 전설에는 오스만제국의 지배가 끔찍했다는 내용보다는 오히려 평범한 주민들을 못살게 하는 산적들에 관한 이야기들이 더 많은 것 같습니다. 물론 오스만에 대항한 군사적 행동을 하는 사람들도 있지만, 주민들이 적극적으로 호응하는 분위기가 아니어서 당혹스럽기도 합니다.(요르단 욥코프 지음, 『발칸의 전설』, 문학과 지성사, 2006년)

저자는 복잡한 발칸의 역사를 1) 발칸의 영토와 주민들, 2) 국가 성립 이전의 발칸, 3) 동방문제, 4) 국가 건설 등의 순서로 정리하였습니다. 국가의 3요소 가운데 중요한 국민과 영토를 설명하고, 마지막 요소인 주권을 얻는 과정을 역사적 배경으로부터 정리한 것입니다. 저는 발칸을 여행하면서 그 일부만 보았을 뿐입니다. 하지만 발칸의 지형이 아주 험하다는 인상을 받았습니다. 19세기 여행작가 아서 에번스는 "이 산맥의 기묘한 형상이 힘겹게 그 모습을 드러내고 있다. 물은 구경조차 할 수 없다. 사방 어디를 둘러봐도 나지막한 산맥, 풍화된 석회암 덩어리만 있을 뿐 풀 한 포기 없는 게… 황량한 풍경"이라고 헤르체고비나의 카르스트 지형을 묘사했습니다.

아드리아해안에 있는 코르출라 섬을 찾던 날 저는 마침 쏟아진 폭우로 흠씬 젖고 말았습니다. 이처럼 일부 지역은 대체로 강수량도 많고 온화한 기후입니다. 그러나 발칸의 대부분 지역은 산이 험하고 비그늘 효과로 인하여 비가 별로 내리지 않은 척박한 탓에 사람들이 살기 어려운 환경입니다. 발칸반도는 지형적 특성으로 남북 방향의 이동은 어렵지만 동서 방향의 이동은 그리 어렵지 않습니다. 그리하여 동쪽으로부터는 슬라브족들이 이주해 왔고 서쪽에서는 아드리아해의 해안과 바다를 통하여 이탈리아, 특히 베네치아 사람들이 이주해 왔습니다. 앞서 발칸의 민담에서 튀르키예 관헌에 대한 주민들의 인상이 그리 나

뿐 것 같지 않아 보였다는 말씀을 드렸습니다. 오스만제국은 농민들에게 호의적이었던 반면 지방관리는 감시를 게을리 하지 않았습니다. 18세기 오스만제국의 관리를 지낸 사리 메메드 파샤의 글입니다. "지방관리들로 하여금 가난한 레아(농민)를 억압하지 못하게 할 것이며, 농민들이 매년 내는 것으로 알고 있는 세금 외 별도의 세금을 요구하여 그들을 괴롭히지도 말아야 한다.(63쪽)"

비잔틴제국에서 오스만제국으로 지배구조가 넘어갔을 때도 이 지역에 사는 사람들은 민족이나 종교는 문제되지 않았습니다. 비잔틴제국 시절에는 정교회가 중심이 되었고, 오스만제국은 어느 민족이나 술탄의 신민이 될 수 있었기 때문입니다. 다만 오스만제국은 이교도들의 경우 군인으로 동원하는 대신에 무거운 세금을 부과하였습니다. 이교도의 충성심을 믿지 못해서가 아닐까 싶습니다. 세금원이 되는 이교도를 박해하여 이탈하는 것이 오히려 손해라는 점도 있었을 것입니다. 심지어는 오스만 말기에는 개종을 불허하기도 했습니다.

앞서 말씀드린 대로 오스트리아와 러시아가 발칸반도에 눈독을 들이면서 이 지역에서는 종교와 민족을 중심으로 한 세력이 집결하기 시작했습니다. 유럽 열강들은 여기에 편승하여 힘을 실어주었습니다. 강대국의 도움을 받아 독립을 얻은 신생국가들은 영토 확장에 열을 올렸습니다. 1912년 제1차 발칸전쟁의 패배로 오스만제국이 발칸반도에서 물러난 이후, 이번에는 발칸동맹에 참여한 국가들 사이에 갈등이 생겨 제2차 발칸전쟁이 벌어졌습니다. 제1차 발칸전쟁이 끝나고 불가리아 세르비아, 그리스는 마케도니아를 분할했는데 불가리아가 대부분을 차지한 것에 세르비아가 반발한 것입니다. 마케도니아를 모두 차지하려는 야심을 품은 불가리아가 1913년 6월 29일 세르비아와 그리스에 선전포고를 해서 제2차 발칸전쟁이 벌어졌습니다. 이 전쟁에서 루마니아, 오스만제국, 몬테네그로 등이 세르비아와 그리스 동맹에 가담했고 결국 불가리아가 패전하였습니다. 발칸반도에서 벌어진 일련의 갈등은 결국 제1차 세계대전으로 발전하였습니다.

앞서 소개한 사라예보사건은 세르비아계 보스니아 청년이 저질렀지만 불똥은 세르비아로 튀었습니다. 러시아제국을 등에 업고 세르비아가 벌이는 남슬라브운동을 위태롭다고 본 오스트리아가 세르비아에 선전포고를 하였고, 러시아도 총동원령을 내렸습니다. 오스트리아와 동맹관계에 있던 독일도 러시아에 선전포고를 하였습니다. 이때 오스만제국 역시 독일과의 관계 때문에 동맹국에 참전하였다가 패전의 멍에를 쓰고 말았습니다. 1919년 6월 28일 베르사유 궁전에서 연합군과 독일 사이에 종전을 위한 조약을 체결하였습니다. 이로써 세르비아-크로아티아-슬로베니아 왕국이 탄생하였습니다. 이탈리아도 아드리아 해안의 달마치아에 대한 영토를 주장했습니다.

제1차 세계대전 이후 재편된 발칸의 국경은 복잡한 민족구성을 반영하지 않은 측면이 있었습니다. 영토가 확장된 루마니아의 경우 독일인, 우크라이나인, 유대인들이 전체 인구의 28%에 달했고, 세르비아-크로아티아-슬로베니아의 경우는 15%, 불가리아도 20%가 이민족이었습니다. 제1차 세계대전 이후 별도로 전쟁을 치른 그리스와 터키는 대규모로 주민을 교환하였습니다. 반면, 발칸 국가에서는 소수민족을 보호하기 위한 협약을 체결하는 방식을 적용했습니다. 그럼에도 불구하고 소수민족들은 체계적으로 억압을 받았습니다. 이런 분위기 속에서 나치 독일이 발칸지역을 점령하면서 발칸지역의 인종들 사이의 갈등이 한층 고조되었습니다. 제2차 세계대전 기간 중에도 인종 간 충돌로 대량학살이 일어났습니다. 이러한 인종갈등은 발칸지역이 공산화되면서 물밑으로 가라앉았습니다. 하지만 공산세력이 무너지면서 다시 현실화되었는데, 특히 다민족으로 구성되었던 유고연방에서 폭발하게 된 것입니다.

저자는 '폭력에 관하여'라는 제목의 맺는 글에서 발칸에서 벌어진 야만성과 폭력은 서구의 책임이 적지 않으며, 서구의 잣대로 판단한 것이라고 잘라 말합니다. 발칸의 역사를 돌아보면 발칸이 번영할 수 있는 묘책을 찾아낼 수 있을 것이라는 기대도 빠트리지 않습니다. (라포르시안 2015년 11월 23일)

⑪

종이약국

(니나 게오르게, 박하)

약 대신 책을 조제해 주는 센강 위의 '종이약국'

2015년 발칸을 여행하면서 찾은 두브로브니크에서는 프란체스코수도원에 붙어 있는 약국에 들어가 보았습니다. 1317년에 문을 연 약국은 유럽에서 가장 오래된 약국입니다. 그 전까지만 해도 환자들은 진료를 받은 병원에서 약을 타 갔던 것인데, 약을 다루는 부서가 병원 밖으로 독립되어 나간 셈입니다. 우리나라에서도 과거에는 약국에서 약만 팔았는데, 지금은 약국에서 건강기능식품이나 일상생활에 필요한 의료용구도 팔고, 심지어는 담배를 팔기도 합니다. 금연에 도움을 주는 물품도 팔고 담배도 파는 이중성이 지적되었습니다. 그래서 약사회가 중심이 되어 약국에서는 담배를 팔지 않도록 하자는 운동이 전개되기도 했습니다.

약국이라고 하는 명칭이 특정한 분야를 상징한다고 보면 의약품이 아닌 것을 팔면서 약국이라는 이름을 사용할 수 있을까요? 지구상의 생물들처럼 세상사 역시 진화하고 있는 것이라면 진화된 형태의 약국이 등장할 수도 있지 않을까요? 그러나 막상 이런 곳이 생긴다면 약사단체가 펄쩍 뛸 것 같다는 생각을 해봅니다.

『종이약국』이라는 이름의 소설을 읽고 여러분들에게 소개하려다 보니 이런 엉뚱한 생각이 떠오른 것입니다. 종이약국은 무엇을 파는 곳일까요? 그렇습니다. 바로 책을 파는 서점입니다. '약' 하면 신체적 질병을 치료하는 알약, 물약처럼 먹는 약도 있지만, 바르거나 붙이는 약도 있습니다. 정신적 질병도 알약이나 물약으로 치료할 수도 있지만, 요즈음은 심리치료 등과 같이 비약물적 치료도 있습니다.

그러고 보니 독서를 통한 질병치료가 전혀 새로운 생각은 아닌 것 같습니다. 앞서 소개한 『암으로 고통받는 사람들을 위한 독서치료』가 좋은 예입니다. '독서치료(bibliotherapy)'라는 용어는 1916년 사무엘 맥코드 크로더스(Samuel AcChord Crothers)가 처음 사용했습니다. 미국도서관협회에서는 1966년 "정신의학 분야에서 치료적인 보조수단으로서 선정된 독서 자료를 이용하는 것, 개인적인 문제와 직접 관련이 있는 책을 읽음으로써 해결책을 안내하는 것"이라고 독서치료를 정의한 바 있습니다.

『종이약국』은 독서치료사에 관한 이야기입니다. 독서치료에 관한 자격증을 따서, 개인적인 치료공간을 낸 것인지는 잘 모르겠습니다. 파리의 센강에 띄운 배에 열고 있는 '종이약국'의 주인 페르뒤 씨가 바로 주인공입니다. 종이약국은 샹젤리제 선착장에 정박하고 있는 배 룰루에 자리 잡고 있습니다. 제가 파리에 갔을 때 노트르담 사원에서부터 센강을 따라 에펠탑까지 걸어보았습니다. 그때 센 강변에 늘어서 있는 작은 가게들 틈에서 서점을 발견하기도 했습니다. 하지만 센강에 떠 있는 배에도 서점이 있는 줄을 몰랐습니다. 어떻거나 종이약국은 파리를 찾는 관광객들에게까지 알려져 있을 정도라고 작가는 설명합니다. 정말 이런 서점이 있는 것일까요?

페르뒤 씨가 종이약국에서 책을 파는 모습을 잠깐 볼까요? "이 책은 손님에게 팔고 싶지 않습니다." "왜요?" "실례지만, 손님께서는 어떤 남자와 결혼하느냐는 것보다는 어떤 책을 읽으시냐는 것이 장기적으로 더 중요합니다.(18~19쪽)" 거두절미하고 책을 팔지 않겠다고 하지는 않았겠지요. 페르뒤 씨가 팔지 않겠다고 하는 막스 조당의 『밤』이라는 책을 고르기 위하여 고민하던 여자 손님의 모습을 꾸준하게 관찰한 끝에 내린 결론입니다. 결국 그녀는 "당신 완전히 미쳤어요"라고 내뱉듯 말하고 서점을 나서지만 며칠 뒤에 서점을 찾아와 페르뒤 씨가 추천하는 책을 사갑니다.

이런 돌발적인 상황도 있지만 페르뒤 씨는 책을 골라달라는 손님에게 몇 가지 질문을 합니다. 직업이 무엇이고, 아침 시간을 어떻게 보내고, 어린 시절에 어떤 동물을 좋아했고, 최근 몇 년 동안 어떤 악몽을 꿨고, 마지막으로 어떤 책을 읽었는지…, 그리고 예전에 어떤 옷을 입으라고 어머니가 말했는지 등입니다. 생각해 보면 책을 고르는 일과 동떨어진 질문이 아닌가 싶습니다. 그렇지만 친밀하면서도 지나치게 다가가지 않는 질문을 통하여 적절한 책을 골라내는 재능을 페르뒤 씨는 가지고 있습니다.

페르뒤 씨가 독자에게 맞는 책을 고르기 위하여 나름대로 고심하는 모습은 그가 살고 있는 몽타냐르 27번지에 사는 사람들과의 대화에서 볼 수 있습니다. 맞은편 집에 새로 이사한 여성이 흐느껴 우는 것을 알고 책을 권하는 장면입니다. "저는 더 울고 싶어요. 그러지 않으면 물에 빠져 죽어버릴 것 같아요." "그러면 마음껏 울 수 있는 책을 가져다드릴게요." 페르뒤 씨는 27번지 사람들에게 각별한 애정을 품고 있습니다. 동네에 사는 사람들은 그가 추천하는 책을 읽으면서 일상을 풍요롭게 만드는 것 같습니다.

페르뒤 씨가 종이약국을 열게 된 배경은 독일의 아동문학가이자 시인인 에리히 캐스트너의 『서정적 가정약방』이라는 책에 있다고 했습니다. 그 책의 서문에 "개인의 생활을 치유하는 데 이 책을 바친다. 이 책은 존재의 크고 작은 어려움에 대처할 수 있도록 대부분 동종요법으로 조제되었으며, 평범한 생활의 내면 치유에 도움이 될 것이다."라고 적혀 있다고 합니다. 우리나라에 소개된 캐스트너의 책 가운데 품절이라서 읽어보지는 못했습니다만, 한문화에서 나온 『마주보기: 마음을 위한 약상자』가 아닐까 생각해 봅니다.

그런데 정작 페르뒤 씨 자신은 문제를 진단하고 해결하는 방법을 찾지 못하는 것 같습니다. 아니 자신의 문제는 아예 들여다볼 생각을 하지 않은 채 밀봉해서 꼭꼭 가둬 두었던 모양입니다. 제우스가 봉인한 판도라의 상자도 열렸듯이 세상에 열리지 않는 비밀은 존재할 수가 없습니다. 그리고 문제는 풀리기 마련입니다. 다만 시기가 무르익어야 하고, 그 시간의 흐름이 안타까운 결과를 낳기도 합니다. 하지만 그만큼의 시간이 지나야 상황이 무르익어서 문제가 쉽게 해결되는 것인지도 모릅니다.

몽타냐르 27번지의 4층에 있는 페르뒤 씨의 집에는 20년 전 ○○이 떠난 뒤로 봉인된 방이 있습니다. 50살이 된 페르뒤 씨는 그 뒤로 어떤 여성과도 사랑을 나누어본 적이 없습니다. '사랑은 움직이는 것'이라고 생각하는 요즈음 사람들의 시각으로는 이해하지 못할 수도 있습니다. 하지만 세상은 넓고 그만큼 다양한 사람들이 있습니다. 『종이약국』을 읽어가다 보면 그녀와 페르뒤 씨와의 관계는 심상치가 않습니다. 페르뒤 씨와 사랑을 나눈 ○○은 이내 결혼했고 남편에게도 페르뒤 씨와의 관계를 알렸다고 합니다. 그렇다면 세 사람이 모두 알고 있는 삼각관계를 이어갔다는 이야깁니다. 프랑스 사람들답다고 생각은 하면서도 쉽게 이해되지 않는 대목입니다.

페르뒤 씨가 봉인해 둔 ○○과의 관계가 풀리기 시작한 것은 앞집에 카트린르 P. 부인이 이사를 오면서부터입니다. 사랑한다고 믿었던 남편이 바람나서 모든 살림을 들고 새 여자와 자취를 감추는 바람에 카트린은 몽타냐르 27번지로 이사를 오게 되었습니다. 주민들은 그녀를 위하여 무언가를 내놓기로 했는데, 페르뒤 씨는 식탁을 맡게 되었습니다. 페르뒤 씨는 봉인된 방에 있던 식탁을 내주었고, 그 식탁에 들어 있던 한 통의 편지가 문제를 풀어내는 실마리가 됩니다. 그렇다면 페르뒤 씨는 그 편지를 왜 읽지 않았을까요?

카트린이 발견한 편지는 ○○으로부터 온 것입니다. 페르뒤 씨에게 자신보다 먼저 죽겠다는 약속을 받아낸 다음 날 떠난 ○○이 몇 주 뒤에 보내온 편지입니다. 페르뒤 씨는 그 편지를 읽어볼 수가 없었습니다. 사랑하는 남자를 버린 여성이 주저리주저리 늘어놓은 변명으로 가득 차 있을 것이라고 생각했기 때문입니다. 편지를 읽는 것은 이별의 상처에 소금을 뿌리는 일이 될 것이라고 믿었습니다. 페르뒤 씨를 저녁에 초대한 카트린은 자신의 일그러진 삶을 솔직하게 털어놓게 됩니다. 20년 동안 자신의 삶을 경멸하고 경멸받게 만들었던 삶을… 카트린의 삶이 자신의 삶과 흡사하다는 생각을 하게 된 페르뒤 씨는 이제는 ○○, 즉 마농이 20년 전에 보내온 편지를 읽을 준비가 되었다고 깨닫게 됩니다.

마농은 편지에 그녀가 페르뒤 씨를 얼마나 사랑하는지, 그럼에도 불구하고 떠나야 했던 이유를 적었습니다. 병으로 얼마 살 수도 없게 되었고, 여행도 할 수 없었던 것입니다. 그래서 파리로 올 수 없었고, 편지를 보내 페르뒤 씨를 그녀가 살고 있는 본뉴로 와달라고 부탁한 것입니다. 페르뒤 씨는 그런 편지를 외면했고, 얼마 뒤에 신문에 난 부고란에서 마농의 이름을 발견하고서도 오해를 풀지 못했습니다. 편지를 읽고 난 페르뒤 씨가 스스로에 대한 혐오가 치밀어 생을 마감하려는 순간 나타난 카트린의 위로에 마음을 고쳐먹게 됩니다.

페르뒤 씨는 마농이 죽기 전에 했어야 할 여행을 떠납니다. 그녀가 살았던 본뉴로. 그녀를 처음 만났던 급행열차가 아니라 종이약국이 있는 배 룰루를 몰고 운하를 따라 여행합니다. 프랑스는 북해와 대서양 그리고 지중해로 열려 있지만 바다를 통해서 북쪽에서 남쪽으로 가려면 엄청 돌아야 하는 문제가 있습니다. 그래서 내륙의 강을 연결하는 운하를 만들었습니다. 삼면이 바다로 되어 있는 우리나라에서 강들을 연결하여 운하를 만들어야 하는 이유는 저도 아직 이해하지 못하고 있습니다만, 프랑스 같은 나라라면 충분히 유용할 것 같습니다.

페르뒤 씨의 여행에는 최근에 인기를 모은 책을 쓴 작가 조당이 동행합니다. 작가와 독서치료사의 여행이 좋은 그림이 되는 것 같습니다. 본뉴로 여행하는 길에는 마농이 남긴 일기를 인용하여 마농과 페르뒤 씨의 운명적인 만남과 이별이 그려집니다. 서점 주인인 페르뒤 씨가 오랫동안 가지고 있던 의문, 『남녘의 빛』을 쓴 저자 사나리의 정체를 밝히는 일이 곁들여집니다. 작가와 서점 주인이 함께하는 여행이다 보니 우리가 책에서 읽을 수 있는 다양한 이야기들이 화제에 오르게 됩니다. 이별을 애도하는 데 필요한 기간에 대한 이야기도 흥미롭습니다. 실연한 사람의 경우는 연애한 기간을 감안하여 1년에 한 달씩은 슬퍼하는 것이 좋다고 합니다. 우정의 경우는 두 달씩, 하지만 사별한 사람을 애도하는 기간은 정할 수가 없다고 합니다. "일생 동안 애도하십시오. 우리는 한때 사랑했던 고인들을 영원히 사랑하기 때문입니다. 그들의 빈자리가 안겨주는 허전함은 우리가 세상을 떠나는 최후의 날까지 함께합니다.(171쪽)"

본뉘로 여행하는 동안 페르뒤 씨는 카트린에게 날마다 엽서를 보내고, 또 미래의 문학약제사, 그러니까 독서치료사들을 위한 안내서를 쓰려고 마음먹습니다. 그러니까 본뉘로 가는 페르뒤 씨의 여행은 마농과의 사이에 생겼던 오해로 인한 스스로의 상처를 치유하고 카트린과의 새로운 관계를 모색하는 기회입니다. 이기적이란 생각이 들면서도, 파리에서 그냥 묻어도 될 것 같은데 굳이 마농이 살던 곳이며 지금은 영원히 쉬는 곳으로 가는 것은 페르뒤 씨의 섬세하고 감성적인 면 때문이 아닐까 싶습니다.

작가는 무려 20년을 앓아와 고질병이 되어버린 마음의 상처로 얼룩진 페르뒤 씨와 카트린의 삶이 제자리를 찾을 수 있도록 이끌어갑니다. 역시 낭만소설은 끝이 좋아야 좋은 것이라고 생각합니다. 카트린과 페르뒤 씨는 프로방스에서 두 사람의 영혼이 머물 공간을 찾아냅니다. "모든 사람의 마음속에는 각자의 악령이 숨어 기회를 엿보는 방이 있어요. 방문을 열고 그 악령에 맞서야만 자유로울 수 있어요."라고 카트린은 말합니다. 하지만 그녀 역시 페르뒤 씨처럼 비비 꼬인 삶으로 스스로를 끌어넣은 바가 있지 싶습니다.

『종이약국』의 말미에는 '감정 혼란의 증상이 경미하거나 또는 어느 정도 심각한 경우에 정신과 마음을 빠르게 진정시켜 주는 약으로 추천하는 26권의 책들의 효과와 부작용까지 설명되어 있다는 점을 말씀드립니다. (라포르시안 2015년 12월 7일)

$$\boxed{12}$$

드리나 강의 다리

(이보 안드리치, 문학과지성사)

드리나 강의 '오래된 다리'

2015년 발칸을 여행하면서 찾은 보스니아의 모스타르에서는 보스니아 내전의 흔적이 아직도 남아 있는 것을 보고 소름이 돋았습니다. 시가지 곳곳에 창문 없이 방치된 건물마다 총탄 자국이 마치 마마의 흔적처럼 남아 있었습니다. 건물 안을 들여다보면 잡초만 무성하게 자라고 있었습니다. 안내인의 말로는 내전의 아픔을 잊지 말자는 의미로 복구하지 않는다고 합니다. 하지만 무너져 내린 다리, 스타리모스트만큼은 복구했다고 합니다.

'오래된 다리'라는 의미의 스타리모스트는 네레바트강을 경계로 나뉘어 있는 가톨릭계 마을과 이슬람계 마을을 연결합니다. 모스타르를 점령한 오스만제국이 1566년에 완공한 스타리모스트는 1,088개의 하얀색 돌을 사용하여 길이 30미터에 폭 5미터, 높이 24미터의 단일 아치형의 이슬람양식으로 만들어졌습니다. 400년이 넘도록 발칸반도를 지배한 이슬람제국이 유럽에 남긴 다리들 가운데 가장 아름답다고 평가받던 스타리모스트는 1993년 9월 보스니아 내전 당시 무너졌습니다.

한적해 보이기만 하는 모스타르 주민들이 서로에게 총부리를 겨누는 끔찍한 싸움이 벌어진 것은 지난 세월에 견주어보면 알량하기만 한 민족주의 때문이었습니다. 모스타르의 가톨릭계 주민과 이슬람계 주민들은 스타리모스트보다 더 오랜 세월을 다정한 이웃으로 살아왔습니다. 정교계의 세르비아가 쳐들어왔을 때는 힘을 합하여 격퇴하기도 했습니다. 그런데 대세르비아의 기치에 대항한 대크로아티아 기치를 내세운 크로아티아가 모스타르의 가톨릭계와 합세하여 이슬람계 주민들을 공격한 것입니다. 두 세력이 스타리모스트를 경계로 대치하던 중 다리가 폭파된 것입니다. 어느 쪽의 소행인지도 밝혀지지 않았지만, 전투와 살상이 전개되는 동안 냉정하던 모스타르 주민들까지도 다리가 무너질 때는 오열했다고 합니다.

전쟁이 끝나고 유네스코가 중심이 되어 스타리모스트의 복원이 추진되었습니다. 스타리모스트야말로 종교 간, 민족 간의 화합을 상징한다고 생각했기 때문입니다. 1997년 나토평화유지군이 강에서 부서진 다리의 조각들을 찾아냈습니다. 유럽 각국은 건축에 필요한 자금을 지원하였으며, 튀르키예가 보관하고 있던 다리 설계도를 바탕으로 건축에 나섰습니다. 2004년 7월 23일 세계 10개국 정상들과 찰스 황태자, 빌 클린턴 전 미국 대통령, 코피 아난 전 유엔 사무총장 등이 참석한 가운데 준공기념식을 가졌습니다.(이종헌 지음, 『낭만의 길 야만의 길, 발칸 동유럽 역사기행』, 94~102쪽, 소울메이트, 2012년)

이종헌은 발칸 사람들의 정체성과 수백 년에 걸쳐 평화롭게 공존해 오던 사람들이 대립하여 갈등을 빚는 과정을 이해하려면 이보 안드리치의 『드리나 강의 다리』를 읽어보라고 하였습니다. 1961년 노벨 문학상을 수상한 이보 안드리치야말로 발칸 사람들의 정체성을 밝히는 일이 얼마나 지난한 일인지를 잘 보여주는 것 같습니다. 1892년 가톨릭을 믿는 크로아티아계 부모가 살던 보스니아에서 태어난 이보 안드리치는 보스니아의 비셰그라드에서 유년 시절을 보냈습니다. 성장해서는 정교의 본산인 세르비아의 수도 베오그라드에서 세르비아어로 작품활동을 했습니다. 노벨상으로 받은 상금을 보스니아의 도서관건립기금으로 기증했다고 합니다. 보스니아와 세르비아 모두의 과학예술원 회원으로 활동하였으며 베오그라드에서 죽음을 맞았습니다. 그래서 보스니아와 세르비아는 물론 크로아티아까지도 자국 출신이라고 주장한다고 합니다.

두 살이 채 되기 전에 아버지가 돌아가시면서 비셰그라드의 고모에게 맡겨진 이반 안드리치는 드리나강의 다리 위에서 동네 할아버지로부터 옛날이야기를 들었습니다. 이때 들었던 이야기들은 훗날 안드리치 작품들의 원천이 되었습니다. 사라예보에서 공부할 때는 남슬라브의 독립지원과 오스트리아–헝가리 제국으로부터 보스니아를 해방시키기 위한 '청년 보스니아 운동'을 전개한 혁명단체에서 활동했습니다. 제1차 세계대전 당시 오스트리아의 수용소에 수감되기도 했습니다. 대전 이후에 외교관으로 활동하다가 제2차 세계대전 이후에 퇴직하고 작품활동을 시작했습니다.

1924년 외교관으로 일하면서도 오스트리아 그라츠 대학교에서 「튀르키예 지배의 영향하에서 보스니아 정신생활의 발전」이라는 논문으로 역사학 박사학위를 받았습니다. 다양한 민족과 종교적 갈등, 문화적 차이가 공존했던 보스니아는 그에게 있어 영원한 연구의 대상이었습니다. 그는 작품을 통하여 보스니아인들의 역사, 가치관, 문화를 이야기했고, 특히 운명에 관한 보스니아 사람들의 생각을 풀어내는 서사적 힘을 인정받아 1961년 노벨상을 수상하게 되었습니다.

드리나강은 북서 헤르체고비나를 흐르는 타라강과 피바강이 합류하면서 시작됩니다. 세르비아와 보스니아 국경을 따라 흘러서 슬로베니아 북부 알프스에서 시작하는 사바강에 합류하고, 사바강은 도나우강으로 흘러듭니다. 346km를 흐르는 드리나강은 짙은 녹색을 띠기 때문에 세르비아인들은 질룐까(녹색)라고 부릅니다. 산세가 험한 발칸의 계곡을 따라 흐르는 드리나강은 발칸반도에서 가장 아름다운 강 중 하나로 꼽힙니다. 서로마와 동로마제국의 자연적 국경이었던 드리나강은 가톨릭과 동방정교회 세력이 만나는 경계였습니다. 오스만제국이 발칸을 점령하면서 유입된 이슬람까지 더해지면서 다양한 민족과 종교가 드리나강을 따라서 어우러졌습니다.

소설 『드리나 강의 다리』에는 다리 주변에 살고 있는 비셰그라드 사람들은 물론 외지에서 들어온 사람들이 수도 없이 등장합니다. 하지만 다리가 세워지는 과정에서부터 제1차 세계대전 기간 동안에 무너지기까지 무려 340여 년에 걸쳐 다리를 둘러싸고 벌어지는 사건들을 기록하고 있다는 점에서 보면 이 소설의 진정한 주인공은 바로 다리입니다. 마을에서 살아가는 사람들의 삶과 이 다리 사이에는 수백 년 동안 이어오는 긴밀한 연대가 만들어졌습니다. 그래서 서로 얽혀 있는 운명을 따로 떼어서 말할 수가 없었다고 작가는 말합니다. 그래서 이 소설은 '다리의 유래와 운명에 대한 이야기인 동시에 세대와 세대를 거듭해 내려오는 마을의 삶과 그 사람들에 관한 이야기'라고 미리 이야기합니다. 일종의 향토지(鄕土誌)라고 할까요?

소설 속에 나오는 드리나강의 다리는 메흐메드 파샤 소콜로비치 다리(Mehmed-Pasha Sokolovic Bridge)입니다. 보스니아의 작은 마을에서 예니체리로 끌려간 소년이 장성해서 오스만제국의 파샤가 되었습니다. 파샤는 오스만제국의 최고위층 귀족에게 주어진 호칭으로 주로 장군이나 지방총독이 받았습니다. 파샤는 강을 사이에 두고 불편한 두 마을이 쉽게 왕래할 수 있도록 다리 건설을 명하고, 필요한 재원을 마련해 주었습니다. 오스만제국의 궁정 건축가 시난의 설계로 1571년 짓기 시작한 다리는 1577년 완공을 보았습니다. 1666년, 1875년, 1911년, 1940년, 1950~52년에 각각 중요한 보수공사가 있었으며, 제1차 세계대전 기간 중에 11개의 홍예 가운데 3개가 파괴되었고, 제2차 세계대전 기간 중에는 5개의 홍예가 파괴되었지만 이내 복구되었습니다. 1992년 보스니아 내전 시 벌어진 비셰그라드 학살사건에서 많은 보스니아 사람들이 세르비아군에게 참혹하게 죽임을 당한 곳이기도 합니다. 이 다리는 2007년 유네스코에 의하여 세계문화유산으로 등재되었습니다.

작가는 다리를 둘러싼 자연환경과 사람들의 삶을 모두 24개로 나누어 풀어냈습니다. "먼발치에서 바라다보면 하얀 다리의 넓은 홍예들 사이로 푸른 드리나강만이 흐르는 것이 아니라 다리 위에 있는 모든 것들과 위로는 남녘의 하늘을 품은 비옥하고 기름진 공간이 흐르는 것처럼 보이는 것 같다.(10쪽)" 번역도 참 잘되었다고 생각합니다. 담백하면서도 유려한 문장은 왜 작가가 '발칸의 호메로스'라는 평가를 받는지 알 수 있습니다. 드리나강에 세워진 다리가 가지는 다양한 의미 가운데는 전략적인 것도 있습니다. 다리 가까이에는 마을의 장터가 자리하고, 강둑을 따라서 사라예보로 향한 길이 이어집니다. 그래서 다리는 사라예보로 향한 길 양 끝을 연결시키면서 카사바와 그 주변 마을을 이어주고 있다고 적어, '연결'의 의미를 새기는 것입니다. 그런가 하면 다리와 관련된 전설도 인용하여 신비한 감을 더합니다. 교각이 무너지지 않으려면 쌍둥이 남매를 교각에 묻어야 한다는 전설을 비롯하여 이교도의 침입을 막기 위하여 순교한 이슬람 수도사의 이야기도 있습니다.

오스만제국의 발칸 지배에 대하여 압제였다는 평가와 그렇지 않았다는 평가가 엇갈립니다. 이 작품에서도 이와 같은 이중적인 평가의 배경이 이해되는 대목이 나옵니다. 메흐메드 파샤로부터 다리건설의 감독을 위임받고 이곳에 온 아비다가는 파샤가 내준 건설자금을 자신의 주머니에 집어넣었습니다. 그리고 주변 마을 사람들을 동원하여 일을 시키고는 임금을 제대로 주지 않아서 원성을 사게 되었습니다. 라디사브라는 농부가 나서서 쌓은 다리를 몰래 허물다가 들켜서 처형을 당하는 일까지도 벌어집니다. 결국 아비다가의 횡포가 중앙정부에 알려지면서 아비다가가 처벌을 받게 되고 새로운 감독관이 파견되어 다리건설이 순조롭게 마무리되었습니다. 오스만제국이 점령지를 다스리는 관리의 부정부패를 철저하게 감시하여 불만의 소리가 나오지 않도록 하는 기본원칙을 지켰다고 하는데, 그 또한 사람이 하는 일이라서 원칙을 벗어나는 사람이 있었던 모양입니다.

이 마을에 살고 있는 주민들이 민족이나 종교를 떠나서 한마음이 될 수 있음을 보여주는 사건도 있습니다. 18세기 후반 드리나강의 다리까지도 물에 잠길 정도의 대홍수가 있던 날 밤에 흉흉한 물길에 쫓겨 집을 나온 주민들은 한 번도 물이 닿지 않은 메이단의 꼭대기에 있는 집을 찾았습니다. 집집마다 모두 문을 활짝 열어 이들을 반갑게 맞아주었던 것입니다. 자연의 힘과 공통적인 불행의 짐은 튀르키예인들과 기독교인, 유대인들을 한데 뭉치게 했습니다. 각 종교의 지도자들은 머리를 맞대고 사람들을 구하기 위하여 무엇을 할 것인지를 의논했습니다.

이런 분위기가 무너진 것은 1808년 세르비아가 혁명의회를 구성하고 오스만제국에 저항하면서입니다. 1813년 오스만제국은 20만의 병력을 동원하여 세르비아의 저항을 제압하였고, 1816년 부분적인 자율권을 부여하였습니다. 일련의 과정에서 세르비아 내 튀르키예인들이 보스니아로 쫓겨났고 그들은 복수의 기회를 찾게 된 것이 시발점이라고 합니다. 반란에 가담한 것으로 의심되는 세르비아인들은 드리나강의 다리 위에서 처형되었고, 연고가 없는 시체는 강물에 던졌습니다.

19세기 말 오스만제국이 쇠퇴하면서 오스트리아-헝가리제국이 그 자리를 차지했습니다. 오스트리아군은 주민들이 느끼지 못할 정도로 서서히 통제의 끈을 죄어 갔습니다. 주민들 사이에서는 불안감이 커졌습니다. 그런 분위기를 저자는 이렇게 적었습니다. "튀르키예인들의 집에는 실망과 혼란이 가득 찼고 기독교 신자들의 집에는 경계와 불신이 가득했다. (…) 입성한 오스트리아놈들은 복병을 두려워했다. 튀르키예인들은 오스트리아놈들을, 세르비아인들은 오스트리아놈들과 튀르키예인들을 두려워했다. 유태인들은 모든 것들과 모든 이들을 두려워했다. 왜냐하면 특히 전시에는 모든 이들이 그들보다 강했기 때문이었다.(183쪽)"

이렇게 드리나강의 다리 부근에 사는 사람들 사이에 생긴 갈등은 19세기를 기점으로 확산되었습니다. 특히 오스트리아, 독일, 소련 등 유럽 국가들의 부추김이 커다란 역할을 했던 것으로 보입니다. 오스만제국이 물러나면서 보스니아-헤르체고비나는 오스트리아에 합병된 반면 세르비아는 독립을 얻었고, 이 지역에 민족주의가 불꽃처럼 일기 시작했습니다. 1914년 사라예보에서 세르비아계 청년 가브릴로 프린치프가 오스트리아 황태자 프란츠 페르디난트 대공을 암살한 사건이 계기가 되어 제1차 세계대전이 발발하였습니다. 전쟁 중에 드리나강의 다리를 두고 오스트리아와 세르비아가 격돌하는 가운데 폭파되어 무너져 내린 것으로 이야기가 마무리됩니다.

스타리모스트나 드리나강의 다리가 복구된 것처럼 오래전부터 이 지역에서 오순도순 살아온 다양한 민족들이 서로 돕고 사는 세상이 되었으면 좋겠습니다. (라포르시안 2015년 12월 21일)

판탈레온과 특별봉사대

(마리오 바르가스 요사, 문학동네)

아마존 국경수비대를 위한 '특별봉사대'

2015년 12월 28일 한일 양국의 오랜 현안이었던 위안부 문제에 대한 협상이 타결되었습니다. 그동안 일본 정부는 위안부를 강제동원한 사실이 없기 때문에 위안부 문제에 대하여 책임을 질 일이 없다고 발뺌을 해왔습니다. 이날 일본의 기시다 외상은 "위안부 문제는 당시 군의 관여하에 다수의 여성의 명예와 존엄에 깊은 상처를 입은 문제로서 이러한 관점에서 일본 정부는 책임을 통감한다."라고 밝혔습니다. "아베 내각총리대신은 일본국 내각총리대신으로서 많은 고통을 겪고 심신에 걸쳐 치유하기 어려운 상처를 입은 모든 분들에 대한 마음으로부터의 사죄와 반성의 마음을 표명한다."라면서 달라진 모습을 보였습니다.

군 위안부는 과거에 정신대(挺身隊)라고 했습니다. 노동력을 착취당한 근로정신대와 성적 착취를 당한 종군위안부를 포괄하던 명칭입니다. 일제는 여성을 전쟁에 징용하기 위하여 '여자 근로동원 촉진에 관한 건'을 결정하고 '여자근로정신대'를 편성하였습니다. 한일합병 이후 조선의 여성을 일본으로 팔아넘겨 매춘행위를 시키는 일이 흔했다고 합니다. 1932년 상하이 사변(上海事變) 무렵 일본군이 민간 여성을 강간하는 일이 잦아지면서 오카무라 야스지(岡村) 중장은 나가사키(長崎)의 지사에게 군 위안부 유치를 요청하였습니다. 민간의 원성을 잠재울 뿐만 아니라 성병의 위험을 방지하는 효과를 노린 셈입니다. 나아가 일본 군부는 유교적 윤리교육이 이어온 조선의 여성들에는 성병의 위험이 없을 것이라고 보아 미혼의 조선 여성이 종군위안부로 적절하다는 판단을 하였다고 합니다.

일본군이 개입하여 치밀하게 추진되었다는 증거로 '제2차 특별요원 진출에 관한 조회(1942년 5월 발송)'가 인용됩니다. 이 문건에 따르면 29~35명의 병사당 1명의 위안부를 두는 것으로 하고 지역별로 할당하여 동원토록 했다는 것입니다. 태평양전쟁 기간 중 일본군은 미얀마, 트랙섬, 필리핀, 테니안섬, 마리아군도, 수마트라, 셀레베스, 인도네시아, 오키나와(沖繩) 등지에서 위안소를 운영하였습니다. 동원된 정신대의 전체 규모는 17~20만 명으로 추산되는데 조선 여성이 80% 정도를 차지하였을 것이라고 합니다.

일본군 위안부 문제를 먼저 짚어본 것은 2010년에 노벨상을 수상한 마리오 바르가스 요사의『판탈레온과 특별봉사대』를 소개하기 위해서입니다. 이 작품은 페루 육군이 운영하였던 군 위안부 문제를 다루었습니다. 작가는 서문에서 "아마존 수비대원들의 성적 욕망을 해소하기 위하여 페루 군부가 조직했던 '특별봉사대'라는 소설의 이야기는 사실에 바탕을 두고 있다."라고 적었습니다. "1958년과 1962년에 아마존 지역을 방문하면서 너무나 확장되고 왜곡된 나머지 잔혹하고 처참한 우스개 꼴이 되고 만 특별봉사대의 존재에 관해 알게 되었다."라고 하였습니다. 그래서 처음에는 아주 진지한 어조로 사건을 말하려다가 이 이야기가 익살과 농담과 웃음을 요구한다는 사실을 깨닫게 되었다고 했습니다.

『판탈레온과 특별봉사대』는 1956년 8월 창설된 특별봉사대가 1958년 12월에 일어난 일련의 사건으로 1959년 폐지되기까지의 이야기를 담았습니다. 시기적으로 보면 제2차 세계대전 기간 동안 일본군이 군위안소를 운영하였다는 사실을 페루 군부가 알고 있었기 때문에 이런 착상을 하지 않았나 싶습니다. 일본이 점령지의 여성을 강제로 동원하였던 것과는 달리 페루 군부가 직업여성으로 시설을 운용한 것도 역시 일본에서 배웠을 수도 있겠습니다. 일본은 청일전쟁 때에도 일본 여성으로 구성된 위안소를 설치했다고 합니다. 일본인 위안부는 선불을 받았으며 돈을 갚으면 그만둘 수 있었습니다.

페루 리마에 있는 육군병참사령부에서는 아마존 지역의 수비대가 저지르는 끔찍한 만행을 중단시키기 위한 특별대책을 수립하였습니다. 그리고 그 책임자로 판탈레온 판토하 대위를 이키토스에 보내기로 결정합니다. 판토하 대위를 책임자로 선정한 것은 '천부적인 조직력, 정확하고 엄밀한 질서 의식, 행정능력을 가지고 있으며, 효율적이고 진정한 감화력으로 연대 행정을 이끌었다.'라고 평가받았기 때문입니다. 이야기의 전체를 통하여 판토하 대위에 대한 이런 평가가 아주 정확한 것이었음을 알 수 있습니다. 그리고 페루 육군의 고민을 해결할 적임자였다는 것도 깨닫게 됩니다. 아마존 수비대가 일으키고 있는 문제는 주둔 지역의 민간 여성들을 겁탈하는 일이 잦다는 것입니다. 1년도 채 안 되는 사이에 43명의 여성이 임신할 정도라고 하니 얼마나 많은 사건이 벌어지고 있는지 가늠조차 어려울 지경이었던 모양입니다. 당연히 지역 주민의 분노가 끓어올랐을 터이나 지역 군부대의 조처라는 것이 사건을 저지른 병사와 피해를 입은 여성을 강제로 결혼시키는 정도였던 것입니다. 물론 처벌도 하고 경고도 했다고는 하지만 그 수위가 어느 정도였는지는 분명치 않습니다.

사실 군부대를 운용하는 데 있어서 가장 중요한 점은 엄정한 군기를 유지하는 일입니다. 특히 지역민과 마찰을 빚는 일은 절대적으로 피해야 할 일이기도 합니다. 군기를 엄정하게 하는 데 있어 지위의 고하를 따지지 않은 사례로『삼국지』에 나오는 조조를 들기도 합니다. 보리가 한참 자랄 무렵 허도로 출정하게 된 조조는 "농작물을 해치는 자가 있으면 지위고하를 막론하고 목을 베겠다."라고 선언했습니다. 전쟁이 일어나면 군인들의 행패로 백성들이 죽어난다는 것을 잘 알고 있는 조조였습니다. 특히 민심을 잃으면 전투에서 승리를 얻을 수 없다는 것도 잘 알았기 때문입니다. 그런데 보리밭을 따라 행군하던 중, 조조의 말이 갑자기 날아오른 꿩에 놀라 날뛰면서 밭으로 뛰어들어 보리를 밟았습니다. 바로 칼을 뽑은 조조는 "내 스스로 목을 베어 군령의 준엄함을 보이겠노라!" 하면서 자신의 목을 찌르려고 하였습니다. 곁에 있던 참모들이 놀란 가운데 곽가가 "춘추의 법은 귀인에게는 해당치 않는다."라며 설득하였습니다. 조조는 못 이기는 체하면서 자신의 목 대신 상투를 잘라 장대에 걸었습니다. 이에 곽가는 "승상이 보리밭을 침범해 마땅히 참수해야 하지만 특별히 머리털을 자르는 것으로 대신하니 그대들은 더욱 조심하라!"라고 해서 병사들로 하여금 군령의 엄중함을 깨닫게 했습니다. 백성들은 조조를 우러러보게 되었다는 것입니다.

페루의 육군도 군기와 군령의 엄정함을 보였더라면 병사들이 일탈된 행동을 보이지 않았을 것입니다. 그럼에도 불구하고 병사들의 성적 욕망을 해결해 주기 위하여 '수비대와 국경 및 인근 초소를 위한 특별봉사대(줄여서 수국초특)'를 창설한 것입니다. 판토하 대위는 군인 신분을 감추고 마치 민간이 운영하는 것처럼 위장하고, 매춘부를 고용하여 아마존 지역에 주둔하고 있는 부대의 요청에 따라서 공급하기 시작합니다. 이키토스에는 이미 성매매를 업으로 삼는 업소나 개인적으로 성매매를 하는 세탁부라는 이름의 여성들이 있었습니다. 따라서 수국초특에 필요한 인적 자원을 확보하는 것이 어렵지 않았습니다. 밀림에 흩어져 있는 부대에 수국초특 대원들을 보내기 위해서는 수송수단이 필요했습니다. 해군에서는 병원선으로 사용되던 군함 파치테아를, 그리고 공군에서는 카탈리나 수상비행기 '레케냐'호를 제공하여 수국초특에서 업무용으로 사용할 수 있도록 지원합니다. 하지만, 이름을 각각 '이브'와 '델릴라'로 바꾸어 배와 비행기가 군 소속이라는 사실을 감추었습니다. 결국 수국초특은 페루 육군의 병참사령부가 매춘부들을 모아 운영한 군 위안부 조직이었습니다.

1956년 8월 창설된 수국초특은 아마존 수비대의 열렬한 반응, 그리고 민간 여성을 대상으로 일어나던 병사들의 겁탈사건이 사라지면서 규모를 확대하였습니다. 그런데 오지의 주민들이 군부대를 지원하는 수국초특을 이용할 수 있도록 해달라고 요구해 왔습니다. 군부대에서는 이를 거절한 데서 문제가 불거집니다. 오지 주민 몇 사람이 수국초특 소속의 여성을 태우고 수비대로 향하는 배를 납치하고 대원들을 겁탈하는 사건이 벌어졌습니다. 상황을 받고 출동한 군부대와 교전하는 과정에서 수국초특 소속의 여성, 미스 브라질이 수비대의 총격을 받고 사망하였습니다.

사태를 수습하는 과정에서 판토하 대위는 휘하의 장병을 차출하여 미스 브라질의 장례식에서 의전을 갖추도록 하였습니다. 이뿐만 아니라 자신도 그동안 감추었던 신분을 공개하여 육군 대위의 정복을 입고서 추도사를 낭독하였습니다. 결국 비밀리에 운영하던 수국초특이 군 조직임이 드러나면서 페루 군부가 곤경에 빠지고 말았습니다. 외면적으로는 군부와 독점적 사업을 해온 것으로 위장되어 있던 수국초특이 사실은 군이 운영하던 시설이었음이 드러난 것입니다. 판토하 대위의 선택은 수국초특이라는 조직이 결국 군에 소속되어 있으므로, 미스 브라질은 군인에 걸맞은 대우를 받아 마땅하다고 보았기 때문입니다. 일종의 순국이 되는 셈입니다.

하지만 군 고위층은 기밀을 유지해야 할 사안을 나서서 공개한 판토하 대위에게 책임을 물어 전역을 종용합니다. 하지만 뼛속까지 군인인 판토하 대위는 어떠한 처분을 받더라도 전역은 불가하다고 버팁니다. 미스 브라질이 교전 중에 아군의 총탄에 희생되었다는 사실을 밝히면 상황은 새로운 국면을 맞을 수도 있었을 것입니다. 하지만 판토하 대위는 군의 위상을 고려하여 이 사실은 감추기로 한 것 같습니다. 결국 판토하 대위는 한직이라고 할 수 있는 티티카카호 부근에 있는 포마타 수비대로 전출되는 것으로 사건은 마무리됩니다.

판토하 대위가 창설한 수국초특은 아마존 수비대의 뜨거운 호응을 받아가며 조직을 늘리게 됩니다. 이 과정에서 수국초특을 먹잇감으로 여기고 달려드는 군상들의 다양한 모습을 보는 것은 한편으로는 역겨우면서도 이야기에 양념을 더하는 것으로 이해하였습니다. 대표적인 인물은 광대한 아마존지역의 특성에 따라 인기를 끌고 있는 라디오 아마존의 '신치의 소리'를 진행하는 헤르만 라우

다노 로살레스입니다. 일명 신치라고 부르는 로살레스는 판토하 대위를 찾아와 사업을 보호해 주겠다는 명목으로 돈을 요구합니다. 첫 만남에서는 판토하 대위가 이 요구를 단칼에 거절했습니다. 하지만 수국초특이 군부대의 지원을 받아가면서 매춘사업을 하고 있다고 방송에서 밝히겠다는 협박에는 대위도 어쩔 수 없었습니다. 결국 자신의 주머니를 털어 신치가 요구하는 돈을 제공합니다.

수국초특과 직접적인 연관은 없었지만, 판토하 대위를 곤경에 빠트린 것은 외국인 프란치스코 형제가 설립한 '방주의 형제단'이라는 신흥종교입니다. 이 단체는 처음에는 작은 동물들을 십자가에 못 박고 흘린 피를 받아 몸에 바르는 행위로 신도들을 끌어모았습니다. 나중에는 어린아이를 그리고 어른을 십자가에 못 박는 일탈적인 행동으로 발전하게 됩니다. 그리고 죽은 이를 성자로 숭배하도록 이끄는 사이비 종교집단이 되어가는 것입니다. 스페인 사람들이 라틴아메리카에 식민지를 건설하면서 천주교를 전파하는 과정에서 토착신앙과 결합하는 과정이 있었던 것은 지역적 특성이 아닌가 싶습니다.

『판탈레온과 특별봉사대』를 읽으면서 일본군 위안부 문제가 금방 떠올랐습니다. 그런데 우리 사회에서 일본군 위안부 문제가 오랫동안 화제가 되면서도 이 작품이 주목받지 못한 이유가 무엇인지 궁금합니다. 페루의 수국초특은 군이 개입하여 설치 운영하고는 있다고 하지만 성매매 여성이 자발적으로 참여하였기 때문에 일본군 위안부와는 본질적으로 다르다고 보았기 때문일까요?

이 작품의 독특한 구성은 다양한 장면들이 분명하게 구분되지 않은 가운데 섞여 있는 점입니다. 장면의 전환이 갑작스럽게 이루어지기 때문에 주의를 기울여야 이야기의 맥락을 놓치지 않을 수 있습니다. 작가는 이 이야기를 통해서 겉 다르고 속 다른 페루 군부의 위선을 신랄하게 비판합니다. 사실 군기 문제를 엉뚱한 방향에서 해결해 보겠다는 발상을 이해하기란 쉽지 않습니다. 그나마 일본군 위안부 문제가 오랫동안 화제가 된 탓인지 그럴 수도 있겠다는 생각을 한 제 자신이 못마땅하기도 합니다. (라포르시안 2016년 2월 1일)

제4부

1

루미너리스

(엘리너 캐턴, 다산책방)

크라운 호텔 흡연실에 모인 열두 남자

2016년 우리나라 작가 한강이 『채식주의자』로 맨부커 국제상을 수상하면서 맨부커상에 대한 관심이 커졌습니다. 2022년 가을에는 박상영 작가(『대도시의 사랑법』)와 정보라 작가(『저주토끼』)가 후보에 올랐고, 2023년에는 천명관 작가(『고래』)가 후보에 올랐습니다. 한강 작가가 받은 맨부커 국제상은 영국에서 출간된 외국 작가의 소설을 대상으로 하는 국제상으로 2005년 시작되었습니다. 알바니아의 이스마일 카다레가 처음 받았습니다.

맨부커상은 영국과 영연방 작가들이 발표한 작품 가운데 한 해의 최고 소설을 가리는 영국의 문학상입니다. 출판과 독서 증진을 위한 독립기금인 북 트러스트(Book Trust)의 후원으로 1968년 시작한 이 상은 부커-맥코넬(Booker-McConnell)사가 주관하였기에 부커-맥코넬상이라고 부르다가 2002년부터는 금융기업인 맨그룹(Man group)이 5만 파운드의 상금을 내면서 후원을 시작하면서 맨-부커(Man-Booker)상으로 부르게 되었습니다. 맨부커상은 가장 큰 문학상으로 노벨 문학상, 공쿠르상과 함께 3대 문학상으로 꼽습니다.

2011년 이 상을 수상한 줄리언 반스의 『예감은 틀리지 않는다』를 읽고서 이 상의 무게를 알게 되었습니다. 2013년에는 엘리너 캐턴(Eleanor Catton)의 『루미너리스(The Luminaries)』가 수상했습니다. 맨-부커상을 수상했다는 사실만으로도 『루미너리스』에 대한 기대가 컸습니다. 엘리너 캐턴의 『루미너리스』가 맨-부커상의 역대 작품들 가운데 최연소 작가라는 점, 원작 기준으로 800쪽에 달하는 가장 긴 작품이라는 기록을 세웠다는 점도 기억할 만합니다. 특히 『루미너리스』는 데뷔작 『리허설』에 이은 두 번째 작품이라는 점에서 그녀의 천재성이 주목된다고 합니다. 엘리너 캐턴은 캐나다에서 출생하여 뉴질랜드의 타스만 해에 면한 뉴질랜드 남섬의 중간쯤에 있는 호키티카 지역에서 성장하였습니다. 『루미너리스』는 골드러시가 한창이던 19세기 중반을 시대적 배경으로 합니다. 다만 골드러시의 중심지였던 오타고가 아닌 호키티카를 무대로 하는데, 저자의 면밀함이 엿보이는 부분입니다. 호키티카강의 어귀에 형성된 삼각주는 바다로 나가는 항로를 위협하는 요소로서 드나드는 배가 난파할 수 있는 의외의 상황을 설정할 수 있었을 것입니다.

『루미너리스』에서는 황금을 둘러싼 인간의 탐욕을 점성술을 기반으로 설명합니다. 사실 점성술은 천문현상을 바탕으로 인간사를 설명하거나 예측하려는 기술입니다. 위키백과에서는 "점성술(占星術, astrology)은 인간 세계에서 천문학상의 현상과 사건이 관계가 있다고 믿는 신앙체계로 이루어져 있다. 서양에서 점성술은 태양과 달 그리고 다른 행성 객체들의 위치를 토대로 개인의 성격을 설명하고 그들의 인생에서 미래의 사건을 예언한다고 주장되는 천궁도의 체계로 거의 대부분이 구성된다. 많은 문화가 천문학상의 사건에 중요성을 두고 있으며, 인도인과 중국인 그리고 마야인들은 천체 관찰로부터 지상의 사건을 예언하기 위한 정교한 체계들을 발전시켰다."라고 설명합니다.

서양에서는 점성술을 '점성학(astrology)'이라고 해서 학문의 한 영역으로 격상시키려는 노력을 끊임없이 이어왔습니다. 하지만 회의주의자 마이클 셔머는 비과학 혹은 사이비과학이라고 규정합니다. 그런 점에서 본다면 우리말 '점성술'이 적절한 용어라는 생각을 하게 됩니다.

서양의 점성술은 개인의 출생시간에 해당하는 천궁도의 구성을 기반으로, 황도대에 있는, 양자리, 황소자리, 쌍둥이자리, 게자리, 사자자리, 처녀자리, 천칭자리, 전갈자리, 사수자리, 염소자리, 물병자리, 물고기자리 등 열두 개의 별자리로 구분하여 개인별 특성을 부여합니다. 그리고 태양, 달, 수성, 금성, 화성, 목성, 토성 등 일곱 개의 천체의 움직임으로 서로에게 미치는 영향을 예측합니다. 저자가 『루미나리스』에 배치한 점성술적 요소는 적지 않습니다. 전체 이야기를 12개의 장으로 구분한 것이나 사건의 본질은 아니지만 사건이 전개되는 데 기여하고, 사건으로 인하여 이해가 달라지는 12명의 등장인물을 별자리에 따라 배치한 것 등이 있습니다. 당연히 사건의 핵심이거나 사건 해결을 주도하는 인물로 등장하는 7명의 인물은 일곱 개의 천체에 해당합니다. 사실 행성이라고 했지만, 태양이나 달을 행성이라고 할 수는 없습니다. 특이하게 사건의 중심에 있는 크로스비 웰스를 육지로 정하고 있는 점은 해석이 더욱 어렵습니다. 어떻든 점성술을 이야기를 설명하는 요소로 가져온 것은 신비감을 더하는 효과는 있었지만, 점성술을 잘 모르는 저로서는 작가의 의도를 제대로 이해하는 데 어려움을 겪었습니다.

사실은 행성과 육지에 해당하는 8명의 등장인물들이 이야기를 끌어가는 핵심이며, 욕망의 근원이라고 할 수 있습니다. 반면, 별자리에 해당하는 12명은 핵심 인물이 벌이는 사건에 끼어들어 사건을 변주하는 역할입니다. 물론 이들이 없었더라면 밋밋한 이야기가 되고 말았을 것입니다.

번역된 책이 1권 528쪽, 2권 676쪽, 도합 1,204쪽에 해당하는 방대한 분량의 이야기입니다. 아주 짧게 요약하면 프랜시스 카버와 리디아 그린웨이 그리고 크로스비 웰스 세 사람 사이에 엮인 삼각관계에 안나 웨더렐과 에머리 스테인스가 끼어들어 다각관계로 발전한 것입니다. 물론 여기 더하여 행성에 해당하는 나머지 인물과 별자리에 해당하는 12명의 등장인물들이 각자 맡은 역할을 함으로써 사건을 복잡하게 만들었습니다. 사건 전개의 핵심은 크로스비 웰스의 죽음입니다. 그럼에도 불구하고 그의 죽음이 자살 혹은 아편으로 인한 중독사

정도로 처리됩니다. 오히려 그가 남긴 유산에 초점이 맞추어지는 경향으로 흐른 것이 조금 아쉽습니다. 아무래도 제가 범죄와 관련된 법의학과 인연이 있어서 그런 것 같습니다.

이야기의 핵심은 사실 4부의 '팽가-와-와'라고 보았습니다. 마오리어로 팽가-와-와(Paenga-wha-wha)는 4월 4일을 의미합니다. 안나 웨더렐과 에머리 스테인스가 리디아 그린웨이(크로스비 웰스의 부인이었다가 그의 사후에 프랜시스 카버와 재혼하게 됩니다.)-크로스비 웰스와 프랜시스 카버 사이에 황금 4천 파운드를 둘러싸고 벌인 음모와 관련하여 재판을 받게 됩니다. 이 과정에서 변호를 맡은 월터 무디에 의하여 무죄를 받게 되고, 의혹이 리디아와 카버로 튀는 과정을 다루고 있기 때문입니다. 그러니까 4부의 앞뒤로 전개되는 이야기들은 이 사건 범행의 배경을 설명하는 것에 불과하다는 생각입니다. 상황 설명의 백미는 1권의 전체에 해당하는 1부 '구 안의 구'입니다. 여기에서는 별자리에 해당하는 12명의 등장인물들이 크라운 호텔 흡연실에 모였다가 우연하게 등장한 월터 무디에게 크로스비 웰스의 죽음과 관련된 사건에서 각자 알고 있는 정황과 역할에 대해 장황하게 설명합니다. 하지만 크로스비-리디아-카버-스테인스-웨더렐 사이의 관계는 변죽을 울리는 데 머물고 있어 사건의 정황을 꿰는 데 어려움을 겪었습니다. 다만 이런 설정에서 제프리 초서의 『켄터베리 이야기』를 떠올렸습니다.

크로스비의 죽음이 별다른 주목을 받지 않고 처리된 것처럼 교도소장 조지 셰퍼드가 모자장수 숙 용승을 살해한 것, 조지 셰퍼드의 형이 살해된 사건의 범인으로 지목된 숙 용승이 무죄로 방면되었음에도 그 사건의 범인에 대한 후속 조사가 언급되지 않은 점, 심지어 재판이 끝난 다음에 교도소로 향하던 프랜시스 카버가 누군가에게 맞아 살해된 사건도 더 이상 언급되지 않는 등, 석연치 않은 점들이 적지 않습니다. 즉, 『루미너리스』에 등장하는 4건의 변사사건을 저자는 가볍게 처리하고 말았던 것입니다.

다만 등장인물 특히 7명의 천체에 해당하는 사람들 사이에 얽힌 관계를 설명하는 데 집중하는 것으로 보았습니다. 점성술에 너무 몰입한 탓일까요? 점성술에 대한 저자의 관심을 엿볼 수 있는 대목이 있습니다. "양자리는 집단적인 관점을 받아들이려 하지 않고, 황소자리는 주관적인 태도를 단념하려 하지 않을 것이다. 쌍둥이자리의 규칙은 배타적이고, 게자리는 원인을 찾고, 사자자리는 목적을 추구하며, 처녀자리는 계획을 바란다.(2권, 250쪽)" 그런데 저자는 별자리 특성의 또 다른 의미를 제시합니다. "12궁의 두 번째 행동에서 우리는 우리 자신의 모습을 드러낼 수 있다. 천칭자리는 개념으로, 전갈자리는 재능으로, 궁수자리는 목소리로 우리의 모습을 보여준다. 염소자리에서 우리는 기억을 얻고, 물병자리에서는 통찰력을 얻는다. 그리고 12궁에서 가장 오래되고 마지막을 점하는 물고기자리에 와서야 일종의 자아를 얻어 완전해진다.(2권, 250쪽)" 그러니까 별자리는 삶의 궤적에 해당하는 것인가 봅니다.

별자리의 특성뿐 아니라 행성의 움직임이 별자리에 미치는 영향에 대하여도 기록하였습니다. "그 사이에 행성들은 움직이는 별들의 캔버스 속에서 위치를 바꾸었다. 태양은 기울어진 황도의 원을 따라 12분의 1만큼 전진했고, 이 움직임에 따라 전체적으로 새로운 세상의 규칙이, 새로운 시각이 나타나게 되었다.(2권, 10쪽)『루미너리스』에서는 리디아가 점성술을 하는 것으로 등장합니다. 안나와 에머리의 관계를 예측하는 것에만 국한되기는 합니다만, 자신은 물론 주변에 있는 사람들의 미래를 보았더라면 크로스비와의 결혼을 미루고 카버를 기다려야 하지 않았을까 싶습니다. 결국 점성술을 하는 사람도 자신의 미래를 점칠 수 없다는 속설이 맞는 것 같습니다. 한 가지 더 생각해 볼 일은『루미너리스』에 행성으로 등장하는 사람들도 나름의 별자리를 가지고 있을 터인데 행성의 역할을 부여한 것도 의문입니다.

『루미너리스』를 읽으면서 덤으로 챙기는 역사적 사실은 원주민 혹은 이주민에 대한 호주와 뉴질랜드 사람들의 시각입니다. 흔히 호주가 백호주의를 견지했던 것으로 알고 있습니다. 하지만 호주가 백호주의를 내세운 데는 역사적 배경이 있습니다. 1850년대 호주의 빅토리아주를 중심으로 한 골드러시가 일었을 때 많은 이민자가 몰려들었습니다. 특히 중국계 이민자가 많아서 1881년에는 5만 명에 달할 정도였습니다. 저임금의 중국인 노동자는 백인 노동자의 임금을 저하시키는 결과를 초래하여 1888년 중국계의 이민을 제한하는 결의안을 통과시켰습니다. 1896년에는 호주에서는 이를 더욱 강화하여 모든 유색인종을 배척하는 내용의 결의안을 채택하게 되었습니다. 연방이 성립한 1901년에 통과된 이민제한법으로 정식 도입된 백호주의는 1975년 인종 차별 금지에 관한 법률이 제정될 때까지 이어졌습니다. 뉴질랜드의 경우는 호주처럼 법으로 강제하지는 않았지만, 원주민을 비롯한 유색인종을 비하하는 관념이 자리하고 있었음을 『루미너리스』를 통하여 알 수 있습니다.

특히 '구 안의 구'를 읽기 시작하면서 월터 무디가 사건을 해결하는 핵심 인물이 될 것으로 기대했습니다. 즉, 아서 코난 도일의 셜록 홈즈, 애거서 크리스티의 에큘 포와르, 엘러리 퀸의 엘러리 퀸과 같은 인물입니다. 하지만 '구 안의 구'에서는 등장인물을 중심으로 이야기가 전개되었을 뿐이며, 재판과정에서 피고인 안나와 에머리의 변호인으로 등장하여 놀라운 반전을 이끌어내는 것을 보면서 관련 정보를 어떻게 얻을 수 있었을까 하는 의문이 들기도 했습니다.

결국 이 작품은 주인공이라고 할 만한 단독 주연은 없고 여러 인물들이 일정한 역할을 맡는 구조라고 하겠습니다. 그렇다면 개별 등장인물의 성격이 드러날 수 있도록 구체적 묘사가 더해졌더라면 싶습니다. 개별 인물이 행성에 해당하는 인물들의 행적을 증언하는 역할에 머물렀던 것 같습니다. 하지만 '각각의 인물 모두가 핵심 역할을 수행하며 천체의 흐름에 정확히 들어맞는다는 점은 작가가 얼마나 많은 조사와 고민으로 완벽한 구조를 이루어냈는지 보여주며 감탄을 자아낸다.'라는 출판사의 요약을 보면, 책을 읽어가면서 무엇을 놓쳤나 되돌아보게 됩니다.

각설하고 이야기가 빠르게 전개되기 때문에 책 읽는 이를 몰입하게 만드는 것 같습니다. 하지만 대단원에 해당하는 12부에 등장하여 새로운 시작을 예감하는 두 남녀가 과연 누구인지도 의문으로 남습니다. 그리고 살아남은 자들의 뒷이야기도 궁금합니다. 잘 먹고 잘 살았다는 이야기 정도는 해줘야 하는 것 아닌가요? 필자가 너무 구닥다리라서 최근 경향을 모르고 있는 것인가요? (라포르시안 2016년 2월 29일)

2

내 안에서 나를 만드는 것들

───────

(애덤 스미스, 세계사)

어떻게 행복하고 좋은 삶을 살 수 있는가?

귀에 익은 듯 한데 무언가 다른 느낌이 나는 노래를 듣는 경우가 있습니다. 예전에 발표된 노래를 개작하거나 편곡하여 만든 노래를 들으면 원곡과는 전혀 다른 느낌이 나기도 합니다. 이런 경향은 책 읽기에서도 만날 수 있습니다. 고전을 읽다 보면 생경한 단어나 쉽게 이해할 수 없는 표현이 걸림돌이 되어 쉽게 몰입하지 못하는 경우가 있습니다. 그래서 고전을 현대적 어휘로 번역해서 쉽게 읽고 이해할 수 있도록 합니다. 물론 번역하는 과정에서 원저자의 의도가 훼손되지 않도록 하는 것이 중요합니다. 그런가 하면 고전을 현대적으로 재해석하기도 합니다. 인용하고 있는 사례를 현대적 사례로 바꾸고 원저자의 생각을 최대한 유추하여 해석한 저자의 생각을 담기도 합니다. 하지만 원저자의 생각을 직접 물어볼 수 없는 경우에는 아무래도 재해석하고 있는 저자의 생각에 따라 원저자의 생각과는 다른 방향으로 전개될 수도 있습니다.

여기 소개하는 러셀 로버츠의 『내 안에서 나를 만드는 것들』은 애덤 스미스의 『도덕 감정론』을 현대적으로 재해석한 작품입니다. 누리망에서 애덤 스미스(1723~1790)를 검색해 보면 대부분 『국부론』을 중심으로 정리되어 있습니다. 『도덕 감정론』은 제목만 언급되거나 아예 언급조차 되지 않은 경우도 있습니다. 애덤 스미스의 『국부론』이 대단한 무게를 가지고 있기 때문입니다. 1776년에 발표된『국부론』의 원래 제목은『국부(國富)의 성질과 원인에 관한 연구(An Inquiry into the nature and causes of the Wealth of Nations)』입니다. 최초의 경제학 저서로 자유방임주의를 표방한 것입니다. 이 책에 등장하는 유명한 명제 '보이지 않는 손(invisible hand)'이란 모든 경제의 주체가 각자의 이해에 따라 경제체제를 이끄는 힘을 표현한 것으로 기본적으로는 경쟁을 의미하는 개념이었습니다.

경제학 저서로 알려지고 있는 국부론이 워낙 유명하다 보니 애덤 스미스가 경제학자였던 것으로 오해를 받기도 합니다. 1737년 글래스고 대학을 졸업한 그는 도덕철학을 공부했고, 1751년 글래스고 대학에서 논리학과 도덕철학 교수로 임용되었습니다. 그러니까 국부론은 경제철학에 관한 책인 것입니다. 오늘의 화제가 되는『도덕 감정론(Theory of Moral Sentiments)』은 1757년에 발표한 저서로 '행복하고 좋은 삶이란 무엇인가?'라는 명제를 다루었습니다.

러셀 로버츠에 따르면 애덤 스미스는『도덕 감정론』에서 '행복하고 좋은 삶이란 구체적으로 무엇을 말하는가?', '어떻게 하면 그런 삶을 살 수 있는가?'라는 두 가지 질문에 대한 답을 제시하였습니다. 흥미로운 점은『도덕 감정론』은 여섯 차례에 걸쳐 개정판이 나왔고, 애덤 스미스가 사망한 다음 1790년에 마지막 개정판이 나왔는데, 마지막 개정판에서는 상당히 많은 내용이 고쳐졌다는 것입니다. 왜 그랬을까요? 도덕 감정론이 다룬 '행복'이란 명제는 인생을 살아가면서 조금씩 숙성되어 갈 수밖에 없었을 것으로 러셀 로버츠는 짐작합니다.

『내 안에서 나를 만드는 것들』의 저자 러셀 로버츠는 경제학을 전공하였습니다. 「이콘토크」라는 누리망 방송을 진행하며 경제학 지식을 쉽게 전하는 것으로 유명합니다. 경제학을 전공한 저자였기에『국부론』은 처음부터 흥미진진하였고 쉽게 이해가 되었다고 합니다. 하지만『도덕 감정론』의 경우 처음 읽기 시작해서는 도통 무슨 소리인지 이해할 수가 없었다고 합니다. 3분의 1에 이르렀을 때야 비로소 이 책의 매력에 빠져들기 시작했다는 것입니다. 아마도 "문장과 표현 또한 18세기 책이라는 사실을 드러내기라도 하듯 다소 건조하다.(23쪽)"
라는 점이 걸림돌이지 않았나 싶습니다. 바로 앞서 말씀드렸던 고전이 가진 매력과 한계일 것입니다. 바로 그 한계 때문에 로버츠는 번역이 아닌 재해석하는 쪽으로 방향을 잡은 것 아닐까 추측해 보았습니다. 그리고 우리나라에 소개된 번역본이 700쪽이 넘을 정도로 방대한 분량의 대작인『도덕 감정론』을 읽어야 한다는 점도 부담이 되었을 것입니다. 그래서 저자는 바쁜 시간을 쪼개 원본을 전부 읽을 엄두를 못 내는 독자들을 위해, 그의 통찰력이 빛나는 훌륭한 원본 문장들을 이 책에서 소개하기로 한 것 같습니다.

　『아내가 고른 양기화의 BOOK소리』에서 근대프랑스문학을 전공한 앙투안 콩파뇽이『몽테뉴 수상록』을 재해석한『인생의 맛』을 소개하였습니다.『도덕경』등과 같은 동양의 고전을 재해석한 작품들이 많이 소개되고 있는 것처럼 서양에서도 고전을 다양한 방식으로 재해석하여 독자들에게 소개하고 있습니다. 그런데 우리나라의 고전은 재해석 작업이 그리 활발하지는 못한 것 같습니다. 방민호 작가가『심청전』을 재해석한『연인 심청』을 냈을 때 많이 반가웠던 이유입니다. 심청전과 같이 우리가 잘 알고 있는 작품의 경우는 재해석한 작품을 읽으면서 작가의 새로운 시각을 금세 느낄 수 있습니다. 하지만 처음 대하는 고전의 경우는 원작에 대한 호기심이 일기 마련입니다.

　『인생의 맛』을 읽고서『몽테뉴 수상록』을 읽게 되었습니다. 하지만 이러저런 이유로 새로 읽기를 몇 차례나 반복하다 보니 완독하는 데 몇 년이 걸렸습니다. 그런데『내 안에서 나를 만드는 것들』을 읽고 나서『도덕 감정론』역시 읽어보게 될 것 같습니다.『도덕 감정론』을 읽어보면 인생의 의미와 도덕, 그리고 사람들의 행동방식은 18세기나 지금이나 크게 변하지 않았음을 알 수 있을 것이라고 합니다. 그렇다면 18세기 독자들의 절찬을 받은 '행복하고 좋은 삶을 사는 방법'이 250년이 지난 지금의 독자들에게도 큰 울림을 줄 수 있을 것으로 생각합니다.

『내 안에서 나를 만드는 것들』은 모두 열 개의 장으로 구성되었습니다. 제1장 '어떻게 우리의 삶이 바뀔 수 있는가'에서는 작가가 애덤 스미스의『도덕 감정론』을 읽고, 재해석하는 작품을 쓰게 되었는가를 설명합니다. 이어서 제2장에서부터 제9장까지는『도덕 감정론』에서 저자가 인상적이었던 구절을 뽑아서 애덤 스미스가 인용한 상황을 현대적 상황으로 바꾸고, 그에 대하여 설명하는 방식으로 구성하였습니다. 그리고 마지막 제10장 '현재의 우리를 위한 애덤 스미스의 따뜻한 조언'에서는 저자가 시공간을 뛰어넘어 애덤 스미스를 면담하는 형식으로 궁금한 점을 유추해 보았습니다. 저자의 궁금증은 "(국부론을 통하여) 자본주의의 위대한 여정에 큰 도움을 준 당신이 어떻게『도덕 감정론』같은 책을 쓸 수 있었습니까?(282쪽)" 하는 것이었습니다.

애덤 스미스는 소득의 많은 부분을 남들이 모르게 자선 사업에 기부했다고 알려졌습니다. 그래서인지 그것 자체가 목적인 물질적인 야심을 매우 경멸했습니다.『국부론』에서는 이타주의나 친절, 동정심, 평정심, 사랑스러움을 다룬 내용은 거의 없습니다. 그럼에도 불구하고 그는 물질적 야심이 타인에게 큰 이익을 가져다줄 수 있다는 점을『도덕 감정론』에서 인정하는 것입니다. "보이지 않는 손에 이끌린 지주들이 주민들에게 땅을 똑같이 나눠준 것처럼, 생필품도 똑같이 분배한다. 이런 식으로 지주들은 무의식중에, 부지불식중에 사회의 이익을 증진시키고 인류가 살아갈 수단을 제공해 준다.(283쪽)"라는 구절에서 애덤 스미스는『국부론』에서 언급한 '보이지 않는 손'이라는 표현을 사용하였습니다. 그는 보이지 않는 손에 의한 분배가 모든 사람들에게 이익을 나누어 줄 수 있다고 주장한 것입니다. 물론 부의 양극화가 심화되고 있다고 생각하는 요즈음 사람들은 이해하기 어려울 것 같습니다.

온 세상을 편하게(平天下) 하려면 스스로의 몸을 닦아야(修身) 하는 법입니다. 그만큼 스스로를 아는 것이 중요하다는 것이겠지요. '행복하고 좋은 삶을 살기 위해서'는 스스로의 깜냥을 아는 것이 중요합니다. 그래서『내 안에서 나를 만드는 것들』의 저자는 '나에게 질문하는 시간'을 통하여 스스로를 알아볼 것을 권합니다. 애덤 스미스는 『도덕 감정론』을 이렇게 시작합니다. "인간이 아무리 이기적인 존재라 할지라도, 기본 바탕에는 이와 반대되는 선한 본성도 있다. 그래서 인간은 다른 사람의 운명과 처지에도 관심을 갖는다. 또 자신에게 아무런 이득이 없을지라도 다른 사람의 행복을 진심으로 바라기도 한다.(37쪽)" 이율배반적인 이야기 같지만, 이기적인 인간이 이타적인 면을 가질 수 있는 것은 '공정한 관찰자'라는 존재를 가지고 있기 때문이라고 설명합니다. "공정한 관찰자는 이성, 원칙, 양심, 가슴속 동거인, 내부 인간, 우리 행동의 위대한 심판자이자 결정권자이다.(46쪽)" 타인의 시선을 의식하는 공정한 관찰자는 이기적인 결정을 내리려 할 때마다 강하게 견제하는 존재인 것입니다. 이런 존재는 물론 개개인마다 스스로에게 미치는 영향력이 다를 수 있는데, 이는 스스로를 어떻게 단련해 가는가에 달려 있습니다.

스스로를 알아보았으면, 다음 순서로는 행복의 우선순위를 결정하는 일입니다. 내가 인생에서 정말 간절하게 원하는 것이 과연 무엇인지를 분명하게 알고 있어야 행복할 수 있는 길을 제대로 선택할 수 있을 것입니다. 가지 않은 길을 그리워하지 않을 정도로 말입니다. 애덤 스미스는 공정한 관찰자가 제 역할을 못 하는 가장 큰 이유는 스스로를 기만하기 때문이라고 했습니다. 스스로의 욕망에 압도당하게 되면 공정한 관찰자의 외침을 외면하는 대신 스스로를 합리화하는 길을 찾게 됩니다. 자아도취이자 자기기만입니다.

다음 단계인 제5장에서는 잘되는 사람들이 어떤 선택을 하는지 배웁니다. 애덤 스미스는 사람들이 부와 명예를 추구하는 진짜 이유가 무엇인지에 대하여 재미있는 고사를 인용하여 비유적으로 설명합니다. 손에 딱 잡히는 결론은 없습니다만 답이 무엇인지는 알 것 같은 내용입니다. 이어서 제6장에서는 '사람들에게 사랑받고, 사랑스러운 존재가 되면 된다.(167쪽)'라는 어느 정도 손에 잡히는 방법이 제시됩니다. 사랑받는 방법에는 두 가지가 있다고 했습니다. 하나는 부자가 되고 유명해지는 것이고, 다른 하나는 현명하고 도덕적인 사람이 되는 것입니다. 애덤 스미스는 두 번째 방법, 즉 지혜와 미덕의 길을 선택하라고 충고합니다. 그리고 사랑받는 사람이 되기 위한 더 훌륭한 방법으로 미덕을 갖춘 삶을 살아야 한다고 했는데, 미덕이라는 모호한 개념에 대하여 신중하고 정의롭고 선행을 베푸는 삶이라고 분명하게 설명합니다. 여기에서 신중함은 자기 자신을 돌보고, 정의로움은 다른 사람을 해치지 않으며, 선행은 다른 사람을 선한 마음으로 대하는 것을 말합니다.

애덤 스미스는 개개인이 행복한 삶을 영위하는 방법을 설명한 데 이어 세상을 더 좋은 곳으로 만들기 위해 모든 사람이 할 수 있는 일을 이야기합니다. 그는 인간이 가진 가장 위대한 장점으로 신뢰를 꼽았습니다. 이 점에 대하여 러셀 로버츠는 "자신의 믿음이 악용될 거란 두려움이 없다면, 다시 말해 타인을 전적으로 믿게 된다면, 모두의 인생은 더없이 아름다워질 것이다. (…) 신뢰는 어떻게 만들어질까? 신뢰 역시 무수히 많고 자잘한 사람 관계들이 모여 만들어진다.(251쪽)"라고 했습니다. 각자의 마음속에 있는 공정한 관찰자가 제 역할을 할 때 이는 스스로에게 되먹임이 됩니다. 그뿐만 아니라 주변 사람들에게까지 파급되어 선순환의 고리를 강화하면서 그 사회는 신뢰가 쌓이게 됩니다.

하지만 공정한 관찰자의 역할을 체제의 틀로 바꿀 수 있을 것이라고 꿈꾸는 몽상가도 적지 않습니다. 특히 권력을 쥔 사람들 가운데 흔히 발견할 수 있습니다. 하지만 이렇듯 틀에 갇힌 사람들은 흔히 구성원들을 마음대로 움직일 수 있다는 착각을 하고, 스스로 정한 규칙을 지키지 않는 경우가 많습니다. 개별 인간들은 약한 존재일 수밖에 없습니다. 그렇지만 약하기 때문에 작기 때문에 더 훌륭한 삶을 살 수 있고, 이런 삶들이 모여 더 훌륭한 사회를 이룰 수 있다는 소박하면서도 큰 꿈을 꾸어야 하겠습니다. (라포르시안 2016년 3월 7일)

파묻힌 거인

(가즈오 이시구로, 시공사)

기억하려는 자와 잊으려는 자의 투쟁

조기 치매를 주제로 한 연속극『기억』을 즐겨 시청한 적이 있습니다. 치매는 전공 분야이기도 하지만, 저 역시 피할 수 있을지 의문인지라 관심을 쏟고 있습니다. 연속극의 주인공은 잘나가는 변호사입니다. 수임한 사건을 해결하기 위해 치매증상으로 치료받고 있는 환자의 병력을 이용했던 적이 있어서 충격이 더했던 모양입니다. 연속극의 특성상 경과를 압축해서 빠르게 진행시키고 있어 치매에 대한 사람들의 두려움을 키우는 것 같아 걱정했습니다. 그래도『기억』에서는 기억단절, 방향감각 상실, 분노조절 장애 등 치매환자가 보이는 증상들을 잘 보여주었습니다.

제가 관심을 두고 있는 기억상실에 관한 소설을 소개합니다. 일본계 영국 작가 가즈오 이시구로의『파묻힌 거인』입니다. 이시구로는 1954년 나가사키에서 태어나 1960년 영국으로 이주했습니다. 켄트 대학에서 철학을 공부하고, 이스트 앵글리아 대학에서 문예창작으로 석사 학위를 받았습니다. 1982년에 발표한 첫 작품『창백한 언덕 풍경』은 일본을 배경으로 전후의 상처와 현재를 절묘하게 엮었다는 평가를 받았습니다. 1989년에 발표한 세 번째 소설『남아 있는 나날』이 부커상을 받으면서 세계적인 명성을 얻었습니다. 작가가 등단 후 35년 동안 여섯 편의 장편과 한 편의 단편집만을 발표해 온 것은 완벽을 추구하는 그의 성향 때문입니다. 작품마다 독특한 주제를 다룬 이시구로는 「더 타임스」가 선정한 1945년 이후 가장 위대한 영국 작가 50인에 선정될 만큼 현대 영미문학에서 중요한 작가로 꼽히고 있습니다.

『파묻힌 거인』의 무대는 고대 영국이며 시대적 배경은 5~6세기경 브리튼족과 색슨족 사이에 벌어진 정복전쟁이 끝난 뒤입니다. 환상적 요소가 강하기 때문에 군이 영국의 역사와 연계하여 이해하려 들 필요는 없습니다. 참고로 브리튼족은 픽트족과 함께 브리튼섬에 살던 켈트족 원주민입니다. 픽트족은 아직까지도 기원이 분명치 않습니다. 기원후 43년 로마의 점령 이후 브리타니아라는 이름의 로마속주가 되었습니다. 5세기 무렵 앵글로색슨족의 침공으로 지배를 받다가 프랑스의 브르타뉴지역으로 이주해 나가기도 했습니다. 현재의 영국 사람들은 5세기 무렵 영국으로 이주한 고대 게르만족의 일파인 앵글로색슨족의 후예라고 합니다만, 앵글족과 색슨족에 더하여 주트족까지 포함된다고 합니다.

앵글족(Angle)은 발틱해 인접 지역에 등장하여 4~5세기 무렵에는 덴마크제도와 독일 북부 슐레스비히홀슈타인주로 이동하여 살다가, 영국의 동쪽 중부로 이주해 왔습니다. 색슨족(Saxon)은 독일의 니더작센과 베스트팔렌 지역에 살았던 종족으로 영국 동쪽 남부로 이주해 왔습니다. 주트족(Jutes)은 스칸디나비아의 데인족, 스베아족과 유사한 게르만계 민족으로 덴마크제도 북부에 살았는데, 5세기 영국 최남부 색슨 왕국 아래쪽으로 이주해 왔습니다.

출판사에서 요약한 『파묻힌 거인』의 줄거리는 다음과 같습니다. "고대 영국의 안개 낀 평원, 노부부 액슬과 비어트리스는 토끼굴 언덕 마을에 살면서 동족인 브리튼족에게 부당한 대우를 받고 있다. 이들 부부는 서로를 깊이 사랑하며 온 마음을 다해 보살피지만 자신들의 과거에 대해서는 기억하는 것이 없다. 마을을 뒤덮은 망각의 안개가 이들 부부뿐 아니라 마을 사람 모두의 기억을 앗아가고 있기 때문이다. 이 안개는 사람들에게서 좋은 기억도, 나쁜 기억도, 잃어버린 아이에 대한 기억도, 오랜 원한과 상처에 대한 기억도 모두 가져가 버렸다.

어느 날, 안개로 자욱한 기억 저편에서 비어트리스는 문득 자신들에게 다 큰 아들이 있다는 것을 떠올리고 아들을 찾아 떠나기로 결심한다. 길을 떠난 노부부는 하룻밤 묵어가기 위한 마을에서 용감한 젊은 색슨족 전사 위스턴이 도깨비들에게 납치된 소년 에드윈을 구해 내는 장면을 보게 된다. 액슬은 위스턴을 보면서 자신 역시 아마도 한창 나이 때는 위스턴과 같은 전사였을지도 모른다는 생각을 떠올린다. 한편 도깨비에게 물린 상처로 인해 마을에서 쫓겨나게 된 소년은 전사와 함께 마을을 떠나 노부부의 여정에 동참하고, 이들은 곧 낡은 갑옷을 입은 늙은 기사 가웨인 경을 만난다. 액슬을 알아보는 듯한 가웨인 경은 그러나 별다른 내색을 하지 않고 비밀스러운 임무를 숨긴 채 이들과 동행한다. 힘겹게 찾아간 수도원에서는 수상한 의식이 행해지는 가운데 이들의 목숨이 위협받고, 흔들리는 바구니에 몸을 싣고 강물 위를 떠내려가다 도깨비에게 공격을 당하는가 하면, 독을 품은 염소를 끌고 산을 오르는 일도 있다. 그리고 이 위험 가득한 여행길에서 액슬과 비어트리스는 서로를 향한 사랑 깊숙한 곳에 자리한, 그동안 잊혔던 어두운 상처들을 만나게 되는데…."

　이 소설을 읽다 보면 기억과 망각의 역할에 대하여 생각하게 됩니다. 모든 사람들의 과거 기억을 한 번에 통제할 수 있는 기전으로 '망각의 안개'를 이용하고 있습니다. 안개가 많은 영국의 기후적 특성에 착안한 것이지요. 하지만 사시사철 안개로 뒤덮여만 있지는 않을 것이기 때문에 안개가 없을 때는 어떻게 되는 것인지 궁금합니다. 안개가 걷힐 때는 잊힌 기억이 되살아나지 않을까요? 액슬과 비어트리스가 예전에 아들이 있었다는 사실을 깨닫게 되는 것처럼 말입니다. 그리고 안개에 특별한 무엇이 있다고 한다면 오랜 과거의 기억뿐 아니라 최근의 기억마저도 망각의 저편으로 보내질 거라는 생각이 들었습니다. 모든 사람이 최근의 기억까지도 망각하게 된다면 사회적 관계는 성립할 수가 없을 것이기 때문입니다. 역시 작가는 '과거의 일-설령 아주 최근 일이라도-을 생각하는 것 자체가 이 마을 사람들 머릿속에 들어 있지 않았다.(17쪽)'라고 설명합니다. 안개가 사람들의 기억을 지우는 역할을 한다면 왜 안개의 효과를 차단하는 물질을 찾아내려는 노력을 하지 않을까요?

참, 액슬과 비어트리스가 살고 있는 토끼굴이라는 거주형태도 마음에 걸립니다. 작가 또한 이 점에 대한 입장을 분명히 하고 있습니다. "세계 다른 지역에서는 웅장한 문명들이 번성하고 있던 시대에 우리는 이곳에서 철기시대를 간신히 벗어난 정도의 삶을 살았다는 인상을 주고 싶은 마음도 없다. (…) 사정이 그러니 어쩔 수 없다.(13쪽)" 환상소설이라는 점을 감안해 달라는 주문 같습니다.

액슬과 비어트리스는 아들을 찾아가는 길에 색슨족 마을에 들어서게 됩니다. 색슨족 사람들은 토끼굴에 사는 브리튼족 사람들과는 달리 제대로 된 마을에서 살고 있습니다. 그리고 사람들이 과거를 잊고 살아가는 이유를 알게 됩니다. 케리그라는 이름의 암용이 내뿜는 입김이 안개처럼 땅을 뒤덮고 사람들의 기억을 빼앗아가고 있다는 것입니다. 만약에 케리그라는 암용을 죽이면 사람들의 기억이 되돌아올 것인데, 색슨족 마을 인근의 산 위에 있는 수도원의 수도사들이 케리그를 보호하고 있다는 것입니다. 수도원에서 만난 조너스 신부는 비어트리스에게 안개의 진실을 전하면서 안개에서 벗어나는 것이 반드시 좋은 일만은 아닐 수 있다고 말합니다. 안개는 좋은 기억뿐 아니라 나쁜 기억까지 모두 덮고 있기 때문입니다. 그 점에 대하여 비어트리스는 나쁜 기억 때문에 눈물을 흘리거나 분노로 몸을 떨 수도 있겠지만, 삶이 어떤 것이었더라도 함께 기억할 것이라고 말합니다. 그런 기억도 소중하기 때문이죠.

긴 여행 끝에 등장인물들은 암용이 머물고 있는 장소에 이르게 됩니다. 그리고 각자의 역할이 드러나게 됩니다. 늙은 기사 가웨인 경은 아서왕의 조카로 암용을 보호하는 일을 맡아왔고, 위스턴은 암용을 죽이라는 색슨족 왕의 밀명을 받았습니다. 아서왕은 마법사 멀린으로 하여금 암용의 입김으로 망각의 안개를 만들어내도록 했습니다. 망각의 힘으로 끝나지 않을 전쟁을 마감하고 평화를 이끌어낼 수 있었습니다. 하느님이 인간에게 기억이라는 재능을 주어 만물의 영장이 되도록 했을 뿐 아니라, 망각이라는 커다란 선물을 주어 살아남을 수 있도록 했다는 말이 있습니다. 인간이 보고 들은 모든 것을 기억하게 된다면 그 기억들의 충돌로 오는 정신적 압박으로 오래 살지 못할 것입니다.

반면, 색슨족 왕이 케리그를 죽이려는 목적은 다가올 정복전쟁의 길을 닦기 위함이었습니다. 케리그가 죽게 되면 묻혀 있던 거인이 깨어나게 될 것이라고 합니다. 아마도 원한과 증오를 담은 기억이라는 거인이겠지요. 브리튼족과 색슨족은 또다시 피비린내 나는 전쟁을 치러야 하고, 무고한 부녀자와 노약자까지도 죽음으로 몰리게 될 것입니다. 위스턴은 가웨인 경과의 결투에서 승리를 거두고, 노쇠하여 힘을 쓰지 못하는 케리그를 죽입니다. 하지만 오랜 세월을 브리튼족과 어울려 살아왔기 때문인지 결코 환호할 수만은 없었습니다. 그래서 브리튼족인 액슬과 비어트리스에게 멀리 떠나라고 말합니다.

액슬과 비어트리스는 아들을 찾아 토끼굴을 떠났을 때 작은 만에서 만났던 뱃사공으로부터 바다 건너 있는 특별한 섬에 대한 이야기를 듣게 됩니다. 복잡한 세상을 떠나 조용한 삶을 보내려는 사람들이 선택하는 장소입니다. 그런데 섬에 들어간 사람들은 많아도 절대로 다른 영혼을 보지 못한 채 홀로 풀밭과 나무 사이를 거닌답니다. 그래서 사람들은 자기만이 유일한 거주자인 것처럼 행동합니다. 부부가 그 섬에 들어가 같이 살려면 특별한 시험을 통과해야 합니다. 두 사람 사이에 강한 사랑의 유대가 있어야 하는 것입니다. 그리고 사공은 그것을 확인해야만 합니다.

사공은 가장 소중한 기억이 무엇인지를 부부로부터 따로 묻습니다. 사람들은 가장 소중한 기억을 이야기할 때는 진실을 숨길 수 없습니다. 부부가 사랑으로 이어져 있다고 주장하는 경우에도 사공의 눈에는 분노나 화, 심지어 증오가 보일 때도 있고, 더러는 외로움에 대한 두려움, 다른 아무것도 없는 것에 대한 두려움이 보이기도 합니다. 진정 오랫동안 이어져온 지속적인 사랑을 보는 경우는 매우 드물다는 것이지요. 이렇듯 진정한 사랑을 확인하게 되면 사공은 두 사람을 배에 태워 섬으로 갑니다. 이 대목에서는 책 읽는 사람이라면 누구나 한 번쯤 아내 혹은 연인과의 관계를 깊이 생각해 보게 될 것 같습니다.

위스턴의 조언을 들은 두 사람은 그 섬을 떠올렸습니다. 그리고 작은 만으로 가서 뱃사공을 만났습니다. 뱃사공은 두 사람에게 가장 소중한 기억을 물었고, 두 사람의 대답은 일치했습니다. 이제는 같이 섬으로 들어가는 일만 남았는데, 암용이 죽고 안개가 걷힌 다음에 사라졌던 옛 기억이 두 사람에게 돌아오고 있습니다. 두 사람 사이에는 무슨 일이 있었던 것일까요? 그리고 두 사람은 같이 배를 타고 섬으로 들어갈 수 있을까요? 기억과 망각의 상보적 역할에 대하여 깊이 생각해 보는 작품입니다. (라포르시안 2016년 4월 11일)

4

사라예보의 첼리스트

(스티븐 갤러웨이, 문학동네)

1992년, 총알이 빗발치는 사라예보 거리의 첼리스트

2015년 가을에 떠난 발칸여행길에서는 사라예보가 일정에 없어 아쉬움이 컸습니다. 2023년 봄에도 일정을 잡았지만 갑작스럽게 수술을 받느라 예약을 취소하고 말았습니다. 제1차 세계대전을 촉발한 역사적 사건의 현장을 보는 일이 결코 쉽지는 않습니다.

사라예보는 보스니아전쟁 기간 중인 1992년 4월 5일부터 1996년 2월 29일까지 무려 1,425일 동안 세르비아계인 유고슬라비아 인민군과 스릅스카 공화국군에 의하여 포위되었습니다. 사라예보 포위전은 현대전쟁사에서 가장 긴 전투였습니다. 사라예보를 포위한 세르비아계 병력은 13,000명에 불과했고, 포위된 사라예보에 주둔한 보스니아군은 70,000명이었습니다. 하지만 무장에서 차이가 있었고, 지형적으로 불리함 때문에 수비에 급급할 수밖에 없었습니다.

사라예보는 산으로 둘러싸여 있고 서쪽으로만 열려 있는 분지에 위치합니다. 사라예보 주변의 고지를 선점한 세르비아 민병대는 대포, 박격포, 전차, 대공포, 중기관총, 로켓 발사기, 지대공미사일 등 중무기로 포격하였습니다. 이뿐만 아니라 시내의 전략적 요충지를 점령하고 저격수를 동원하여 시민들의 통행을 위협하기까지 했습니다.

병력의 열세로 사라예보 점령에 실패한 세르비아계는 사라예보를 봉쇄하고 식량과 의약품의 보급은 물론 전기, 물, 난방 등 일상생활에 필요한 것들 모두 차단했습니다. 그럼에도 불구하고 사라예보 시민들은 투항하지 않았습니다. 3개월이 지난 6월 말경 사라예보공항이 안전지역으로 편입되면서 유엔이 지원하는 보급품으로 연명할 수 있었기 때문입니다. 이듬해 중반에 사라예보 굴이 완공되면서 포위망을 뚫고 외부세계와 연결됨으로써 도시를 지키는 데 필요한 무기와 생활용품을 들여올 수 있었던 것도 큰 힘이 되었습니다. 당시 굴을 통하여 일부 시민들은 사라예보를 탈출하기도 했습니다.

『사라예보의 첼리스트』는 사라예보 포위 당시 있었던 일을 재구성한 소설입니다. 이 작품에 등장하는 주요 인물은 사라예보 필하모닉의 첼로연주자, 대학 사격단의 선수였던 애로, 회계사 보조로 일하는 케난, 은퇴를 앞둔 제빵사 드라간 등입니다. 작가는 네 사람의 등장인물을 통하여 세르비아계에 포위된 보스니아 사람들의 절박한 삶을 생생하게 전합니다.

1992년 5월 27일, 사람들은 하루를 연명할 빵을 사기 위하여 빵가게에 길게 줄을 섰습니다. 바로 그때 날아온 포탄은 22명의 무고한 생명을 앗아가고 100명에게 부상을 입혔습니다. 그다음 날부터 사건현장에 나타난 첼로연주자는 알비노니의 「아다지오 G단조」를 연주합니다. 희생자 한 사람 한 사람에게 바치는 연주가 22일 동안 이어집니다. 세르비아계의 공격에 맞서 저격수로 변신한 애로는 세르비아계 저격수로부터 첼로연주자를 보호하는 임무를 맡았습니다.

세르비아계 저격수의 위협은 드라간의 외출에서 생생하게 그려집니다. 저격수에게 노출되지 않도록 건물의 그늘에 숨어 걸으면 그나마 안전합니다. 하지만 도로를 건너야 하는 교차로에 이르게 되면 사람들은 망설이게 됩니다. 교차로를 안전하게 건너기 위하여 사람들은 갈지자로 달리거나 100m 경주를 하듯 빠르게 달려야 합니다. 누군가가 먼저 나서서 안전하다는 것을 알기까지 기다리는 사람도 있고, 사정이 있거나 성미가 급한 사람이 선뜻 나서기도 합니다. 드라간을 통하여 그 순간 사람들이 느끼는 심리적 고통을 그려낸 것입니다.

드라간은 전쟁이 시작되기 전에 아내와 열여덟 살 된 아들을 이탈리아로 탈출시키고는 여동생과 함께 살고 있습니다. 저자는 드라간을 통해 한 도시의 소멸과정을 나타내기도 합니다. '처음 전쟁이 시작되었을 때, 그는 기억 속의 도시를 잃어버리지 않기 위해, 가능한 한 원래 모습 그대로 마음에 간직하기 위해 노력했다. (…) 하지만 시간이 흐르면서 사물을 있는 그대로 보기 시작했고, 그러던 어느 날 자신이 심지어 마음속에서도, 더 이상 도시의 소멸에 저항하고 있지 않음을 깨달았다. 주위에 보이는 것만이 단 하나의 현실이었다.(51쪽)' 그럼에도 불구하고 드라간은 자신이 살고 있는 세상에 머물고 싶다는 사실을 깨닫습니다. 죽음을 두려워하면서도 '그렇게 두려워할 만큼 자신의 삶이 가치가 있는가?'라는 의문을 가지기도 합니다. 한편으로는 곧 죽을 수도 있다고 인식하면서도 '찾아올 공포에 맞설 수 있을까?' 하는 질문에 대하여 '예스'라고 생각하는 자신을 보며 놀라기도 합니다.

　케난은 정기적으로 도심에서 떨어진 언덕에 있는 양조장으로 물을 뜨러 갑니다. 같은 아파트 아래층에 살고 있는 리스톱스키 부인의 몫까지 여러 개의 물통을 챙겨 들고, 거리를 지나고 다리를 건너가야 하는 먼 길입니다. 이러한 케난의 모습을 통하여 당시 사라예보 시민들의 힘든 일상을 보여줍니다. 가던 날이 장날이라고 이날 마침 양조장에 포탄이 떨어져 여러 사람들이 죽고 다칩니다. 포탄이 떨어진 현장에서 케난은 세 가지 유형의 사람들을 발견합니다. 먼저 포탄이 떨어지자마자 도망친 사람들, 즉 이타심이나 시민의식보다는 자기보호본능이 강한 사람이 있고, 도망치지 않은 사람들 가운데는 살 가망이 있는 사람들을 돕는 시민의식이 투철한 사람 그리고 멍하니 서서 다른 사람들이 도망치거나 구조하는 모습을 지켜보는 사람 등입니다. 일상처럼 물통을 집으로 나르는 케난은 마지막 유형이라고 하겠습니다. 한순간 몸의 균형을 잃고 쓰러지면서 그는 자신이 지쳤다는 생각을 하게 됩니다. '원한 적도 없고 창조하는 데 가담한 적도 없으며 차라리 없었으면 좋을 이 세상에서 살아가느라 지쳤던 것

(213쪽)'입니다.

작가는 네 사람의 등장인물 모두에게 중요한 의미를 부여하고 있습니다만, 첼로연주자의 경우는 특별한 것 같습니다. 첼로연주자가 사고현장에서 연주할 곡목으로 알비노니의 「아다지오 G단조」를 고른 이유는 이렇습니다. "폐허가 된 도시 풍경에서 거의 지워졌던 무언가가, 다시 새롭고 가치 있는 것으로 재건될 수 있다는 사실에 그는 희망을 품는다. 이제 희망은 포위당한 사라예보 사람들에게 남아 있는 정말 몇 안 되는 것들 중 하나이며, 그마저도 대부분의 사람들에겐 하루하루 줄어들고 있다.(14쪽)" 첼로연주자 스스로도 스물두 번의 연주를 마칠 수 있을지 확신할 수 없었습니다. 하지만 사라예보 시민들이 희망의 끈을 이어갈 수 있도록 북돋워 주기 위하여 위험을 무릅쓰기로 했습니다. 이런 사정을 알게 된 세르비아계는 첼리스트를 저격해야만 했고, 보스니아 쪽에서는 그를 보호해야만 했습니다.

알비노니(1671~1751년)의 「아다지오 G단조」에는 특별한 사연이 있습니다. 이 곡은 제2차 세계대전이 끝난 1945년에 세상에 알려졌습니다. 알비노니는 비발디와 함께 18세기 바로크 시대의 베네치아악파를 대표하는 음악가입니다. 알비노니의 전기를 준비하던 밀라노의 음악학자 레모 지아조토(Remo Giazotto)가 전쟁으로 폐허가 된 독일 드레스덴의 국립 도서관(Saxon State Library)에서 필사본 악보 조각을 발견하였습니다. 지아조토는 몇 마디의 선율과 베이스를 스케치한 악보 조각을 보고 알비노니가 1708년경 작곡한 교회주명곡 작품 4의 일부분일 거라고 생각하였습니다. 그리하여 악보를 바탕으로 현재의 「알비노니의 아다지오」가 된 「오르간이 딸린 현악 합주를 위한 아다지오 G단조」를 완성합니다.

파이프오르간의 웅장한 선율에 화답하는 바이올린의 애처로운 선율은 듣는 사람의 가슴을 저리도록 만듭니다. 첼로로 연주하는 「알비노니의 아다지오」의 묵직한 선율은 듣는 사람들의 마음에 강한 울림을 주었을 것입니다. 심지어는 세르비아계가 보낸 저격수도 첼로연주자의 연주에 마음을 빼앗기고 있었습니다. "저격수가 조준기로 첼로연주자를 겨눈다. 애로는 총을 쏘려다 멈춘다. 저격수의 손가락이 방아쇠 위에 올려져 있지 않다. (…) 음악은 거의 끝나 가는데, 그는 1밀리미터도 움직이지 않는다. (…) 그의 고개가 뒤로 약간 젖혀진다. 그의 감긴 눈을 본 그녀는 그가 더 이상 조준기를 보고 있지 않다는 사실을 안다. 그가 뭘 하고 있는지 알겠다. 너무도 명백한, 틀릴 여지도 없는 사실이다. 그는 음악을 듣고 있는 것이다.(190~191쪽)" 같이 듣고 있는 그녀까지도 슬프게 만드는 음악이었습니다. 무겁고 느린 슬픔, 눈물을 자아내지는 않지만 울고 싶게 만드는 그런 종류의 슬픔 말입니다.

첼로연주자를 보호하라는 임무를 맡게 된 애로는 세르비아계 저격수를 유인하기 위한 덫을 놓습니다. 하지만 상대편 저격수 역시 자신을 목표로 덫을 놓았다는 사실을 뒤늦게 깨닫게 됩니다. 다행히 상대방이 쏘기 직전에 발견할 수 있어 죽음을 면하고, 거꾸로 마음을 놓은 상대방을 저격하는 데 성공합니다. 하지만 그녀는 방아쇠를 당기기 전에 이 남자를 죽이고 싶지 않다는 생각과 이 남자를 죽여야 한다는 생각이 교차되면서 많은 갈등을 느낍니다.

케난은 물을 뜨기 위하여 양조장에 갔다가 포격을 당한 이후로 매일 첼로연주자의 연주를 들으러 갑니다. 매일 오후 네 시, 그 거리에 도착한 케난은 벽에 등을 기대고 서서 도시가 다시 살아나고 주민들이 겨울잠에서 깨어나는 모습을 지켜봅니다. 첼로연주자가 약속한 스물두 번째 연주가 있던 날, 근처에 몸을 숨긴 애로는 느린 현의 진동을 받아들이면서 가슴이 먹먹해지고 눈물이 흘러내리는 것을 막을 수 없었습니다. 연주를 끝낸 첼로연주자 역시 오랫동안 일어나지 않고 울었습니다. 이윽고 자리에서 일어난 첼로연주자는 박격포가 떨어진 웅덩이를 채우고 있는 꽃 더미로 다가가 그곳에 첼로 활을 떨어뜨립니다. 첼로연주자가 사라진 뒤, 애로도 거리로 내려가 첼로연주자가 떨어트린 활 옆에 자신의 소총을 내려놓습니다. 그녀의 이름은 알리사였습니다.

이야기에 등장하는 드라간은 세 사람과 동선이 겹치지는 않습니다. 작가가 드라간을 통하여 이야기하고 싶었던 것은 사라예보를 지켜보는 국외자의 시선이 아니었나 싶습니다. 세르비아계 저격수들이 좋아하는 건널목에서 저격의 순간을 포착하려고 사진기를 세운 사진사를 등장시켰습니다. 사진사 역시 저격의 위험을 인식한 듯 방탄복으로 자신을 보호하고 결정적 순간을 포착하기 위하여 주변을 살핍니다. 길을 건너려다가 사진사를 본 한 남자는 길을 건너기에 앞서 옷매무새를 단장하기까지 합니다. 그 순간을 작가는 이렇게 묘사했습니다.

"저격수는 나름의 이유가 있는지 총을 쏘지 않는다. 남자가 맞은편에 도착하자, 사진사가 실망한 눈치다. 남자가 뛰는 모습을 사진기에 담지 못했기 때문이다. 그의 실망에 드라간은 화가 나고, 마치 동물원의 짐승이 된 듯한 기분이 든다.(284쪽)" 사라예보의 비극적 상황이 외부세계의 저녁뉴스를 타게 되면 사람들은 끔찍한 참상에 대하여 한마디씩 거들 수는 있겠지만 별다른 생각은 하지 않았을 것입니다. 그리하여 드라간은 자신이 무엇을 해야 하는지를 깨닫게 됩니다. 지금까지와는 달리 건널목에 총을 맞고 숨겨 있는 남자를 끌어내기 시작한 것입니다. 저격수의 표적이 될 수도 있음에 용기를 낸 것입니다. 현실을 인식하고 적극적으로 개입하기로 한 것입니다.

지금까지는 먼 남의 나라 이야기라고 생각했습니다만, 현장에 남아 있는 끔찍했을 것 같은 당시의 흔적들을 직접 확인하면서 떨리는 마음을 겨우 진정시킬 수 있었습니다. 겪어보지는 못했지만, 우리 역시 그들과 별다를 것 없는 역사를 가지고 있는 만큼, 그런 참상이 다시 일어나지 않도록 경계할 필요가 있겠습니다. (라포르시안 2016년 4월 18일)

5

황금가지

(제임스 조지 프레이저, 한겨레신문사)

"왕은 죽었다. 왕이여, 만세! 아베 마리아"

책 읽기에도 소망목록이 있다면 『황금가지』야말로 대학에 다닐 무렵부터 지금까지 1위에 올라 있던 책입니다. 그럼에도 불구하고 지금까지 읽기를 미룬 것은 책값이 만만치 않아서이거나 900쪽이 넘는 두께에 질려 있었다는 핑계 때문이었습니다. 회사 도서관에서 이 책을 발견한 것은 그야말로 황금을 발견한 셈입니다.

인류학, 종교학, 신화학 분야에서 고전 중의 고전이라 할 『황금가지』는 제임스 조지 프레이저 경의 역작입니다. 1854년 스코틀랜드의 글래스고에서 태어난 프레이저는 글래스고 대학과 케임브리지 대학의 트리니티 칼리지에서 철학을 공부했습니다. 그리고 1880년 중반부터는 인류의 고대사, 고대문화와 비서구 문화의 관계를 연구하기 시작했습니다. 그 연구의 성과로 1887년에 『토테미즘』을 그리고 1890년에 『황금가지』를 펴냈던 것입니다.

초판에 2권으로 출간된 『황금가지』는 1900년에 나온 재판에서는 3권으로 늘었고, 1906~1915년 사이에 나온 세 번째 판에서는 12권이라는 방대한 분량이 되었습니다. 1936년에는 보충판을 덧붙여 전체 13권으로 만들었습니다. 일반인이 쉽게 읽을 수 있는 축약본의 필요성이 대두되자 1922년 4월에 예수의 십자가형에 대한 위험한 단락, 여가장제에 관한 고찰, 신성한 매춘에 대한 감미롭고 불경스러운 구절처럼 논란이 예상되는 부분들을 제외한 축약본을 만들었습니다. 한국어 번역본은 1922년판 축약본에서 삭제되었던 많은 부분을 다시 복원하였고, 원본의 장과 절을 무시하고 69개의 짤막한 장으로 분할했던 편집체제도 복원하여 원본 13권의 편집체제와 순서에 따랐다고 합니다.

편집자는 『황금가지』가 가지는 의미를 이렇게 요약합니다. "『황금가지』는 인류 지성사 가운데 가장 위험하고 요동치는 시대의 산물이며, 그 시대가 바로 오늘의 우리 시대를 낳았다. 이 판본은 시대감정을 되살려서 이 저작이 구상된, 그리고 그 정신을 담아 쓴 19세기 말의 최첨단을 점하는 여러 측면을 부각시키고자 했다. (…) 인류학적 담론의 내재적인 문학적 가치가 더 분명하게 드러날수록 독자들의 관심은 그 방면으로 더욱 쏠릴 것이라고 믿는다.(51~52쪽)"

이 책의 제목 『황금가지』는 영국 화가 조지프 말로드 윌리엄 터너(Joseph Mallord William Turner)가 『아이네이스』의 삽화로 그린 그림 「황금가지」로부터 유래한 것이라고 저자는 적었습니다. 저자는 이 그림이 이탈리아의 로마 부근의 네미라고 하는 숲 지대의 작은 호수를 꿈같은 환상의 분위기로 그린 것으로 생각했습니다.

한편 터너는 베르길리우스의 『아이네이스』의 한 대목에서 영감을 얻어 그림을 그렸습니다. "황금가지가 달린 거대한 나무 하나가 / 지옥의 강을 다스리는 조브 신의 왕비에게 바친 / 숲으로 둘러싸인 계곡에서 자라고 있다. / 그 나무줄기에서 꽃핀 황금가지를 잘라내기까지는 / 어떤 유한한 존재도 그녀의 저승 세계를 엿볼 수 없도다.(18~19쪽)" 옛사람들은 네미의 작은 호수를 '디아나 여신의 거울'이라고 불렀다고 합니다. 저자가 네미 호수를 거론한 것은 디아나신전의 사제직 계승에 관한 규칙을 설명하기 위해서이고, 그 관습의 조잡성과 야만성으로부터 4권 46장에 걸친 이야기의 실마리를 풀어가려는 것입니다.

프레이저가 『황금가지』에 방대한 분량의 비교문화 연구결과를 담을 수 있었던 것은 자신이 여행을 통하여 얻은 자료 이외에도 다양한 경로를 통하여 많은 자료를 얻을 수 있었기 때문입니다. 특히 보글 가문 출신의 어머니 덕에 보글 가문의 많은 여행가들로부터 자료를 얻을 수 있었습니다. 또한 비서양 사회에 대한 무수한 기록, 인종학 계통의 서지(書誌)와 식민지 행정관들의 회고록, 선교사들의 관찰문들을 광범위하게 모아 읽을 수 있었습니다. 이뿐만 아니라 1887년에는 현장에 있는 일꾼들에게 결혼풍습, 상속규칙, 신화와 제례 등 특정 문제에 관한 정보를 요청하는 질문지를 보내 얻은 자료들을 두고 공통되는 고리를 찾으려 노력했습니다.

그 방대한 자료들 가운데 우리나라에 관한 것들도 소략하게나마 인용되고 있어서 반갑기도 하고 서운하기도 했습니다. 조선에서는 설날 종이에 우상을 그리고 몸이나 마음의 고통거리를 적은 다음 태우는 습속이 있다거나, 정월 대보름 전날 액운을 날려 보내달라는 소망을 적은 연을 날리는 민속놀이를 적었습니다.(662쪽) 또한 출산 후 산모와 아이가 신분에 따라 일정 기간 햇볕을 쪼이지 않도록 금한다는 것도 적었습니다.(772쪽) 일본 북부의 아이누족의 곰과 관련된 토템에 대하여 상세하게 기술하면서도 우리의 단군신화는 빠진 것 등, 조선의 민속을 너무 소략하게 다루지 않았나 하는 서운함이 남습니다.

『황금가지』에서 원시종교의 역사에 대한 연구들을 보면 프레이저는 미개인의 관습과 사상이 기독교의 근본 교리와 놀라우리만치 유사하다는 점을 나타내려 하였습니다. 그럼에도 불구하고 그 유사성을 구체적으로 언급하지 않고 독자들의 판단에 맡기고자 했던 것입니다. 특히 페니키아, 프리지아, 이집트와 같은 고대 근동지역의 종교적 숭배의식과 고대 그리스의 종교적 신화 등에 나타나는 희생제의(犧牲祭儀)는 사람들의 죄를 대신하는 속죄양이라는 신성한 요소가 내포되어 있다고 보았습니다. 기독교가 공인된 뒤에는 동방에서 유래한 농신제와 같은 토속적인 행사가 기독교문화에 녹아들어 다양하게 변형된 모습으로 전해지게 되었다고도 하였습니다.

고대인들은 초자연현상을 경험하면서 이로 인한 피해를 방지하기 위하여 주술(呪術)을 만들어냈습니다. 동일한 원인이 언제나 동일한 결과를 낳는다는 것을 의심하지 않았다는 점에서 공감주술의 기본개념은 근대과학의 그것과 일치한다고 프레이저는 보았습니다. 그런가 하면 종교는 자연의 운행과 사람의 인생을 지시하고 통제한다고 믿는, 인간보다 우월한 힘에 대한 회유 내지 비위 맞추기라고 이해합니다. 초자연적인 존재에 대한 믿음으로 인하여 종교가 태어나면서 주술의 개념이 약해지게 되었습니다. 프레이저는 초자연적인 힘을 달래기 위하여 인간을 대표하는 왕을 내세워 살해하다가, 이어서 왕자, 노예, 범죄자를 왕의 대리인으로 내세워 살해하는 것으로 변하였고, 이윽고 동물로 대신하였으며, 근세에 와서는 인형 등으로 대체하는 축제의 형식으로 남게 되었다고 정리합니다. 성경에서도 이와 같은 흐름을 볼 수 있습니다. 구약성서에 등장하는 장자살해와 이를 숫양을 대체하여 제물로 바치게 된 것이라든가, 왕의 아들인 예수의 살해와 부활은 고대로부터 사람들이 믿어온 관념을 구체화한 것으로 보입니다.

실제로 이 책이 출간될 무렵이라면 충분히 논란이 될 수도 있었던 예수의 십자가형에 관한 설명은 흥미로운 점이 있습니다. 예수의 처형과정은 그 무렵 로마에서 유행하던 농신제와 흡사하지만, 이보다는 오히려 바빌로니아의 사카에 제전에 더 가깝다고 했습니다. 사형당할 예정인 범죄자를 데려다가 왕의 의복을 입혀 왕좌에 앉혀 왕으로 대접을 하다가 일정 기간이 지나면 매질을 하고 십자가형에 처하게 되는데, 그 대신에 한 사람을 방면할 수 있다고 합니다. 예수는 혹세무민했다는 죄목으로 십자가에 매달린 반면 예수를 대신하여 방면된 바라바는 살인과 선동을 한 사실이 분명한 사형수였던 것입니다. 로마 총독 빌라도는 예수의 무죄를 확신하였지만 사제들과 장로들의 사주를 받은 군중들의 압력으로 사형을 결정하고 말았습니다.

고대로부터 풍요로운 수확과 종족의 안녕을 기원하는 희생제는 다양한 지역에서 있어 왔습니다. 동물은 물론 곡물에도 정령이 있어 주기적으로 달래줘야만 했기 때문입니다. 저자가 특히 메소아메리카 지역의 희생제의 의미를 별도의 장으로 기록한 것은 아마도 이 지역을 지배한 스페인 사람들이 남긴 기록이 풍성하였기 때문일 것입니다. 아즈텍 사람들은 위대한 신 비츨로포츠틀리를 비롯하여 케찰코아틀, 소금의 여신 윅스토시와틀 등 다양한 신들에게 희생제를 올렸습니다. 대개는 전쟁포로나 노예들이 희생의 대상이었습니다. 희생제는 신전의 꼭대기에서 이루어졌습니다. 희생 대상을 돌제단 위에 눕히고 예리한 칼로 가슴을 열어 심장을 꺼내 신께 바친 다음, 시체는 신전의 계단 아래로 굴러 떨어뜨립니다. 그러면 희생된 노예의 주인이 시체를 집으로 메고 가 나누어 먹었다는 것입니다. 때로는 희생자의 가죽을 벗겨 이를 뒤집어쓴 사람이 20일 동안 시가지를 돌아다니면서 신으로 대접을 받았다고 합니다. 시간이 지나 피부가 썩으면 고약한 냄새를 견뎌야 했을 것입니다.

실제로 아메리카대륙에 식인문화가 늦게까지 남아 있었다는 점은 유전학적으로도 입증되었습니다. 마르타 솔데빌라(Marta Soldevila) 등은 대륙 간 인종별로 프리온 유전자의 코돈 129번에서 MM형의 유형을 조사하였더니 극동아시아에서는 93%로 가장 높았고, 남아시아 61.8%, 유럽 52.2%, 중동아시아 45.8%, 아프리카 36.1%, 그리고 아메리카 6.1%였다고 합니다. 특정 지역에서 식인 풍습이 일찍 사라질수록 프리온 유전자의 코돈 129번에서 MM형의 비율이 높아진다고 해석할 수 있습니다.

미국의 인류학자 마빈 해리스 역시 『식인과 제왕』에서 메소아메리카에서는 15세기까지 신전에 바쳐진 희생자들을 사람들이 나누어 먹는 식인문화가 광범위하게 남아 있었다고 적었습니다. 처음에는 수렵인과 채집인 소집단 및 촌락사회에서 신앙 혹은 관습에 따라 포로들의 심장을 먹었습니다. 처음에는 희생자가 보유한 힘이 자신에게 이전되기를 희망하였기 때문이었습니다. 한편으로는 부족한 단백질을 보충하는 기회도 되었을 것입니다. 특히 식인의 관행이 메소아메리카 지역에 가장 늦게까지 남아 있었던 것은 구대륙, 심지어는 안데스 지역과는 달리 희생제물이 되는 인간을 대체할 만한 가축이 없었기 때문이라는 해석도 있습니다.

재레드 다이아몬드가 『총균쇠』에서 지적한 것처럼 정착생활을 시작한 이후 돼지나 소, 개를 길러 단백질 보충과 노동력으로 활용했던 구대륙과는 달리 신대륙에서는 가축화하기에 마땅한 동물이 없습니다. 안데스 지역에서 알파카나 기니피그와 같은 소동물 정도를 가축화했을 뿐으로 구대륙과 비교된다 하겠습니다.

『총균쇠』를 읽고 저는 이 점에 대한 생각을 이렇게 정리해 두었습니다. "인류 사적으로 가축화와 작물화가 가능한 동식물의 부존이 대륙 간에 차이가 있었던 이면에는 가축화 혹은 작물화를 시도하기 이전에 해당 대륙에 거주하는 집단이 포획대상의 멸종을 고려하지 않고 남획한 것도 이유가 될 수 있을 것 같습니다. 부존자원이 부족한 지역에서는 인근으로부터 자원을 들여올 수도 있었을 것입니다. 그런데 각 대륙의 특성을 보면, 유라시아대륙은 동서 축을 중심으로 이동이 쉬운 구조인 반면, 아프리카나 남북 아메리카의 경우는 남북 축을 중심으로 이동이 일어날 수밖에 없었던 것도 문명의 확산 속도에 결정적 영향을 미치는 요인이었다고 해석하고 있습니다."

프레이저 시절만 해도 유럽 사회는 유럽이 아닌 지역을 미개하다고 생각했다는 것을 『황금가지』에서도 확인할 수 있습니다. 하지만 문화인류학에서는 어떤 종류의 문화도 나름대로의 틀을 가지고 있기 때문에 다른 문화와 비교하여 우열을 가릴 수 없다고 생각합니다. 축약본임에도 900여 쪽이 넘는 긴 여정을 마무리하면서, 저자는 주술과 종교 그리고 과학은 사유의 이론에 다름 아닌 것으로 틀림없이 완전하고 최종적인 것이라고 결론짓기 어렵다고 정리합니다. 그리하여 '지식의 발전은 끊임없이 멀어져가는 목표를 향한 무한한 전진'으로 우리는 그 끊임없는 추구를 불평할 필요가 없다고 말합니다. (라포르시안 2016년 6월 13일)

6

과학한다, 고로 철학한다

(팀 르윈스, MID)

과학이란 과연 무엇인가?

흔히 의심이 가는 사안을 논의할 때 과학자의 주장에 무게를 실어 이해하려는 경향이 있습니다. 이처럼 과학이 일반대중의 신뢰를 얻게 된 것은 그동안 과학이 이루어낸 놀라운 업적 때문입니다. 여기 소개하는 『과학한다, 고로 철학한다』의 서문을 인용하면, "과학적인 방법은 아득한 과거나 먼 미래의 비가시적이거나 무형인 사건에 대해서도 견해의 일치를 끌어낼 수 있을 만큼 누구나 인정하는 권위를 지니고 있다."라는 것입니다. 그렇기 때문에 사람들이 어려운 결정을 할 때마다 과학적으로 설명이 가능한지 여부를 묻게 됩니다. 『과학한다, 고로 철학한다』의 저자 팀 르윈스는 케임브리지대 과학철학 교수로 과학철학뿐 아니라 생물철학과 생물윤리에 관해서도 관심을 가지고 있습니다.

『과학한다, 고로 철학한다』는 과학이 오늘날의 위치에 오르게 되기까지를 설명합니다. 즉, 과학이 무엇인지, 그리고 과학이 우리에게 어떤 의미가 있는지 말합니다. 유명한 물리학자 파인만도 "새에게 조류학이 도움이 안 되는 것처럼 과학자에게도 과학철학이 도움이 되지 않는다."라고 한 것을 보면, 과학철학은 과학과는 무관하다고 생각하는 과학자도 많은 모양입니다. 그런가 하면 아인슈타인은 "과학의 역사적, 철학적 배경을 알고 있으면 대부분의 과학자가 지닌 문제인 현세대의 편견에서 벗어날 수 있다. 내 생각에는 철학적 통찰력이 가져다주는 이 자유야말로 진정으로 진리를 탐구하는 사람을 단순한 장인 혹은 전문가와 구별해 주는 것 같다."라고 말해 과학철학이 중요하다는 점을 강조했습니다.

다음 국어사전을 보면, 철학(哲學)이란, "인간이 살아가는 데 있어 중요한 인생관, 세계관 따위를 탐구하는 학문. 원래 진리 인식(眞理認識)의 학문 일반을 가리켰으나, 중세에는 종교가, 근세에는 과학이 독립하였다. 형이상학, 논리학, 윤리학, 미학 등의 하위 부문이 있다."라고 설명되어 있습니다. 이처럼 과학의 뿌리는 철학에 닿고 있습니다. 따라서 학문이 추구하는 근본 목표는 동일하나, 대상과 방법론에서 차이가 있습니다. 철학이 사유를 통한 진리탐구, 즉 주관적 학문이라면, 과학은 객관적 자료를 바탕으로 진리를 탐구하는 학문이라는 차이가 있습니다. 최근에는 주관적 학문 영역까지도 과학적 접근방식을 이용하기 시작하였습니다.

과학도 어려운데, 그 어렵다는 철학이 융합된 과학철학에 관한 책을 읽으려면 마음의 준비를 단단하게 해야 할 것 같습니다. 하지만 『양기화의 BOOK소리』 독자들이라면 크게 걱정하지 않으실 듯합니다. 그동안 이 분야의 책들을 읽어보셨을 터이니 말입니다.

이 책은 '과학이란 무엇인가'와 '과학은 우리에게 어떤 의미가 있는가?'에 해당하는 각각 4개의 질문에 대한 설명으로 구성되어 있습니다. 옮긴이는 역자 서문에서 친절하게 그 내용을 요약하였습니다. 저자는 이 책에서 과학에 대해 다음과 같이 철학적 접근을 시도합니다. 먼저 과학이란 무엇인가? 과학과 비과학을 구분 짓는 기준은 무엇인가?(1, 2장), 과학이란 시간을 통해 계속해서 발전하는 것인가, 아니면 한 시대를 풍미하는 특정 문화처럼 어떤 시대에 권위 있게 받아들여지는 사고의 유형인가?(3장), 과학은 우리에게 있는 세상을 그대로 보여주는가? 아니면 과학자가 세상을 바라보는 방식에 의존해 있는 것일까?(4장), 과학이 과연 가치중립적일 수 있는가?(5장), 과학과 도덕의 관계는 어떠한가?(6장), 또 다른 도덕적 주제인 인간 본성의 문제는 어떻게 다루어야 하는가?(7장), 마지막으로 소위 말하는 '과학적인' 세계관, 즉 인간사를 포함한 모든 세계 현상이 인과관계로 설명이 돼 있을 뿐만이 아니라 이미 결정되어 있다는 입장을 받아들였을 때 과연 인간이 진정으로 자유롭다고 할 수 있는가?(8장) 등입니다.

저자는 귀납법과 연역법으로부터 과학적 방법론에 대한 논의를 시작합니다. 논리학의 대표적인 방법론들이 근대 과학적 방법론으로 차용되었던 것입니다. 잘 알고 있는 것처럼 귀납적 방법은 여러 사례들에 대한 객관적 관찰과 실험을 통해 얻은 자료로부터 공통점을 추출하여 일반적인 원리를 찾아냅니다. 반면, 연역적 방법은 이미 알려진 원리로부터 수학적, 논리적 추론을 통해 개별 사물의 이치를 알아내는 것입니다. 그런데 한정된 표본에서 보다 확장된 개념의 일반론을 이끌어낼 수 있는지를 규명해야 하는 경우도 있습니다. 이럴 경우에 귀납적 방법론을 적용할 수 있는가 하는 어려운 상황에 봉착하게 됩니다. 특히 과학의 영역에서 귀납법은 믿을 수 없는 추론방법이라고 칼 라이문드 포퍼는 강력하게 주장하였습니다.

포퍼는 대표저서『추측과 논박』에서 역사를 통하여 인간이 과학적 지식을 축적해 온 과정을 철학적으로 살펴보았습니다. 『추측과 논박1』에서는 '추측'이라는 표제 아래 과학적 논리를 세우는 과정에 중심을 두었습니다. 그리고『추측과 논박2』에서는 '논박'이라는 표제로 묶어 과학적 논리가 성장해 가는 과정을 정리하였습니다. 과학은 베이컨 이래로 중요한 철학적 화두임에도 불구하고 아직도 분명하게 정리되지 않고 있습니다. 포퍼는 "과학은 그것의 관찰적 기초나 또는 귀납적인 방법에 의해 특징지어지는 데 반해, 사이비 과학과 형이상학은 사변적인 방법이나 또는 베이컨이 말했듯이 '마음의 기대'를 사용하고 있다는 사실에 의해 특징지어진다는 것"이라는 일반적 견해에 동의할 수 없다고 하였습니다.

과학에서 귀납적 접근방식에 동의할 수 없다는 포퍼는 일종의 연역적 방법론을 대안으로 제시하였습니다. 즉, "귀납적 추리에 의존하지 않고 과학을 한다면 과학적 일반화가 참되다는 결론은 절대로 합리적으로 내릴 수 없는 반면, 특정 일반화가 거짓이라는 결론은 내릴 수 있게 된다.(40쪽)"라는 것입니다. 이러한 포퍼의 견해를 '반증주의'라고 합니다. 포퍼의 주장은 일견해서 타당한 것처럼 보이지만 과학이라는 학문 자체가 가지고 있는 불확실성 때문에 다양한 상황을 맞을 수 있다고 르윈스는 말합니다. "과학적인 자세를 지니고 있다는 말은 어떤 경우에는 증거자료에 개방적이고 창의적이고 또 예민해야 한다는 것을 의미한다. 그러나 어떤 경우에 과학자들은 경주마처럼 눈가리개를 하고 있을 때 가장 큰 발전을 이룬다.(68쪽)"라고 한 것을 보면 르윈스는 중간자적인 입장으로 보입니다. 다만 포퍼의 반증주의가 아니더라도 지적설계이론이나 동종요법 이론의 문제점을 지적할 수 있는 비판적 평가방법이 있다고 했습니다.

저자는 토마스 쿤을 포퍼의 대안으로 제시합니다. 일반적으로 포퍼는 과학적 이성주의와 과학적 진보주의를 표방하였고, 쿤은 과학적 사고의 변화가 이성적이라거나, 과학 자체가 진보한다는 생각을 부정한 것으로 알고 있습니다. 하지만 쿤 역시 과학이 진보한다고 생각했을 뿐 아니라 과학이론의 변화가 이성적이라고 여겼다는 점을 저자는 분명하게 합니다. 과학에 대한 쿤의 새로운 철학은 『과학 혁명의 구조』에 담겨 있습니다.

과학사학을 전공한 쿤은 과학이 발전한 과정을 정리하는 과정에서, 새로 개발된 방법에 따라 지금까지 알려져 있지 않던 사실들이 확인되면서 추론에 의하여 세워졌던 이론을 뒷받침하는 경우를 발견했습니다. 하지만 지금까지 통용되던 이론으로는 설명할 수 없는 사실들이 속속 등장하면서 새로운 이론이 자리 잡게 된다는 점도 알게 되었습니다. 지금까지의 과학의 유형으로 설명되지 않는 사실들이 누적되다 보면 새로운 유형으로 전환되어야 합니다. 그 과정은 혁명이라고 부르는 사회현상에 다름이 없다고 생각하고, 이런 현상을 과학혁명이라고 규정한 것입니다.

저자는 '과학이 자연을 있는 그대로 보여주었는가?' 하는 의문에 대하여 '그렇다.'라고 하는 '과학적 실재론'이 옳다고 생각합니다. 과학적 실재론을 정당화하려면 세 가지 작업을 선행해야 한다고도 했습니다. 첫 번째는 과학적 실재론에 대한 가장 강력한 반론인 '미결정성' 이론의 도전을 막아야 하고, 두 번째는 과학적 실재론의 유일한 지지 이론인, '기적은 없다' 논증을 살펴보아야 하며, 세 번째로는 '비관적 귀납'으로 알려진 논증을 정면 반박할 수 있어야 한다는 것 등입니다.

근본적으로는 과학적 실재론자들이 불리할 수밖에 없습니다. 과학사를 돌아보면 과거의 과학이 실패한 사례들이 주류를 이루고 있기 때문입니다. 그렇다면 지금까지의 과학이 틀린 것으로 판명될 수밖에 없습니다. 이 점에 대하여 저자는 과학적 통찰력에 대한 판단 자체가 회고적일 수밖에 없기 때문에 과학적 실재론자가 해결할 문제는 아니라고 주장합니다. 즉, 과학자의 임무는 탐구대상에 대하여 보다 정확한 지식을 제공하는 것이 옳으며, 그 이상을 요구하는 것은 적절하지 않다는 것입니다.

2부에서는 과학이 우리에게 주는 의미를 다각적으로 논의합니다. 그 첫 번째로는 '사전예방의 원칙'입니다. 사전예방의 원칙이 기술발전을 저해하고, '유령 위험'에 대해 과민하게 규제적인 반응을 보이게 만든다고 생각하는 이들도 있습니다. 하지만 건강이나 환경에 잠재적으로 크게 해가 될 수 있는 위험을 다룰 때는 나중에 후회하는 것보다는 안전한 것이 나을 것입니다. 이 점에 대하여 저자는 안전과 관련된 정책을 결정할 때, 근거가 되는 과학적 연구성과에 대한 평가를 책임지고 있는 과학자들이 신중하게 접근해야 한다는 점을 강조합니다.

다윈의 진화론을 토대로 생명윤리 문제를 다루면서 저자는 자연도태를 결정함에 있어 생물은 이타적인가 아니면 이기적인가 하는 의문에 도전합니다. 진화론을 제창한 다윈은 이타주의가 진화에 기여했을 것이라고 설명했습니다. 반면, 리처드 도킨스는 『이기적 유전자』에서 진화론을 설명하기 위하여 어떤 형태로든지의 이기주의가 작용했을 것이라고 설명하였습니다. 그리고 이기주의와 이타주의에 대한 논란을 흥미롭게 전개하였습니다. 사실 저는 도킨스의 『이기적 유전자』를 읽으면서 집단의 특성을 담은 문화적 유전자 밈(meme)이 실재하는 것인가에 대하여 부정적으로 생각했습니다. 밈의 실재에 대한 논란이 활발하게 이루어지고 있어 조만간 정리된 이론이 나올 것 같습니다. 마지막 주제는 인간의 자유의지에 관한 내용인데, 아직까지는 인간의 자유의지로 행동이 결정된다는 입장인 것으로 정리되는 것 같습니다.

과학적 제국주의를 우려하고, 과학의 본질에 대한 의문이 제기되는 것 자체가 과학이 발전하고 있다는 반증이 될 것입니다. 그래서 '가장 중요한 것은 질문하는 것을 멈추지 않는 것이다.'라는 알베르트 아인슈타인의 말이 중요한 의미를 갖는 것이겠지요. 과학철학이 추구하는 목표이기도 합니다. 다만 과학적 연구결과를 해석함에 있어 신중을 기하는 것이 좋겠습니다. 그리고 '과학의 의미는 무엇인가?' 하는 질문은 과학이 혼자서 답변할 수 있는 문제는 아니라고 보았습니다. (라포르시안 2016년 10월 31일)

⑦

슬픈 불멸주의자

(셸던 솔로몬 등, 흐름출판)

쓸쓸하고 찬란하신 불멸주의자

불멸의 존재가 화젯거리가 되고 있습니다. 요즈음도 자주 재방송되는 연속극 「쓸쓸하고 찬란하신(神)도깨비」의 주인공 김신은 고려 말 장군입니다. 환관의 음모로 죽음을 당하고 935년 동안 불멸의 존재로 살아왔습니다. 물론 산 사람이 아니니 불멸을 논할 대상은 아닐 것입니다. 그럼에도 불구하고 자신의 불멸을 끝낼 도깨비신부를 애타게 찾아온 것을 보면 불멸의 존재인 도깨비가 죽음을 그리는 이유가 있을 듯합니다. 필멸의 존재이나 불멸을 꿈꾸었던 진시황이었다면 이런 도깨비를 이해할 수 있었을까요? 물론 연속극이 진행되면서 불멸을 끝내려던 도깨비가 불멸을 끝내줄 수 있는 도깨비신부를 만나고 나서는 오히려 생을 연장하려는 상황이 벌어지기도 합니다.

불멸의 존재가 죽음을 선택한다는 이야기가 몇 가지 있습니다. 호르헤 루이스 보르헤스의 단편집 『알레프』에 실린 첫 번째 단편 「죽지 않는 사람」의 주인공이 불멸의 존재가 됩니다. 그는 로마제국의 디오클레티아누스 황제 휘하의 군단 사령관이었습니다. 이집트에 주둔하고 있을 때, 갠지스 강 너머에서 왔다는 사람을 만났습니다. 세상이 끝나는 서쪽 끝에 가면 영생을 주는 물이 흐르는 강이 있다는 이야기를 그에게 전합니다. 불멸이 가능하다는 사실을 알게 된 그는 '죽지 않는 사람들의 도시'를 찾아 나섭니다. 결국 그 강을 찾아 물을 마시고 불멸의 존재가 되어 세상을 떠돌며 살게 됩니다. 그런 그가 20세기 초 에리트레아 해안의 어느 도시 외곽에 있는 샘물을 마시고 다시 죽는 존재가 되고 말았습니다. 불멸의 존재가 되었던 그가 다시 필멸의 존재로 돌아간 이유는 무엇이었을까요?

죽지 않는 존재와 죽는 존재를 모두 살아본 그는 두 가지 형태의 삶에 대하여 이런 생각을 하게 됩니다. 즉, 죽을 운명의 모든 존재에게는 모든 것이 회복할 수 없고 불안한 가치를 지니나, '죽지 않는 사람'에게는 무한히 반복될 수 있는 일이라는 것입니다. 그렇다면 반복되는 일상이 지겨워 차라리 죽음을 선택할 수도 있겠습니다. 영화「바이센테니얼 맨」에서도 불멸의 존재가 된 인조인간이 사랑하는 여인이 죽음을 맞게 되자 살아갈 의미를 잃고 스스로 죽음을 선택합니다. 그러고 보면 사랑은 죽음까지도 불사하는 위대한 힘을 가진다고 하겠습니다.

불멸의 존재가 필멸을 꿈꿀 수 있을 것이라는 생각은 어쩌면 인간이라는 종의 특성을 잘 나타내고 있는지도 모릅니다. 필멸의 존재가 죽음을 제대로 이해하지 못하고 두려워하기 때문에 불멸을 꿈꾼다면, 불멸의 존재 역시 필멸의 존재처럼 무언가 불편함을 느낄 것입니다. 『슬픈 불멸주의자』의 저자들은 인간이 불멸을 꿈꾸게 된 것은 죽음에 대한 공포 때문이라고 생각합니다. 죽음의 공포는 역설적으로 예술, 종교, 언어, 경제, 과학의 발달을 이끌었다는 '공포관리이론'을 세우고 이를 설명합니다. 이 책을 쓴 셸던 솔로몬, 제프 그린버그, 톰 피진스키 등 세 명의 저자는 1970년대 말에 캔자스 대학에서 실험사회심리학 박사과정에 등록하면서 만났습니다. 인간행동을 지배하는 근본적인 동기를 이해하려는 열망을 공유하였던 것이 계기가 되어 이를 공통의 주제로 연구해 왔습니다. 특히 1980년대 초에 어네스트 베커의 『죽음의 부정』을 만나게 된 것이 '공포관리이론'을 가다듬는 데 결정적인 기회가 되었습니다.

베커는 "인간 행위는 죽음을 부정하고 초월하려는 무의식적인 노력에 의해

결정된다."라고 하였습니다. '인간이라는 존재는 근원적으로 무력하다는 통렬한 인식을 바탕으로 피할 수 없는 죽음에 대한 공포로부터 스스로를 지키기 위하여 덕성과 문화를 연마하기 때문이라는 것입니다. 저자들이 베커의 이론을 바탕으로 '공포관리이론'을 정립하는 과정에서 사회심리학 전공자들로부터 외면을 받기도 했습니다. 그 이유는 사회학, 인류학, 실존철학, 정신분석학 등 다양한 학문 분야의 연구의 영향을 받았다고 했기 때문입니다. 가설은 어느 정도 타당해 보이지만 이론을 뒷받침할 증거가 없다는 것입니다. 즉, 심리학적 증거가 부족하다는 것이었습니다. 30년 가까운 세월이 흐르면서 공포관리이론은 심리학은 물론 타 학문에서도 수많은 연구성과를 올리고 있습니다.

저자들은 '누구나 언젠가는 죽는다.'라는 사실이 가장 고귀한 인간의 행동이나 가장 비도덕적인 인간행동 양쪽 모두의 바탕을 이루는지를 밝히고, 이러한 통찰이 어떻게 개인의 성장과 사회의 진보로 이루어질 수 있는지 고찰하는 것을 이 책의 가장 중요한 목표로 했습니다. 그리고 인류학, 고고학 등 타 학문 분야에서 거둔 연구 성과를 망라하며, 과거와 현재의 구분 없이 관련된 사례라면 그 검토결과를 인용하여 설명합니다.

저자들이 서문에서 요약한 것을 보면, 모두 11개의 장을 3개의 부로 구성하였습니다. 죽음의 공포 관리하기, 사물체계, 자존감-굽히지 않는 용기의 토대 등 3개의 장으로 된 제1부 '공포관리'에서는 공포관리이론의 기본 원리와 공포관리의 양대 기둥이라 할 문화적 세계관과 자존감을 소개합니다. 호모 모르탈리스, 실제 불멸성, 상징적 불멸성 등 3개의 장으로 된 제2부 '세월을 관통하는 죽음'에서는 '우리 선조에게 죽음이라는 문제가 어떻게 발생했는가'와 '그들은 죽음의 문제에 어떻게 대처했는가'라는 질문에 답하고자 고대사를 탐구하였습니다. 인간파괴 해부, 육체와 영혼의 불편한 동행, 가깝고도 먼 죽음, 방패의 틈, 죽음과 함께 살아가기 등 4개의 장으로 된 제3부 '현대의 죽음'에서는 언젠가 죽는다는 암시가 개인 및 대인관계에 미치는 영향을 고찰하고, 아울러 현대 세계를 이해하고 죽음이라는 현실에 대처할 때 이 이론이 의미하는 바를 생각해 보았습니다.

동물도 죽을 때를 안다고 합니다. 그런데 인간이 동물과 다른 점은 죽을 때가 다 되어서 알게 되는 것이 아니라는 것입니다. 인간이 지성을 갖추면서 죽음을 인식하게 되었으며, 그로 인하여 생긴 실존적 공포를 해소하기 위한 방안 마련에 나섰던 것입니다. 바로 문화적 세계관이라는 개념입니다. 종교를 통하여 영혼이 새로운 형태로 환생한다고 믿게 되었습니다. 그리고 인간이 창조한 다양한 문화적 유산은 자손을 통하여 존속함으로써 자신의 존재를 불멸화할 수 있었습니다. 죽음에 대한 공포관리이론의 두 축, 문화적 세계관과 자존감은 언젠가는 죽는다는 사실을 감당할 수 있게 만듭니다. 그런데 실제적 불멸과 상징적 불멸을 이루려면 스스로가 문화 안에서 꼭 필요한 일원이라고 느껴야 한다는 전제가 있습니다. 죽음의 공포를 극복하는 데 있어 자존감이 핵심입니다.

자존감의 개념을 설명하면서 샌프란시스코의 발보아 고등학교에서 시행하고 있는 무료급식의 사례를 인용합니다. 이 학교의 무료급식 대상 학생들 가운데 37%만이 급식을 먹고 있습니다. 나머지 학생들이 급식을 먹지 않는 이유는 자존심 때문입니다. 돈이 있는 아이들은 급식실에서 팔고 있는 피자 같은 음식을 사 먹으면서도 무료급식을 받지 않았습니다. 미국에서 공부할 때, 제 아이들이 다니던 학교에서도 점심을 제공했습니다. 형편이 되는 집에서는 급식비를 내지만 형편이 안 되는 집에서는 급식비를 내지 않았습니다. 그럼에도 구분 없이 점심을 먹을 수 있었습니다. 어느 학생이 급식비를 면제받는지는 선생님들만이 아는 비밀이었기 때문입니다. 우리나라에서 하고 있는 전체 학생 무료급식제도는 잘못 설계된 것입니다. 급식비를 낼 형편이 되는 아이들로부터 급식비를 받아 음식의 질을 높이는 데 사용한다면 급식을 먹지 않은 아이들이 사라질 것이기 때문입니다. 무료급식이라는 허울 좋은 정책이 아니라 질 좋은 급식을 모든 아이들에게 먹일 수 있는 길을 모색해야 할 것입니다.

저자들은 의례, 예술, 신화, 종교 등의 순서로 발전하면서 문화적 세계관이 형성되었다고 설명합니다. 진화과정에서 죽음을 인식하게 된 인간들이 비탄하는 감정을 덜어내기 위한 목적으로 처음 시작한 의례를 초자연적 존재에게 희망사항을 기구하는 형태로 발전시켰을 것입니다. 의례는 노래와 춤으로 시작하였을 것이고, 상황이 어려울 때는 희생물을 바치기도 했을 것입니다. 이어서 예술이 등장하게 되는데, 예술 역시 현실세계를 표현하는 데 그치지 않고 초자연적인 세계의 존재를 구체적 표상으로 보여주게 되었습니다. 이러한 의례와 예술은 신화를 창조하고, 궁극적으로는 종교로 발전시켰습니다. 일부 학자들은 의례, 예술, 신화, 종교 등을 인류의 인지적응 과정이 낳은 불필요한 부산물로 해석하기도 합니다. 하지만 저자들은 "인간의 독창성과 상상력이 낳은 이 산물들은 초기 인류가 '죽음 인식'이라는 인간 고유의 문제에 대응하는 데 반드시 필요했다.(1345쪽)"라고 단언합니다.

실체적 불멸을 추구하기 위한 인간의 노력은 고대나 현대에도 달라진 바가 없습니다. 고대에는 연금술을 통하여 불사약을 만들려고 노력했습니다. 현대에 들어서는 불멸이 가능할 때까지 죽은 자를 냉동시키려는 알코어 생명연장재단의 사례도 있습니다. 현대의학의 발전으로 수명연장이 일부에서 가능해지기는 했지만, 실체적 불멸은 여전히 요원한 수준입니다. 그런가 하면 상징적 불멸은 어느 정도 자리 잡아가고 있습니다. 길가메시 서사에서도 실체적 불멸을 대체할 상징적 불멸을 인식하고 있는 것을 볼 수 있습니다. 자신의 이름을 역사에 남기려는 노력은 다양한 형태로 나타납니다. 군사, 정치, 경제, 과학, 운동, 문학, 예술 분야 등 다양한 분야에서 특출함을 드러내 명성을 얻은 사람들이 있는가 하면, 역설적으로 범죄행위로 이름을 남긴 사람도 있습니다.

히틀러도 그렇고 기원전 356년 그리스 에페소스의 헤로스트라투스(Herostratus) 역시 인류 차원의 범죄 행위를 저지른 것으로 기억합니다. 히틀러는 그렇다고 쳐도 헤로스트라투스는 생소할 수도 있습니다. 그는 단지 자신의 이름을 남기겠다고 하는 욕심 때문에 당대 최고의 건축물로 꼽히던 아르테미스 신전에 불을 지른 청년입니다. 특히 당시 에페소스의 관리들은 헤로스트라투스를 인류의 기억에서 지워야 할 이름으로 결정하였습니다. 그럼에도 불구하고 지금까지도 그의 이름이 전하는 것을 보면 원하는 바를 얻었다고 하겠습니다. 명성에 대한 인간의 욕망은 끝이 없습니다.

심리학적 연구에 따르면 죽음에 대하여 어떻게 인식하는가에 따라 서로 다른 심리학적 방어기제가 작동합니다. 죽음을 의식하는 경우에는 중심방어기제가 활성화됩니다. 죽음이라는 불편한 생각을 억누르거나, 주의를 다른 곳으로 돌리거나, 아니면 죽음이라는 문제를 먼 미래의 일로 미룬다는 것입니다. 그런가 하면 무의식적으로 죽음을 생각하는 경우에는 말단방어기제가 활성화됩니다. 이 경우 죽음이라는 문제와 아무런 논리적, 의미론적 관련이 없다고 합니다. 예를 들면 자신의 문화적 가치를 거부하는 타인을 폄하하거나 자존감을 북돋우려 합니다. 이는 앞서 말씀드렸던 상징적 불멸성을 획득하여 그것이 영원할 것이라는 믿음을 뒷받침하여 죽음의 공포를 약화시키는 것입니다. 일반적으로 중심방어기제와 말단방어기제는 동시에 작동합니다.

스틱스 강에 몸을 담가 어떠한 외력에도 상하지 않는 몸이 된 아킬레우스에게도 약점이 있었습니다. 마찬가지로 빈틈이 없을 듯한 죽음의 공포에도 틈이 있습니다. 죽을 뻔한 적이 있는 사람과 여생이 얼마 남지 않았다고 인정하는 노년층은 물질적 부유함보다는 친밀한 관계를 더 중요하게 여깁니다. 자신이 죽는다는 사실을 덜 두려워하고, 이에 덜 방어적인 태도를 보입니다. 아무리 잘났어도 언젠가는 죽어야 하는 것이 인간의 숙명이라고 한다면 죽음과 함께 최선을 다해 살아가는 방법을 생각해 보아야 하겠습니다. (라포르시안 2017년 1월 9일)

기억이 사라지는 시대

(애비 스미스 럼지, 유노북스)

디지털 정보시대와 기억의 외주화

대학에 다닐 무렵 만든 진료봉사 동아리의 40년 역사를 정리한 적이 있습니다. 처음 동아리를 만들었을 때의 정신을 40년 뒤에 들어온 후배들에게 온전하게 전할 수 있으면 좋겠다는 생각으로 시작한 일입니다. 사물도 세월이 흐르면 변하기 마련인 것처럼 생각도 시대정신에 맞추어 변합니다. 그런 변화과정을 알고 있어야 하지 않을까 싶습니다. 처음 동아리를 만들 때부터 기록을 잘 보관하는 것이 중요하다고 생각했습니다. 학교 사정으로 동아리방을 몇 차례 이전하다 보니 많은 기록들이 사라지고 말았습니다. 옛날에 활동했던 회원들의 기억에 의존하여 역사를 정리해야 하는 상황입니다. 그나마 회원들의 기억이 사라지기 전에 정리를 서둘러야 하겠습니다.

문화사학자이자 디지털 콘텐츠 큐레이터인 애비 스미스 럼지의 『기억이 사라지는 시대』는 이런 저의 생각이 틀리지 않았다는 점을 깨닫게 해주었습니다. '우리가 사라지고 없을 때 전자식 기억은 우리의 미래를 어떻게 바꾸는가'로 이해되는 이 책의 원제목 『When we are no more: How digital memory is shaping our future』에는 전자시대에 사는 우리의 기억이 미래에 어떻게 전해질 것인가에 대한 저자의 통찰을 담았습니다. 특히 전자시대를 맞아 개인 기억의 용량으로는 감당할 수 없을 정도로 정보가 폭주하면서 기억하기를 포기하는 사람들이 늘고 있습니다. 따라서 기억을 어떻게 보존할 것인가는 전자식 인류가 당면한 중요한 과제가 아닐 수 없습니다.

온고지신(溫故知新)이라는 옛말대로 저자 역시 그 답을 과거로부터 구하고 있습니다. 필멸의 운명을 가지고 있는 인간의 기억은 유한할 수밖에 없습니다. 그렇기 때문에 개인의 혹은 집단의 기억을 후세에 전하는 다양한 방법이 개발되었습니다. 이러한 노력은 적어도 인간의 영적 불멸을 이루어낼 수 있었습니다. 인류가 처음 개발한 기억을 후세에 전하는 방법은 구술입니다. 구술방식의 전승은 일단 인간의 기억에 의존합니다. 따라서 구술해 주는 사람을 만날 수 없다면 그 내용을 알 수 없는 등, 구술내용의 정확도 면에서 제한적이었을 것입니다. 이러한 구술의 한계를 극복할 수 있었던 것은 기억의 '외주화'가 가능해지면서입니다. 저자의 표현에 따르면 '외주화'는 지식과 정보를 저장하고 보존하는 기능을 외부 장치에 위탁하는 현상을 말합니다. 초기에는 그림이나 기호로 표시되던 것이 문자를 발명하여 기억을 효율적으로 보존하게 되었습니다.

인류 최초의 기록문화는 기원전 3,000년 남부 메소포타미아를 중심으로 한 수메르 문명이 남긴 것입니다. 그들은 갈대 줄기(스타일로스)를 이용하여 점토판에 설형문자를 새겼습니다. 기원전 2,400년 전 이집트에서는 파피루스를 이용해서 만든 일종의 두루마리 종이를 이용하였습니다. 그리고 그리스에서는 기원전 100년 무렵 양피지를 개발하였습니다.

중국에서는 기원전 1400년 무렵 골편에 기록을 남긴 흔적이 있습니다. 기원전 800년에는 대나무를 잘게 쪼개서 글을 적고 가죽끈으로 이를 묶어 보관하는 죽간이 등장했습니다. 기원전 105년에는 채륜이 종이를 발명하였습니다. 채륜의 종이는 당시 사용되던 제지술을 개량하여 다량생산이 가능한 근대적 방식을 적용했다는 의미로 이해됩니다. 문자의 발명에 이은 종이의 발명은 기억의 외주화에서 이룬 두 번째 혁신이라고 할 수 있습니다.

그리고 세 번째 혁신은 인쇄술의 개발입니다. 금속활자는 우리나라에서 최초로 개발되었습니다만, 금속활자를 이용한 서책의 대량생산에 성공한 구텐베르크의 인쇄술 발명이야말로 기억 외주화의 세 번째 혁명인 것입니다. 전자기술의 발전에 따른 정보저장의 획기적인 확대는 네 번째 혁명입니다.

저자는 전자기록과 인간의 기억의 결합을 운명적인 것으로 보았습니다. 그리고 전자방식이 주도하게 될 미래에 인간의 기억의 의미와 역할이 무엇인지를 생각해 보는 기회가 되기를 희망합니다. 이 책은 저자가 근무하던 의회도서관이 1억 번째 소장품을 들인 것을 기념하여 1997년 개최한 기획전의 산물이라고 합니다. 전시된 물품 가운데 토마스 제퍼슨이 초안을 마련하고 벤저민 프랭클린, 존 애덤스, 로저 셔먼, 로버트 리빙스턴 등이 교정을 본『독립선언문』의 초고가 있었습니다. 평소 같으면 여행에 지쳐 전시물에 별다른 관심을 쏟지 않고 휘적휘적 지나치던 관람객들이 진한 검은색 잉크로 줄을 좍좍 긋고 행간에 휘갈겨 쓴 글씨를 알아보려고 전시물에 집중하는 모습을 저자가 보았습니다. 그때 저자는 전자시대의 미래를 생각하게 되었습니다. 앞으로 50년 아니 200년 뒤에는 무엇을 전시하게 될 것인가, 실체가 없는 전자식 자료로 되어 있는 과거를 미래의 인류에게 어떻게 보여줄 것인가 하는 전시기획자로서의 고민입니다.

이렇게 출발한 전자기억에 대한 다양한 생각들을 책에 담아냈습니다. 그러다 보니 구성이 다소 산만한 듯한 느낌입니다. 저자는 아직도 생각을 구현하기 위한 작은 걸음이며 알 수 없는 미래에 대한 예언서가 아님을 분명하게 합니다. 그저 과거와 미래라는 기억의 새로운 영역을 탐구하는 책으로 생각합니다. 이 책을 읽으면서 인간 기억의 심원한 과거를 돌아보고 우리가 어떻게 이 지점에 도달했는지를 알아볼 수 있습니다. 이렇게 시작하다 보면 기억에 관한 발상의 전환이 어떻게 지식공유를 위한 기술과 맞물려 인간의 잠재력을 확대해 왔는지를 알게 될 것입니다. 그리고 기억의 풍요를 제어하려는 노력을 통하여 우리가 직면하게 될 개인적, 사회적, 문화적 선택을 고민하는 기회가 될 것이라고 하였습니다.

앞서 기억의 '외주화'가 발전해 온 네 가지의 혁명을 말씀드렸습니다. 그 혁명은 외주화된 기억, 즉 정보의 혁명을 주도했던 네 차례의 변곡점을 말합니다. 그 첫 번째는 메소포타미아의 글자 발달입니다. 당시의 글자는 행정과 상업, 수집품의 전문적 관리를 목적으로 했습니다. 두 번째는 고대 그리스의 도서관 발달입니다. 도서관은 지식 그 자체를 위하여 지식을 육성하는 장소였습니다. 세 번째는 르네상스 시기에 일어난 그리스와 로마 문예의 부흥과 금속활자의 발명입니다. 이는 서구가 현대사회로 발돋움하는 데 기여하였습니다. 네 번째는 18세기 계몽운동입니다. 이는 지식을 행위 동사로, 즉 진보하는 것으로 개조하고 국가의 책임으로 정보의 접근성을 보장하는 데까지 확대시켰다는 것입니다.

기억과 '외주화'된 기억, 즉 정보와 관련된 내용을 모두 9개의 장으로 구분한 저자는 첫 번째 장에서 전자 기억시대의 도래에 따른 문제점을 짚었습니다. 과연 전자기록이 인간의 기억을 대체할 수 있을 것인가에 관한 설명입니다. 전자 기억은 개인을 둘러싼 인적, 물적 자원과 쉽게 소통할 수 있다는 장점이 있습니다. 가족, 친구들과 더 빠르게 연결되고 다양한 정보에 쉽게 접근할 수 있게 되었습니다. 반면, 우리는 너무 많은 것이 너무 적은 것 못지않게 해롭다는 것을 알게 되었습니다. 왜곡된 정보를 걸러낼 수 있어야 하고, 폭주하는 정보들 가운데 필요한 것만 선택하는 것도 쉽지 않은 일입니다. 때로는 이런 과정이 번거로워 정보의 취득을 포기하는 경우도 있습니다.

하지만 저자는 매사에 긍정적입니다. 인류문명이 여기에 이를 수 있었던 것처럼 문제를 해결할 방법이 있다는 것입니다. 저자는 전자세계에 적응하는 세 가지 방식을 설명합니다. 첫째, 과거가 미래를 만들어가는 과정에 대해 더 많이 배우며, 둘째, 자연이 스스로를 조직하는 복잡한 과정을 이해하는 과정에서 우리의 자료체계를 조직하고, 셋째, 암기와 검색과 회수에 관한 업무를 우리보다 뛰어난 기계에 위탁하지만, 기계 중심 세계에서의 번영을 위하여 절대적으로 필요한 정서적이고 창의적 역량을 기를 수 있을 것이라고 합니다. 우리가 흔히 오해하고 있습니다만, 인간의 기억은 완벽하지 않습니다. '우리는 세계를 있는 그대로 보지 않고 우리의 마음이 기억으로부터 조립하는 대로 본다'는 것입니다. 엄청난 분량의 전자기억을 검증하여 객관적인 사실로 정제해 낼 수 있을 것이라고 예상합니다.

2장으로부터 5장에 이르기까지 저자는 인류의 기억이 탄생하는 순간으로부터 기억을 보존하는 기술이 발전해 온 단계를 설명합니다. 물론 아담과 이브를 인용한 것은 적절치 않아 보입니다. 저자는 4만 년 전 등장한 호모 사피엔스가 그들의 정신활동을 물리적으로 기록한 것을 기억 외주화의 시작으로 보았습니다. 정교하게 그려진 짐승과 새의 그림이 프랑스, 스페인, 이탈리아, 독일, 인도네시아 등의 동굴 벽에 남아 있습니다. 그 밖에도 조개, 뼈, 금속, 상아 등으로 만든 장신구와 악기, 주물 등도 있습니다.

그리스 시절 만들어진 도서관은 단순하게 책을 보관하던 장소가 아니라 배움과 학문의 전당이었습니다. 즉, 기억의 보관과 확산을 주도하는 중심 역할을 한 것입니다. 그리스 사람들은 실물 도서관 이외에도 기억술을 개발하여 기억의 궁전이라는 가상도서관에 정보를 쌓기도 하였습니다. 그리하여 소크라테스는 역설적으로 문자의 발명이 기억의 죽음으로 이어질 것이라고 경고했습니다. "문자의 발명으로 그것을 배워서 쓰는 사람의 정신에는 망각이 자라날 것이다. 그들은 기억하는 훈련을 하지 않을 것이기 때문이다.(124쪽)" 그럼에도 불구하고 이런 소크라테스의 경고는 기우에 불과하였습니다. 기억을 외주화하지 않았더라면 인간의 생물학적 기억은 작은 규모에 머물 수밖에 없었을 것입니다. 다만 오늘날 전자정보를 검색하는 기술에 의존하여 기억하기를 소홀히 하는 우리 역시 새겨야 하겠습니다.

6장에서 저자는 과학기술의 발달이 가져온 외주 기억의 폭증을 다루었습니다. 지식을 소외시키고 '우리의 외부로' 내보냈기 때문에 생긴 현상입니다. 이에 대하여 저자는, 우리가 자신에 대한 통제력을 내주고 그 대가로 외부 세계에 대한 어마어마한 통제력을 얻어냈다고 설명합니다. 결국 소크라테스가 경고한 도덕적 위험에 직면할 수도 있음입니다. "현대문화 속에서 가장 강력한 가치의 보고는 흔히 도덕 가치의 담론과 거의 연관이 없다고 여겨지는 [과학] 지식이다.(230쪽)"라고 한 역사학자 스티븐 섀핀의 말은 음미해 볼 만합니다.

7장과 8장에서는 기억의 생물학을 설명합니다. 기억이 드러내는 과거가 실제로 경험했던 것과는 다른 경우도 적지 않다는 점을 지적합니다. 또한 감정은 이성을 좌우하기도 하는데, 우리의 뇌가 더 많은 정보를 수용하려고 애를 쓰는 만큼 새로운 정보에 폐쇄적이게 되는 역설이 성립한다는 것입니다. 기억은 경험의 축적이기도 하지만 경험하지 않은 것에 대한 상상의 원동력이기도 합니다. "기억이 세계를 '정확하게 그러하게' 기록한다면 상상은 기억을 핵심적인 '마치 그러한 것처럼'으로 바꾸고, 경험을 추정으로 변형한다.(271쪽)"라는 것입니다. 따라서 기억을 잃는다는 것은 미래를 잃는 것을 의미합니다. 나이가 들면 우리는 상상력보다는 경험에 더 의존하게 되는데, 이는 불확실성을 배제하기 위한 생존전략 때문입니다. 상상하지 않게 되는 자신을 발견한다면 나이가 들었다고 생각해야겠습니다.

마지막 9장은 기억의 새로운 미래를 위한 저자의 조언을 담았습니다. 책을 꽤나 읽고 있는 저도 최근에 실감하게 되는 문제입니다. 기억에 저장되는 정보의 내용보다는 정보가 어디에 저장되어 있고 그것을 찾아내는 방법을 기억하려 애쓰는 경향이 늘고 있다는 것입니다. 옮긴이가 요약한 것처럼 전자시대의 '정보 부풀리기' 속에서 우리는 위기를 맞을 수 있습니다. 따라서 한순간에 날아가 버릴 수 있는 전자기억을 어떻게 관리할 것인가와 그 전자기억의 소유권과 관리의 의무를 누구에게 맡길 것인가 하는 두 가지 과제를 해결해야만 합니다. (라포르시안 2017년 1월 16일)

9

세 길이 만나는 곳

(샐리 비커스, 문학동네)

프로이트가 오이디푸스 신화에서 놓친 건?

그리스신화는 다양한 형식의 유럽예술에 있어 마르지 않는 샘입니다. 시대에 맞추어 끊임없이 재해석한 작품들이 나오고 있으니 말입니다. 하지만 문화적 배경이 다른 탓인지 이해되지 않는 점도 많습니다. 소포클레스의 비극『오이디푸스』와『안티고네』로 이어지는 연작에서도 의문은 꼬리를 물고 이어집니다. 하긴 이런 의문이 새로운 해석을 낳게 하는 것인지도 모릅니다.

오이디푸스 신화를 바탕으로 재해석한 샐리 비커스의 소설『세 길이 만나는 곳』을 소개합니다. 오이디푸스 신화에 대한 속 시원한 답을 기대했지만 오히려 더 많은 의문이 생긴 책 읽기였습니다. 출판사 문학동네가 세계신화총서의 하나로 소개한『세 길이 만나는 곳』은 영국의 늦깎이 작가 샐리 비커스의 소설입니다. 케임브리지 대학에서 영문학을 전공하고 분석심리학을 공부한 작가의 역량을 잘 살린 작품입니다. 책 소개를 통하여 오이디푸스 신화를 재해석한 이야기라고 알았습니다. 막상 첫머리에서 프로이트의 말년이 등장하여 잠시 혼란에 빠졌습니다. 왜 프로이트일까? 아마도 프로이트가 오이디푸스 콤플렉스를 창시한 인연 때문인 듯합니다.

프로이트는 예순일곱이 되던 1923년 구강암을 진단받아 수술을 받았습니다. 이후 16년에 걸쳐 33번의 치료를 받았는데, 마지막에는 라듐치료까지 받았다고 합니다. 그럼에도 불구하고 구강암의 원인이었을 수도 있는 여송연 피우기를 멈추지 않았습니다. 구강암 치료는 수술로 암을 잘 제거하는 것이 중요합니다. 하지만 수술이 제대로 되지 않았거나 환자가 여송연을 계속 피운 탓인지 암이 몇 차례나 재발하였습니다. 그렇다면 림프절에 전이에 관한 기록이 없다고 하더라도 3기 이상이었을 것입니다. 수술과 방사선치료법이 발전하였음에도 구강암환자의 5년 생존율은 수십 년 동안 별로 개선되지 않아 50% 정도에 머물고 있습니다. 3기가 41.3% 그리고 4기의 경우 26.5%에 불과한 것을 보면 프로이트는 장수한 셈입니다.

오이디푸스 신화도 소포클레스를 포함하여 다양한 재해석이 있습니다. 오이디푸스가 아버지 라이오스를 살해하였지만, 스핑크스의 문제를 풀고 테베로 입성하는 것까지만 전하는 신화도 있습니다. 오이디푸스의 비극은 아버지 라이오스가 저지른 잘못 때문에 생겼습니다. 젊은 시절 라이오스는 피사의 펠롭스 왕에게 의탁한 바 있습니다. 그런데 펠롭스의 아들 크리시포스에게 반하여 그를 테베로 데려왔습니다. 크리시포스가 자신의 구애를 거절하자 라이오스는 그를 목 졸라 죽였습니다. 펠롭스는 라이오스를 저주하기를 '너는 네 아들에게 죽임을 당할 것'이라고 한 것이 신탁으로 나타난 것입니다. 그리스 신들이 지나치게 인간사에 개입했던 것 같습니다. 이 또한 인간의 염원이 신을 통하여 이루어진 것 같습니다.

신전에서 신탁을 구하는 과정을 보면 알고자 하는 것을 적어 예물과 함께 신전에 바칩니다. 그리하면 피티아라고 하는 여사제가 신에게 물어 답을 얻었습니다. 피티아는 월계수 아래 앉아서 신탁을 구하는데, 신이 접근하면 월계수의 이파리가 떨린다고 합니다. 문제는 필요한 경우에 조작이 가능하였고 당시 많은 사제들이 타락해 있어, 적당한 뇌물로 원하는 대답을 얻을 수 있었다고 합니다.

『세 길이 만나는 곳』은 프로이트가 구강암으로 처음 치료를 받던 1923년 4월 20일 테이레시아스가 빈에 있는 프로이트의 병실로 찾아오면서 시작됩니다.

테이레시아스는 델포이의 사제이며 오이디푸스 비극의 마지막 장면에 증인으로 나옵니다. 두 차례의 만남 뒤에는 15년을 건너뛰어 1938년 9월 8일 런던의 한 병원에서 재회합니다. 이때부터 본격적으로 오이디푸스 신화를 설명합니다. 주변에 아무도 없는 가운데 만남이 성사되는 것을 보면 꿈속이거나 환상 속의 만남일 가능성도 있습니다. 아무래도 『꿈의 해석』이라는 책을 통하여 정신분석학 틀을 세운 프로이트인 만큼 꿈일 가능성이 높을 것 같습니다. 두 사람의 만남을 통하여 작가는 무엇을 전하려는 것일까요? 장례식 직전의 만남에서 프로이트는 꿈이 무의식적 현실이라고 생각합니다. 하지만 그 현실이 어디에서 시작하는지는 깜깜하다고 고백합니다. 프로이트의 정신분석학 이론에서도 생각할 것이 많을 것 같다는 점을 우회적으로 표현한 것은 아닐까 생각합니다.

　제목에 등장하는 '세 길'은 그리스 포키스 지방에 있습니다. 테베로부터 오던 길이 파르나소스산 부근에서 두 길로 갈라지는 장소입니다. 한쪽은 델포이를 향하여 북서쪽으로 뻗는 가파른 골짜기로 이어지고, 다른 한쪽은 파르나소스산의 기슭을 감싸며 다울리스의 비옥한 평원을 향해 동쪽으로 휘어집니다. 갈라진 길이 등장하게 되니 자연스럽게 프로스트의 시 「가지 않은 길」이 생각납니다. 두 갈래 길에서 어느 쪽인가를 선택해야 하고, 그 선택에 따라 운명이 결정된다는 것입니다. 하지만 '신들의 관점에서 본다면 길은 모두 같고, 모든 길은 결국 누군가에 의해 지나가게 되는 것(46쪽)'이라고 테이레시아스는 전합니다. 그리고 인간들이 숭배하는 신들이 때로는 무의미해 보이는 폭력도 서슴지 않을 뿐 아니라 때로는 부당한 일도 저지른다고 비난합니다. 반면, 프로이트는 '신'이란 건 자연의 부당함을 그럴듯하게 설명하려는 원시적 욕망이 발현된 것에 불과하다고 잘라 말합니다.

　이 부분을 오이디푸스 신화와 비교하여 읽으면, 잘못은 라이오스가 저질렀음에도 불구하고 오이디푸스는 물론 그의 네 자녀까지 저주에 휘말리도록 한 것은 신의 부당한 처사라는 생각이 듭니다. 그런가 하면 오이디푸스의 행동을 원시적 욕망으로 본 프로이트의 해석에 오류가 있을 수도 있습니다. 오이디푸스는 태어나서 불과 3일 만에 어머니 이오카스테의 품에서 떨어져야만 했습니다. 코린토스의 왕 폴리보스와 메로페에 입양되어 성장하게 됩니다. 오이디푸스가 자신과 관련된 신탁을 듣고는 코린토스 왕궁을 떠난 것을 보면 프로이트가 세운 오이디푸스콤플렉스 이론이 기본부터 잘못된 것 아닌가 생각합니다.

오이디푸스 신화에서 중요한 역할을 하는 예언자 테이레시아스의 가정환경에 대한 설명과 그가 라이오스에게 신탁을 전하는 장면에서도 신탁의 오류 가능성을 엿볼 수 있습니다. 테이레시아스는 폭력가정에서 성장하였습니다. 테이레시아스는 아버지가 어머니를 살해하고 정부를 끌어들이자 집을 떠나 델포이로 가서 사제가 되었습니다. 외할머니를 만나기 위하여 테베에 왔다가 델포이로 돌아가는 길에 신탁을 구하러 가는 라이오스를 만납니다. 길을 걷는 테이레시아스에게 라이오스가 지팡이를 휘두르며 욕설을 퍼부었던 것입니다. 라이오스가 신탁을 구한 "만일 내가 자식을 본다면 어떻게 되겠습니까?(83쪽)"라는 질문을 받은 것은 테이레시아스였습니다.

순간 테이레시아스가 뇌리에 떠올린 것은 세 갈래 길에서 만난 라이오스가 폭력을 휘두르는 장면이었습니다. 연상은 자연스럽게 폭력을 당한 젊은이가 지팡이를 빼앗아 마차에 탄 라이오스를 떨어뜨려 죽이는 장면으로 이어졌습니다. 그런 아버지에게서 태어나느니 차라리 태어나지 않는 것이 나을 거라는 직감이 후딱 떠올랐습니다. 그래서 "라이오스 왕이여. 당신은 아들을 얻게 된다. 그리고 아들은 반드시 당신을 죽일 것이다.(84쪽)"라는 말이 튀어나왔습니다. 신탁인 것처럼. 피티아는 곁에 있었지만 격렬하게 떨리는 월계수 가지를 손에 쥔 채 아무 말도 없었습니다.

그런가 하면 청년 오이디푸스가 델포이 신전을 찾아 자신의 운명에 대한 신탁을 구하는 장면도 적절하지 않은 모양새입니다. 즉, 아폴론이 신전을 떠나고 없는 시기라서 피티아가 쉬는 날이었습니다. 그럼에도 불구하고 코린토스 청년 오이디푸스는 신탁을 청했습니다. 피티아는 오이디푸스에게 답을 주지 않고 돌려보내려 했습니다. 오이디푸스가 순응하지 않자 끔찍한 욕설과 저주를 퍼부었습니다. 그것이 피티아의 마지막 날이었습니다. 피티아가 사라진 다음에 테이레시아스는 고향인 테베로 돌아가게 되었습니다. 이 부분은 다소 분명치 않습니다.

라이오스가 델포이에 갔던 이유는 아들에 관한 의문이 아니라 테베의 골칫덩어리 스핑크스에 관한 답을 구하려 했던 것으로 알고 있습니다. 그리고 그에 관한 신탁을 듣고 돌아오는 길에 오이디푸스와 만나 죽임을 당했던 것인데, 신탁의 선후가 다소 모호한 것 같습니다.

라이오스 사후에 집정관에 오른 이오카스테의 남동생 크레온은 스핑크스를 처치한 사람에게 테베의 왕위와 이오카스테와 혼인시킨다고 공표합니다. 이오카스테는 남편 라이오스가 죽고 재혼하면서 아들과 재혼하게 될 것이라는 신탁을 확인해 보지 않은 까닭이 무엇이었을까요? 그것도 네 자녀를 낳을 때까지 말입니다. 물론 생후 3일 된 아들과 헤어졌으니 얼굴로 알아보지 못했을 수도 있습니다. 하지만 신탁을 고려한다면 재혼하지 않았어야 합니다.

그렇다면 라이오스와 이오카스테의 결혼생활에 심각한 문제가 있었을 가능성이 높아 보입니다. 오이디푸스에 관한 신탁이 내려진 이유가 펠롭스의 아들 크리시포스를 살해한 것이었습니다. 그렇다면 라이오스는 미소년에게 더 관심이 많은 남색 취향이었기 때문에 이오카스테는 그런 남편에게 불만을 가졌을 수도 있습니다. 라이오스가 임신을 기피했던 것은 아들이 자신을 죽일 것이라는 신탁을 이미 받아서 알고 있었기 때문일 것 같습니다. 그럼에도 불구하고 라이오스를 술에 취하게 만들고 관계를 맺어 오이디푸스를 낳은 이오카스테의 선택에 주목할 필요가 있습니다. 라이오스가 아들 낳기를 거부하는 바람에 테베의 왕위가 끊어질 위험에 처했던 것입니다. 이를 해결하기 위하여 신탁의 위험을 알면서도 신에 도전한 것이었는지도 모릅니다. 이오카스테는 신탁이 아폴론의 것이 아니라 사제로부터 들은 것으로 알고 있었습니다. 그리고 자식을 바라는 자신의 바람을 거부하려는 라이오스의 핑계로 받아들였다는 것입니다.

테베에 역병이 돌았을 때, 해결방안을 묻기 위하여 델포이에 신탁을 물으러 크레온을 보낸 이유도 의문입니다. 당연히 오이디푸스가 갔어야 하는 것 아닌가요? 델포이의 신탁이 그리 믿을 만한 것이 아니라는 것은 세상 사람들이 다 알았던 것이라면 특히 그렇습니다. 테이레시아스도 그 점을 지적합니다. 오이디푸스 왕이 직접 신탁을 구했더라면 다른 해결책을 들었을 수도 있었고, 같은 해결책을 다르게 들었을 수도 있습니다. 크레온이 가져온 신탁을 확인하는 자리에서 테이레시아스 역시 오래전에 해결된 일을 새삼스럽게 거론하는 것보다는 사태를 내버려두는 것이 좋을 것 같다고 말합니다. 하지만 오이디푸스가 적극적으로 상황을 정리해 나갑니다.

자신의 운명에 관한 신탁을 듣고 코린토스를 떠났던 것처럼, 오이디푸스는 참이 아닌 거짓은 받아들일 수 없는 순수한 인간이었습니다. 그에게는 어머니와 자고 싶거나 아비를 죽여야 할 욕망 같은 것은 애당초 없었습니다. 다만 알려고 하지 말아야 했던 진실을 알려 한 것이 그에게는 비극이었습니다. 오이디푸스는 안락함보다는 진실을 추구하였던 것입니다.

그리스 신과 델포이의 신탁에 대하여 가지고 있던 저의 오해가 풀리는 대목이 있습니다. 신탁에서 도망칠 수는 없지만 신탁과 함께 살아갈 수는 있다는 것입니다. 신탁이 완성되는 것은 죽음에 대한 인간의 치명적인 두려움 때문입니다. 제가 즐겨 보았던 연속극 「쓸쓸하고 찬란하神(신)-도깨비」에서 신은 "운명은 내가 던진 질문이다. 답은 그대들이 찾아라." 하고 말합니다. 오이디푸스는 갈라진 두 개의 길 가운데 하나를 고른 것이 아니라 갈라지기 전의 길로 나아갔던 것입니다. (라포르시안 2017년 1월 23일)

10

로마제국 쇠망사

(에드워드 기번, 민음사)

로마제국은 하루아침에 무너지지 않았다

저는 지금까지 이베리아반도에서 시작하여, 튀르키예, 발칸반도를 거쳐 동유럽까지 이슬람과 기독교 문명이 부딪친 현장을 돌아보면서 역사를 되짚어 보았습니다. 제리 벤틀리는 『고대 세계의 만남』에서 '문명의 충돌'보다는 '문명의 교류'를 이야기하였습니다. 이처럼 두 개의 문명이 늘 적대적 충돌만 일으킨 것은 분명 아닙니다. 충돌이 불가피한 국면에도 교류가 있었을 것이고, 그런 과정에서 서로에게 긍정적인 효과를 가져왔을 것으로 생각합니다.

지중해를 중심으로 하는 이슬람과 기독교 문명의 교류현장을 돌아보면서 곳곳에 남아 있는 방대한 규모의 로마제국의 유적을 볼 수 있었습니다. 여행기를 적으며 그것들을 언급하다 보니 단편적이지만 로마제국의 역사를 귀동냥하게 되었습니다. 자연스럽게 로마제국의 역사를 제대로 공부해 보기로 하였습니다. 에드워드 기번의 『로마제국 쇠망사』를 읽게 된 동기입니다. 모두 6권에 4,150쪽에 달하는 방대한 분량이 부담스러웠지만, 일단 시작을 하면 끝을 볼 수 있다고 생각했습니다. 18세기에 출간된 저작이다 보니 출간 이후에 발견된 역사적 사실 등이 제대로 반영되지 않은 제한이 있습니다. 그럼에도 불구하고 지중해를 아우르던 로마제국이 허망하게 무너지고 말았던 이유를 알 수 있었습니다.

에드워드 기번은 1737년 영국 런던 근처에 있는 퍼트니에서 태어났습니다.

여섯 형제 가운데 유일하게 살아남기는 했지만, 병약했습니다. 하지만 부모의 관심도 별로 받지 못했습니다. 이모의 보살핌으로 독서의 취미와 이성적으로 사고하는 훈련을 받을 수 있어서 다행이었습니다. 특히 호메로스, 호라티우스, 베르길리우스, 테렌티우스 등의 고대 그리스와 로마 고전과 로렌스 리처드의 『로마사』를 포함하는 다양한 역사서를 탐독하면서 미래의 역사가로서의 자질을 쌓아갔습니다. 건강이 회복된 1752년 옥스퍼드 대학의 모들린 칼리지에 입학하였지만 학교생활에 적응하지 못하였습니다. 1년 반 뒤에 스위스 로잔으로 가서 학자로서의 훈련을 제대로 받았습니다.

27세인 1764년 로마를 여행한 기번은 카피톨리누스 언덕에 서서 로마의 폐허를 바라보면서 영감을 얻어 『로마제국 쇠망사』를 구상하였습니다. 1773년 저술을 시작하여 1776년 2월 17일 제1권을 출간하였고, 1787년 마지막 제6권을 탈고하였으니 무려 15년에 걸친 대역사였습니다. 제6권은 그의 51세 생일에 맞추어 1788년 5월 8일 출간되었습니다.

로마제국은 기원전 27년 아우구스투스 황제가 취임하면서 출범하였습니다. 로마제국 이전의 고대 로마는 기원전 753년 로물루스에 의하여 건설되었다는 전설이 내려오지만, 비역사적인 허구라는 것이 정설입니다. 이 무렵 로마의 여러 언덕에 마을들이 들어섰고, 서로 통합되어 가면서 기원전 7세기 무렵 도시국가 형태의 왕국이 성립하게 됩니다. 기원전 500년경에 왕국이 무너지고 귀족과 평민계급이 같이 참여하는 공화정을 세웠습니다. 평민과 귀족들은 투쟁과 타협을 이어가면서도 기원전 272년경에는 이탈리아 반도를 통일하였습니다. 이후 150여 년간의 정복전쟁을 통하여 갈리아, 카르타고 등을 정복하면서 지중해 전역을 제패하였습니다. 기원전 1세기 중반 율리우스 카이사르에 의하여 시작한 삼두정치가 공화정 기틀을 흔들면서 제국 성립의 분위기가 조성되었습니다.

로마제국은 오현제시대(서기 96~180년)에 융성하여 최대의 강역을 이루었습니다. 서기 293년 디오클레티아누스 황제는 효율적 관리를 위하여 제국을 동부와 서부로 나누고 각각 두 명의 황제와 부제가 지배하는 사두체제를 도입하였습니다. 하지만 테오도시우스 1세 사후인 395년 동로마제국(비잔티움제국)과 서로마제국으로 갈라서고 말았습니다. 서로마제국은 476년 게르만족의 오도아케르에 의하여 멸망하였으며, 동로마제국은 1453년 오스만제국에 멸망하였습니다. 서로마제국이 멸망한 가장 큰 이유로 게르만 이주민들의 반란을 꼽는 경향입니다. 하지만 기번은 로마제국의 국력이 쇠퇴하게 된 근본 원인이 복합적이라고 보았습니다.

과거에는 서기 476년 서로마제국의 멸망으로 로마제국의 명운이 다한 것으로 보았습니다. 동로마제국의 정통성을 인정하지 않겠다는 의도였습니다. 하지만 최근에는 고대에서 중세로의 이행이 수 세기에 걸쳐 점진적으로 이루어졌다고 보면서 동로마제국의 존속에 의미를 부여하는 경향입니다. 『로마제국 쇠망사』에서 다루고 있는 로마제국의 쇠망 과정이 동로마제국까지 포함하고 있는 이유입니다. 그럼에도 불구하고 『로마제국 쇠망사』에도 18세기 유럽 역사학자들의 동로마제국에 대한 부정적인 인식의 흔적이 남아 있습니다.

기번은 오현제시대까지의 로마제국을 '위대한 인류의 견고한 구조물'로 비유하였습니다. 세상에 영원한 것은 없다는 평범한 진리처럼 결코 무너질 것 같지 않은 견고한 구조물도 세월의 풍상에는 어쩔 수 없었습니다. 저자는 1453년 동로마제국이 오스만제국에 멸망하기까지 1300여 년에 이르는 장구한 세월이 흐르면서 로마제국이 무너져가던 과정을 크게 세 시기로 구분하였습니다.

첫 번째 시기는 트라야누스 황제와 안토니우스 황제 무렵 시작하여 지금은 가장 세련된 유럽 국가들의 야만적 선조라 할 게르만족과 스키타이인들에게 서로마제국이 전복된 시기까지입니다. 고트족 정복자들이 일으킨 변혁은 대략 6세기경에 완성되었습니다.

두 번째 시기는 유스티니아누스 황제가 동로마제국의 영광을 일시적으로 회복시킨 이후 롬바르드족의 이탈리아 침입과 이슬람 세력이 소아시아에서 아프리카를 지나 이베리아반도까지 침략하던 시기를 포함하여, 서기 800년 게르만의 서로마제국을 건설한 샤를마뉴가 등장한 시기까지입니다. 세 번째 시기는 서로마제국이 부활했던 시기로부터 오스만제국이 콘스탄티노폴리스를 함락하여 동로마제국이 멸망하기까지의 시기로 대략 650년 정도에 이릅니다.

에드워드 기번은 네르바, 트라야누스, 하드리아누스, 안토니누스 피우스 그리고 마르쿠스 아우렐리우스 황제로 이어지는 80여 년의 행복한 시기(서기 98~180년)로부터 4세기 초반 콘스탄티누스 황제가 디오클레티아누스 황제 퇴위 이후 혼돈에 빠진 제국을 추스르기까지의 시대를『로마제국 쇠망사1』에 담았습니다. 황금기를 지나면서 로마제국의 황제들은 근위대의 무력에 기대어 제위를 유지할 수 있었기 때문에 근위대의 기대치에 따라서 황제가 바뀌는 일이 일상적으로 일어났습니다. 로마군단은 속주 혹은 정복지에서도 차출되는 병력의 비중이 컸습니다. 따라서 출신성분이 비천하더라도 군 생활에서 비범한 능력을 발휘하면 황제에 오르기도 했습니다. 군의 기강이 해이해지면서 견고하던 로마제국의 기반이 조금씩 흔들리기 시작했습니다.

마지막 2개의 장에서는 역사학자의 시각으로 본 기독교의 역사를 기술하였습니다. 기독교는 종교에 대하여 포용적이었던 로마제국의 정책, 사후세계에 대한 기대치를 높인 신학적 해석, 그리고 기적과 순교 등을 부풀린 것 등에 힘입어 세력을 빠르게 확산시킬 수 있었습니다. 초기에 기독교가 박해를 받은 것은 우상숭배를 거부하는 신학적 해석에 따라 기독교도들이 로마의 신들을 경배하지 않았기 때문입니다.

『로마제국 쇠망사2』에서는 밀라노칙령을 내려 기독교를 공인한 콘스탄티누스대제가 비잔티움을 새로운 로마의 수도로 공표한 서기 324년부터 훈족에 밀려난 고트족이 로마의 영역에 자리 잡은 서기 395년까지의 시기를 다루었습니다. 주목할 점은 기독교의 공인과 이어 벌어진 삼위일체를 둘러싼 교리 다툼으로 기독교 안에서 다양한 파벌이 갈등하고 대립하는 모습입니다. 기독교가 타

종교에 배타적이라는 사실을 이미 알고 있었지만, 같은 기독교 안에서도 서로 다른 교리를 가진 세력들이 갈등의 수준을 뛰어넘을 정도의 대립을 보였습니다. 즉, 권력을 쥔 쪽이 그렇지 않은 상대를 엄청나게 탄압하였던 것입니다. 저자는 세력을 잃은 쪽이 숨어 권토중래를 노리는 모습을 적나라하게 그렸습니다. 소아시아의 동굴에서 숨어 지냈다는 기독교도들이 로마제국이나 이슬람제국의 탄압이 아니라 기독교의 반대파를 피해서 숨었던 것은 아닐까 하는 생각을 해보았습니다.

『로마제국 쇠망사3』에서는 제국의 변방에 살던 고트족, 반달족 등이 세력을 얻어가는 과정, 아시아에서 이동해 온 훈족의 영향, 그리고 서로마제국의 멸망 등을 다루었습니다. 이 무렵에 로마제국의 황제들은 통치에는 관심이 없고 오직 향락을 탐닉했습니다. 궁정은 물론 속주에 이르기까지 매관매직과 부정이 일상적인 것이 되었습니다. 그럼에도 불구하고 이들의 죄를 물을 엄두를 내지 못할 정도로 국정장악 능력을 상실하고 있었습니다. 저자는 진정한 의미의 로마는 아우구스투스와 콘스탄티누스의 마지막 후계자인 테오도시우스의 죽음과 함께 막을 내렸다고 하였습니다.

『로마제국 쇠망사4』에서는 서로마제국이 멸망한 이후 이탈리아반도를 무대로 벌어진 다양한 민족들의 각축전과 유스티니아누스 황제의 동로마제국의 서방정복운동 등을 다루었습니다. 서로마제국의 멸망 이후 동고트, 프랑크, 롬바르드족, 반달족 등이 이탈리아반도를 차례로 침공하였습니다. 테오도리크 왕이 다스리던 시절 동고트족은 로마를 점령하는 등 기세를 올렸지만 그의 사후 빠르게 무너져 금세 흔적조차 없이 사라졌다는 사실이 흥미롭습니다. 한 나라의 운명은 지도자의 영민함에 달려 있는 것 같습니다. 마지막 장에서는 기독교 내부에서 예수의 성격을 두고 서로 다른 해석을 내놓은 세력들끼리 끔찍할 정도로 갈등을 빚은 역사도 주목할 만합니다. 네스토리우스파, 야고보파, 마론파, 아르메니아파, 콥트파 등으로 갈려진 정황을 설명합니다.

『로마제국 쇠망사5』에서는 프랑크족의 이탈리아 정복에 이은 신성로마제국의 성립과정을 다루는 것으로 시작합니다. 한편 헤라클리우스 황제 이후 비잔틴제국은 끊임없이 강역이 줄어들었습니다. 전성기의 로마제국을 이끌던 강력한 리더십을 가진 황제가 없었습니다. 그저 고만고만한 인물들이 제위를 둘러싸고 권력 싸움이나 벌이는 치졸한 모습을 보였기 때문입니다. 게다가 아라비아반도에서 시작된 이슬람교가 아랍 부족들을 하나로 묶어내면서, 서쪽으로는 아프리카 북부를 거쳐 이베리아반도까지, 동쪽으로는 인도 북부까지 무서운 기세로 강역을 넓혔기 때문에 상대적으로 비잔틴의 영토는 축소될 수밖에 없었습니다.

　『로마제국 쇠망사6』에서는 교황의 주도로 전개된 십자군전쟁의 본질과 십자군이 동로마제국에 미친 영향으로 시작합니다. 이어서 비잔틴제국, 즉 동로마제국의 내부적인 갈등, 몽고제국의 성립과 유럽원정 그리고 티무르의 사마르칸트제국의 성쇠에 이어 오스만제국의 성립, 교황에 의하여 주도된 라틴교회와 비잔틴제국의 동방교회의 통합 논의, 오스만제국에 의한 비잔틴제국의 멸망, 12세기 이후 로마에서 벌어진 교황의 세속지배와 교황청의 아비뇽시대와 로마로 복귀하게 되는 과정을 다루었습니다.

　기번은 긴 논설을 맺으면서 로마제국이 쇠하게 된 것은 1) 군사 전제정치의 무질서, 2) 기독교의 생성과 확립, 3) 콘스탄티노플의 건설과 제국의 분열, 4) 게르만과 스키타이 야만족들의 침략과 정착, 5) 이슬람교의 창시, 6) 교황의 세속 통치, 7) 십자군 원정, 8) 사라센과 튀르크인의 정복 등이 주요 요소였다고 정리합니다. (라포르시안 2017년 2월 6일)

11

공간의 시학

(가스통 바슐라르, 동문선)

바슐라르의 '공간의 시학'

가스통 바슐라르와의 만남은 특별한 인연을 만들었습니다. 2010년 누리망서점 예스24에서 주최한 제4회 예스24 블로그 축제에서 가스통 바슐라르의『촛불의 미학』의 독후감이 선정되어『내 삶의 쉼표』에 실렸습니다. 그런 인연으로『공간의 시학』을 소개합니다.

가스통 바슐라르는 프랑스 철학자이자 문학비평가이며 시인입니다. 특히 과학사와 과학철학을 전공하였습니다. 그는 과학사연구를 통하여 데카르트적 인식론과 비뉴턴적 역학 개념 등을 도출하였습니다. 그 과정에서 객관적 과학 이론의 인식론적 방해물로 개입하는 인간의 꿈과 상상력의 존재, 그 무한 깊이의 힘과 매력을 발견하였습니다. 이어서 그것들을 개성적으로 표현한 문학작품을 두루 읽어가면서 정신분석학적으로 음미하려고 했습니다. "그는 물·불·공기·흙의 4원소에 대한 독자적인 '물질 상상력' 이론을 정립함으로써 프랑스 신비평 분야의 대부로 떠받들어지고 있다."라고 출판사에서는 소개합니다.

바슐라르가 만년에 쓴『공간의 시학』을 번역한 곽광수는 김현과 함께『바슐라르 연구』를 저술할 만큼 바슐라르에 대한 전문가입니다. 이 책의 앞에는 '바슐라르와 상징론사'라는 제목으로 바슐라르에 대한 옮긴이의 글이 실려 있습니다. 19세기 말 프랑스의 평단은 그때까지 주류를 이루던 전기적 비평사조가 물러나면서 정신분석적 비평, 마르크스주의적 비평, 구조주의적 비평, 실존주의적 비평, 주제비평 등 다양한 경향들이 우후죽순처럼 등장하였습니다. 바슐라르의 문학사상은 주제비평의 이론적 근거가 되었습니다.

전기적 비평과 주제비평의 차이점을 곽광수는 이렇게 설명합니다. "전자가 작가의 전기적인 상황에 의해 결정되는 것으로 생각하는 결정론적인 입장인 반면, 후자는 작품을 창조한 작가의 상상력의 독자성을 강조함으로써 작품의 본질을 작가의 전기적인 상황에 초월적인 것으로 여기는 비결정론적 입장이라고 하겠다.(7쪽)" 따라서 바슐라르의 입장은 결정론적인 입장을 취한 정신분석적 비평과 마르크스주의적 비평과 대립적 위치에 있다고 하겠습니다.

『공간의 시학』은 『공기와 꿈』과 함께 바슐라르의 문학사상에서 가장 중요한 저서로 꼽힙니다. 『공간의 시학』에서는 전기적 비평과 정신분석적 비평에 대한 비판이 끊임없이 이어졌습니다. 따라서 이런 구조를 이해하는 것이 『공간의 시학』을 이해하는 데 도움이 될 것입니다. 예를 들면 '정신분석은 자체의 해석을 확고하게 하기 위하여 총체적인 상징체계를 필요로 하기 때문에 몽상과 추억의 뒤섞임의 복잡성에 거의 주목하지 않는 데 반하여, 몽상의 현상학은 기억과 상상의 복합체를 풀어서 분간할 수 있다.(106쪽)'라는 부분입니다.

전기적 비평과 정신분석적 비평에서는 시인이 만들어낸 시적 상징을 삶에서 경험한 특정 요소를 끌어다 설명합니다. 인과성(因果性)의 원리를 적용한다는 것으로, "작가의 생애의 한 요소가 원인이 되어, 그것에 대응되는 작품의 요소, 이 경우 시적 상징이 그 결과로서 나타난다는 것(9쪽)"입니다. 그럼에도 불구하고 어떤 시적 상징에서 감동을 얻는 과정은 작가의 생애에 대한 앎이 없어도 가능하다는 점에서 결정론의 이론적 근거가 취약하다는 것을 알 수 있습니다.

결국 시적 상징을 창조한 작가의 상상력과 그 시적 상징에서 감동을 얻어낸 독자의 상상력은 반드시 일치할 이유가 없는 독자적(獨自的)인 것이라고 바슐라르는 생각했습니다. 시적 상징에 대한 바슐라르의 관념론적 상상력 이론은 세 부분으로 구성됩니다. "첫째는 상상력의 독자적인 작용이 어떻게 외계의 대상의 상징을 변화시키는가를 밝히는 4원소론(四元素論)이고, 둘째는 상상력의 그 독자적인 작용 자체를 밝히는 상징의 현상학이며, 셋째는 상상력의 궁극성을 밝히는 원형론입니다.(10쪽)" 물론 이 셋은 전체로서의 상상 현상을 각각의 측면에서 조망하여 전체를 구성토록 하는 것입니다.

『공간의 시학』의 머리말에서 바슐라르는 과학철학의 근본적 과제를 천착하던 자신이 시적 상상력이 제기하는 문제를 다루면서 취해야 할 기본입장을 설명합니다. 즉, 지금까지의 지식은 물론 지금까지의 철학적 연구습관까지도 버렸다고 말입니다. '오직 시적 상징을 읽는 순간에 상징에 현전(現前), 현전해야 할 따름'이라고 했습니다. 현전(現前)은 1) 현재까지 전해 내려오다, 2) 아주 가까운 장래 또는 지금, 3) 눈에 보이는 가까운 곳, 4) 앞에 나타나 있음 등의 사전적 의미보다는 '보이는 바에 집중해야 한다.'라는 의미로 해석됩니다. 그리고 시의 철학이 있다면, '상징의 새로움에서 오는 법열(法悅) 그 자체 가운데 태어나고 다시 태어나야 하는 것(41쪽)'이라고 주장합니다. 시적 상징은 인과관계와는 반대로 민코프스키가 말한 '울림'이라는 것 가운데서 올바르게 가늠된다고 하였습니다. 울림 속에서 시적 상징은 존재의 소리를 가지는 것입니다.

『공간의 시학』은 모두 열 개의 장으로 구성되었습니다. 마지막 장 '원의 형상학'이라는 제목에서 닫힌 공간에서 안과 밖의 의미를 수렴합니다. 집은 닫힌 공간의 안이며, 세계는 닫힌 공간의 밖이 될 것입니다. 집은 누구에게나 친근하면서도 내밀하고도 사적인 공간입니다. 집을 구성하는 여러 개의 방들과 그 방에 들어 있는 서랍, 상자, 장롱 등의 사물들에 대한 설명으로 이어집니다. 조너선 D. 스펜서의 『마테오리치, 기억의 궁전』에서는 기억술 훈련으로 '궁전짓기'를 소개합니다. 기억의 틀로 궁전을 짓고, 그 궁전 안의 방마다 특정 사물과 연관시켜 기억을 저장하는 방식입니다. 기억의 궁전에 들어서 사물을 만나는 순간 관련된 기억이 떠오르도록 훈련을 하면 많은 사실들을 기억할 수 있습니다.

그런데 바슐라르는 집의 상징에서 기술심리학, 심층심리학, 정신분석 그리고 현상학 등을 통합한 심리적 통합의 원리를 도출해 냅니다. 집은 내부공간의 내밀함의 가치들에 대한 현상학적 연구에 알맞은 존재이기 때문입니다. 흥미로운 것은 그 집안에는 우리들의 추억들뿐 아니라 우리들이 잊어버린 것들도 '숙박되어' 있는 것이라고 했습니다. 우리들의 무의식이 '숙박되어' 있는 것은 우리들의 영혼의 거소(居所)이기 때문입니다. 그리하여 우리는 '집들'을, '방들'을 회상하면서 자신 안에 '머무르기'를 배우는 것입니다. 결과적으로 보면 기억의 궁전을 짓고 그 안에 머물면서 상상력의 날개를 펼치는 것이라고 해도 될 것 같습니다. 바슐라르의 내밀한 공간은 척추동물의 상징인 새들의 거소인 '새집'과 무척추동물의 상징인 조개의 거소인 '조개껍질'로 확장되면서 상상력의 활동범위에 대한 제한을 허물어버립니다.

내밀한 공간에 대한 설명을 마친 바슐라르는 닫힌 공간의 밖, 외부 공간에서 상상력이 어떻게 펼쳐지는가를 살펴봅니다. 내부 공간과 외부 공간의 시학에서의 큼과 작음의 변증법을 '세미(細微)'와 '무한'을 주제로 묘사합니다. 사실 닫힌 공간 밖의 외부 공간의 영역은 무한할 수밖에 없습니다. 상대적으로 내부 공간 영역의 세미함 역시 무한하다는 역설이 성립됩니다. 따라서 두 공간의 크고 작음을 비교한다는 것 자체가 무의미할 수도 있겠습니다. 흔히 편 가름에 익숙해진 우리네 생각으로는 큼과 작음을 대립하는 개념으로 이해할 수도 있습니다. 하지만 바슐라르는 그저 이미지 투사의 두 극으로 다루었을 뿐입니다.

집으로부터 시작된 상징의 현상학을 닫힌 공간의 밖으로 확대시켰던 저자는 안과 밖의 변증법에서 수렴하여 이를 원의 현상학으로 정리합니다. 안과 밖의 변증법을 통하여 열린 상태와 닫힌 상태라는 개념을 도출한 것입니다. 즉, 마지막 장, '원의 현상학'에서 저자는 기하학적 원리에서 벗어나 둥긂의 내밀함이나 둥긂의 상징을 발견한 것입니다. 즉, '원의 현상학'을 통하여 바슐라르는 "은유의 주지성(主知性)을 폭로하고 따라서 다시 한 번 순수한 상상력의 고유한 활동을 드러낼 새로운 기회"를 가질 수 있을 것이라고 생각했습니다.

한 가지 아쉬운 점은 바슐라르가 개별 주제에 맞는 시적 상징을 설명하기 위하여 인용하는 다양한 시의 일부분이나 소설의 내용들이 많은 부분 우리에게 소개되지 않은 작품들이라는 점입니다. 물론 바슐라르의 설명의 흐름을 따라갈 수는 있지만, 깊은 이해를 방해하는 요소였습니다. 특히 시작품의 경우는 전체 시를 읽고 음미해도 그 상징을 떠올리기가 쉬운 일이 아니라는 점에서 더욱 그렇습니다. 그럼에도 불구하고 시적 상상력의 현상학에 대한 저자의 설명으로부터 분명한 느낌이 남는 것도 틀림없는 사실입니다.

저자는 평범해 보이는 상징에 담긴 의미를 전하기 위하여 길게 부연설명을 붙이기도 합니다. 그것은 상징이라는 것이 정적이지 못한 것이라는 점을 강조하기 위함입니다. 바슐라르는 릴케의 『서한선』에 나오는 '오 잠든 집의 불빛이여!'라는 시구(詩句)를 인용합니다. 밤 가운데 먼 지평선에 서 있는 오두막이 밝힌 등불의 상징을 통하여 은신처의 응축된 내밀성을 설명합니다. 하지만 이 시구만으로는 이런 설명이 이해되지 않았을 것입니다. 그래서 바슐라르는 『서한선』의 '내면일기초(內面日記抄)'에 나오는 릴케의 묘사를 인용합니다. 릴케와 두 동행인은 깊은 밤 가운데 '저 멀리 한 오두막집, 마지막의 오두막집, 들판과 늪들을 앞에 두고 지평선에 홀로 있는 오두막집의 불 밝혀진 창문을 발견한다.' 외로워 보이는 불빛을 본 릴케는 '우리들은 그렇게 아무리 가까이 있었어도 소용없었다. 우리들은 처음으로 밤을 보는 고절된 세 사람으로 머물러 있었다.(120쪽)' 이쯤 되어서야 책 읽는 이는 '우리들은 고독에, 외로운 집의 시선에 최면당하는 것이다.'라는 바슐라르의 설명에 공감하게 됩니다.

바슐라르를 전공한 옮긴이는 10여 년 매달려 번역을 마치고는 머리를 내흔들었다고 하였습니다. 이를 보면 번역도 어려운 만큼 내용을 이해하기도 쉽지 않은 책 읽기였습니다. 그럼에도 불구하고 시적 상징의 의미에 눈을 뜨는 기회가 되었습니다. (라포르시안 2017년 2월 20일)

보르헤스, 문학을 말하다

(호르헤 루이스 보르헤스, 르네상스)

30년 만에 빛을 본 보르헤스의 목소리

단편집 『픽션들』과 『알레프』로 호르헤 루이스 보르헤스를 처음 만났습니다. 동서고금을 종횡무진 넘나드는 그의 작품을 이해하는 것이 쉽지는 않습니다. 그래도 환상적인 분위기 때문인지 읽어가면서 생각이 많아집니다.

호르헤 프란시스코 이시도로 루이스 보르헤스(Jorge Francisco Isidoro Luis Borges)라는 긴 이름을 가진 보르헤스는 아르헨티나의 소설가이자 시인이며 평론가입니다. '20세기 세계문학의 지배자'라는 평가가 있을 만큼 현대문학에서의 그의 위치는 절대적입니다. 시인으로 출발하였지만, 기호학, 해체주의, 환상적 사실주의, 후기 구조주의를 섭렵하고, 탈근대주의(postmodernism)를 여는 역할을 했습니다. 그는 어학에도 뛰어나서 모국어인 스페인어 외에도 영어, 라틴어, 프랑스어 그리고 독일어 등 5개 국어를 능란하게 사용할 수 있었습니다. 실제로 하버드 대학의 강연에서 호메로스의 시를 현대 영어와 9세기의 고대 영어로 낭송한 바 있습니다. 각각의 시를 우리말 번역과 함께 보면 다음과 같습니다.

"눈은 북쪽에서 날아오고, 서리는 들판을 묶으며, 가장 차디찬 낱알, 싸락눈은 땅에 떨어진다."

"It snowed from the north, rime bound the fields, heil fell on earth, the coldest seeds."

"Norþan sniwde hrim hrusan bond hægl feol on eorþan corna caldast."

영어는 그런대로 의미를 알 듯도 합니다만, 9세기 영어는 어떻게 읽어야 하는지, 어떤 의미인지 전혀 감이 오지 않습니다. 나무위키에서는 "보르헤스는 착상을 서술한 책이 있거나 역사적 사실이 있다고 거짓말을 한 후 그 사실과 책, 인물에 대해 평을 하는 식으로 적는다. 그 사실과 인물, 책을 추적해 가는 과정은 추리소설의 모습을 어느 정도 닮아 있다. 그리고 서술이 핵심에 닿을 때쯤이면 어김없이 문장을 끝내 문장과 서술, 상상의 갈증을 표현한다."라고 보르헤스 작품의 얼개를 설명하였습니다. 그리고 "보르헤스의 작품들을 처음 읽었을 때 마치 경이로운 현관에 서 있는 것 같았는데 둘러보니 집이 없었다."라는 블라디미르 나보코프의 평을 인용하였습니다. 보르헤스의 작품을 읽다가 마무리 부분에 이르면 황당한 느낌이 드는 것도 사실입니다. 하지만 본격적인 상상은 그때부터 시작되는 셈이니 보르헤스는 그의 작품을 읽는 독자들이 상상의 나래를 펼칠 수 있도록 안내하는 역할을 한 셈이 아닐까요?

『보르헤스, 문학을 말하다』는 '보르헤스의 문학, 취향 그리고 그 자신에 대한 입문서'라고 하는 출판사의 설명처럼, 어렵다고 하는 보르헤스의 작품을 이해하는 데 도움을 얻을 수 있을까 하는 기대를 가지고 읽었습니다. 이 책의 내용은 기대를 가지고 읽었습니다. 이 책의 내용은 1960년대 말 보르헤스가 하버드 대학교의 노턴강연에서 가졌던 여섯 차례의 특강을 녹취하여 편집한 것입니다. 그 시대의 젊은이들에게 들려준 이야기인 만큼 어렵지는 않을 것이라는 기대도 있었습니다. 1967년 10월 24일 시작된 강연은 12월을 거르고 매달 한 차례씩 열려 1968년 4월 10일에 마무리되었습니다. 하지만 강연의 녹음테이프는 도서관 어딘가에 30년이 넘게 감춰져 있었습니다. 그러다가 2000년에서야 다시 발견되어 빛을 보게 되었습니다.

『보르헤스, 문학을 말하다』는 강연의 제목을 따온 여섯 개의 장과 함께 이 책의 편집을 맡은 칼란-안드레이 미하일레스쿠의 해설을 담은 '이런저런 다방면의 기교에 관하여'를 뒤에 붙여 구성하였습니다. 그녀는 보르헤스의 강연 주제를 다음과 같이 요약하였습니다. "첫 강연 '시라는 수수께끼'는 시의 존재론적 위상을 다루고 있으며, 둘째 강연 '은유'는 수 세기에 걸쳐 시인들이 동일한 은유 유형들을 되풀이하여 사용해 왔던 방식을 논하는데, 그 유형들은 12개의 '본질적인 유사 형태들'로 환원시킬 수 있으며, 그 나머지들은 놀라게 하려고 설계되었을 뿐이므로 그 생명이 짧다고 보르헤스는 암시한다. 서사시를 다룬 셋째 강연 '이야기하기'에서, 보르헤스는 서사시에 대한 현대 세계의 무관심을 논평하고, 소설의 죽음에 대해 숙고하며, 현대의 인간 조건이 소설의 이념에 반영된 방식을 검토한다. 넷째 강연 '시 번역'은 시 번역에 대한 전문적 고찰이며, 다섯째 강연 '사고와 시'는 문학의 위상에 대해 이론적이라기보다는 수필가적인 태도로써 실증해 준다. 마법적이며 음악적인 진실이 이성의 안정된 허구들보다 더욱 강력하다는 입장을 견지하면서, 보르헤스는 시의 의미는 맹목적 숭배물이며, 강력한 은유들은 의미를 강화하기보다는 해석학적 틀을 불안정하게 한다고 주장한다. 마지막으로 여섯째 강연 '한 시인의 신조'는 그가 '인생 여정의 한가운데에서' 작성한 고백적 글이며 일종의 문학적 유서이다. (191~192쪽)"

『픽션들』에 담긴 단편 「기억의 천재 푸네스」의 주인공처럼 보르헤스의 기억력은 아주 비상했습니다. 어릴 때부터 할아버지의 도서관에 틀어박혀 책 읽기를 좋아했습니다. 평생을 도서관 사서로 일한 탓에 30대 후반부터 시력을 잃기 시작한 그는 말년에 시력을 완벽하게 잃고 말았습니다. 그래도 책 읽기 때문에 시력을 잃었다고 보아야 할 것인가는 논외로 해야 하지 않을까요? 어떻든 그의 뛰어난 기억력은 떨어진 시력을 보완하기에 충분했습니다. 원고를 써도 읽을 수가 없었기 때문에 보르헤스는 여섯 차례의 노턴 강연을 원고 없이 기억력에만 의존하여 치렀습니다. 즉, 강연이 주제에 대한 그의 생각만을 전하는 것이 아니라, 호메로스, 베르길리우스, 『베어울프』, 『고대 북구 시가집』, 『아라비안나이트』, 『쿠란』 그리고 『성경』 등의 고전으로부터 라블레, 세르반테스, 셰익스피어, 키츠, 하이네, 포, 스티븐슨, 휘트먼, 조이스 그리고 그 자신의 작품에 이르기까지 수많은 작품들에서 이끌어낸 인용문을 예로 들어가며 자신의 생각을 설명하였다니, 그의 기억력이 놀랍다는 것입니다.

앞서 이 책을 선택하면서 보르헤스에 대한 이해를 높여볼 수 있겠다는 기대를 가졌다는 말씀을 드렸습니다. 사실은 그 기대를 얼마나 채울 수 있었는지 단적으로 말씀드리기는 어렵습니다. 청중의 이런 기대를 의식했음인지, 보르헤스는 "맨 먼저, 여러분이 제 강연에서 무엇을 기대할 것인가, 또는 오히려 무엇을 기대하지 말아야 할 것인가에 관해 명확히 알려드리고 싶습니다.(9쪽)"라고 말문을 열었습니다. 그러고는 "저는 제 인생의 대부분을 문학에 바쳐왔는데도, 여러분에게 의혹만을 제공할 수 있을 따름입니다.(10쪽)"라고 겸손을 차렸습니다. 하지만 의혹을 가진다는 것은 곧 생각을 하게 만들고 결국은 답을 얻을 수 있게 될 터이니 바람직한 일이 아닐까 싶습니다.

사실 저는 시(詩)가 참 어렵다는 생각을 버리지 못하고 있습니다. 하지만 시를 제대로 이해해 보려는 노력도 별로 해보지 않았던 것 같습니다. 그런데 보르헤스는 시집에 적혀 있는 시는 그저 죽은 상징에 불과하지만 "적절한 독자가 그 책을 펼치노라면, 언어 또는 오히려 언어 너머에 있는 시는 살아나게 되고, 우리는 언어의 부활을 봅니다."라고 설명합니다. 그리고 읽을 때마다 새로운 경험이 발생하게 되는 것이 바로 시라고 했습니다. 이 이야기를 하려고 보르헤스는 '사과의 맛은 사과 자체에 있지 않고 먹는 사람의 입 안에도 없다.'라고 한 버클리 주교의 말을 인용합니다. 그럼 사과의 맛은 어디에 있는 것일까요? 보르헤스는 사과의 맛은 사과와 그것을 먹는 사람 사이의 접촉을 통하여 인식하게 되는 것이라고 설명합니다. 즉, 시의 의미도 시를 읽는 행위를 통하여 인식하는 것이기 때문에 읽을 때마다 다른 느낌을 얻을 수 있는 것입니다.

두 번째 강연 '은유'에서 '장자는 자신이 나비였던 꿈을 꾸었는데, 깨고 나서, 자신이 나비였던 것을 꿈꾸었던 사람인지 아니면 자신이 사람이라고 지금 꿈꾸고 있는 나비인지 헷갈린다.(45쪽)'라고 장자의 호접지몽(胡蝶之夢)을 정확하게 설명합니다. 그리고 '이 은유가 세상에서 가장 훌륭한 것'이라고 이야기하는 것을 읽으면서 그의 앎의 깊이에 새삼 감탄하게 됩니다. 보르헤스는 은유의 전망이 아주 밝다고 하였습니다. 그럼에도 현실은 그렇지 않은 듯합니다. 요즈음 젊은이들은 직설적인 것을 좋아하는 탓인지 은유법을 쓰거나 우회적으로 표현하면 무슨 이야기인지 이해하지 못하는 경향이 있는 것 같아 은유의 전망이 어두울 듯합니다.

세 번째 강연 '이야기하기'는 건너뛰고, 네 번째 강연 '시 번역'으로 넘어가겠습니다. 앞서도 호메로스의 시를 예로 들었습니다만, 외국어를 우리말로 옮기는 일은 정말 지난한 일입니다. 보르헤스의 작품을 우리말로 옮기는 일은 정말 어렵다고 합니다. 보르헤스 역시 영미문학작품을 스페인어로 번역하여 자국에 많이 소개하였습니다. 그럼에도 불구하고 "번역은 반역이다.(Ttraduttore, traditore)"라는 이탈리아 경구(警句)를 인용합니다. 외국어 작품을 우리말로 읽을 때 의역된 작품이 나은지, 아니면 직역된 작품이 나은지는, 쉽게 결론을 내기 어렵습니다. 결국 제가 전에 일하던 직장에서 좋아하는 표현, '사례별로 판단하는 것이 좋겠다'는 생각입니다. 특히 보르헤스가 매슈 아널드를 인용하여 '직역은 기이함과 어색함을 자아낼 뿐만 아니라, 신기함과 아름다움을 자아내기도 한다'는 점을 기억해 두면 좋을 것 같습니다. 그리고 직역이라는 개념이 성경의 번역으로부터 나왔다는 보르헤스의 생각도 참고하면 되겠습니다.

다섯째 강연 '사고와 시'에서는 시를 쓰는 방법이 눈길을 끌었습니다. 보르헤스는 평범한 문체와 정교한 문체로 시를 쓰는 두 가지 방법이 있다고 일반적으로 말하는 것이 잘못된 것이라고 말합니다. 중요하고 의미심장한 것은 문체가 평범한가, 정교한가에 있지 않고, 시가 살아 있느냐 아니면 죽었느냐에 있다는 것입니다. 그리고 한 작가를 읽을 때, 그 작가를 믿어야 하는 것이 필수적이라고 강조합니다. 『돈키호테』의 예를 든 보르헤스는, 돈키호테가 벌인 모험의 일부가 과장되었을 것으로 생각합니다. 그럼에도 불구하고 돈키호테 그 자신을 믿는다는 것입니다. 아마도 돈키호테의 모험의 일부는 책 읽는 이의 관심을 끌어들이기 위한 장치로서 다소 부풀려졌을 수도 있겠으나, 돈키호테의 성품 자체는 신뢰할 수 있겠다는 생각이 아닐까 싶습니다. 보르헤스가 마지막 강연에서 이 점을 다시 짚고 있는 것을 보면 책 읽는 이로서 갖추어야 할 덕목을 다시 생각하는 기회였습니다.

마지막 강연 '한 시인의 신조'는 보르헤스의 문학적 삶에 대한 진술한 자백입니다. 작품활동 초창기만 해도 화려한 문체를 구사하면서도 자신의 생각이 천박하다고 남들로부터 경멸을 받지 않을까 생각했습니다. 그것이 허영심의 발로일 것이라고 인식했기 때문입니다. 하지만 무언가를 쓸 때, 그것을 사실적으로 충실한 것이라기보다는 더 깊은 무언가에 충실한 것을 담아내려 노력하게 되었습니다. 무언가를 쓰는 이유는 어쨌건 그것을 믿기 때문이라는 경지에 이른 것입니다. '사람들이 단순한 역사를 믿는 것처럼이 아니라, 오히려 사람들이 꿈이나 생각을 믿는 것처럼 말입니다.(153쪽)'

젊었을 적에는 표현을 믿었지만, 이제는 자신이 전달하려고 하는 것을 생각하고, 그것을 망치지 않으려고 최선을 다했습니다. 독자도 그 자신도 생각하지 않고서 말입니다. 표현을 믿지 않고 암시만을 믿는다는 결론에 이르렀다고 했습니다. 이런 생각들은 시인으로서의 특별한 신조라고까지 할 것은 아니라고, 즉 자신은 시인으로서의 신조 같은 것은 가지고 있지 않다는 점을 강조하는 것으로 강연을 마무리하였습니다. (라포르시안 2017년 2월 27일)

⬡13

리씽크

(스티븐 풀, 쌤앤파커스)

최초로 '손 씻기'를 주장한 의사는 놀림을 당했다

우리나라에도 다녀간 바 있는 닉 부이치치(Nick Vujicic)는 자신의 지체장애를 딛고 일어섰을 뿐 아니라 타인에게도 희망을 심어주는 설교사이자 동기부여 연설가입니다. 그는 유전질환인 해표지증(海豹肢症, phocomelia)이라고 하는 테트라-아멜리아 증후군(Tetra-amelia syndrome)을 가지고 태어났습니다. 우리말로는 바다표범손발증이라고 하는 이 질환은 양쪽 팔 또는 다리가 없거나, 있어도 불완전한 선천성 기형입니다.

지금은 드물게 나타납니다만 해표지증이 세계인의 주목을 받는 사건이 있었습니다. 바로 탈리도마이드 약화사고입니다. 1957년 독일의 제약사 그루넨탈(Grunenthal)이 개발한 탈리도마이드(Thalidomide)는 뛰어난 진통, 진정효과를 보였습니다. 반면, 동물시험에서 많은 양을 써도 독성이 거의 없는 것으로 나타났고, 별다른 부작용도 없는 '기적의 약'이었습니다. 특히 임산부의 입덧에 잘 들어서 처방전 없이 사용할 수 있었습니다.

그런데 발매 이듬해부터 해표지증을 가진 기형아출산이 늘었고, 1961년 11월 독일의 한 신문이 탈리도마이드가 기형아출산과 관련이 있다는 기사를 내면서 결국 시장에서 철수하고 말았습니다. 철수 전까지 이 약은 유럽과 아프리카, 일본을 포함해서 40여 개 국가에서 사용되었고, 그 사이에 탈리도마이드 복용과 관련된 기형아 수는 10,000명이 넘었습니다. 미국에서는 탈리도마이드 관련 기형아가 크게 문제 되지 않았습니다. 식약국(FDA)의 프랜시스 올드햄 켈시(Frances Oldham Kelsey) 심사관 때문입니다. 심사과정에서 안전성에 문제가 있음을 발견하고 보완을 요구하는 바람에 시판허가를 받지 못했기 때문입니다. 특히 국민보건과 직결된 사안에서는 산업을 고려한 규제철폐보다는, 엄격한 심사기준을 지키는 것이 얼마나 중요한지를 단적으로 보여주는 사례입니다.

더욱 놀라운 점은 시장에서 퇴출된 탈리도마이드를 다시 사용할 수 있게 되었다는 사실입니다. 1964년 이스라엘의 한 대학병원에서 심한 피부 통증을 호소하는 남성 한센병 환자에게 탈리도마이드를 처방하여 증상을 극적으로 개선한 바 있습니다. 이를 계기로 탈리도마이드의 항염증 치료효과가 재발견되었고, 한센병 환자의 합병증 치료제로 FDA의 허가를 받게 된 것입니다. 탈리도마이드가 혈관생성을 억제하는 작용을 한다는 사실이 밝혀졌고, 탈리도마이드로 인한 해표지증은 입덧이 심한 임신 초기 태아의 팔과 다리가 만들어지는 과정에 탈리도마이드를 복용한 것이 문제가 되었던 것으로 알려졌습니다. 탈리도마이드의 혈관생성 억제효과는 항암제 개발로 이어졌고, 2006년에는 셀젠(Celgene)사에서 다발성 골수종 치료제로 FDA의 허가를 얻었습니다. 저주받은 약, 탈리도마이드가 화려하게 부활하게 된 것입니다.

탈리도마이드 사건에서 우리가 배울 점은 규제철폐가 능사가 아니라는 것과 용도폐기된 약품도 다른 관점에서 본다면 각광받는 신약이 될 수 있다는 것입니다. 바로 두 번째 배울 점에 관한 이야기를 다룬 『리씽크』를 『양기화의 BOOK소리-외전』의 마지막 작품으로 소개합니다. 영국 출신 언론인 스티븐 풀은 「재발견의 시대」라는 제목의 서문에서 '제때를 만난 생각'들을 다루었습니다. 이 생각들은 수백 년, 심지어는 수천 년 전에 태동한 것도 있습니다. 누군가에 의하여 조명을 받기 전까지는 잊히거나 심지어는 조롱당하기까지 했습니다. 저자가 인용하고 있는 '리씽크(rethink)의 의미'는 '1) 어떤 생각을 다시하다. 재고하다, 2) 생각하는 방식을 달리하다'입니다. 혁신을 이끄는 창의적 사고를 의미합니다. '창의성은 종종 다른 영역에 속하는 기존 생각들을 통합하는 능력으로 정의된다.(7쪽)'라는 저자의 생각은 '통섭'이라는 단어의 의미에 부합합니다. 저자 역시 다양한 학문의 경계를 능수능란하게 넘나들어 '통섭의 천재'라는 칭호를 받고 있습니다.

『리씽크』에서 발견한 또 다른 흥미로운 점은 이 책이 헤겔철학에 기초하고 있다는 것입니다. 헤겔이 인간 사유의 산물 자체, 즉 '개념(Idee)'을 일종의 논리적 범주로서 스스로 운동하는 것으로 이해하였던 것처럼, 저자 역시 "생각의 세계는 움직이는 표적과 같다. 생각이 상어처럼 살아 있으려면 계속 움직여야 한다. 생각은 어떤 대상인 동시에 과정이다. 계속 재고하지 않는다면 제대로 사고하는 것이 아니다.(18쪽)"라고 말합니다. 그뿐만 아니라 3부로 된 이 책의 1부의 '명제'에서는 오래된 생각이 가진 잠재적 힘을 논하고, 2부 '반명제'에서는 모든 생각이 이전에 존재했던 것은 아니라고 말합니다. 물론 완전히 새롭게 보이는 생각이라고 해도 과거의 요소를 포함한다는 한계를 분명히 합니다. 3부 '예측'에서는 잊힌 생각 가운데 써먹을 만한 것을 어떻게 발견할 수 있는가 하는 것을 논합니다. 정반합(正反合)의 개념으로 정형화된 헤겔의 변증법을 인용한 것으로 보입니다. 사물은 본질적으로 끊임없는 변화 과정에 있는데, 변화의 원인이 내부적인 자기부정, 즉 모순에 있다는 변증법적 설명이야말로 저자의 생각에 부합합니다.

제1부 '명제'를 읽다 보면 '옛것'이라고 하면 무조건 금기시하는 우리 사회의 의식구조를 떠올립니다. 이를 뜯어고치지 않으면 한 치 앞을 내다보기 어려울 정도로 치열한 경쟁에서 살아남을 수 없겠습니다. 일찍이 온고지신(溫故知新)을 말한 선현들의 심오함을 잊어서는 안 되겠습니다. '옛것의 충격'이라는 제목으로 '명제' 편을 시작한 저자는 2001년 시작된 아프가니스탄전쟁에서 미군이 기마대를 운용하게 된 뒷이야기를 소개합니다. 위성전화와 레이저로 폭탄투하

를 유도하는 현대전에서 기마대가 왜 필요한가 하는 의문이 들 것입니다. 하지만 아프가니스탄의 전투현장을 떠올릴 수 있다면 충분히 이해할 수 있습니다. 베트남전쟁의 수렁에서 겨우 몸을 빼낸 미군이 19세기의 전쟁이론가 카를 폰 클라우제비츠의 전쟁이론에 눈을 돌렸습니다. 그의 『전쟁론』은 미완성이었습니다. 그래서 이라크전쟁에 이르러서야 '현지 사람들의 감정과 생각을 바꿔야 한다'는 값비싼 교훈을 얻게 되었습니다.

옛 생각이 폐기된 것은 기술적 제한이 있었다거나 하는 등, 당시의 상황에 부합되지 않았기 때문입니다. 위키백과는 다윈이 『동물학』(1796)에 '모든 온혈동물은 자신의 일부를 변형하는 힘을 갖고 있고, 이렇게 개량된 형질은 자손에게 이어진다.'라고 기록했다고 적었습니다. 그리고 라마르크는 『철학적 동물학』(1809)에서 "동물들은 일생 동안 자신의 필요에 의해 특정 형질을 발달시키며 이를 자손에게 물려준다."라고 적어 다윈의 학설을 이어받았다고 정리하였습니다. 하지만 『리씽크』의 저자는 라마르크의 진화론이 다윈보다 앞선 것이라면서 라마르크의 불운을 안타까워합니다. 다윈의 자연선택설은 20세기 들어 발전한 유전학의 설명에 힘입어 진화의 핵심이론이 되었고, 라마르크의 용불용설은 용도폐기 되었습니다. 하지만 최근 유전자의 발현과정에 후천적 요인이 작용하여 유전될 수 있다는 후성유전학이 발전해 감에 따라서 라마르크의 용불용설이 힘을 얻고 있습니다.

엄청난 발견을 했음에도 지독한 편견 때문에 인정받지 못한 불운한 의사 제멜바이스의 사례도 있습니다. 19세기 말 비엔나 종합병원의 산부인과에서 근무하던 이그나즈 제멜바이스는 당시 치사율이 높던 산욕열의 원인을 발견하고 예방대책을 마련하였습니다. 물론 당시만 해도 세균의 존재를 알지 못했습니다. 하지만 제멜바이스는 의대교육이 이루어지는 산과병동과 조산사교육만 이루어지는 산과병동 간에 산욕열의 발병비율에서 현저한 차이가 있음을 발견하였습니다. 의대교육이 이루어지던 산과병동에서는 산욕열로 사망한 산모의 부검을 마친 의사와 의대생들이 그대로 병동으로 와서 산모를 진찰하고 있었습니다. 제멜바이스는 부검을 마치고 병동에서 산모를 진찰할 때 소독제로 손을 씻도록 하자 산욕열이 경이롭게 감소하더라는 사실을 발견했습니다. 제멜바이스는 이 사실을 널리 알리고자 하였지만, 기존의 산과 학계가 외면했습니다. 제멜바이스 이론의 결정적 취약점은 세균의 존재를 알지 못했다는 것입니다. 문제해결을 위하여 결정적 취약점을 해체하는 방법을 찾아낸다면 과거에 용도폐기 된 기막힌 생각을 오늘에 되살릴 수 있습니다. 『리씽크』가 그 길의 안내자입니다.

2부 '반명제'에서는 모든 생각이 이전에 존재했던 것이 아니라는 점을 설파합니다. 16세기 후반 들어 수리천문학이 발전하고 새로운 과학적 도구들이 발명되면서 고전시대부터 전해 온 명제들이 모두 옳다는 생각이 흔들리기 시작했습니다. 사실 고대의 권위에 매몰되어 새로운 생각을 시도조차 하지 않거나 새로운 이론을 낸 사람조차도 미친 사람 취급을 받았습니다. 예를 들면, 베살리우스(Andreas Vesalius, 1514~1564)의 명저 『인체 구조에 관하여(De Humani Corporis Fabrica)』가 나오기 전까지는 갈레노스의 해부학이 절대적이었습니다. 클라우디오스 갈레노스(129~199?)가 해부학의 이론을 정리할 때만 해도 인체 해부는 금기사항이었습니다. 따라서 동물해부를 통하여 얻은 지식이 전부였습니다. 유럽에서 인체해부가 가능해진 것은 12세기 들어서였고, 인체해부의 오랜 성과를 베살리우스가 집대성하여 갈레노스 해부학의 아성을 무너뜨린 것입니다.

유럽의 지성들이 고대의 권위에 기대는 분위기는 오래도록 이어졌습니다. 아이작 뉴턴은 만유인력을 발견하여 고전역학의 기반을 세우고, 미적분학의 발전에 기여하여 인류 역사상 가장 영향력 있는 사람들 가운데 1명으로 꼽힙니다. 뉴턴조차도 "내가 더 멀리 볼 수 있었던 것은 거인들의 어깨 위에 올라서 있었기 때문이다."라는 말로 자신의 업적에 겸양을 표시하였습니다. 여기서 거인은 그리스에까지 거슬러 가는 선대 학자들을 의미합니다. 토마스 쿤과 함께 과학

사회학의 토대를 마련한 로버트 머튼이 『거인의 어깨 위에서』에서 밝힌 이 말의 근원은 1130년에 "우리는 거인들의 어깨 위에 올라선 난쟁이들과 같기 때문에 고대인들보다 더 많이 그리고 더 멀리 볼 수 있다."라고 한 사르트르학파의 베르나르에 이릅니다.

저자는 망원경, 컴퓨터처럼 태양 아래 새로운 것이 등장할 수 있다고 말하면서도, '새로운 생각도 일반적으로 평가받는 것보다는 더 많은 과거의 요소를 포함하고 있다'라고 한발 물러섭니다. 완전히 새로워 보이는 이론과 기술에도 뜻밖의 조상이 있을지 모른다는 것입니다. 사람들의 기억에서 사라진 듯한 생각이라도 궁극적인 진실성 여부가 여전히 확정되지 않은 상태임에도 다시 동력을 얻는 경우가 있습니다. 상식에서 어긋난다고 해도 상식을 뒤흔드는 것이 리씽크의 역할입니다. 일종의 음모론 역시 여기에 포함될 수 있습니다. 홍역-볼거리-풍진(MMR) 백신이 자폐증을 초래한다거나, 아폴로 우주계획의 달착륙이 조작되었다거나, 심지어는 지구가 구형이 아니라 편평하다는 주장에 이르기까지 이미 증거들이 제시되었음에도 불구하고 소멸되지 않는 음모론들이 있습니다.

그럼에도 불구하고 틀린 생각도 필요하다는 것이 저자의 생각입니다. 아무 생각도 없는 것보다는 틀린 생각이라도 되돌아오는 것이 나을 수도 있습니다. 틀린 것은 우리가 모르는 것을 상기시켜준다는 점에서 유용할 수 있습니다. 저자는 천동설을 뒤엎은 코페르니쿠스의 지동설에 반대한 티코 브라헤의 이론을 예로 들었습니다. 태양을 비롯하여 별들이 지구를 중심으로 돈다는 천동설을 무너뜨린 코페르니쿠스는 지구를 비롯한 행성들이 나름의 천구를 따라 태양을 중심으로 돈다고 생각했습니다. 하지만 가장 밖에 있는 천구에는 고정된 항성들이 있다고 생각한 오류가 있었다고 생각했습니다. 초신성의 폭발을 관찰한 티코 브라헤는 코페르니쿠스에게 남아 있던 천구의 개념을 무너뜨렸습니다. 물론 지구와 태양을 중심으로 행성과 항성이 공전한다는 주장이 오류였지만 말입니다.

3부 '예측'에서는 어떤 오래된 생각을 되살려서 바로 지금 세상을 개선할 수 있는가를 생각합니다. 분배정의와 선악의 판단 등을 논하면서 저자는 '오래된 생각이 되돌아오려면 사악한 역사를 한쪽으로 치워서 불가촉 지위에서 벗어나게 해야 한다.'라고 제안합니다. 그리고 매사에 편견을 가지고 확신하지 말 것을 주문합니다. 이로써 지금은 숨겨져 있는 진실이 모습을 드러내는 때가 올 것이라고 말합니다. (라포르시안 2017년 3월 13일)

제국의 위안부
(박유하, 뿌리와이파리)

제국의 위안부

(박유하, 뿌리와이파리)

일본군 위안부 문제의 진정한 해결방안은 무엇인가?

세상에는 저절로 되는 일도 있습니다. 하지만 무언가 꼬투리가 있어서 일어나는 경우가 대부분입니다. '모든 작용에 대하여 항상 방향이 반대이고 크기가 같은 반작용이 따른다.'라는 뉴턴의 3번째 운동법칙, '작용 반작용의 법칙'은 물리학의 범주를 뛰어넘어 인간사에도 적용할 수 있다는 생각이 드는 이유입니다.

일본의 우익들의 주장 가운데 우리나라와 관련된 독도 문제와 제2차 세계대전 당시 일본군 위안부 문제가 두 나라 관계를 어렵게 만들어 왔습니다. 독도 문제는 이미 우리나라의 영토라서 공개적으로 논쟁하는 것 자체로서 분쟁지역임을 인정하는 꼴이 된다는 주장이 있습니다. 그럼에도 불구하고 정부의 대응이 미온적이라는 목소리가 높아지면서 점점 일본의 꼼수에 말려드는 것 같습니다.

일본군 위안부 문제의 핵심은 '일본군이 강제 동원했다는 사실을 인정하고 일본 정부의 공식적인 사과와 적절한 배상을 요구한다.'라고 알고 있습니다. 일본군이 강제동원했다면 일본 군인들이 조선 여성들을 강제로 연행하여 전선에 있는 일본군 위안소로 끌고 갔다는 이야기입니다. 그런 일이 가능할까 하는 의문이 들기도 합니다.

앞서 페루 작가 마리오 바르가스 요사의 『판탈레온과 특별봉사대』를 소개하였습니다. 아마존 지역에 주둔한 페루 군인들이 민간 여성들을 성폭행하는 일이 잦아지면서 페루 육군이 위안소를 직접 운영하면서 벌어진 사건의 전말을 담은 고발적 성격을 띤 작품입니다. 페루 육군이 직영했다는 군 위안부 문제를 우리나라에서 인용하지 못하는 이유가 어디에 있는지 생각하게 만드는 점도 있었습니다. 일본군 위안부를 다루었다는 박유하의『제국의 위안부』를 읽고 〈라포르시안〉의 [양기화의 북소리]에서 소개하려 준비한 것은『장정일, 작가』덕분입니다.

『장정일, 작가』에서는 43편의 다양한 분야의 책을 낸 저자들을 직접 면담하고, 저자가 책에 담아내고자 했던 생각을 정리하였습니다. 작가 나름대로 작품의 순서를 골랐겠지만, 아무래도 중요한 작품들을 앞에 두지 않았을까 싶습니다.『제국의 위안부』는 두 번째로 소개되어 있고, 특히「'진실'에는 '진실'이라는 값어치가 있다」라는 글 제목이 마음이 와 닿았습니다. 마중물을 너무 부었나 봅니다. 그러면 장정일 작가가 면담한 내용을 포함해서『제국의 위안부』를 살펴보겠습니다.

먼저 작가를 소개하면, 세종대학에서 일문학을 가르치는 박유하는 고등학교를 졸업하고 일본에 가서 게이오 대학과 와세다 대학 대학원에서 일본문학을 전공하였습니다. 귀국하여 세종대학에 재직하면서 근현대 일본 문학과 사상을 소개하는 한편, 일본 근대문학을 비판적으로 재해석하고 있습니다. 그리고 한일 양국이 참된 화해를 통하여 진정한 관계를 맺기 위한 활동을 펼쳐왔습니다.

제가 읽은『제국의 위안부』는 2015년에 나온 개정판입니다. 책을 읽다 보면 곳곳에서 ○○○○으로 표기된 부분을 발견할 수 있습니다. 서문을 읽어 그 이유를 알고는 있지만, 공연히 짜증이 치밀었습니다. 표현의 자유를 주장하면서도 타인의 자유는 제한하려는 우리네 속된 욕망에 법이 장단을 맞추고 있는 것 아닌가 하는 생각이 들어서입니다.

사정은 이렇습니다.『제국의 위안부』초판은 2013년 8월에 나왔습니다. 열 달 뒤에 위안부 할머니 아홉 분의 이름으로 책의 판매 금지, 위안부 할머니들에 대한 접근 금지를 요구하는 가처분신청이 제기되었습니다. '허위' 사실을 적시하여 위안부 할머니들의 '명예를 훼손'했다는 것입니다. 다시 여덟 달 뒤 재판부는 가처분신청을 '일부 인용'하여, 원고 측에서 수정 신청한 53곳 가운데 34곳을 "삭제하지 아니하고는 출판… 해서는 아니 된다."라는 결정을 내렸습니다. 이에 지은이와 출판사는 재판부의 결정에 승복할 수 없어 이의신청을 내고, '자유로운 토론과 비판'이 있는 공론의 장을 위해 우선 삭제판을 냈습니다.

○○○○으로 표기된 부분에 대한 표현의 자유에 대하여 추가로 논의될 것으로 보입니다. 다만 책을 읽는 입장에서는 우선 궁금해지는 것도 사실입니다. 초판을 구해서 읽고 [북소리]에서 소개함이 옳겠지만, 그 부분에 대하여는 장정일 작가가 말하는 "'진실'에는 '진실'이라는 값어치가 있다."라는 생각에 무게를 두었다고 말씀드리겠습니다. 물론 장정일 작가도 표현과 관련하여 사법적 판단을 받은 적이 있어서 일종의 편견 같은 것이 있을 수도 있다는 생각이 들었습니다. 하지만 『제국의 위안부』에 이의를 제기하는 측에서 '박유하의 논리를 일본 우익이 좋아한다!'라는 감정이 논리보다는 앞세우는 것 아닌가 하는 느낌이 들었습니다.

일본군의 위안소 운영은 1932년 상하이 사변(上海事變) 무렵으로 거슬러 올라갑니다. 당시 일본군이 민간 여성을 강간하는 일이 잦아지면서 오카무라 야스지(岡村) 중장은 나가사키(長崎) 지사에게 군위안소 설치를 요청하였습니다. 점령지 민간인의 반발을 잠재울 뿐만 아니라 성병의 위험을 방지하는 이중의 효과를 노린 셈입니다. 여기에서 나가사키 지사에게 요청했다는 점이 눈에 띕니다. 일본은 일찍부터 공창제도를 인정해 왔기 때문에 이를 전선으로 차출한다는 생각이었을 수도 있습니다. 하지만 전선이 확대되면서 자국 여성의 동원이 한계에 부딪혔습니다. 그러자 조선 여성으로 부족한 위안부 소요를 채운다는 생각을 쉽게 하였을 것입니다. 한일합병 이후 조선의 여성을 일본으로 팔아넘겨 매춘행위를 시키는 일이 흔했기 때문입니다. 게다가 전쟁 중에 내선일체라는 허울 좋은 명목으로 조선의 모든 자원을 총동원하고 있는 상황이었습니다.

여기에서 문제의 핵심이 되는 '일본군이 위안부를 강제로 동원했는가?' 하는 점에 관해서는 저자는 구조적 강제성은 분명 있었다고 보지만, 물리적 강제연행은 흔치 않았을 것이라는 입장입니다. 일본인 업자가 조선인 모집책을 내세워서 순진한 조선 여성들을 속여서 전선으로 끌고 갔다고 보는 것이 타당할 것이라고 합니다. 저자의 주장이 위안부 지원 단체의 반발을 불러온 근본적인 이유는 일본군과 조선인 위안부가 '동지적 관계'였다고 적은 데 있습니다. 저자가 굳이 이 용어를 사용한 것은 나름대로의 이유가 있었습니다. 당시 국제법상 조선과 일본은 합병된 상태였다는 점과 그렇다면 위안부의 보상 요구가 가능할 수 있을 것이라는 점입니다.

한국과 일본 사이에 개인 보상에 관한 문제가 거론될 때 걸림돌이 되는 것은 한-일 수교와 관련한 대일청구권은 일괄 타결된 것으로 본다는 국제규약입니다. 대일청구권은 샌프란시스코 조약에 기반을 둔 전쟁보상금의 성격을 띠고 있습니다. 당시 우리나라는 상해임시정부가 있었다고는 하지만, 승전국의 일원으로 샌프란시스코회담에 참여하지 못했기 때문에 전쟁보상금을 청구하지 못했습니다. 따라서 샌프란시스코조약에 기반을 둔 대일청구권의 범위는 제한적일 수밖에 없었습니다. 일제의 식민지배에 대한 배상 문제 역시 근세에 식민지를 경영한 제국주의 국가들이 식민지배에 대하여 배상한 바가 없다는 국제적인 통례에 따라 언급하지 못하는 상황이었습니다. 그렇다면 일본 정부가 전쟁기간 중에 일본 국민이 받은 피해를 구제하는 방식으로 접근하는 것이 오히려 가능할 수 있겠다는 생각으로 보입니다.

지원단체가 반발하게 된 배경에 대한 설명도 충분한 것 같습니다. 한국이나 일본에서 일본군 위안부 문제를 해결하기 위한 지원 단체는 주로 진보적 경향을 띠고 있습니다. 특히 일본에서는 조선인 위안부 문제를 '제국 일본'이 국민 동원의 연장선상에서 발생한 것으로 보고 비판에 나선 것입니다. 이것을 뒤늦게 문제 삼는 것은 '전후 일본'의 문제라고 인식한 것입니다. 즉, '제국 일본'의 비판이 '전후 일본'의 비판으로 선회하면서 '현대 일본'을 살아온 일본 국민의 가치관을 다시 묻고 확인하고자 하는 운동으로 확산되었습니다. 이런 방식은 천황제도에 대한 문제 제기에 이르게 되면서 우익의 반발을 불러온 것이라는 생각입니다.

한국의 위안부 지원활동에 있어서 드러나지 않은 문제도 지적하고 있습니다. 우선은 일본군 위안부와 근로정신대를 혼동한 정황이 드러나고 있습니다. 조선 여자근로정신대(朝鮮女子勤勞挺身隊)는 일제강점기 말인 1944년 8월 23일에 공포된 여자정신근로령에 근거하여 조직된 태평양전쟁 지원 조직입니다. 일본 은 물론 식민지 조선과 대만에도 적용되었습니다. 근로정신대로 동원된 여성은 20만 명으로 그 가운데 조선 여성은 5만에서 7만 명에 달하였습니다. 조선여자 근로정신대는 12세 이상 40세 미만의 배우자가 없는 조선 여성을 모집하여 주 로 군수공장 등에 투입되었습니다. 관청의 알선, 공개 모집, 자발적인 지원, 학 교나 단체를 통한 선전 등 다양한 방식을 통하여 모집했습니다. 임금을 전혀 주 지 않고 강제로 노동을 시킨 경우도 허다했던 모양입니다. 이분들은 일본군 위 안부 경력자로 오해받을까 봐서 쉬쉬하면서 살아왔고, 훗날 보상청구마저도 기 피하였다고 합니다. 일제강점기의 사정에 밝지 못한 세대에서 문제를 제기하려 다 보니 개념을 제대로 정리하지 못하였습니다. 이뿐만 아니라 이런 사실이 알 려진 다음에도 바로잡으려는 노력이 부족했습니다.

일본군 위안부의 지원단체는 한국정신대문제대책협의회(정대협)만 있는 줄 알았는데, 부산에도 비슷한 성격의 단체가 있다고 합니다. 그뿐만 아니라 부산 정대협의 입장은 서울 정대협의 입장과는 차이가 있었다고 합니다. 서울 정대 협에서는 "일본 정부는 일본군 '위안부' 피해자들에게 공식 사죄하고 법적 배상 하라!"라고 주장했고, 세계 1억인 서명운동을 전개하였습니다. 1995년 일본은 중의원 본회의에서 「역사를 교훈 삼아 새로운 평화를 위한 결의를 다지는 결의」를 채택하고 일본 정부의 주도로 '여성을 위한 아시아 평화 국민기금'을 발족하였습니다. 우리나라의 지원단체는 이 기금이 민간기금이라는 이유로 받아들이지 않았습니다. 기금의 상당 부분은 정부가 제공한 것이라고 합니다. 어떻든 '기금'은 한 사람당 200만 엔의 보상금과 총리의 편지 그리고 한 사람당 300만 엔에 달하는 의료복지사업을 실시하기로 하였습니다. 기금은 2002년까지 필리핀, 대만 그리고 한국의 위안부 피해자 285명에 대하여 보상금 지급을 완료하고 해산하였습니다. 우리나라에서도 모두 61명이 보상을 받았다고 합니다. 그런데 이런 정황은 제대로 알려지지 않고 보상거부 운동만이 주목받고 있었습니다.

이런 과정이 진행되는 동안 일부 위안부 피해자는 지원단체가 피해자를 이용해서 권력을 얻으려는 속셈이 아니냐는 반발도 있었습니다. 실제로 위안부 지원활동을 했던 이들 중에 상을 받거나, 장관이 되거나 국회의원이 된 경우가 많았습니다. 상황이 이렇다 보니 피해자들은 자신들이 이런 사람들을 위한 '앵벌이'로 전락하여 두 번 피해를 입는 것이라고 생각할 수도 있겠습니다.

저자는 이제는 위안부 피해 여성들이 노령화되어 숫자도 빠르게 줄어들고 있으며, 이들의 기억도 쇠잔해지는 상황을 걱정합니다. 지원단체의 외골수적인 주장이 오히려 일본 국민들은 물론 세계인들이 일본군 위안부 문제를 왜곡하게 될 것을 우려합니다. 궁극적으로는 문제를 해결하고 두 나라가 발전적인 미래를 지향하는 것이 이 시점에서의 옳은 선택이 아닐까 싶습니다. 사실을 사실로 인식하고 문제를 해결하기 위한 노력을 기울여야 하겠습니다. 그런 점에서 문제를 바로 보게 하는 계기를 만들기 위하여 쉽지 않은 용기를 낸 저자에게 박수를 보냅니다.

양기화의
Book 소리-외전

초판인쇄 2023년 10월 15일
초판발행 2023년 10월 15일

지은이 양기화
펴낸이 채종준
펴낸곳 한국학술정보(주)
주 소 경기도 파주시 회동길 230(문발동)
전 화 031-908-3181(대표)
팩 스 031-908-3189
홈페이지 http://ebook.kstudy.com
E-mail 출판사업부 publish@kstudy.com
등 록 제일산-115호(2000. 6. 19)

ISBN   979-11-6983-745-3 03800

이담북스는 한국학술정보(주)의 학술/학습도서 출판 브랜드입니다.
이 시대 꼭 필요한 것만 담아 독자와 함께 공유한다는 의미를 나타냈습니다.
다양한 분야 전문가의 지식과 경험을 고스란히 전해 배움의 즐거움을 선물하는 책을 만들고자 합니다.